忘れられた花園 上

ケイト・モートン

1913年オーストラリアの港，ロンドンからの船が着き，乗客たちが去った後，小さなトランクとともに名前すら語らぬ身元不明の少女が取り残されていた。少女はオーストラリア人夫婦に引き取られ，ネルと名付けられ，21歳の誕生日の晩に，その事実を告げられた。時は移り，2005年，オーストラリア，ブリスベンで年老いたネルを看取った孫娘カサンドラは，祖母が自分にイギリス，コーンウォールのコテージを遺してくれたのを知る。なぜ？　ネルとはいったい誰だったのか？　茨の迷路の先に封印された花園があるそのコテージは何を語るのか？

忘れられた花園 上

ケイト・モートン
青木純子訳

創元推理文庫

THE FORGOTTEN GARDEN

by

Kate Morton

This book is published in Japan
by TOKYO SOGENSHA Co. , Ltd.
by arrangement with Allen & Unwin Australia Pty. Ltd.
through Japan UNI Agency, Inc., Tokyo.

目次

第一部

忘れられた花園 上

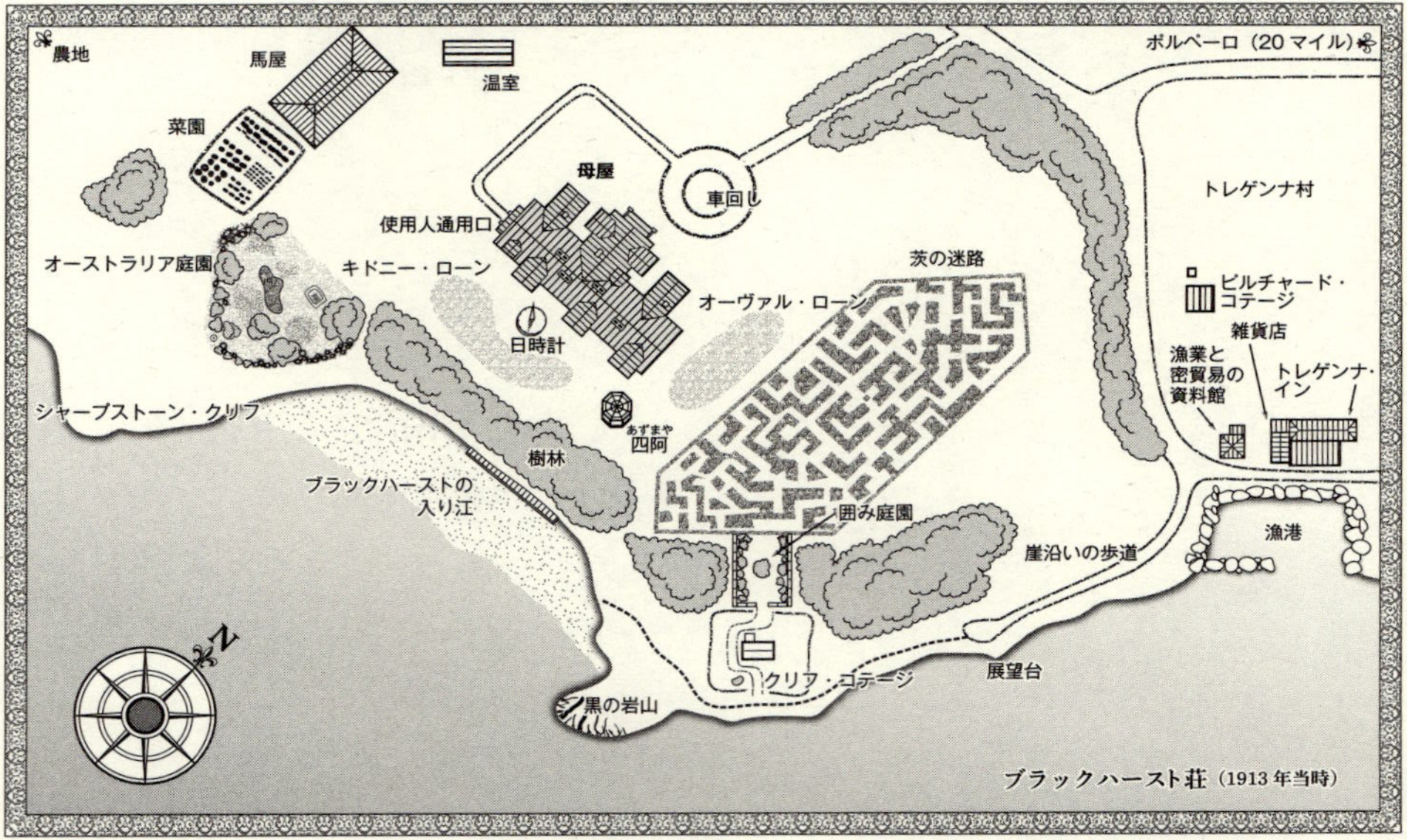
農地
馬屋
温室
ポルペーロ（20マイル）
菜園
母屋
車回し
トレゲンナ村
使用人通用口
オーストラリア庭園
キドニー・ローン
茨の迷路
ビルチャード・
コテージ
オーヴァル・ローン
日時計
雑貨店
漁業と
密貿易の
資料館
トレゲンナ・
イン
シャープストーン・クリフ
四阿《あずまや》
樹林
ブラックハーストの
入り江
囲み庭園
漁港
崖沿いの歩道
展望台
クリフ・コテージ
黒の岩山
Z
ブラックハースト荘（1913年当時）

妖精の国の金の糸にも勝る宝物
オリヴァーとルイスに

「しかしなぜ妖精《ようせい》の女王《じょおう》の髪《かみ》を三房《みふさ》、持《も》ち帰《かえ》らねばならないのでしょうか？」若《わか》い王子《おうじ》はおばあさんに言《い》いました。「なぜ二房《ふたふさ》とか四房《よふさ》ではいけないのです？」

おばあさんはやや身《み》を乗《の》り出《だ》しながらも、機《はた》を織《お》る手《て》は休《やす》めません。

「三房《みふさ》でなくては駄目《だめ》なのじゃよ。三《さん》は時《とき》の数《かず》、過去《かこ》と現在《げんざい》と未来《みらい》。三《さん》は家族《かぞく》の数《かず》、母親《ははおや》と父親《ちちおや》と子供《こども》。三《さん》は妖精《ようせい》の数《かず》でもある。妖精《ようせい》の住処《すみか》は樫《かし》とトネリコと茨《いばら》の隙間《すきま》にあるのじゃしな」

王子《おうじ》はうなずきました。物知《ものし》りなおばあさんの言葉《ことば》には真実味《しんじつみ》がありました。

「それで三房《みふさ》なのですね、魔法《まほう》の組《く》み紐《ひも》を作《つく》るためには」

イライザ・メイクピース作「妖精《ようせい》の組《く》み紐《ひも》」より

第一部

I　ロンドン　一九一三年

しゃがみこんでいる場所は暗かったが、幼い少女はおばさまの言いつけを守っていた。ここで待っていてね、いまはまだ危険だから、台所のネズミさんみたいに静かにしていなくてはならないの、と言われたのだ。これはゲーム、隠れんぼなんだわ、そう少女は理解した。

ずらりと並ぶ大樽《おおだる》の陰で少女はじっと耳をすました。パパが教えてくれたように、頭のなかに周囲の情景を描いてみた。すぐそこにも、ずっと向こうにも男たちがいた。水夫たちだろうかと少女は想像を働かせる。わあわあと何かわめいている。大きな声、塩水をいっぱい飲みすぎたみたいにしゃがれた声。遠くのほうでは、あちこちの船が鳴らす霧笛や、ホイッスルの音、オールが水を跳ね上げる音が大気を満たす。上空では灰色の鷗《かもめ》の群れが鳴き声をあげながら翼を広げ、熟《う》れた実のような日射しを吸いこんでいる。

おばさまはじきに戻ると言っていたけれど、まだだろうか。かなりの時間が経っていた。待つあいだに太陽はゆるゆると空を移動し、そのぬくもりは少女のおろしたてのドレスに隠れた膝小僧へと伝わっていた。少女は耳をそばだて、おばさまのスカートがしゅっしゅっと甲板をこする音を聞き分けようとした。あのかつかつと鳴るヒールの音、いつもの弾《はず》むような足どり、ママとはまるで違うせかせかした足音を。そういえばママはどこかしら、いつ来るのだろう、ふと少女は思ったが、それとてたっぷりと愛情を受けて育った子供ならではの、不安の体《てい》をなさない漠とした疑問だった。だから心はおばさまのことに舞い戻った。知らない人ではなかった。お祖母様があの女性《ひと》の話をしているのを耳にしたこともある。おばさまは「お話《オー》のおばさ《サレ》ま《ス》」と呼ばれていて、地所のはずれ、迷路の果てにある小さなコテージに住んでいた。ただしそのことを、少女は知らないことになっていた。茨《いばら》の迷路で遊ぶのは禁じられていた。ママもお祖母様も、崖のそばに行くのは危険だからと言うのだ。でもたまには目を盗んで、やってはいけないことをしたくなった。

埃《ほこり》の粒子が何百となく、樽と樽の隙間から射しこむ銀色の光の帯のなかで踊っていた。口元をほころばせた途端、お話のおばさまのことも崖のことも、迷路もママも、少女の頭から消し飛んだ。人差し指を突き出し、漂う光の粒を捕まえようとする。すぐそばまで寄ってきたかと思うとついと逃げ去る粒に、はしゃぎ声をあげた。

隠れている場所に届く、向こう側のざわめきに変化が起きた。あわただしい人の動きとともに、興奮気味の話し声が聞こえてきた。光のベールのほうに身を乗り出すと、ひんやりとした樽の木肌に頬を押しつけ、片目で甲板の様子をうかがった。

脚、靴、ペチコートの裾。色とりどりの紙テープの尻尾があちらにこちらにと、ひらひら舞っている。ずるがしこい鷗たちが、パンくずを目当てに甲板に襲いかかる。

ぐらりと足元の床が揺れたかと思うと、巨大な船が腹の底から絞り出すような長く尾を引くうめき声をあげた。甲板の下から這い上がる振動が少女の指先へと伝わる。一瞬、頭のなかが空っぽになり、気がつけば少女は息を殺し、直立不動の姿勢をとっていた。やがて船は方向を変え、重い船体をドックから押し出した。汽笛がとどろき、「よい旅を！《ボン・ヴォワヤージュ》」の歓声が波のように湧き起こる。出航だ。ついにアメリカに、ニューヨークという、パパが生まれた街に行くんだわ。いつだったか、パパとママが小声で口にするその街の名を耳にしたことがあったのだ。できるだけ早く行きたい、もうこれ以上待つのはいやと、ママはパパに言っていた。

少女はまたしてもはしゃぎ声をあげた。乗っている船が巨大鯨《くじら》のように海原を進むさまが、パパがよく読んでくれたお話に出てくる白鯨《モービー・ディック》にそっくりだった。こういうお話をパパが読んで聞かせるのを、ママはとてもいやがった。そんな刺激の強いお話を聞かせたら、子供の頭に怖ろしいイメージがこびりついてしまうじゃありませんかと。そんなふうにママが言うと、パパは決まってママのおでこにキスをして、たしかにそうだね、これからは気をつけるよと言った。でも、パパがモービー・ディックの話をやめることはなかった。ほかにもいろいろなお話をしてくれた——少女の一番のお気に入りは、目玉のない老婆や孤児の娘たちが出てきたり、海のはるか向こうに旅したりするお話がはいっているお伽噺《とぎばなし》集だ。このことはパパとふたりだけの秘密、ママにはぜったい内緒だった。

ママにはいろいろ内緒にしなければならないのだと、少女は理解していた。ママは、少女が生まれる前からずっと体が弱く、病気がちだった。お祖母様からは、いい子にしていなくてはいけませんよといつも言われていた。もしもママを動揺させたりしたら、怖ろしいことになるかもしれない、そうなったらあなたのせいですからねと。少女はママが大好きだったから、悲しませたり、怖い目に遭わせたりしたくない。だから内緒ごとがいっぱいある。お伽噺集のことも、迷路のそばで遊ぶのも、「お話のおばさま」が住む地所のはずれのコテージにパパに連れていってもらったことも秘密だった。

「わっ！」すぐそばで声があがった。「見つけた！」樽がじりじりと脇にどけられる。少女は目をすがめて太陽を見上げた。目をしょぼつかせていると、声の主が立ち位置を変えたので、太陽が覆い隠された。八歳か九歳くらいの大きな少年だ。「なんだ、サリーじゃないのか」

少女はかぶりを振った。

「きみ、誰？」

少女に名前を告げるつもりはなかった。これはおばさまとふたりだけのゲームなのだ。

「ねえってば」

「内緒」

少年が鼻をくしゃっとさせる。そばかすが一か所に集まった。「どうして？」

少女は肩をすくめた。おばさまのことは絶対に口にしてはいけない。パパからいつもそう言われていた。

「サリーのやつ、どこ行ったのかな？」少年はじれったそうにうめいた。左右に目をやる。

「たしかこっちに走って来たんだけどな」

甲板のはずれのほうからころころと笑い声があがり、ぱたぱたと逃げ去る足音がした。少年の顔がぱっと明るくなった。「見っけ！」そう言いながら、少年は走りだしていた。「また逃げられちまう」

少女は樽の向こうに首を伸ばし、ひらひら揺れるペチコートを追って少年が人込みに呑みこまれるのを目で追った。

一緒に遊びたくて足がむずむずした。

でも、ここで待っているようにと言われたのだ。

少年は見る見る遠ざかっていった。口ひげを蠟《ろう》で固めた恰幅《かっぷく》のいい男の人を押しのけ、小言を食らう。たちまち少年の目鼻がパニックを起こして入り乱れる蟹《かに》さながら、顔の中心に集まった。

少女はくすっと笑った。

これもゲームの一部なのかしら。おばさまには普通の大人と違う、子供のようなところがある。おばさまもこの遊びに加わっているのかもしれない。

少女は樽の陰からするりと抜け出し、ゆるゆると立ち上がった。痺《しび》れた左足が、針か何かでちくちく刺されているような感じだった。足の感覚が戻るのを待つうちに、少年の姿が角を曲がって見えなくなった。

もはや後先も考えず、少女は少年を追いかけた。足は軽やかに弾み、胸の鼓動は歌っていた。

2 ブリスベン 一九三〇年

結局、ネルの誕生パーティはラトローブ・テラスにあるフォスター会館でやることに決まった。町に新しくできたダンスホールにしたらどうかとヒューが言っても、ネルは母親譲りの口調で、そんな無駄遣いは馬鹿げている、いまは家族の辛い時期なのだからなおさらだと、まるで取り合わなかった。これにはおとなしく従うしかなかったヒューだが、だったらせめてドレス用の特製レースをシドニーから取り寄せなさいとしきりに勧めて溜飲を下げた。このアイデアを彼に吹きこんだのは、最近この世を去った妻のリルだった。リルはベッドから身を乗り出すようにして夫の手を取ると、ピット通りの住所が載った新聞広告を指さし、このレースがどれほど上等な品か、ネルがどれほどこれに憧《あこが》れているかを語り、贅沢《ぜいたく》に思うかもしれないが、いずれ時機が来ればこれでウエディングドレスを作ってやれる、そう言ったのだった。夫に微笑みかけるリルは十六歳のころに戻ったかのようで、ヒューの胸を熱くした。

その二週間ほど前からリルとネルは、誕生日用のドレス作りにかかっていた。毎夜、ネルの妹たちがベランダでけだるそうにおしゃべりを始め、蛾《が》の大群がすさまじい羽音で蒸し暑い夜気を埋め尽くす時分、ネルは勤め先の新聞販売店から戻ってお茶をすませると、裁縫道具の籠を二階から取ってきて、病床の母親のそばに椅子を引き寄せるのが日課になっていた。時折ヒューの耳に届くのは、店でマックス・フィッツシモンズさんがお客と口論になった経緯とか、ミセス・ブラックウェルがこぼす病気の愚痴の最新版とか、ナンシー・ブラウンのところの双子がやらかしたイタズラとか、そういう類の報告と、それに続くふたりの笑い声だった。ネルが声をひそめ、結婚したら必ず家を買うとダニーが言ってくれたのよとか、ダニーったら父親がただ同然で引き取ることになった車を狙っているのよとか、マクファータ百貨店で売っている最新式のミキサーがどうとかこうとか、さもうれしくて仕方がないといった様子でダニーの口真似してみせるのを、ヒューは戸口付近を行きつ戻りつしてはパイプに煙草を詰めながら聞いていたものだった。

ヒューはダニーを買っていた。ネルには誰よりも幸せになってもらいたかったから、この若いふたりが出会い育《はぐく》んできた強い絆を好ましく思っていた。ふたりが一緒にいるところを見るにつけ、ヒューはリルと出会ったころのことを思い出した。あのころは実に幸福だった。未来は一点の曇りもなくふたりの前に広がっていた。そして結婚生活にも恵まれた。娘たちに恵まれるまでにはあれこれ辛い時期もあったが、それもどうにか乗り越え……。

パイプを詰め終え、うろつく口実もなくなると、ヒューはその場を離れるのだった。家の正面に張り出したベランダのはずれの、ひっそりとした暗がりがヒューの落ち着き先だった。ここなら心穏やかに、というか、負けじと声を張りあげては姦《かしま》しい娘たちからそこそこ距離をとっていられる。うるさい蚊どもは、寄ってきたら窓辺のハエ叩きで一撃すればいい。それからつらつらと考えごとをするうちに、長年ずっと胸にしまいこんできた秘密へと心は向かうのだった。

もはや潮時、ヒューはそう感じていた。これまで胸のうちにねじ伏せてきたものが最近になって暴れだしていた。あの娘《こ》もじきに二十一、自分なりの人生に乗り出す年頃だ。すでに結婚の約束も交わしている。ならば真実を知る権利だってあるだろう。

正直に打ち明けるべきだというヒューの考えにリルならどう言うか、ヒューは百も承知だった。だからずっと言わずにきた。妻の心を乱すのだけは絶対に避けたかった。亡くなるまでの数日間、リルはいつものように、あのことは秘密のままにしてほしいと何度も懇願したのだ。時にはどういう言葉で告白しようかと思案するうちに、これがネル以外の娘であったならどんなによかったかと思っている自分に気づくこともあった。そんな時は、たとえ口に出さぬまでもネルを依怙《えこ》贔屓《ひいき》しているようで、自分が呪わしかった。

だがネリーは、ほかの娘たちとは比べものにならないくらい利発な娘なのだ。潑剌《はつらつ》としているし、想像力が豊かだった。どちらかというとリルに似ているとヒューはよく思ったものだが、無論そんなわけはなかった。

*

家族全員で階段の手すりにリボンを飾りつけた――ネルのドレスと同じ白いリボン、そしてネルの髪の色に合わせた赤いリボン。古びた木造の会館は、ここよりずっと新しい煉瓦《れんが》造りの建物ほど凝《こ》った造りではなかったが、何から何までぴかぴかによく磨きこまれている。ステージの裏手では、ネルの四人の妹たちの手でテーブルに並べられたバースデープレゼントが、慎ましい小山を作っていた。同じ教会に通う女性数人が料理作りに集まり、エステル・モーティマーはピアノに向かい、戦時中に生まれたロマンチックなダンス曲の稽古に余念がなかった。

はじめのうち、おずおずと壁際に固まっていた若い男女も、鳴りだした音楽と物怖じしない若者に促されて、それぞれペアを組んでフロアに散らばった。妹たちは羨ましそうに眺めていたが、そのうちサンドイッチの皿をテーブルに運ぶ手伝いをやらされた。

スピーチが始まるころには、誰もが頬を上気させ、ダンスでくたびれた足を引きずっていた。牧師の奥方マーシー・マクドナルドのグラスを鳴らす合図で、一同の視線がヒューに集まった。ヒューは胸ポケットから取り出した紙を広げた。それからおほんと咳払いをすると、櫛目《くしめ》がきれいに通った髪を撫でつけた。人前でしゃべるのは苦手だった。常に控えめで、自分の意見は軽々しく口にせず、しゃべりたがり屋に喜んでしゃべらせる、そんな男だった。とはいえ娘が立派に成人した以上、それを告げ知らせるのは親の務めである。日頃から責任感の強い律義者《りちぎもの》だった。一応のところは。

波止場の仕事仲間のひとりから野次が飛ぶと、ヒューは相好《そうごう》を崩し、紙片を手のひらに載せて大きく息を吸いこんだ。話の要点をざっと書き留めた黒インクの小さな文字を、ひとつひとつ目で確かめながらしゃべった。夫婦ともども娘のネルをいかに誇らしく思ってきたかを、彼女が我が家にやって来た日の幸福感はいかばかりであったかを、そしてダニーのことをいかに買っているかを述べた。家内のリルも、亡くなる前にふたりの婚約を知ることができてたいそう喜んでおりました、と続けた。

妻の死に触れた途端、目頭が熱くなり、言葉に詰まった。一瞬の間ができ、友人や娘たちの顔を眺めまわすうちに、ふとネルのところで視線が釘付けになった。ネルは、ダニーが耳元で何か囁くのをにこにこしながら聞いていた。ヒューの眉間がふと曇り、人々は何か重大発表があるのかと訝《いぶか》しんだが、それも束の間のことだった。ヒューは明るい表情に戻ると、紙片をポケットに戻した。そろそろ家族に男がもうひとり欲しい、そうすれば少しは張り合いもあると、笑顔でスピーチを結んだ。

キッチンに控える女性陣がてきぱきとサンドイッチや紅茶を客に配りはじめたが、ヒューはしばらくその辺を歩きまわり、すれ違う人たちのなすがまま、肩を叩かれたり、「スピーチよかったよ」と声をかけられたり、女性のひとりからは紅茶を満たしたカップと受け皿を押しつけられもした。スピーチはうまく行った、なのに緊張はほぐれなかった。胸の動悸が徐々に高まり、暑くもないのに大汗をかいた。

原因はわかっていた。今夜やるべきことがまだ終わっていないのだ。と、ネルが脇のドアから小さな踊り場にそっと出ていくのが目に留まり、いまがチャンスだと思った。咳払いをしてプレゼントが並ぶテーブルに紅茶を置くと、室内を満たす熱気とさんざめきを離れ、夜の冷気のなかに足を踏み出した。

一本だけぽつんと立つユーカリの、銀色を帯びた緑色の幹のそばにネルはたたずんでいた。この丘陵地の尾根全体はかつてユーカリで埋め尽くされ、その両端は小渓谷だったのだと、ヒューはふと思う。満月の夜ともなれば、亡霊のように木々が密集するさまはさぞや壮観だったろう。

駄目だ。なにをぐずぐずしているんだ。この期《ご》に及んでなお、責任逃れをしようと弱気になっているのか。

つがいの蝙蝠《こうもり》の黒々とした姿が音もなく夜空を横切る。ヒューは崩れそうな木の階段を下り、露でしめった草地に歩を進めた。

ネルは足音に——それも父の足音だと気づいたに違いない——ぱっと振り返り、笑顔を向けてきた。

ヒューが脇に立つと、母さんはどの星からわたしを見守ってくれているのか考えていたのだと、ネルは言った。

その言葉に、ヒューは涙がこぼれそうになった。よりによって、こんな時にリルを持ち出すなんて。リルにじっと見つめられている、そんな気がしてならなかった。これからしようとしていることに、きっと腹を立てているに違いない。切々と訴えるリルの声が聞こえるようで……。

が、心はすでに決まっていた。そもそもの原因はすべてこの自分にあった。つい魔が差しただけとはいえ、誤った道に足を踏み入れたのが自分である以上、それを正すのも自分の務《つと》めなのだ。秘密はいずればれるもの、ならばこの自分が真実を明かすほうが、ネルにもいいに決まっている。

ヒューはネルの両手を取ると、それぞれの甲に唇を寄せた。その柔らかく滑らかな指を、荒れた手でぎゅっと握りしめた。

わたしの娘。わたしの最初の娘。

彼女が向けてくる微笑みは、繊細なレースで縁取りしたドレスに映えて輝いていた。

ヒューも笑みを返した。

それから、倒れたゴムの木の、つるんとした白い幹にふたり並んで腰かけると、ヒューは上体を傾け、娘の耳元に囁いた。かくしてヒューとその妻が十七年間ずっと封印してきた秘密がネルに伝えられた。娘の顔に了解の徴《しるし》がよぎるのを、いましがた伝えたことが胸に刻まれたことを知らせるかすかな表情の変化をじっと待つ。しかし、そこに現われたのは、自分の生きる世界の底が抜け、一瞬にしてそれまでの自分を喪失した人のそれだった。

3　ブリスベン　二〇〇五年

カサンドラは数日前から病院に詰めていた。医師からは祖母の意識が戻る見込みはなさそうだと告げられた。もうお年ですし、すでに投与したモルヒネの量から見ても、まず無理でしょうと。

夜勤の看護師が病室にはいってくるのを目にして、また一日が過ぎたことをカサンドラは知った。正確な時間は見当もつかなかった。ここにいると時間の感覚がなくなる。玄関ロビーの照明は四六時中つきっぱなしだし、絶えずどこかからテレビの音が聞こえてくるし、何時だろうとワゴンが廊下を行き来する。物事が判で押したようにきちんきちんと処理されていく場所でありながら、外の世界とはまったく別のリズムで動いているとは皮肉なものだ。

それでもカサンドラは病室を離れなかった。記憶の海に溺れそうになりながらも、時折空気を求めるように、己の揺籃期《ようらんき》へと何度も浮かび上がってくるネルを見守り、そのたびに胸を撫で下ろした。祖母が大方の予想を裏切ってせっかくこの世に引き返してきても、ひとりぽつんと人生の終着点を漂う自分に気づくばかり、そんなふうにだけはしたくなかった。

看護師は空になった点滴の袋をたっぷりふくらんだ袋と交換すると、ベッドの背後に据え付けた機器の調整つまみを回し、それから寝具の乱れを整えた。

「水分をまったく摂《と》っていないんですけど」そう口に出しながら、まるで他人の声を聞いているような気がした。「まる一日ずっと」

話しかけられた看護師が、はっと目を上げる。眼鏡越しに目を走らせ、青緑色のしわだらけの備え付け毛布を膝に掛けてすわるカサンドラに気づく。「ああビックリした。一日中ずっとここに？　もってもあとわずかですね」

カサンドラは相手の言わんとする意味を聞き流した。「何か飲み物をあげたほうがいいんじゃないかしら。きっと喉が渇いているんだわ」

看護師は上掛けをネルのか細い腕の下にかませた。「ご心配なく。それは点滴でちゃんと補っていますし」彼女は看護記録から目を上げない。「何かお飲みになりたかったら、廊下の先に自販機がありますよ」

看護師が部屋を出ていき、ネルに目を戻すと、その目が開いていた。じっと見つめてくる。

「あなた、どなた?」か細い声だった。

「わたし、カサンドラよ」

意識の混濁。「知ってる人?」

こうなるだろうとは医者から聞いていたが、やはり辛かった。「そうよ、ネル」

ネルは潤《うる》んだ灰色の瞳をじっと見据え、頼りなげにまばたきをした。「思い出せない……」

「シーッ……いいのよ」

「わたしは誰?」

「ネル・アンドリューズよ」カサンドラはネルの手を取った。「年齢は九十五歳。住まいはパディントンの古い家」

ネルの唇が震えていた――意識を集中させ、必死で言葉を理解しようとしている。

カサンドラはサイドテーブルからティッシュを一枚抜き取り、ネルの顎に伝い落ちる唾液をそっとぬぐった。「ラトローブ・テラスのアンティーク・センターにお店を出しているでしょ」

穏やかな声で先を続ける。「わたしたちふたりで、骨董品を売っているのよ」

「あなたのこと、知ってる」ネルが弱々しい声を発する。「レズリーの娘ね」

カサンドラは目をしばたたかせた。驚きだった。カサンドラの母親レズリーのことは、めったに話題にしたことがない。カサンドラが成人するまでの期間も、そしてネルの住居下の小部屋に住むようになったこの十年間にも。おのおの理由は異なるが、過去を蒸し返したくない、むしろ忘れてしまいたい、そんな暗黙の了解がふたりにはあった。

ネルが体をびくっとさせた。恐怖にひきつったまなざしでカサンドラを見つめる。「あの男の子はどこ？　まさかここに、いるの？　わたしのものには指一本触れてほしくない。台無しにされてしまう」

カサンドラは茫然となった。

「大事なものばかりなの。そばに近づけさせないで」

どう答えたものか、言葉に詰まった。「わかったわ……大丈夫よ。心配しないで、ネル。ここにはいないから」

＊

しばらくして祖母が無意識の世界に再び沈んでしまうと、過去の断片を口走る残酷な精神作用についてカサンドラは思いをめぐらせた。人生の終わりを迎えようとしているいまになってなぜ、とうにいなくなった人々の声が祖母の頭のなかで鳴り響くのか？　これが普通なんだろうか？　死に向かう船の切符を手に入れた者は、遠い昔に別れた人たちの顔を求めて、波止場に目を走らせるものなのか？

いつの間にか眠りこんでいたらしい。カサンドラが次に気づいた時には、院内の雰囲気が一変していた。夜のトンネルのさらに奥へと引きこまれた感じ。廊下の照明はほの暗く、眠りの気配が周囲をすっぽりと包みこんでいる。椅子からずり落ちそうな姿勢で、首筋はかちかちに固まっていた。薄っぺらな毛布からはみ出した足首がすっかり冷え切っている。かなり遅い時間なのだろう、体がだるい。どうして目が覚めたのか？

ネルだ。呼吸が荒い。目を覚ましている。カサンドラは駆け寄り、ベッドの縁に腰かけた。薄明かりに浮かび上がるネルの瞳はどんよりと青白く、絵の具で濁った水のようだった。声は細い糸のようで、ともすればぷつんと切れそうだった。すぐには声が聞き取れず、だいぶ前にこぼれ落ちた言葉の余韻で唇が動いているのだとばかり思っていた。だがすぐに、何かしゃべろうとしているのだと気がついた。

「おばさまが……おばさまが、ここで待っててねって言ったのに……」

カサンドラは、熱っぽいネルの額に手をやり、かつては銀色に輝いていたネルの柔らかな髪をそっと掻き上げた。またしてもお話のおばさまの話だ。「心配しないで。よそに行ってもおばさまは怒らないわ」

ネルの唇がこわばり、やがてわなわなと震えだした。「動いちゃ駄目なの。お船の上で、ここで待っててねって言われたの」声がかすれる。「おばさまが……お話のおばさまが……誰にも言わないで」

「シーッ」カサンドラは言った。「誰にも言わないわ、ネル。おばさまに言いつけたりしないから。行っていいのよ」

「じきに戻るからって言われたのに、わたし、動いてしまったの。言いつけを守らなかった」

息づかいが荒くなり、祖母は錯乱状態に陥った。

「大丈夫、心配しないで、ネル。何もかもうまく行くからね。約束する」

ネルの頭ががくんと横に落ちた。「行ってはいけないの……行くべきじゃなかった……おばさま……」

カサンドラはナースコールのボタンを押したが、ベッドの上のランプはつかなかった。おろおろしながら、聞き耳を立てて廊下を駆けてくる足音を待った。瞼を痙攣させ、ネルの意識が徐々に遠のいていく。

「看護師さんを呼んでこないと――」

「いや！」ネルは闇雲《やみくも》に手を伸ばし、カサンドラを押しとどめようとする。「置いていかないで！」彼女は叫んでいた。血の気の失せた肌を濡らす涙が、きらりと光った。

カサンドラの目も涙で曇った。「大丈夫よ、おばあちゃん。誰か呼んでくるわ。すぐに戻ってくるから、約束する」

4　ブリスベン　二〇〇五年

家もまた主《あるじ》の死を察しているらしかった。哀悼の意を表しているとは言わないまでも、頑《かたく》ななまでの沈黙に徹していた。ネルは人づき合いともパーティとも無縁の人だったから（しかもキッチンのネズミのほうが孫娘より騒がしいときている）、この家は人や物のたてる雑音を知らぬまま、静寂にすっかり慣れきっていた。だから人々がいきなり押しかけてきて、家と庭を出たりはいったり、お茶をこぼしたり、パンくずを落としたりするのに、すっかり面食らったのではなかろうか。丘の上に立つ巨大なアンティーク・センター裏手の、山肌にひっそりとうずくまるこの家は、この新手の辱《はずかし》めにひたすらじっと耐えていた。

言うまでもなく、いっさいを取り仕切ったのは叔母たちだった。カサンドラとしては儀式なしで静かに祖母を送り出してやりたかったのだが、叔母たちは聞く耳持たなかった。やはりお通夜はするべきだと彼女たちは言った。故人への敬意を払いたい、その気持ちはネルの親族も友人たちも同じはず。それに、そうするのが世の習いではないかと。

こんなふうに世間の常識を持ち出されては反論のしようがなかった。昔だったらすぐさま盾ついたところだが、いまはそんな気力もなかった。それに、叔母たちはいったんこうと決めたら猪突猛進、誰ひとりとっても年齢にそぐわぬ（末っ子のヘティ叔母ですら、八十を越えているのだ）エネルギーの持ち主なのだ。そんなわけでカサンドラはあれこれ思い煩うのはさっさとやめにした。ネルには友人と呼べる人などひとりもいないと指摘したい衝動も抑え、自分に割り振られた雑用――ティーカップを並べたり、ケーキ用のフォークを探したり、ネルの雑多な小物を片づけて従姉妹《いとこ》たちがすわる場所をこしらえたり――に専念した。そして叔母たちがこれ見よがしに立ち働くのを、見て見ぬふりでやり過ごした。

厳密に言えば、彼女たちはカサンドラの叔母ではない。ネルの妹たちであり、つまりカサンドラの母親レズリーの叔母である。だが、まるで当てにならないレズリーをさっさと見限り、叔母たちはカサンドラを抱きこんだのだった。

いくらなんでも自分の母親の葬儀に駆けつけないはずはない、少なくとも火葬場に姿を見せるくらいはするだろう、そうカサンドラは思うともなく思っていた。そして実年齢より三十歳くらい若く見えるその容姿に、いつものように賞賛のまなざしが集まるのだろうと。美人で若若しく、そして呆れるほどずぼらな母レズリー。

結局、レズリーは現われなかった。あとになって絵はがきが一枚届いたが、表の写真はお悔やみにはふさわしからぬものだった。大きくうねるような筆跡がやけに目障りだし、最終行にはおびただしい数の×印《キスマーク》が並んでいた。書き損じた文字の上に新たに文字を重ねているあたりも実にぞんざいだった。

カサンドラはシンクに両手を沈め、食器を揺り動かした。

「立派なお式だったわよね」ネルのすぐ下の妹で姉御《あねご》肌《はだ》のフィリスが言った。「ネルもきっと喜んでるわね」

カサンドラはちらりと横目で見た。

「これでよかったのよ」フィリスは食器を拭きながら、止めどなくしゃべりつづけた。「なんだかんだ言っても、やっぱりこれでよかったとネルも思ってるんじゃないかしらね」ここで急に母親めいた口調になり、「で、あんたはどうなの？　ちゃんとやってる？」

「ええ、大丈夫です」

「がりがりじゃないの。ちゃんと食べてるの？」

「日に三度は」

「もう少し太らなくちゃね。明日の晩にでもお茶にいらっしゃいな。身内のみんなを呼ぶつもりなの。コテージパイをこしらえるわ」

カサンドラは逆らわなかった。

フィリスは古びたキッチンをうんざりしたように眺め回し、たわんだレンジフードに目を留めた。「こんなところにひとりでいて怖くない？」

「いえ、ちっとも――」

「でも、寂しいでしょうに」フィリスはさも同情するように、大げさに鼻にしわを寄せた。「寂しいに決まってる。ネルとあんたは気の合う同士だったんだもの、それが自然な感情よね？」フィリスは答えを待たずにシミの浮いた手をカサンドラの腕に押しつけると、今度は説教口調になった。「あんたなら大丈夫だとは思うけど、でも、言わせて。大事な人を亡くすのは悲しいに決まっている。でもね、長寿を全うしたんだもの、そう悪いことじゃない。これでいいのよ。若くして死ぬほうがよっぽど――」彼女は途中まで言いかけてはっと口をつぐんだ。肩がこわばり、頬が赤く染まる。

「そうね」カサンドラは即座に返した。「そのとおりだわ」それからカップを洗う手を休めて身を乗り出し、窓の向こうの裏庭に目をやった。石鹸水が指を伝い、腕にはめている金のブレスレットを濡らした。「そろそろ草取りをしないとね。ちょっと油断していると、すぐにヒメキンレンカが歩道にまで伸び広がってきちゃうんですよ」

フィリスはこれ幸いとばかり、新たな話題に飛びついた。「だったらうちのトレヴァーを手伝いに来させるわ」カサンドラの腕をつかむ節くれだった指にさらに力が加わる。「今度の土曜日でどう?」

そこにドット叔母さんがおぼつかぬ足取りで、汚れたティーカップを載せたトレイを抱えて居間からやって来た。カップをがちゃがちゃいわせながら調理台に移すと、肉づきのいい手の甲を額に当てた。

「やれやれ終わった」彼女は分厚いレンズの奥で目をぱちくりさせながら、カサンドラとフィリスを見た。「これで最後よ」それからよたよたとキッチンの奥へと進み、クッキーの丸い容器を覗きこんだ。「よく働いたんでお腹がぺこぺこ」

「もう、ドットったら」フィリスは気まずい空気をお説教に切り替えるまたとないチャンスに、いそいそと飛びついた。「さっき食べたばかりじゃないの」

「一時間も前だわよ」

「どんなお腹をしてるんだか。体重を減らすんじゃなかったの?」

「まあね」ドットは背筋を伸ばすと、かなり太めの腹部を両手でつまんだ。「これでもクリスマスから三キロちょっと減ったのよ」そしてプラスチックの蓋を閉じると、疑い深げなフィリスのまなざしを受け止めた。「本当だってば」

カサンドラはカップを洗いながら、笑いを噛み殺した。太めなのはフィリスもドットもいい勝負だった。叔母たち全員がそうだった。彼女たちは母親から、その母親もそのまた母親から肥満体質を受け継いでいた。この遺伝の呪いをまぬがれていたのは唯一ネルだけで、アイリッシュ系の父親譲りのひょろりとした体型だった。背が高く痩せぎすのネルと、まるまると太った妹たちが一堂に会する図ときたら、それは見物《みもの》だった。

フィリスとドットの舌戦はさらに続いた。ここでカサンドラが流れを変えなければ口論はますますエスカレートしていき、ついにはどちらかが（あるいは両者が）布巾を投げ捨て、ぷりぷりしながら帰ってしまうことになりかねない、そこはカサンドラも経験からわかっていた。そういう場面に何度か出くわしたことがある。だが、しかるべきせりふが発せられると視線がぶつかり合い、睨み合いが少しでも長引けば積年の恨み辛みが蒸し返される、そんな泥仕合にはどうしても馴染めない。ひとりっ子のカサンドラは、こうした姉妹同士の月並みな攻防戦が羨ましくもあり、怖ろしくもあった。幸いほかのふたりの叔母はそれぞれの家族に追い立てられるようにしてすでに帰ったあとなので、愚にもつかない言い争いにこれ以上尾ひれがつく心配はなさそうだった。

カサンドラは咳払いをした。「ねえ、ひとつ訊いてもいいかしら」彼女はやや声を張りぎみにした。「ネルがね、病院で言ってたことなんだけど」

フィリスとドットが同時に首をめぐらせた。どちらも頬を上気させている。姉の名前が血気を鎮めたようだった。ここにこうして集い、カップを拭いている理由《わけ》を思い出したのだ。「ネルが？」フィリスが鸚鵡《おうむ》返《がえ》しに言った。

カサンドラはうなずいた。「病院でね、亡くなる間際に、どこかの女の人のことをしゃべりはじめたの。おばさまとか、お話のおばさまとか、うわごとをね。船か何かにその人とふたりで乗っているみたいだったわ」

フィリスの口元がこわばった。「意識が朦朧《もうろう》としてたんだもの、自分が何を言っているかなんてわかってなかったのよ。たぶんテレビドラマに出てくる人か何かだわね。姉さんがよく観ていた、船が舞台の連続ドラマとかがあったんじゃない？」

「ああ、フィル」ドットがかぶりをしきりに振った。

「だって、そんな話を姉さんから聞いた憶えが……」

「もう、フィル姉さんたら。ネリーはもういないのよ。いまさらそこまで言いつくろわなくたって」

フィリスは胸の前で腕組みすると、途方に暮れたようにふうっと息を吐いた。

「ちゃんと話すべきよ」ドットがやんわりと言った。「何がどうなるわけじゃない。いまとなったらね」

「話すべきって何のこと？」カサンドラはふたりを交互に見やった。さきほどの問いかけは、あくまでも新たな火種をもみ消すために持ち出したまでのこと。だからこの秘密めかした奇妙な空気は意外だった。叔母たちは自分たちのことで頭がいっぱいなのか、カサンドラの存在をすっかり忘れているようだった。「ねえ、どういうこと？」カサンドラはなおも問いつめた。

ドットがフィリスに眉を上げて見せた。「よそで聞かされるより、あたしたちから話したほうがいいってば」

フィリスはかすかにうなずくと、ドットに目をやり、暗い笑みを浮かべた。ふたりの共有する何かが連帯感を呼び覚ましていた。

「わかったわ、カサンドラ。じゃあ、こっちに来てすわって」フィリスがようやく口を開く。「ドッティ、やかんをかけてくれる？　ゆっくりお茶でも飲みましょうよ」

カサンドラはフィリスを追って居間にはいると、ネルの形見のソファに腰かけた。フィリスは向かいの椅子に大きな尻を沈めると、座面のほつれた糸をもてあそんだ。「どこから話せばいいのやら。このことを考えるようになってもうだいぶ経つっていうのにね」

カサンドラは困惑した。このことって？

「話というのは、うちの家族の大きな秘密でね。秘密なんてどこの家にもひとつくらいあるだろうけど、うちのは、そんなありふれたものじゃないの」フィリスはキッチンに向かってしかめ面をした。「ドットったら何してるんだろ。まったく愚図《ぐず》なんだから」

「で、秘密って？」

彼女はため息をついた。「絶対に誰にも言うまいって、ずっと自分に言い聞かせてきたのよ。それのせいでうちの家族はばらばらになっちまったからね。父さんが自分の胸にしまっておいてさえくれたらよかったのに。まったく、自分じゃ正しいことをしたつもりなんだろうけど」

「何をしたの？」

フィリスに問いかけの声が届いた様子はなかった。これはあくまでも彼女の話であり、自分なりのやり方で、自分のペースで話を進めるつもりらしい。「うちは幸せな一家だった。父さんと母さん、それにあたしら子供たち。ネルが長女で、知ってのとおり、大戦のせいで十年ほど間があいて、あたしたちが生まれた」ここで微笑む。「信じられないかもしれないけど、当時ネルは我が家の精神的支柱のような存在だったの。誰もが一目を置いていてね——幼いあたしたちは、母さんが病気してからはなおさら、ある意味母親みたいに慕《した》っていた。ネルは母さんの面倒もそりゃよく見てたのよ」

カサンドラにもネルのそんな姿を想像することはできた。だが、あの気難しい祖母が精神的支柱だったなんて……。「何があったの？」

「長いあいだ、あたしたちはいっさい何も知らされていなかった。ネルがそれを望んだのね。家庭内の空気がすっかり変わったというのに、その原因を誰も知らずにいた。姉さんは人が変わったようになってしまい、あたしたちへの愛情も失せてしまったようだった。といっても一晩でがらりと変わったわけじゃない。そんなドラマチックな変化じゃないの。ただ姉さんが少しずつみんなと距離を置くようになっていって、気がつけば家族のなかでひとり孤立していたという感じね。とにかくこっちは原因《わけ》もわからず、すごく辛かった。父さんをいくら問いつめても、それについては頑として口を割らなかった。

「ようやくあたしたちが真相を知ったのは、亡くなったうちの亭主がきっかけでね。言っとくけど意図してそうなったわけじゃないのよ——亭主にはネルの秘密をわざわざ暴こうなんて気はさらさらなかったんだから。うちの人はちょっとした歴史マニアだった、ただそれだけの話。トレヴァーが生まれたのを機に家系図をまとめようなんて、気まぐれを起こしてね。あれは一九四七年、たしかあんたのママもこの年の生まれだったわよね」フィリスはいったん言葉を切ると、話の先が読めたかどうかを確かめてでもいるように、カサンドラにちらと目を走らせた。「ある日、うちの人がキッチンにはいってきてね、あの日のことは鮮明に憶えているわ。で、ネリーの出生記録がどこにも見当たらないって言ったのよ。だから言ってやったわ、『そりゃあるわけないでしょ。ネリーの生まれはメアリーバラで、その後一家は住みなれた土地を離れて、ブリスベンに移ってきたんだもの』ってね。ダグは、なんだそういうことかと納得したんだけど、いざメアリーバラからその証書を取り寄せようとして、役所からそういう記録はいっさいないって言われてしまったの」フィリスは意味ありげにカサンドラを見た。「つまり、ネルはどこにも存在しなかった。少なくとも書類上はね」

カサンドラが目を上げると、キッチンから出てきたドットがティーカップを差し出していた。

「何だかさっぱりわからないわ」

「そりゃそうよ」ドットはフィリスの隣の肘掛椅子に腰をおろしながら口を開いた。「あたしたちだって長いあいだちんぷんかんぷんだったんだから」そして首を振り振り、ため息をつく。「ジューンから話を聞かされてやっと納得がいったのよ。あれはトレヴァーの結婚式があった年だったかしらね、フィリー？」

フィリスはうなずいた。「そう、一九七五年。あの時はほんと、ネルには頭にきちゃった。

父さんが死んですぐ、うちの長男坊が結婚することになってね。ネリーにとっては甥っ子だってのに、式に来ようともしなかったのよ。商売のほうはちゃっかり休んでたくせにね。それでジューンにさんざん愚痴ったわけ。あれじゃ愚痴のひとつも言いたくなるわよ」

カサンドラの頭は混乱した。叔母たちの友人関係や親族を網羅した広範な人脈図をすっかり把握するなど無理な相談だ。「ジューンて誰？」

「あたしたちの従姉よ。母方のね。たしかあんたもどこかで会っているんじゃない？　ネルよりひとつ年上でね、子供のころ、ふたりはとっても仲が良かったの」とドット。

「親密だったのは確かかね。あんなことになっても、ネルはジューンにだけは打ち明けていたんだもの」とフィリス。

「あんなことって？」カサンドラが問い質《ただ》す。

ドットが身を乗り出す。「父さんたらネルにね――」

「父さんはネルに、告げるべきじゃないことを告げたのよ」フィリスがすぐさま言葉を引き取った。「自分では正しいことをしているつもりだったんだろうけど、そのせいで家族の仲がぎくしゃくしだしたもんだから、父さんはずっと後悔してたみたい」

「父さんはネルを特別扱いしてたものね」

「あら、どの子も分け隔てなく愛してくれたわよ」フィリスが言い返す。

「やだもう、フィルったら」ドットは目を回す仕草をした。「まだそんなこと言ってるの。父さんのいちばんのお気に入りは、掛け値なしにネルだったでしょ。それがあんなことになるなんて、皮肉よね」

フィリスが押し黙ると、ドットは主導権を得たとばかり話を進めた。「ことの発端はネルの二十一歳の誕生日の夜。パーティが終わって――」

「終わってからじゃないわよ」フィリスが割りこむ。「パーティの最中でしょ」ここでカサンドラに向き直り、先を続けた。「父さんとしては、ちょうど新しい人生の門出だし、いま話すのが一番だって思ったんだわね。ネルの婚約も決まってたわけだし。もっとも相手はあんたのお祖父ちゃんじゃなくて、別の人だけどね」

「そうなの？」カサンドラは驚いた。「初耳だわ」

「あれこそ生涯一度の恋ってやつよね。相手は地元の青年、それに比べたらアルなんて足元にも及ばないわよ」

フィリスはその名を吐き捨てるように言った。叔母たちがネルのアメリカ人の夫、アルを快く思っていなかったのは、誰もが知っていた。アル個人がどうこうではない。第二次大戦中、金回りがよく垢抜けた制服姿のGIたちが大挙してブリスベンにやって来て、地元の娘たちをさっさと本国に連れ帰ってしまったわけで、そうしたことに対する市民感情の表われにすぎない。

「で、どうなったの？　その人となぜ結婚しなかったの？」

「誕生パーティから何か月かして、ネルのほうから婚約を解消しちゃったのよ」フィリスが話を続けた。「そりゃもう大変な騒ぎだったんだから。家族みんながダニーをすごく好いてたし、ダニーだってもうがっくり。結局、あの二度目の戦争の直前に、別の人と結婚したけどね。それで幸せになってくれたらよかったんだけど、日本兵をやっつけに戦場に行ってそれっきりだったわ」

「ネルの父親が結婚に反対したとか？　誕生日の夜に告げられたことって、そのこと？　ダニーと結婚するなって？」

「とんでもない」ドットが鼻息を荒げた。「父さんはダニーにぞっこんだったのよ。あたしたちの亭主なんかとても敵《かな》いっこないくらいにね」

「だったらなぜ破談に？」

「ネルは頑として口を割らなかった。ダニーにだってはっきりと理由を言わないんだもの。どうしちゃったんだろうって、そりゃみんなやきもきしたんだから」とフィリス。「当時あたしたちにわかっていたのは、ネルが父さんともダニーとも口を利かなくなったってことだけ」

「フィリスがジューンと話をして、それでようやく事情がわかったの」とドット。

「四十五年も経ってからね」

「ジューンはなんて？　誕生パーティで何があったの？」

フィリスは紅茶をすすり、カサンドラに眉を上げて見せた。「ネルに、おまえはわたしたちの本当の子供じゃないって、父さんが打ち明けたの」

「養女だったの？」

ふたりの叔母は目配せをした。「そうとも言えないのよね」フィリスが言う。

「拾ったっていうか」とドット。

「連れ帰ったというか」

「預かったというか」

カサンドラは眉根を寄せた。「どこで？」

「メアリーバラ埠頭」ドットが言った。「当時あそこにはヨーロッパからの大型船がたくさん来てたのよ。今はさっぱりだけどね。最近はもっと大きな港があちこちにできてるし、今は飛行機の時代だから――」

「父さんはそこで姉さんを見つけたの」フィリスが話を引き戻した。「当時はまだほんのちっちゃな子供だった。第一次大戦が始まる直前だからね。ヨーロッパを出てオーストラリアに押しかけてきた人たちを、こっちがせっせと受け入れていた時代の話。父さんは港の入国審査官だったの。向こうからやって来た人たちが申告した氏名や渡航目的に間違いがないか、調べるのが仕事。なかには英語がまるでしゃべれない人もいたんですって。

「聞いた話によると、ある日の午後、ひと騒動が持ち上がった。イギリスからの船がすさまじい航海を終えて港にたどり着いた。船内にチフスが蔓延し、熱射病で死ぬ人も大勢出たりして、入港した時には引き取り手のない鞄や人が取り残されてしまったの。これにはほとほと困り果てた。言うまでもなく父さんはこの難題をひとつひとつ解決していった――なんたって父さんは物事をきちんと処理する達人だったからね。とにかくきっちりと仕事をこなし、夜勤の人にひととおりの経緯を報告して、事務所になぜ旅行鞄が山積みなのかを説明したりするために、その日はいつもより長く居残っていた。で、そうこうするうちに、埠頭にまだ残っている人がいるのに気づいたってわけ。四歳になるかならないかくらいの女の子が、子供用のトランクの上にすわっていた」

「まわりを見る限り、ほかには誰もいなかったんですって」ドットがかぶりを振り振り言った。

「つまり、たったひとりぼっちでね」

「無論、父さんは名前を聞き出そうとしたけど、女の子は名乗らない。わからない、思い出せないと言うばかり。トランクに名札はついていないし、中身も身元を示すようなものが何もなくてね。時間も遅いし、暗くなってくるし、天気も悪くなってくる。きっとお腹もすいているだろうにと父さんは、結局自分の家に連れていくしかないと考えた。ほかにどうすることもできないわよね。雨の埠頭にひとり置いとくわけにはいかないでしょ?」

カサンドラは首を左右に振りながら、フィリーの話に出てくる疲れきった孤独な少女と、自分が知っているネルを重ね合わせようとした。

「ジューンの話じゃ、父さんは翌日、職場に行けばきっと血相を変えた身内の人とか、あるいは警察官が――」

「でも、どこからも問い合わせがなかった」ドットが話を奪う。「何日もまるで音沙汰なし。誰ひとり、何も言ってこなかった」

「手がかりがまるでなしだからね。局員だって身元を洗い出そうと努力したんだろうけど、毎日のようにものすごい数の人がやって来るわけだし……書類だってとんでもない量なんだから。

うっかり見落とされちゃうものがあっても不思議じゃないわよ」

「人もね」

フィリスはため息をついた。「というわけで、父さんと母さんが預かった」

「ほかにどうしようもないでしょ?」

「で、少女には自分たちの子だと思わせておいた」

「つまり、それがあたしたちの姉さんてわけ」

「ところが二十一歳を迎えた時点で」フィリスが続ける。「父さんは本人に真実を伝えるべきだと考えた。おまえは、子供用のトランク以外、身元を証明するものをいっさい持たない捨て子だったんだよって」

カサンドラは無言のまま、いま聞いたばかりの話を胸に落とすのに必死だった。熱いティーカップを両手で包みこむ。「とてつもない孤独に襲われたんでしょうね」

「そりゃ当然よ」ドットが口を出す。「孤独も孤独。何週間も大きな船に揺られてきた挙句《あげく》、人っ子ひとりいない埠頭にほっぽり出されちゃったわけだもの」

「それもそうだけど、その後にしたって」

「え、どういうこと?」ドットが眉をひそめた。

カサンドラは唇をぎゅっと引き結んだ。いったい自分は何が言いたいのか? その答えは波のように襲いかかってきた。祖母の孤独が痛いほどわかった。これまで知らずにきたネルの本質ともいえる一面を、この一瞬に垣間見たような気がした。いや、むしろこれまで見てよく知っているネルの気質が、突如理解できたと言うべきだろうか。ネルの孤独癖、自立心、気難しさ。「自分が自分の思っていた自分ではないと知った時、ものすごい孤独感に襲われたはずでしょ」

「そう、たしかにそうよね。はじめはそこがピンとこなくてね。ジューンから話を聞いてすぐには、そこまですべてを一変させてしまうほどのことなんだろうかって思ったわ。どうしてネルは悪いほうにばかり取るのか、どうしても理解できなかった。姉さんのことは母さんも父さんもすごく可愛がっていたし、あたしたち妹だって慕ってたのよ。こんな恵まれた家庭に何の不足があるのかってね」フィリスはソファの腕木に頰杖をつくと、倦《う》み疲れたように左のこめかみを揉みほぐした。「でもね、時間が経つにつれてわかってきたの——そういうことってあるでしょ？　普段は気にも留めていないことがいかに大事なのかって、わかったの。つまり、家族とか血縁とか過去とか……そういうものがその人らしさを形作っているわけで、父さんはそれをネルから奪ってしまった。父さんに悪気はなくても、結果的にはそういうことなのよ」

「結局みんなに知ってもらえて、ネルは気が楽になったんでしょうね」カサンドラは言った。「ある意味、肩の荷が下りたというか」

　フィリスとドットが一瞬、視線をからませた。

「姉さん、全部聞いたよってネルに打ち明けたの？」

　フィリスは眉をくもらせた。「何度も言いかけたんだけど、いざとなると言葉がうまく見つからなくてね。どうしても言い出せなかった。だってネル姉さんはあたしたちにはずっと黙ってたのよ。秘密をひとりで抱えこんだまま、人生をそっくりやり直すみたいなことになって。なんだか……どう言えばいいか……そうやってせっかく築いた壁を突き崩すのがなんだか酷な気がしちゃってさ。またしても姉さんの足をすくうことになるんじゃないかって」フィリスはかぶりを振った。「でもそんなの下手な言い訳よね。ネルはその気になれば強い女になれるんだもの。あたしに言い出す勇気がなかったってことね」

「勇気があるとかないとか、そんなの関係ないわよ」ドットがきっぱりとした口調で言った。「知らないふりをしているのが一番だって、みんなで納得したことじゃないの。ネルだってそれを望んでいたんだもの」

「あんたの言うとおりかもね」フィリスは言った。「それにしても、不思議よね。打ち明ける機会はいくらもあったはずなのに。たとえばダグがトランクを届けに行った日とか」

「父さんが死ぬ間際の話よ」ドットがカサンドラに説明した。「父さんがね、フィリーのご亭主に頼んで、ネルのところにトランクを届けさせたの。それがどういう由来のものかはいっさい言わずにね。父さんてそういうところがあったのよ、何でも隠したがるところはネルといい勝負よね。父さんはそのトランクをずっと隠し持っていたってわけ。中身はそっくり、ネルを埠頭で見つけた時のまま」

「思えばおかしな話よね」フィリスが言う。「あの日、トランクを目にした瞬間、ジューンの話が頭に浮かんだわ。父さんが埠頭でネルを見つけた時にあったのがこれだって、すぐにわかった。でも、それまでずっと父さんの物置の奥にしまってあったはずなのに、あたしはまるで気にも留めなかった。それがネルとネルの出自につながる品だなんて思ってもみなかったしね。ちょっと考えれば、どうして父さんも母さんもあの変なトランクをとっておくのかと気にもなったんだろうけど。白革で銀のバックルがついていて、すごく小ぶりの子供サイズで……」

フィリーはトランクの特徴を事細かに説明していったが、カサンドラは聞くまでもなかった。それとそっくり同じものを実際に目にしていたからだ。

しかもその中身まで知っていた。

5 ブリスベン 一九七六年

母が運転席の窓を下げ、ガソリンスタンドの店員に「満タンね」と告げた瞬間、カサンドラはこれからどこへ向かうのかを理解した。店員が何か言うと、母は小娘のような笑い声をあげた。店員はカサンドラにウィンクをすると、そのまま落とした視線を、短く切り落としたデニムのショートパンツから伸びる、母の褐色の長い脚に這わせた。男たちが母をじろじろねめまわすのには慣れっこだったので、カサンドラはなんとも思わなかった。窓のほうに体をひねると、そんなことより祖母ネルのことを考えた。目的地はネルの家だったからだ。母がガソリンに五ドル以上かけるのは、サウスイースト・フリーウェイを一時間ばかり走った先のブリスベンに行く時くらいしかない。

日頃からネルには畏怖の念を抱いていた。記憶する限り、これまで五回しか会ったことはないのだが、そう易々と忘れられるような人ではなかった。何よりもまず、これまで会った人のなかで一番の年寄りだった。しかもほかの人たちと違って笑顔を振りまいたりしないのでいっそう威厳が感じられ、すごく怖かった。母のレズリーはめったにネルの話をしない。だが一度だけ、カサンドラがベッドにはいったあと、母がレンの前につき合っていた恋人と喧嘩を始め、ネルを魔女呼ばわりする声を聞いたことがある。すでに魔法使いの存在を信じるような年ではなかったが、以来そのイメージがずっとカサンドラの頭を離れずにいた。

たしかにネルは魔女めいていた。長く伸ばした銀髪を頭のうしろで団子に結ったその姿、パディントンの丘陵地に立つ、レモンイエローのペンキがあちこちはがれた間口の狭い木造住宅、雑草だらけの庭、ネルの背後をまとわりついて離れない近所の猫たち。じっと相手を見据えるネルのまなざしは、まるで呪いをかけようとしているかのようだった。

窓を開けはなったままローガン街道を走りながら、レズリーはカーラジオから流れる曲——ベストテン番組でしょっちゅうかかるアバの新曲——に合わせて歌いどおしだった。ブリスベン川を渡ると車は市内中心部を迂回し、キノコ栽培のトタン屋根が山肌に点在するパディントン地区を一気に走り抜けた。ラトローブ・テラスのはずれの急坂を下り、狭い通りを進んだ途中にネルの家はあった。

レズリーは車を急停車させ、エンジンを切った。カサンドラの脚は窓からの強烈な日射しに晒され、膝小僧の裏側がビニールシートにべったりと貼りついていた。母が車を降りると、カサンドラも車からぴょんと歩道に降りてその横に並び、背の高い下見張りの家を見上げていた。

コンクリートを薄く塗り固めただけの、ひびだらけの歩道が上に向かって延びていた。ここを登りきった先に玄関があるはずだが、何年も前に階段部分を板で囲ってしまったため、入口は見通せない。階段は誰も使っていないからとレズリーは言った。こういうのがネルの好みなのだとも言う。こうしておけば、人がいきなり訪ねてくることもないし、歓迎されていると勘違いする人もいないというわけだ。古びた雨樋《あまどい》ははずれかかっていて、その中央部分には豪雨の時に大量の水を吐き出せるよう大きな穴が開いており、その縁にも錆《さび》が浮いていた。もっとも一陣の熱風を受けてウィンドチャイムがちりんちりん鳴っているところを見れば、今日は雨になりそうもない、そうカサンドラは思った。

「まったく、ブリスベンにはうんざりだわ」レズリーは青銅色の大きなサングラスの上辺から目を覗かせて、かぶりを振った。「ここを出たのは正解ね」

その時、歩道の上のほうで音がした。つややかな毛並みの淡褐色の猫が、胡散臭《うさんくさ》げな視線をふたりの新参者に投げかけている。木戸の蝶番《ちょうつがい》がきしむ音に続いて足音が聞こえた。猫のかたわらに、すらりと背の高い銀髪の人影が現われた。カサンドラは息を呑んだ。ネルだ。自分の空想の産物と対峙するような気分だった。

三人とも立ちすくんだまま互いを観察し合った。誰もが無言だった。カサンドラは、自分には理解が及ばぬ大人たちの不思議な儀式を目の当《ま》たりにしているような、そんな奇妙な感覚にとらえられた。なぜじっと立ちすくんだままなのか、誰が次の行動に移るのかと考えているうちに、ネルが沈黙を破った。「来る時は前もって電話をくれるって約束したはずだけどね」

「久しぶりなんだし、ね、母さん」

「オークションの準備で仕分けの最中なんだよ。あちこち物が散らかってて、すわる場所だってないのに」

「何とかなるわよ」レズリーはカサンドラのほうにさっと手を振り、「可愛い孫娘は喉がからからみたいよ。こっちはめちゃくちゃ暑いからね」

カサンドラは居心地悪そうに体をもじもじさせて地面を見つめた。母の態度がおかしかった。いつもと違って、いわく言いがたい落ち着きのなさが感じられた。祖母がゆっくりと息を吐き出すのがわかった。

「だったらどうぞ。中にはいれば」

*

散らかっているというネルの言葉に誇張はなかった。床一面、くしゃくしゃに丸めた新聞紙の小山だらけだった。新聞紙の海原にぽっかり浮かんだ島とでもいうべきテーブルは、おびただしい数の陶器やガラス製品やクリスタルで埋まっていた。がらくた《ブリッカブラック》、この言いまわしをふと思い出し、カサンドラはちょっと得意だった。

「やかんをかけてくるわね」レズリーは、キッチンのあるほうへさっさと向かった。

ふたりきりになると、祖母はいつものあの鋭い目でカサンドラをねめ回した。

「ずいぶんと背が伸びたね」彼女はようやく口を開いた。「でも、これじゃ痩せすぎだ」

学校でもクラスメートたちにそう言われていた。

「あたしもあんたみたいに痩せっぽちだったのよ」ネルは言った。「父さんに何て言われてたと思う?」

カサンドラは肩をすくめた。

「幸運の脚《ラッキー・レッグス》。こんなに細いくせにポキンと折れないからラッキーなんですって」ネルは、古めかしい食器棚のフックからティーカップをはずしにかかった。「紅茶、それともコーヒー?」

カサンドラは呆れたように首を振った。五月で十歳になるとはいえまだほんの子供、大人の飲み物を勧める人などいない。

「うちにはフルーツジュースもサイダーも、そういう類のものはないからね」ネルが言った。

ネルは目をぱちくりさせた。「冷蔵庫にあるよ。猫用にたっぷり買ってあるんだ。瓶は滑りやすいからね、床に落とさないでおくれよ」

カサンドラはどうにか言葉を探り当てた。「じゃあミルク」

紅茶が注がれたところで、母は娘を追い立てにかかった。外はいい天気だし、日射しもいっぱいだし、子供なら家に閉じこもってなどいられないだろうというわけだ。そこで祖母のネルは、だったら家の下で遊ぶといい、ただし物を壊したりするんじゃないよと言い添えた。それと、下にあるフラットには絶対にはいってはいけないと。

毎日がだらだらとメリハリなく続くかのようなこの陽気は、オーストラリアの救いがたい呪縛のひとつだ。扇風機は熱い空気をただかき混ぜるだけでほとんど役に立たず、蟬《せみ》は耳を聾さんばかりにやかましく、息をするにも体力がいるわけで、そうなるとただごろんと横になっているより仕方なく、そうやって一月と二月をやり過ごし、三月の嵐を経てようやく四月の爽やかな突風が味わえる。

しかしカサンドラにそんなことはわからない。まだほんの子供だから、どんな厳しい気候にも耐えられるだけのスタミナがあった。戸口を出て虫除け網戸を閉めると、歩道伝いに裏庭に向かった。地面に散ったプルメリアの花が、灼熱の太陽に晒されて黒くかさかさに干からびていた。それを歩きながら靴で踏みつけ、白っぽいコンクリートに染みがつくさまを確かめては満足感を味わった。

さらに坂を登りきったところの空き地で見つけた小さな鉄製のガーデンチェアに腰かけると、謎めく祖母が丹精している奇妙な庭と、その先に見える、あちこちに補修の痕が残る家を眺めた。あのふたりは何を話しているのか、なぜ今日ここに来たのかと思いめぐらすのだが、どう頭をひねっても答えは出そうになかった。

＊

しばらくすると、この庭は楽しいことが盛りだくさんだということがわかってきた。ひとまず疑問を追いやり、種子で大きくふくらんだホウセンカの莢《さや》を集めはじめた。そうしているあいだも黒猫が一匹、無関心を装いながら、遠くからこちらをうかがっていた。どっさり莢が採れたところで、カサンドラは庭の隅のマンゴーの木のいちばん低い枝によじ登り、ひとつ、またひとつと莢をはぜさせては種子を飛ばした。ひんやりとして粘つく種子が指先からはじけ飛ぶ感触が気持ちよく、足元に落ちてくる莢にぎくりとした子猫の、それをバッタと間違えて色めき立つさまも面白かった。

種子をすっかり飛ばしてしまうと、カサンドラはショートパンツで手をぬぐいながら気の向くままに視線をさまよわせた。金網フェンスのすぐ向こうには白くて四角い建物があった。そこがパディントン劇場だということは知っていたが、いまは閉鎖中だった。このすぐ近くに祖母の骨董屋がある。以前、レズリーがいつもの気まぐれを起こしてブリスベンに来た時、一度行ったことがあった。カサンドラをネルに預けて、母が誰かに会いに出かけてしまった時のことだ。

その時ネルは銀のティーセットを磨かせてくれた。銀器磨き液《シルヴォ》のにおいに、磨き布がどんどん黒ずんでいくにつれてティーポットがぴかぴかに輝いていくさまに、喜びを感じた。ネルは、スターリングシルバーであることを示す獅子のマークや、ロンドン市認定を表わすヒョウの顔、製造年を表わすアルファベットなど、刻印の意味も教えてくれた。まるで秘密の暗号のようだった。カサンドラはその週の終わりに自宅に戻ると、磨いてあげられそうな銀器はないかと部屋中を探しまわった。刻印の意味をレズリーに教えてあげたかった。だが銀器は見つけられずに終わった。以来、あの作業の楽しさをすっかり忘れていた。

かなりの時間が経っていた。マンゴーの葉が暑さでぐったりとなり、カササギのさえずりもとぎれがちになるころ、カサンドラは小道を引き返した。ママとネルは相変わらずキッチンにいた――虫除け網戸を透かして、ふたりのほの暗いシルエットが見えた――そこで、そのまま家の脇に回った。レールの上を滑る仕掛けの、とても大きな木の引き戸があった。取っ手をつかんで引き開けると、ひんやりした薄暗い地階部分が現われた。

まばゆい外光との強烈なコントラストのせいで、闇が支配する別世界にまぎれこんだような気分だった。カサンドラはどきどきしながら足を踏み出し、縁に沿って進んだ。かなりの広さがあったが、ネルはそこにめいっぱい物を詰めこんでいた。三方の壁にはさまざまな形やサイズの箱が床から天井までびっしりと積み上げられていて、残りの一面には半端物の窓やドアが何枚も立てかけられていた。ガラスが割れているものも交じっている。何も置かれていない場所といったら、奥の壁の中央にある戸口の前くらいだった。その先は、ネルが「フラット」と呼んでいる部屋だ。覗いてみると、寝室くらいの大きさだった。板を左右の壁に渡しただけの、簡単な作りの棚には古本がぎっしりと並び、部屋の隅の折り畳み式ベッドには赤と白と青のパッチワークキルトが掛かっていた。明かり採りの小窓があったが、板でふさがれていた。泥棒よけだろうかと思ったが、こんな部屋に盗みたくなるようなものがあるとは思えなかった。

ベッドに寝ころんでみたい、キルトのひんやりした感触は火照《ほて》った肌にさぞ気持ちがいいだろう、そんな衝動に駆られたが、ネルの声が鮮明に甦った――下で遊んでもいいけれど、フラットにはいってはいけないよ。カサンドラは聞き分けのいい子だった。だからフラットのベッドに寝転がるのはやめにして、戸口を離れた。続いて、コンクリートの床にかつてどこかの子供が描いたのだろう、石蹴り遊びの四角い升目が消えずに残る場所まで引き返した。手頃な石はないかと、鼻先をこすりつけんばかりにして室内の隅々を見て回った。数個をためつすがめつして、狙いどおりの場所に飛んでくれそうな、角のない手頃な石を選び出した。

石を放る――最初の升目のド真ん中に着地――そこで、片足跳びに取りかかった。七巡目にさしかかった時、ガラスが割れるような祖母の鋭い声が床板越しに聞こえた。

「それでも母親かね?」

「母さんよりはましでしょ」

カサンドラは升目の中央で片足立ちをしたまま、身をすくませて聞き耳を立てた。しんとなった。少なくともカサンドラの耳には何も聞こえなかった。わずか数メートルしか離れていない左右の隣家を気にして、ふたりは声をひそめたのだろう。そういえば、言い争いになると決まってレンは、他人に内輪の揉めごとを聞かれるなんてご免だと言ってレズリーをたしなめる。ただしカサンドラに聞かれるのはいっこうにかまわないらしいのだが。

体のバランスが崩れ、上げていた足がわずかに地面に触れた。だがそれも一瞬のこと、すぐさま足を宙に浮かせた。五年生のなかでもとりわけ石蹴りのルールにうるさいトレーシー・ウォーターズでもこの程度なら目をつぶり、先を続けさせてくれるだろう。だが、石蹴り遊びへの興味はとうに失せていた。母の声の調子が不安な気持ちにさせた。お腹がしくしく痛みだした。

カサンドラは石を脇に放り投げると、石蹴りの升目を離れた。

外は異様に暑かった。本当にやりたいことは読書だった。「魔法の森」に出かけたり、「高い高い魔法の木」によじ登ったり、フェイマス・ファイブの面々に交じって「謎の屋敷と密輸商人」の正体を探ったりしたかった（いずれもイーニッド・ブライトンの児童文学作品名）。今朝、家を出る時に枕元に置き忘れてきた本のことが思い出された。まったくドジな子だよ、そんなレンの声が聞こえるようだった。何か失敗するたびに必ず聞こえてくる声だ。

ふとネルの本棚のこと、フラットにずらりと並ぶ古本のことが頭に浮かんだ。どれか一冊、きちんとすわって読むなら、ネルもきっと許してくれるだろう。本を傷めないよう注意を払い、あった場所にちゃんと返しておけばいい。

フラットには埃と歳月のにおいが充満していた。カサンドラは赤や緑や黄色の背表紙に視線を走らせながら、心に響くタイトルとの遭遇に期待した。三段目の棚の、一筋の光に照らし出された一冊の前に、ぶち猫が一匹、体のバランスを巧みにとって寝そべっていた。さっきは猫の存在すら気づかなかった。いったいどこからはいってきたのか、どうやってこちらの目をかいくぐってフラットにはいれたのか不思議だった。猫は怪しまれているのを察知したのか、前足を突っ張ると、威厳に満ちたまなざしをカサンドラに向けた。それから流れるような身のこなしで棚から飛び降りると、ベッドの下に姿を消した。

猫の姿を目で追いながら、あんなふうにするりと身をかわし、いとも鮮やかに姿を消すのはどんな気分だろうかと思った。それからカサンドラは目をぱちくりさせた。どうやらいとも鮮やかとまではいかなかったようだ。猫がキルトの裾をかすめたあたりに何かがのぞいていた。小さくて白い、箱のようなものだ。

カサンドラは床に膝をついて、キルトの縁を持ち上げた。ベッドの下を覗く。小さなトランク、それも古びたトランクだ。蓋が斜めにずれていたので、かろうじて中身が見えた。何枚もの紙、白い布地、ブルーのリボン。

突如、カサンドラは確信めいたものを感じた。たとえネルの言いつけに背《そむ》くことになったとしても、中身をきちんと確かめなくては、そんな直感が働いた。逸る心でトランクを引き出すと、開いた蓋をベッドにもたせかける。そして中身の検分に取りかかった。

銀製のヘアブラシは、年代物でかなりの価値がありそうだった。ブラシ部分のすぐ下にはロンドン市認定を示すヒョウの頭が刻印されていた。ちっちゃくて愛らしい白のワンピースは、カサンドラがこれまで見たことも着たこともないような、古めかしいデザインだった。こんなものを学校に着ていったら、女の子たちに笑われそうだ。筒状に丸めた紙の束は淡いブルーのリボンで結んであった。リボンを抜き取り、紙を広げる。

絵が現われた。白地に黒の素描画だ。カサンドラがこれまで見たことがないような、とびきり美しい女性が庭のアーチの下にたたずんでいる。いや、アーチではない。葉がからまる門と、その先に木立ちの通路が続いている。迷路、と咄嗟《とっさ》に思った。頭に浮かんだこの奇妙な言葉が、くっきりと形をなした。

黒の細かい描線の集まりが、魔法のように絵を浮かび上がらせている。こういうものを産み出すのってどんな気分だろうかと、カサンドラは思った。その絵はどこか妙に懐かしいのに、なぜそんなふうに感じるのか自分でもわからない。だが、すぐに気がついた——その女性は子供の本に出てくる登場人物に似ていたのだった。ハンサムな王子様に見そめられた途端に、ボロをまとった乙女が王女様に姿を変える、昔のお伽噺集の挿し絵にありそうな。

この素描を床に置き、残りの紙束を見ていった。手紙のはいった封筒が数枚と、罫線入りのノートが一冊。どのページものたくるような手書き文字で埋め尽くされていた。まるでカサンドラの知らない異国の言語で書かれてでもいるようだった。パンフレット数種と雑誌の切り抜きに続いて、一枚の古い写真が出てきた。男の人と女の人、それと長いお下げ髪の少女が写っている。カサンドラには見覚えのない人たちだ。

ノートの下からお伽噺の本が出てきた。表紙は緑色の硬紙で、イライザ・メイクピース著『少年少女のための魔法のお伽噺集』と金色の文字で書かれている。カサンドラは作者の名前を何度も唱えては、唇がこすれる不思議な感触を楽しんだ。表紙をめくると、鳥の巣に妖精がちょこんと腰かけている口絵が現われた。流れるような長い髪、頭に巻いた星の輪飾り《リース》、透き通った大きな翼。さらに目を凝らすと、妖精の顔が、先ほど目にした素描のものと瓜二つなのに気がついた。鳥の巣の底の部分を取り囲むように配された細くうねるような文字の連なりが、この妖精が「語り手のミス・メイクピース」だと告げていた。喜びにうち震えながらカサンドラが第一話のページを開くと、あわてふためいた紙魚《しみ》たちが四方八方に逃げまどった。時を経てページは黄ばみ、縁はすっかりぼろぼろになっていた。紙は粉を吹いたようにざらつき、折れた角をこすろうものなら、紙がもろもろと崩れて塵《ちり》になってしまいそうだった。

カサンドラは矢も盾もたまらなくなった。ベッドの中央に横向きに寝そべって体を丸めた。涼しくて静かだし、どこか秘密めいていて読書にはもってこいの場所だった。自分でもなぜそうするのかわからないのだが、カサンドラはいつもこっそり隠れるようにして本を読む。そうでもしないと、自分は怠け者なのかもしれない、こんな面白いものに夢中になりすぎるのはきっと悪いことに違いないと、つい後ろめたくなるのだ。

だが、そんな後ろめたさは吹き飛んでしまった。ウサギの巣穴に飛びこむアリスのように、暗い森のはずれの粗末な小屋で盲目の老婆と暮らすお姫様の、魔法と謎に包まれたお話にすっかり夢中になっていた。お姫様の見せる勇気に、カサンドラは舌を巻いた。

残すところあと二ページ、その時、床を踏む足音が上階から聞こえてきて、はっと我に返った。

ママたちが来る。

カサンドラはぱっと跳ね起き、ベッドから飛び降りた。どうしても読み終えたい、お姫様が最後にどうなるのか見届けたい。だが、どうすることもできなかった。広げた紙束を急いでまとめるとトランクに戻し、ベッドの下に押しこんだ。言いつけを守らなかった証拠はすべて始末した。

フラットを離れると、石を拾い、石蹴りの升目まで引き返す。

こうしていままでずっと石蹴り遊びをしていたように取りつくろったその時、ママとネルが引き戸を開けた。

「こっちにおいで」レズリーが言った。

カサンドラはショートパンツの埃を払うと母のそばに行った。するといきなり肩を抱き寄せられ、驚いた。

「楽しかった?」

「うん」カサンドラは警戒した。ばれたのだろうか?

しかし母に苛立つふうはなかった。それどころか、むしろ鼻高々といった様子だ。そのままネルのほうに目をやる。「ほらね。この子は手がかからないのよ」

ネルは一言も返さない。そこでレズリーはカサンドラに向かって先を続けた。「いいこと、あんたはしばらくおばあちゃんの家にいることになったからね。楽しいわよ」

不意打ちだった。ママはきっとブリスベンで用事があるに違いない。「今日のお昼はここで食べるってこと?」

「これから毎日よ、ママが迎えに来るまでずっと」

突如、握りしめていた石のとがった角に意識が向いた。ぎざぎざが指先に食いこんだ。母から祖母に視線を移す。これは何かのゲームだろうか? 母がしかけた冗談か? いまにぷっと吹き出すのではと様子をうかがう。

吹き出さなかった。大きく見開いた青い瞳でカサンドラを見つめるばかり。

どう返せばいいのか、カサンドラは途方に暮れた。「パジャマ、持ってきてないのに」どうにか絞り出せた言葉はこれだけだった。

母の頬がふっとゆるみ、すぐさまそれは安堵の大きな笑みに変わった。これで駄々をこねるチャンスは消えた、そうカサンドラは悟った。「そんなこと心配するなんて、お馬鹿さんね。お泊まりバッグはちゃんと積んできたわよ。バッグなしで置いていくとでも思ったの？」

そんなやりとりのあいだ、ネルは無言のまま身じろぎもしなかった。レズリーを見つめるそのまなざしに、カサンドラは不満の色を読み取った。おばあちゃんはわたしをここに泊めたくないのだろう。小娘ってのは足手まといだからなと、レンはしょっちゅう言っていた。

レズリーはいそいそと車にとって返すと、後部座席の開いた窓に上半身を突っこみ、お泊まりバッグを取り出した。どうして荷造りをやらせてくれなかったのか、カサンドラは腑に落ちなかった。

「はい、これ」レズリーはカサンドラにバッグを放った。「そこにいいものがはいっているからね。おニューのワンピースよ。レンが一緒に選んでくれたんだから」

母は背筋を伸ばすと、今度はネルに向かって話しかけた。「一、二週間だけだからね、約束する。レンとのごたごたが片づくまで」レズリーはカサンドラの髪をくしゃくしゃとかき乱した。「おばあちゃんはあんたに泊まっていってほしいんだって。大都会で過ごすなんて、夏休みらしい夏休みになるじゃない。学校が始まったら友達に自慢できるわよ」

祖母はふっと微笑んだが、うれしそうではなかった。こんな笑い方になる時の気分は、カサンドラにも憶えがあった。すごく欲しいものがあって、母は必ず買ってあげると言うのだが、それが空約束に終わるとうすうす勘づいた時、そんな笑みをよく浮かべた。

レズリーは娘の片頰にさっとキスをして、手を握りしめたかと思うと、気づいた時にはもういなくなっていた。結局カサンドラは、母親と抱擁を交わすことも、運転に気をつけてねと言葉をかけることもできず、迎えに来てくれる正確な日取りも訊けずに終わった。

＊

その日、ネルが夕食——太目のポークソーセージ、マッシュポテト、ゆでてつぶした豆の缶詰——を用意し、キッチン脇の狭くるしい部屋でふたりで食べた。この家の窓にはバーリービーチのレンの家にあるような虫除け網戸はなく、その代わり、ネルがすわる席のすぐ横の窓の桟には、プラスチック製のハエ叩きが備えてあった。ハエや蚊が飛びこんでくると、ネルはさっとハエ叩きを取り上げる。その手さばきは実に素早く、手慣れたもので、ネルの膝の上でまどろむ猫も身じろぎすらしないほどだった。

食事のあいだ、冷蔵庫の上に置かれた扇風機がねっとりとしめった空気を左右に振りまいていた。カサンドラは時折祖母からあがる質問にできるだけ礼儀正しく答え、そうこうするうちに試練の夕食は終わった。皿拭きを手伝ったあと、浴室に連れていかれ、ネルが浴槽にぬるい湯をはった。

「冬場の水風呂もいやだけど」ネルの口調は素っ気なかった。「夏場の熱いお湯はもっといやだね」ネルは戸棚から茶色のタオルを取り出すと、トイレの貯水タンクの上に危ういバランスで載せた。「ここまでお湯がたまったら蛇口を閉めるんだよ」と、緑色をした陶製の浴槽の、側面にある穴をさし示すと、立ち上がってワンピースのしわを伸ばした。「じゃあ、あとはいいね」

カサンドラはこくんとうなずき、笑みを返した。ちゃんとした受け答えになっていればいいのだが。大人というのは油断がならない。たいていの場合、子供が本音を漏らすのをいやがるものなのだ。不満を口にするなどもってのほかだ。レンからもよく、良い子は人を不快にさせるようなことは口に出さず、いつもにこにこ笑っているものだと言い聞かされていた。だが、ネルは普通の大人とは違っていた。なぜそう感じるのかうまく言えないが、ネルのルールが人と違うことはわかった。とはいえ、無難にことを進めるに越したことはない。

だから歯ブラシのことは、つまり歯ブラシがないことは、伝えられずにいた。レズリーはそういうちょっとしたものをいつも入れ忘れるのだ。でも、一、二週間程度なら歯ブラシがなくてもなんとかなるだろう。髪を頭のてっぺんで束ねて団子に丸め、輪ゴムでとめた。自宅では母のシャワーキャップをかぶるのだが、ネルのところにあるかどうかわからないし、訊くのもためらわれた。浴槽の縁をまたぎ、ぬるい湯に体を沈め、両膝を抱えて目をつむった。浴槽の内側をひたひたと打つ湯の音、電球のブーンとうなる音、どこか上のほうから聞こえる蚊の羽音に耳をすました。

こうしてしばらく湯に浸かっていたが、あまり時間がかかりすぎるとネルが様子を見に来るのではと思い、不本意ながら浴槽を離れた。体を拭き、タオルは裾をきちんと揃えてシャワーカーテンのレールに掛け、パジャマを着た。

ネルはサンルームにいた。ソファベッドにシーツと毛布をかけている。

「寝心地がいいとは言えないけどね」ネルは枕を叩いてふんわりさせながら口を開いた。「マットレスは上等とは言えないし、スプリングもちょっと硬いけど、あんたは痩せっぽちだしね。そこそこ気持ちよく寝られるよ」

カサンドラは神妙にうなずいた。「ずっとじゃないし。ほんの一、二週間だけだもの。ママとレンのご用が片づくまでだもの」

ネルは悲しげな笑みを浮かべた。室内を見まわし、それからカサンドラを見た。「ほかにいるものは？　お水？　ランプ？」

買い置きの歯ブラシがあるだろうかとぼんやり思ったが、それをどう言葉にすればいいのかわからない。カサンドラはかぶりを振った。

「じゃあベッドにおはいり」ネルが毛布の角を持ち上げた。

言われるままベッドにおさまると、ネルが上掛けを引き上げた。驚くほどふんわりとして気持ちよく、生まれてはじめてかぐような清潔な香りがした。

ネルはもじもじしていた。「じゃあ……おやすみ」

「おやすみなさい」

明かりが消え、カサンドラはひとりになった。

暗闇は聞き慣れない音を増幅した。遠くの尾根を行き交う車の音、両隣の家から聞こえてくるテレビの音、別室にいるネルが床板を踏む音。窓の外ではウィンドチャイムが鳴っていた。ふと気づくと、ユーカリと路面のタールのにおいが大気に満ちている。嵐が接近中だった。

*

カサンドラは上掛けの下で体をちぢこませた。嵐は苦手だった。予想がつかないからだ。接近する前におさまってくれますようにとただ祈るばかり。そこでささやかな運だめしをやった。十数えるうちに近くの丘から車の音が聞こえてこなければ、すべてうまく行く。嵐もたちまち通過し、ママは今週中にも迎えに来るはずだと。

一、二、三……数をごまかすことも、急いで数えることもしなかった……四、五……。いまのところ順調だ。あと半分……六、七……呼吸が早まる、まだ車は来ない、あとちょっと……八――。

カサンドラはぱっと飛び起きた。バッグの内ポケットを点検し忘れていた。ママは入れ忘れたわけじゃない。歯ブラシがなくならないよう、内ポケットにしまっておいてくれたんだ。ベッドを離れたその時、突風にあおられたウィンドチャイムが窓ガラスを打った。部屋の向こう端まで四つん這いで進む。床板の隙間から吹きこむ風に、素足がひやっとした。

上空に不気味なとどろきが起こり、続いて鮮やかな閃光が走った。身の危険を感じた。昼下がりに読んだお伽噺に出てきた嵐、幼いお姫様を老婆の住む小屋へと導いた荒れ狂う嵐のことが思い出された。

床にひざまずき、内ポケットのひとつひとつを手探りし、指先が歯ブラシの形状をとらえてくれることをひたすら祈った。

やがて丸い大きな雨粒がトタン屋根を叩きはじめた。はじめはまばらだった雨音も次第に激しさを増し、ついには切れ目のない水音となってカサンドラの耳に届いた。

こうなったらバッグの中身をそっくり再点検してみよう。歯ブラシは小さいからどこかに紛れこんでしまい、見落とした可能性もある。両手をバッグに深く差し入れ、中身を取り出した。歯ブラシはなかった。

またも雷鳴が家を揺さぶり、カサンドラは耳をおおった。ぱっと立ち上がって両手で胸をかき抱く。痩せっぽちの自分、取るに足りない自分をぼんやりと意識しながら、ベッドに飛びこみ上掛けにくるまった。

どしゃぶりの雨は軒先から幾筋もの細い流れを作りながら窓ガラスを濡らし、たわんだ雨樋は不意をつかれて水をあふれさせた。

カサンドラは上掛けの下で身じろぎもせず、我が身をぎゅっと抱きしめた。蒸し暑いのに、二の腕には鳥肌が立った。眠らなくては、ちゃんと眠らないと朝が辛い、いやな気分で一日を過ごしたい人なんていない。

しかしどうがんばってみても、眠りは訪れてくれなかった。羊を数え、黄色い潜水艦の歌とか、オレンジとレモンの歌とか、海底庭園が出てくる歌とかを頭のなかで口ずさみ、お伽噺の暗唱もあれこれ試してみた。だが夜はずっと永遠に続くかのようだった。

稲妻が光り、雨が激しさを増し、雷鳴がとどろくと、カサンドラはめそめそ泣きだした。黒黒とした雨のベールに包まれているうちに、ずっとこらえていた涙が堰《せき》を切ったようにあふれ出した。

どのくらい時間が経ったろうか？　一分？　十分？　気がつくと戸口に黒い人影が立っていた。

カサンドラはこみ上げる嗚咽《おえつ》を押しとどめた。喉がひりひりしたが我慢した。

囁くような声が聞こえた。ネルだ。「窓がちゃんと閉まっているか、見に来たんだよ」

暗闇のなかでカサンドラは息を殺した。シーツの角で涙をぬぐう。

ネルがすぐそこにいた。カサンドラは、触れてはいないがすぐそこにいる人間が発する、あの不思議な電流を感じ取った。

「どうしたんだい？」

カサンドラの喉はまだ凍りついたまま、言葉がどうしても出てこない。

「嵐かね？　怖いのかい？」

カサンドラはかぶりを振った。

ネルはソファベッドの端にぎくしゃくと腰かけると、ナイトガウンをお腹のあたりでかき合わせた。稲妻がまたも閃光を放ち、祖母の顔を照らした。目尻にしわはあるものの、レズリーと同じ目をしていた。

嗚咽がついにあふれ出した。「わたしの、歯ブラシがね」カサンドラはしゃくりあげながら言った。「歯ブラシが、ないの」

ネルは一瞬、虚をつかれたような目をしたが、すぐにカサンドラを抱き寄せた。この唐突な振舞いに、この予想外の反応に驚いて、咄嗟に身をすくめたが、やがてされるがままになった。ラベンダーのほのかな香りがするネルにもたれ、肩を震わせながらさめざめと泣いた。熱い涙がネルのナイトガウンを濡らした。

「ほらほら」ネルはカサンドラの髪を撫でながら囁いた。「心配ないよ。買い置きがあるからね」それから窓を洗う雨に目を向けると、自分の頬をカサンドラの頭に預けた。「あんたは、へこたれない子《サバイバー》、そうだよね？　もう大丈夫。万事うまく行くからね」

万事うまく行くからと言われても、素直に受け止められるはずもなかったが、それでもネルの言葉に少し心が和《なご》んだ。祖母の声には、ちゃんとわかっているよと言っているような、そんな響きがあった。知らない場所でひとりぼっちで過ごす夜がどんなに怖ろしいものか、ちゃんとわかっているからねと。

6　メアリーバラ　一九一三年

港からの帰宅は遅くなったが、スープはまだ熱々だった。そこがリルのいいところだ。夫に冷めたスープを出すような女ではない。ヒューは最後の一匙を口に運び終えると、椅子にもたれて首筋をもみほぐした。外では遠雷が川べりから町中《まちなか》へと移動しつつあった。目ではとらえられぬすきま風がランプの炎をちらちらと揺らしては、室内にひそむ陰影をおびき出していく。影法師を追うように、ヒューは疲労の浮かぶまなざしをテーブルから壁の下縁へ、そして玄関ドアのほうへとさまよわせた。闇はまばゆいばかりに白く輝くトランクの上で踊っていた。

これまでも引き取り手のないトランクを何度も扱ってきた。だが、幼い少女のものとなるとどうか？　いったいどんな事情があって子供が、それもひとりで埠頭にいることになったのか？　しかも見るからに育ちのよさそうな子供である。愛らしい顔立ち、金糸を思わせる赤みを帯びたブロンド、深いブルーの瞳。じっと見つめてくるその様子から、耳が聞こえているのは間違いない。つまりこちらが話している内容も、口にしていないことも、すっかり理解しているということだ。

ベランダにしつらえた寝室のドアが開き、リルの柔らかい体の線がそこに浮かび上がった。リルは後ろ手にそっとドアを閉めると歩きだした。それからカールした髪の毛を耳にかける。ふたりが知り合った当時からずっと、気がつけばいつも跳ね上がっている厄介な癖毛だ。「やっと寝たわ」リルはキッチンに来るなり口を開いた。「雷をひどく怖がってね。でもそう長くは続かなかったわ。かわいそうに、すっかり疲れていたのね」

ヒューは流し台にスープ皿を運び、ぬるま湯に浸した。「そりゃそうだろう、ぼくだってへとへとだよ」

「見ればわかるわ。洗い物はわたしがしますよ」

「大丈夫だよ。きみは先に休みなさい。すぐに行くから」

だがリルは出ていかなかった。背中にリルの気配を感じた。何か話したいことがあるのだろう、男はそういうことがだんだんわかってくるものだ。徐々にリルのなかでふくらんでいく言葉を待つうちに、ヒューは首筋がこわばるのを感じた。長年にわたって交わされたやりとりが蒸し返され、一瞬、宙づりになったかと思うと、大波となってどっとふたりに襲いかかってくる、そんな気配を察した。

ようやく発せられたリルの声は沈んでいた。「お願いだから、腫れ物にさわるみたいにしないで、ヒューイ」

彼はため息をついた。「わかってるさ」

「わたしならもう大丈夫。これがはじめてってわけじゃないんだし」

「わかってる」

「病人扱いはやめてね」

「そんなつもりはないよ、リル」振り返ると、リルはテーブルの端に立ち、椅子の背に両手をついていた。そのポーズは自らの健康を夫に示さんがため、「すべてはこれまでどおり」だと告げようとしているのだ。妻の気持ちが痛いほどわかった。リルは傷ついている。事態を好転させようにも、どうがんばったところで、自分にはどうしてやることもできないのだ。ハントリー先生の口癖ではないが、世の中にはままならぬこともある。だがそう言ったところで、リルにもヒューにも慰めにはならなかった。

やがてリルはヒューの傍らに立ち、軽く腰をぶつけてきた。リルの肌から立ちのぼる甘くせつないミルクのような香りがヒューの鼻腔をくすぐった。「ほら、あなたこそベッドに行ってちょうだい。わたしもすぐに行きますから」さりげなく陽気に振る舞う妻の様子に、ヒューはぞくりとしたが、おとなしく従った。

言葉どおり、さほど間を置かずにリルが寝室にはいってきた。妻が一日の汗をぬぐい、ネグリジェを頭からかぶるのを見守った。こちらに背を向けていたが、乳房に巻いた布をそっとはずしているのがわかったし、いまもまだふくらみが残る腹部も察せられた。

ふと目を上げたリルが、夫の凝視に気づく。そのおっとりした顔がたちまち防備を固める。

「何よ」

「べつに」ヒューは自分の手に視線を落とした。長年にわたる波止場勤めでマメもできるし、ロープでこしらえた擦《す》り傷も絶えない。「あっちにいる子供のことを考えていたんだ。どこの子なのかなって。名前を言わなかっただろ?」

「知らないの一点張り。何度訊いても、わたしをじっと見返して、それも神妙な顔でね、ただ忘れたって言うばかり」

「とぼけているということはないのかな? 無賃乗船する連中のなかには、とぼけるのがうまいのもいるからね」

「ヒューイったら」リルはきっとなった。「そんなことするもんですか。まだ赤ん坊みたいな子じゃありませんか」

「そう怒りなさんなよ。ただの仮定じゃないか」ヒューはかぶりを振った。「あの子がここまできれいさっぱり記憶をなくしてるというのが信じられないだけさ」

「記憶喪失とかいうのがあるそうじゃないですか。ルース・ハーフペニーの父親が鉱山の縦坑に落っこちて、そうなったんですってよ。墜落か何かするとそういうことが起こるって話だし」

「あの子もどこかから落っこちたと?」

「どこにも傷はなかったけど、可能性がないとはいえないでしょ」

「まあ、そうだな」ヒューが相槌をうつのと同時に、稲妻の閃光が部屋の四隅を照らし出した。

「明日にでも調べてみるよ」それから寝返りをうって仰向けになると、天井に目を凝らし、そっとつぶやく。「誰かの子供であるのは間違いないわけだし」

「そうね」リルがランプを消すと、ふたりは闇に包まれた。「きっと血眼《ちまなこ》になって捜しているんでしょうね」リルはいつものようにヒューに背を向け、ひとり悲しみに沈んだ。シーツ越しに届くその声はくぐもっていた。「でも、そんな人たちにあの子を育てる資格なんてないわ。無責任すぎるわよ。子供を置き去りにするなんて、どういう神経かしら」

＊

洗濯物の下を駆けまわっては、濡れたシーツに頬を撫でられるたびにはしゃぎ声をあげる。

そんなふたりの少女の様子を、リルは裏手の窓から眺めていた。少女たちは歌を口ずさんでいた。ネルの好きな歌だ。歌だけは忘れずにいるらしい。ネルはたくさんの歌を知っていた。

ネル。リルの母親エレノアにちなんで、波止場にいた少女をいまではその愛称で呼んでいた。というか、名前をつけるしかなかった。この不思議な少女の本名はまだ突き止められずにいたのだ。リルが尋ねるたびに、少女は青い大きな瞳を見開いて、思い出せないと言うばかりだった。

最初の数週間が過ぎたころ、リルは問いかけるのをやめた。本音を言えば、名前がわからないのはむしろありがたかった。自分たちがつけた名前以外で呼ばれるネルなど想像できなかった。ネル。実に似つかわしい名前だ。誰もがそう思うだろう。その名を持って生まれてきたと言ってもいいくらいに思えた。

少女の身元を突き止めよう、少女の家族を捜し出そうと、リルもヒューも最善を尽くした。これ以上何をしろと言うのか。はじめのうちはリルも、ネルを一時的に世話しているだけ、誰かが迎えに来るまで預かっているだけだと自分に言い聞かせていたのだが、日が経つにつれ、そんな誰かはもう現われないと確信するようになった。

夫婦は、ネルを交えた三人の暮らしにすっかり馴染んだ。朝は三人で食卓を囲み、ヒューが出勤するとリルとネルは家事をした。リルは、自分を慕う存在を持てる喜びを知った。ネルにさまざまなものを見せては、それがどう動くのか、なぜそう動くのかを説明するのは楽しかった。ネルは好奇心旺盛な子供だった。なぜお日様は夜になると隠れてしまうの？　なぜ暖炉の火はどこかに飛んでいかないの？　なぜ川は退屈して逆方向に流れないの？　リルのほうもそうした問いかけに答えては、ネルの小さな顔が納得の表情に変わるのを眺めるのが好きだった。自分が人の役に立っている、人に必要とされる一人前の人間になれた、そんな気分は生まれてはじめてのことだった。

ヒューにとってもいいことずくめだった。ここ数年、夫婦のあいだにはぴんと張りつめた空気が漂っていたのだが、それが徐々にほぐれだした。たまたま隣り合わせになった見知らぬ同士がつい慎重になりすぎて言葉に詰まるというような、そんな他人行儀の振舞いはぴたりとやんだ。時には昔のように、ふたりして屈託のない笑い声をあげるようにもなっていた。

ネルにしても、メアリー川の水に鴨が馴染んでいくように、ヒューとリルとの暮らしにすんなり溶けこんだ。近所の子供たちが新参者の存在に気づくのに、さして時間はかからなかったし、ネルのほうも遊び相手ができるとあって大はしゃぎだった。ベス・リーヴスという少女は、ある時期を境に毎日のように遊びにやって来た。ふたりが一緒に駆けまわりながらたてる音をリルは愛した。こうやって子供の甲高い声や笑い声が裏庭に響きわたる日を、どんなに待ち焦がれたことか。

ネルは想像力の豊かな子供でもあった。ネルが次から次へと言葉を紡《つむ》ぎながら空想遊びにふけるのをリルはよく目にした。ネルの手にかかると殺風景な裏庭は魔法の森に姿を変え、茨の迷路や断崖に立つコテージまでが出現した。ネルが描き出すそうした場所が、白いトランクにしまわれていたお伽噺の本に出てくることは、リルも気づいていた。リルとヒューは、夜ごと交代で、その本を読んで聞かせるようになっていたのだ。はじめのうち、どれもリルにはひどく怖ろしいお話に思えたのだが、ヒューはそんなことあるものかと言った。ネルにしても、ちっともいやそうでなかった。

キッチンの窓辺に立ってふたりの子供を眺めるうちに、リルにはふたりが何をしているのかがわかった。大きく目を見開いたベスが、ネルの想像のなかの迷路へといざなわれているのだ。白いワンピースを着て、踊るように歩くネルの、長いお下げ髪が太陽の光を受けて金色に輝いた。

ブリスベンに引っ越すことになれば、ネルはベスと会えなくなって寂しい思いをするだろうが、すぐにまた新しい友達ができるはず。子供とはそういうものだ。それに引っ越しはどうしてもしないわけにはいかなかった。リルもヒューも、ネルのことを北部から遊びに来ている姪っ子だと周囲に言ってきたのだが、それももはや限界だった。遅かれ早かれ近所の人は、あの子はなぜうちに帰らないのかと不審に思いはじめるだろう。いったいいつまでこっちにいるのかと。

それだけは絶対に避けなければ。リルの心ははっきりしていた。そのためには知り合いのいない土地で、他人があれこれうるさく訊いてこない大都会で、新生活を始める必要があった。

7　ブリスベン　二〇〇五年

早春のある朝、ネルの死から一週間あまりが経っていた。身の引きしまるような風が木々の梢《こずえ》を吹き抜け、ひるがえった葉の青白い裏側がうち震えながら太陽の光を浴びている。突然スポットライトを浴びて、心細さと晴れがましさにとまどう子供たちのようだ。

マグに満たした紅茶はすっかり冷めていた。一口すすってからコンクリートの窓の桟に置いたまま、そこにあることも忘れていた。進路を断たれて回り道を余儀なくされた蟻の大群は、ぞろぞろとマグをよじ登り、持ち手の穴をすり抜けては反対側へ下りていく。

そんな蟻たちの振舞いにも、カサンドラはまるで気づいていない。裏庭の洗濯場の横で、ぐらつく椅子に腰かけ、視線はひたすら家の外壁に注がれていた。そろそろペンキの塗り替え時期だった。もう五年も経ったなんて信じられなかった。下見張りの家は七年ごとの塗り替えが必要だと業者に言われたが、そんな世間の常識にネルが従うことはなかった。カサンドラが祖母と暮らすようになってからこっち、この家がそっくり全部塗り替えられたことは一度もない。せっかくきれいに塗ったところで見るのは他人様《ひとさま》だけじゃないか、そんなことに大金を注ぎこむ気はさらさらないね、それがネルの口癖だった。

それでも裏庭に面した外壁だけは別だった。ネルいわく、ここだけは自分たちが眺めて暮らす、唯一の壁だからね。というわけで、家の正面と左右側面のペンキはクイーンズランド特有の強烈な陽光に晒されてすっかり剝げ落ちてしまっても、裏手の外壁だけはいつもきれいになっていた。五年ごとに色見本を持ち出してきては、膨大な時間とエネルギーを費やして、新しく塗る色の長所や短所を話し合うのである。カサンドラがここで暮らした時期だけでも、壁は碧青色《ターコイズ》が赤紫《ライラック》に変わり、次は朱 赤《ヴァーミリオン》、その後は緑がかった青色《ティール》へと塗り替えられてきた。一度、下手《へた》な壁画もどきをあしらってみたものの、むべなるかな、ネルの反応はいまひとつで……。

あれはカサンドラが十九歳の時のこと、充実した日々を送っていた。美大生になって二年目、寝室は徐々にアトリエと化し、夜は愛用の画板を乗り越えてようやくベッドにたどりつくといった有様で、いずれメルボルンで美術史を学びたいという夢をふくらませていた。

そんな計画にネルは気乗り薄だった。その話題が出るたびに、「美術史ならクイーンズランドでだって学べるじゃないか。わざわざ南に行くまでもないだろうに」と言った。

「ずっとここで暮らすわけには行かないわ」

「誰がずっとなんて言った？　もうちょっと辛抱して、まずは自分の足元を固めないとね」

カサンドラは、ドクターマーチンを履いた自分の足を指さした。「足元ならもう固まってるけど」

ネルはくすりともしなかった。「メルボルンは物価が高いし、家賃を出してやる余裕なんてないからね」

「あら、なにも好きこのんで《パッド・タヴァーン》（実在の漫談酒場）でグラス運びをしてるわけじゃありませんからね」

「ふん、あんな店の稼ぎじゃ、あと十年、メルボルン行きはなさそうだね」

「それもそうね」

やけにあっさりと引き下がったのには何か魂胆がありそうだとばかり、ネルは顎をぐいと突き出して不審の眉を持ち上げた。

「そんなお金、自分じゃとても貯められるわけないし」カサンドラは下唇を嚙みしめ、ほころびそうになる笑みをねじ伏せた。「誰かさんがぽんと気前よくお金を出してくれないかな、わたしの夢を応援してくれる優しい人がいたらいいんだけど……」

ネルはアンティーク・センターに持っていく陶磁器を詰めた箱を持ち上げた。「こうやってあんたの話につき合っているうちに、あんたの思いどおりの色に塗られちまうんだ、そんなのはご免だね」

カサンドラは、ネルのそれまでの頑なな態度に軟化の徴を見て取った。「その話はまたあとでね」

ネルは天を仰いで目を回す仕草をした。「やれやれ、しつこいったらありゃしない」この話はひとまず打ち止めとばかり、ふうっと鼻息をもらす。「裏の壁を塗る道具はちゃんと揃えたのかい？」

「ばっちりよ」

「刷毛《はけ》はおろしたてのものを使うってこと、忘れてないだろうね？　この先五年間、刷毛の抜け毛を眺めて暮らすなんてのは、ご免だよ」

「はいはい。誤解のないように念のために言っておくけど、壁に塗るのはペンキで、刷毛じゃありませんから」

「まったく生意気な子だよ」

その日の午後、アンティーク・センターから帰宅したネルは、裏庭に回ると、その場にじっとたたずみ、ぴかぴかに光る塗りたての壁をしげしげと眺めた。

カサンドラは背後に控えて唇を引き結び、ともすればこみ上げる笑いを押し殺した。そのましばし待つ。

朱赤《ヴァーミリオン》の壁は見事なできばえだったが、祖母が見つめていたのは、壁の隅にカサンドラが黒ペンキで加えたいたずら描きだった。ネルが愛用の椅子に腰かけ、湯気の立つ紅茶カップを高々と持ち上げている、そんな似顔絵だ。

「おばあちゃんを描いちゃった。悪気はないの。つい熱がはいっちゃって」

ネルの表情は読み取れなかった。

「おばあちゃんの隣にわたしの姿も描いとくわね。そうすればわたしがメルボルンに行っても、いつも一緒だって思えるでしょ」

ネルはかすかに唇を震わせた。それからかぶりを振り振り店から持ち帰った箱を下におろすと、大きなため息をついた。「まったくもう、生意気ったらありゃしない」そう言いながらもその口元はほころび、カサンドラの頬を両手で包みこんでいた。「でも、あたしがこんな子に育てちまったんだものね、どうなるものでも……」

と、その時何かの音がして、過去の映像は煙のように追いやられ、カサンドラは明るく騒がしい現実に引き戻された。まばたきをして目をこする。はるか上空で飛行機がブーンとうなりをあげていた。それはまばゆいばかりの紺碧の海原にたつ白い波を思わせた。あの中にたくさんの人が乗っていて、おしゃべりをしたり笑ったり食べたりしているなんて、なんだか嘘みたい。そこには、こうやって空を見上げている自分のほうを見下ろしている人もいるのだろう。

さらに別の音がした。今度はすぐそばから聞こえた。地面を擦るような足音だ。

「やあ、カサンドラ」よく見知った人影が家の脇から現われた。一瞬立ち止まって息を整えている。昔のベンはすらりと背が高かったが、時の流れは無惨にも人の姿を変える。いまでは庭に住む小妖精《ノーム》を思わせた。髪はすっかり白くなり、ごわごわの顎ひげをはやし、耳が不思議なほど赤い。

カサンドラはぱっと笑顔になった。会いに来てくれたのが心底うれしかった。ネルは人づき合いが苦手な人で、たいていの人が仲間を作ろうと病的なまでに躍起《やっき》になるのを軽蔑してはばからないところがあった。それでもベンとはうまが合った。ベンも同じアンティーク・センターに店を出していた。趣味の骨董蒐集を本業に変えた元事務弁護士である。妻を亡くしたところへ、勧めていた弁護士事務所からそろそろ引退をとやんわり持ちかけられ、さらにはせっせと買い集めた中古家具が自宅を占領しはじめていたというわけだ。

成長期にあったカサンドラにとってベンはいわゆる父親的存在で、折にふれて頂戴する忠告はありがた迷惑でしかなかったが、その後再びネルと暮らすようになってからは、いい友達になっていた。

ベンはコンクリート造りの洗濯場の脇から、色あせた低い腰かけを引きずってくると、用心しいしい腰をおろした。二度目の戦争で痛めた膝が、季節の変わり目になるとひどく痛むのだ。

彼は丸い眼鏡のフレーム越しに、ウィンクをした。「いい場所を見つけたじゃないか。ここは眺めもいいし、人目も気にしなくていい」

「ネルがお気に入りだった場所よ」自分の声なのに他人がしゃべっているように聞こえ、どのくらい人と口をきいていないのだろうかとぼんやり考えた。思えば一週間前、フィリスの家に夕食に呼ばれて以来のことである。

「なるほどね。あの人が気に入っていたんなら間違いない」

カサンドラは笑みを返した。「お茶でもどう?」

「いいね」

裏口からキッチンにはいり、やかんをコンロにかける。さっき沸かした湯は、まだかすかに温かかった。

「で、調子はどうかね?」

カサンドラは肩をすくめた。「元気よ」外に戻ると、ベンのすぐ横、コンクリートの石段に腰をおろす。

ベンが血色の悪い唇を引き結んで薄く笑った。口ひげと顎ひげがもつれた。「お母さんとは連絡がついたのかい?」

「はがきが来たわ」

「てことは……」

「何としてもこっちに来たかったけど、ママもレンも忙しいし、ケイレブもマリーも……」

「なるほどね。ティーンエイジャーはなにかとご多忙ってわけか」

「ティーンじゃないわよ。マリーはもう二十一だもの」

ベンがひゅっと口笛を鳴らす。「早いもんだな」

やかんがしゅうしゅう鳴りだした。

カサンドラはキッチンに戻ってティーバッグを湯に浸すと、湯が茶色に変わっていく様子を見つめた。レズリーが二度目にして母親業をしっかりこなしているとは、なんとも皮肉な話だった。つまるところ、人生の多くはタイミングの問題なのだろう。

ミルクを注いだものの、まだ大丈夫だろうか、いつ買ったものだったか、確信が持てなかった。たしかネルが亡くなる前? 賞味期限は九月十四日になっている。その日は過ぎたのか? 自信が持てなかった。でも異臭はしない。ベンにマグを差し出す。「ごめんなさい……ミルクが……」

ベンが一口すする。「本日一番の味だよ」

ベンは椅子に戻るカサンドラを目で追いながら、何か言いたそうにしていたが、すぐには切り出さなかった。それから咳払いをひとつした。「実はね、今日来たのは様子うかがいでもあるんだが、お役所がらみの用事もあってね」

人の死には役所関係の手続きはつきものだ。驚くには当たらない。それでも不意をつかれて頭が混乱した。

ベンは毛糸のベストに手を差し入れると、シャツのポケットから一通の封筒を取り出した。かなりの年月を経ているのか、角がすり切れ、白の地色も黄ばんでいた。

「だいぶ前にこれを作成したんだ」ベンは目を細めて封筒に目をやった。「正確には一九八一年だな」ここでいったん言葉が途切れる。相手がこの沈黙を埋めてくれるのを待っていたのか。だが何も返ってこないと見て、そのまま先を続けた。「内容はおおむねごく単純なものだ」ベンは中身を取り出したが、それには目を向けず、上体をかがめて膝に腕を預ける。ネルの遺言書がベンの右手からだらんとぶら下がった。「おばあさんは全財産をおまえさんに遺してくれたよ」

カサンドラは驚かなかった。多少は心を揺さぶられたし、いまさらながら孤独を意識することにもなったが、意外とは思わなかった。ほかに誰がいるというのか。レズリーは問題外だろう。カサンドラはレズリーを恨むのをとっくにやめていたが、ネルはずっと許せずにいたのだ。一度、カサンドラがそばにいないと思ったのか、ネルが誰かに向かって、我が子を捨てる親なんて冷淡きわまりない人でなしのすること、許しがたい行為だと息巻くのを聞いたこともあった。

「この家はもちろんだが、ネル名義の銀行預金とアンティークをそっくり全部」ここで彼は、さてどうしたものかといった様子でカサンドラを見た。まるで次に告げることに対して、カサンドラに心の準備ができているかどうか推し量《はか》っているかのようだった。

「それと、まだあるんだ」彼は遺言書に目を落とした。「去年、おばあさんが病気を告げられた直後のことだったか、午前中にちょっと来てほしいと呼ばれてね」

カサンドラは思い出した。あの日、ネルのところに朝食を運んでいくと、これからベンが来る、ふたりきりにしてほしいと言われたのだ。さらにネルは、アンティーク・センターに行って本の仕分けをするよう言いつけた。本の仕分けは何年も前からネルの独擅場だというのにだ。

「あの日、あるものを手渡されてね。封がしてある封筒だった。で、これを遺言書と一緒に預かっていてほしい、開けるのは自分にもしもの……その……」彼は口をつぐんだ。「まあ、そういうことだ」

不意に巻き起こった冷たい風が腕をかすめ、カサンドラはかすかに身震いした。

ベンは片手を振りかざした。遺言書がはためいたが、ベンは黙ったままだった。

「で、それは何？」カサンドラは、もやもやした不安の塊がいつものように胃のあたりに沈殿するのを感じていた。「言ってよ、ベン。覚悟はできてるわ」

ベンが目を上げた。カサンドラの声の調子に驚いている様子だ。ここで笑い声があがったものだから、カサンドラの頭は混乱した。「そんな不安そうな顔をしなくていいんだよ。悪い話じゃないんだから。むしろその反対だよ」ベンは一瞬、考えて、「厄災とかの類ではないが、

ない。

「謎の類と言うべきものではあるかな」

カサンドラはふうっと息を吐き出した。謎と言われても、それで不安が解消されたわけではない。

「とにかく彼女の言いつけは守ったよ。封筒はずっとしまってあって、昨日ようやく開封したんだ。その中身たるや、いやはやたまげたね」ベンがにっと笑う。「ここととは別の家の不動産譲渡証書がはいっていたんだよ」

「家って誰の？」

「ネルのだよ」

「ここ以外に家なんてあるわけないでしょ」

「それがあるんだな。そいつがいま、おまえさんのものになったというわけだ」

不意打ちは苦手だった。その唐突さ、気まぐれなところが気にくわない。以前なら予想外の出来事にもすんなり身を委ねる術《すべ》を心得ていたものだが、いま聞かされた話は一瞬にして恐怖に突き落とされる前兆のように思われた。状況の変化に対する肉体の拒否反応。カサンドラは足元の枯葉を拾い上げると、それを半分に折り、さらにまた半分に折りして考えこんだ。

ネルはカサンドラの少女期にも、その後ここに戻ってきてからも、同じ屋根の下に暮らしながらそんな家の存在を一度も口にしたことがなかった。なぜなのか？　なぜずっと秘密にしていたのか？　どういうつもりで買ったのか？　投資？　ラトローブ・テラス界隈のコーヒーショップに行くと、客たちが地価の高騰がどうの、資産がどうのと話しているのを耳にしたことはあった。だがネルまでが？　ネルはいつだって、パディントン地区の製材労働者が住んでいたちっぽけなコテージを投資目的で買いあさる、旧市街の若手エリート《ヤッピー》たちを馬鹿にしていたではないか。

それにネルが年金暮らしになったのはかなり以前のこと。もしその家が投資目的なら、どうしていままで売らずにいたのか？　それを生活費になぜ回さなかったのか？　アンティークの商いはそれなりの満足感を与えてくれはするが、経済面で報われることはいまのご時世、まずもってない。ネルとカサンドラが食べるくらいは何とかなったが、それでも悠々自適《ゆうゆうじてき》とまでは行かなかった。いまここに蓄えさえあれば急場をしのげるのにという局面はこれまで何度もあったのに、そんな時ですらネルはいっさい口をつぐんでいたのだ。

「その家って」カサンドラはようやく口を開いた。「どこにあるの？　この近く？」

ベンはかぶりを振り振り、困ったような笑みを浮かべた。「その場所というのがまさに謎めいていてね。実はイギリスにあるんだ」

「イギリス？」

「ヨーロッパの果てにある大英帝国、つまり地球の反対側だ」

「イギリスがどこにあるかくらい知ってるわよ」

「正確に言うとコーンウォールの、トレゲンナという村にある。ここに書かれてあることくらいしか言えないが、その家の登記名は《クリフ・コテージ》。そこから考えると、もとは大地主の敷地内にあった物件だろうね。よかったら調べてあげるよ」

「でもどうして……？　なんでまた……？」大きく息を吐く。「いつ買ったの？」

「証書の日付は一九七五年十二月六日になっている」

カサンドラは腕組みをした。「イギリスなんて行ってないのに」

すると今度はベンが驚きの表情を浮かべた。「いや、行っているよ。七〇年代半ばに一度。何も聞いてないのかね？」

カサンドラはゆるゆるとかぶりを振った。

「あの時のことははっきり憶えているよ。あれはあの人と知り合ってまだ間もない時分でね、おまえさんがここで暮らしはじめる数か月ほど前だった。当時、彼女はスタフォード通りに小さな店を構えていてね。そこで何点か買ったのがきっかけで、知り合いになったんだ。まだ友達と呼べるような間柄じゃなかったがね。とにかくその時期に、ネルは一か月ほど留守したんだよ。なんで憶えているかというと、シーダー材のライティングデスクの代金をこっちが分割で払い終わった直後に、あの人が出かけちまったからなんだ。妻の誕生祝いにするつもりだったんだが、もう駄目かと思ったよ。結局、間に合わなかったんだがね。それはともかく、デスクを引き取りに何度も店に行ったんだが、そのたびに閉まっているのさ。

「はっきり言ってこっちはカンカンだよ。ジャニスの五十歳のお祝いにもってこいのデスクだったからね。手付けを打った時には、休暇旅行の話なんておくびにも出さなかった。それどころか、あの人は商品予約購入《レイ・バイ》のルールをわざわざ念押しまでしたくらいなんだから。残金は週ごとに支払い、デスクは一か月以内にさっさと引き取るべしってね。うちには倉庫なんてないし、入荷予定の品のためにも場所ふさぎになるのは困る、ってな調子だよ」

カサンドラに笑みがこぼれた。いかにもネルらしい話だ。

「そこまで言うんだから、ずっと店が閉めきりなんておかしいじゃないか。ひとしきり腹を立てたあと、今度は心配になってきた。警察に知らせようかとも思ったよ」ベンはさっと手を振り立てた。「結局はそうせずにすんだわけだがね。それから四、五回ほど店を覗きに行ったあとだったか、ちょうどネルのところに来た郵便物を取りこみに出てきたお隣の女性と出くわしてね。その人がネルはイギリスに行っていると言うんで、こっちはどうしてまた急にとか、いつ戻るのかとか矢継ぎ早に尋ねたもんだから、向こうはすっかり頭にきちまったんだろうね。あたしは頼まれたことをやっているだけで、それ以上のことは知らないって、けんもほろろだった。そんなわけで仕方なく店に通いつづけたよ。とうとう妻の誕生日が来てしまい、一巻の終わり。で、しばらく経ったある日、店は開いていた。ネルが戻ってきたんだ」

「じゃあ、その時、家を買ったのね」

「そのようだね」

カサンドラはカーディガンの前をかき合わせた。釈然としなかった。なぜそんなふうにふらりと旅に出て、家まで買っておきながら、その後一度も行かなかったのか？

「何も聞いてないのかね？　これっぽっちも？」ベンは眉を吊り上げた。「まあ、ネルのことだ。あの人は自分からぺらぺらしゃべるような人じゃなかったからね」

「でも、あなたとは親しかったでしょ。何かの拍子にぽろっと口にしてるはずだと思うけど」

ベンはしきりに首を振る。カサンドラはなおも食い下がった。「だったら向こうから戻ってきた時はどうなの？　ライティングデスクを引き取りに行った時とか。なぜ急に出かけたのかとか、訊かなかったの？」

「もちろん訊いたさ。その後もずっと、何度もね。きっと大事な用があったに違いない、それがわかったんだ。戻ってきた時の様子が一変してたんでね」

「どんなふうに？」

「心ここにあらずというか、何やらいわくありげでね。いまにして思えばそんな感じだった、ということじゃなくて。何か月かするうちに、ネルとはだいぶ懇意になってね。ある日、店に出かけていったところに、トゥルーロとかいう地名の消印が押された手紙が届いたんだ。ちょうど郵便配達員と店先で出くわしたんで、わたしがその手紙を預かり、ネルに渡した。ネルは努めてさりげなく振る舞おうとしていたが、その時分にはあの人のことがだいぶわかるようになっていたからね。とにかく、その手紙を受け取った時の心の高ぶりが手に取るようにわかったよ。案の定、こっちをさっさと厄介払いしようと、ネルが言い訳を始めてね」

「それは何だったの？　誰から来た手紙？」

「はばかりながら好奇心はかなり旺盛なほうなんでね。後日デスクの上にそいつを見つけ、さすがに手紙の中身までは無理だったが、封筒をひっくり返して、送り主だけは確かめた。そこにあった住所をしっかり頭に叩きこんで、イギリスにいる元同僚に問い合わせたんだ。そうしたらそこは調査会社だった」

「つまり探偵？」

ベンはうなずいた。

「実在する会社なの？」

「もちろん」

「でもイギリスの探偵を雇うなんて、どういうつもりかしら？」

ベンは肩をすくめた。「さあね。どうしても真相を突き止めねばならない謎か何かを抱えていたんじゃないのかな。あれこれカマをかけた時期もあったんだ。どうにかして聞き出してやりたくてね。だがことごとく空振りだった。その後は無理強いするのをあきらめたよ。誰だって話したくないことがあって当然だ、そのうち気が向いたらネルのほうから話してくれるだろうってね。正直な話、あれこれ干渉しすぎたかなと、いまでも後ろめたくてね」彼はしきりに首を振る。「何ともはや、知りたがり屋で困ったもんだよ。そのことはずっと長いあいだ頭に引っかかっていたからね、で、こいつが」と、不動産譲渡証書を一振りして、「――こいつがとどめの一撃というわけだ。あんたのおばあさんてのは、この期《ご》に及んでなお人を煙に巻こうっていうんだからね、呆れてしまうよ」

カサンドラはうなずきながらも上の空だった。心ここにあらず、さまざまな出来事をつなぎ合わせるのに忙しかった。ベンが言うところの謎、つまりネルが何かの真相を突き止めようとしていたに違いないという、その言葉がきっかけだった。それが祖母の通夜で聞かされた一連の秘密と一緒になって、ひとつに撚《よ》り合わされようとしていた。ネルの実の両親は不明のままだということ、外国船から港に降り立ったひとりの少女、トランク、不可解なイギリス旅行、秘密にされていた家の存在……。

「さてと」ベンは紅茶の飲み残しを、ネルが育てていたゼラニウムの鉢植えに空けた。「そろそろ失礼するよ。あと十五分もしたら、マホガニーのサイドボードを引き取りに客が来ることになっているんでね。なかなか売れなくて往生したよ。厄介払いができてやれやれだ。センターに行くけど、何かできることがあったら言っておくれよ」

カサンドラは首を横に振った。「月曜日には行くつもりだし」

「そう焦ることはないさ。先日も言ったが、こっちは店番させてもらうのが楽しいんだから。今日の売り上げは、午後に店を閉めてからちゃんと届けるからね」

「ありがとう、ベン。何から何まで」

ベンは立ち上がると腰かけを元の位置に戻し、証書をティーカップの下にはさみこんだ。それからいったんは家の角を曲がりかけたが、ちょっと立ち止まり、引き返してきた。「体に気をつけるんだよ、いいね。風が強くなってきたし、うっかり吹き飛ばされんようにね」

額のしわが優しい気遣いを示していたが、カサンドラは目を合わせる気になれなかった。ベンの考えていることくらいすっかりお見通しだ。この人はかつてのわたしのありようをいま脳裏に甦らせている、そんなところは見たくなかった。

「カサンドラ?」

「わかったってば」手で追い払うような仕草をする。ベンは去った。やがて車のエンジン音が遠ざかる。ベンが見せる同情心はあくまでも善意からだとわかっていたが、そこについ非難めいたものを感じてしまうのだ。本来の自分を取り戻せない、いや、取り戻そうとしないカサンドラに、いささか失望しているのだろう。まさかわざとそうしているとは夢にも思わずに。ベンの目には他人行儀とか孤独癖に映るのだろうが、カサンドラにすればそれは自衛本能の表われであり、失うものが少ないほうが安心していられるという知恵だった。

カサンドラはスニーカーの爪先をコンクリートの歩道にこすりつけ、過去の悲しい思い出を頭から締め出した。それから証書を取り上げた。すると証書の表紙に小さなメモ書きが綴《と》じ付けてあるのが目に留まった。ネルの癖のある古めかしい筆跡は、読むのもひと苦労だった。顔を近づけたり離したりしながら、ゆっくりと文字を拾い上げていった。

「これをカサンドラに遺贈する。いずれその意図を理解してくれることを願って」

8　ブリスベン　一九七五年

必要書類——パスポート、航空券、トラベラーズチェック——の入れ忘れがないかひととおり確かめ、旅行ポーチのチャックを閉めると、ネルは自分を叱咤《しった》した。実はだんだん心細くなってきたのだ。飛行機は毎日のように飛んでいるではないか、そう自分に言い聞かせる。巨大なブリキ缶にはいってシートベルトをすれば、あとは勝手に空に打ち上げてくれるだけ。ネルは深呼吸をした。そうよ、万事うまくいく。あんたはへこたれない子《サバイバー》じゃなかったの？

家内を一巡して、窓の戸締まりをチェックした。キッチンをざっと見まわし、ガス栓の閉め忘れがないか、冷凍庫の氷が溶けていないか、コンセントの抜き忘れがないかを確認する。それからようやく裏口からトランク二個を運び出し、鍵をかけた。なぜこんなにも心がざわつくのか、理由は自分でもわかっていた。何かをし忘れるとか、飛行機が落ちるとか、そういうことが心配なのではない。心乱れるのは自分の生まれた土地に向かうところだったから。人生の紆余曲折《うよきょくせつ》を経てようやく、故郷の土を踏むことになったからだ。

その日は突然やって来た。父親のヒューが亡くなったのがつい二か月ほど前のこと、それが過去への扉を開くきっかけとなった。ヒューにはそれがわかっていたに違いない。わかっていたからこそ、フィリスに例のトランクの存在を打ち明け、自分が死んだらネルのところに届けるようにと託したのだ。

道ばたでタクシーを待ちながら、ペンキがすっかり剝げ落ちた黄色い家を見上げた。この位置から見ると家がやけにひょろりと高く感じられた。まずもってこんな家にはお目にかかったことがない。数年前に封鎖し、いまでは無用の長物となった外階段、ピンクとブルーと白のストライプ模様の日除けテント。屋根から突き出たふたつの屋根窓《ドーマーウインドウ》。間口が狭すぎる上に何の変哲もない箱形の家だから優美とは無縁の代物だ。それでもネルは気に入っていた。その無骨さも、つぎはぎだらけなところも、由来がはっきりしないところも愛していた。時代に翻弄された人々、かつてこの家の所有者だった人たち、その一人ひとりがこの耐久力のある建物正面にせっせと自らの刻印を残してきたのだ。

ネルがここを買ったのは一九六一年のこと、夫のアルが死に、レズリーを連れてアメリカから戻った時だった。家は放置されたまま荒れ放題だったが、パディントン丘陵地帯にあって、しかもパディントン劇場の裏手という立地は、ネルが買える範囲の物件としてはもっとも故郷を身近に感じさせてくれた。するとこの家は、そんなネルの思い入れに応えるかのように、収入の道も新たに開いてくれた。地階倉庫の暗がりにしまいこまれていた壊れた家具が、どっさり出てきたのだ。そこにあった螺《ら》旋《せん》状の轆轤《ろくろ》細工が見事な折り畳み式テーブルに、ネルはすっかり心奪われた。かなり傷《いた》んでいたが、ネルはめげなかった。さっそく紙ヤスリとシェラック・ニス（ラック貝殻虫の分泌する樹脂状物質が原料の天然塗料）を買いこみ、テーブルを甦らせる作業に取りかかった。

　家具修復のノウハウは父ヒューから教わっていた。ヒューが戦争から戻り、妹たちが次々に生まれると、週末はヒューと一緒に過ごすことが多くなった。父親の助手になったのだ。蟻組《ダヴテー》継《ルジョインツ》ぎや石畳組継《ボックスコーミング》ぎのやり方を習い覚え、ワニスとシェラック・ニスの違いなどを教わるうちに、壊れたものが元どおりになっていく喜びを知った。とはいえ、それはもう遠い昔の話、そうした手仕事の手順を身につけたことも、それがもたらす喜びも、このテーブルを目にするまではすっかり忘れていた。シェラック・ニスを螺旋状の脚の木肌に擦《す》りこみ、その懐かしいにおいを嗅ぐうちに、涙もろくはないはずなのになぜか泣けてきたのだった。

　と、ここでネルは、トランクのすぐ横でしおれているクチナシに目が行き、庭の水やりを頼み忘れていたことを思い出した。裏に住む若い女性には、遊びに来た猫たちにミルクを出してもらうよう頼んであったし、店に届いた郵便物は別の女性に預かってもらう手はずになっていたが、庭木のことは頭からすっぽり抜け落ちていた。こんなふうに自慢の庭木を忘れるとは、心ここにあらずのいい証拠だ。妹の誰かに空港から、あるいは向こうに着いてからでも電話しようか。いや、そんなことをしたらびっくりされるだけだろう。ネル姉さんが頼みごとをするなんてと。

妹たちとあれほど仲がよかったのが、いまとなっては嘘のようだった。ヒューの告白が多くのものをネルから奪い去り、深い傷跡を残していた。最初の妹ができたのは十一歳の時だったが、一瞬にして生まれた絆にネルはすっかり感動した。母親に言われるまでもなく、妹たちの面倒を見ること、彼女たちの身を守ることは自分の務めだと思っていた。妹たちが慕ってくれるだけで、苦労は報われた。怪我をしたと言ってはネルに抱かれたがり、悪夢にうなされたと言っては体をすり寄せてきたり、ベッドにもぐりこんできては長い夜を共に過ごしたりしたものだった。

なのに父さんの抱える秘密がすべてを一変させてしまった。秘密が明かされた瞬間、ネルの人生を記した本は宙に投げ出され、ばらばらに吹き飛んだページが元どおりにつなぎ合わせられるはずもなく、もはや以前と同じ物語を紡ぎ出すことはできなかった。妹たちを見るたびに、自分はよそ者なのだと思わずにいられなかった。かといって彼女たちに真実を告げることもできなかった。そんなことをしたら、妹たちが無邪気に信じているものまで壊してしまう。だったら自分が赤の他人だと知らせるより、変わり者と思われているほうがずっといい、そうネルは考えたのだった。

黒と白のツートンカラーのタクシーが、向こうからやって来た。ネルは手を挙げて振った。運転手が荷物を積みこみ、ネルは後部座席におさまった。

「どちらまで?」運転手がドアを閉めながら訊いた。

「空港まで」

動きだした車は、パディントン地区の迷路のような街路を縫うように進んだ。

ネルが二十一歳になったあの日、ネル自身のアイデンティティを奪い去ったのは、父親が囁くような声で告げた真実だった。

「だったらわたしは誰なの?」ネルは言った。

「おまえはおまえだよ、これまでと何も変わらない。おまえはネル、わたしのネルじゃないか」

父さんがそうあってほしいと心から願っているのは痛いほどわかったが、それ以上のことがわかってしまったのだ。現実は徐々に形を変え、ネルは周囲の人たちとかみ合わなくなっていった。このわたし、これが自分だと思っていたわたしは、もうどこにも存在しなかった。ネル・オコナーなんて人間はどこにもいないのだ。

「わたし、本当は誰なの?」その後何度も問い詰めた。「父さん、お願いだから教えて」

すると父さんは首を振り振り、「わたしにもわからないんだ、ネリー。母さんにも父さんにも、結局わからずじまいだったんだ。でもそんなこと、どうでもいいことだったんだよ」

どうでもいいことだとネルも割り切ろうとしたが、真実は重かった。こうなると父さんと目を合わすことさえできなくなった。愛する気持ちに変わりはなくとも、気安さは失われた。父親に対する愛情はあえて口にする必要もない、自明のものだったはずなのに、いまではすべてが変わってしまった。おまえのことは妹たちと同じように愛しているんだと、どんなに必死で訴えられても、それを信じることができなかった。

「愛しているに決まっているじゃないか」ネルが念押しするたびに父さんはそう答えた、そのまなざしには驚愕、そして傷心が見え隠れした。それからハンカチを取り出し、口元をぬぐうのだった。「おまえはうちの最初の子供なんだよ、ネリー。いちばん長く愛情を注いできたんじゃないか」

それでもネルの心は満たされなかった。わたしは偽りの存在、嘘を生きてきたのだ、だからもうこれ以上嘘をつき続けたくない、そう思った。

数か月かけて、二十一年間に築いてきた人生をあえて解体していった。まずはミスター・フィッツシモンズの新聞販売店を辞め、新しくできたプラザ劇場で案内嬢の職を見つけた。小さな箱ふたつに衣類を詰め、友達の友達と一緒に部屋を借りる算段をした。そしてダニーとの婚約も解消した。といっても、いきなりではない。当時はまだ、きっぱりと別れを告げられるほどの勇気を持ち合わせていなかった。デートの誘いはなるべく断わり、会っても素っ気ない態度をとるといったように、そうやって何か月もかけて徐々に溝ができるようにした。臆病な自分にますます嫌気がさし、それが高じて、自分には人を愛する資格すらないのかもしれないと思い悩んだりもした。

ダニーとの別れを乗り越えるのに、かなりの時間がかかった。ダニーの甘いマスク、誠実さをたたえたまなざし、心安らぐ笑顔。無論、ダニーは理由を知りたがったが、自分からはどうしても言えなかった。彼が愛した女性、結婚まで考えた女性はもはや存在しないのだと伝えるだけの言葉が見つからなかったのだ。一度どこかの誰かに捨てられた娘だと知られたが最後、それでも大事にしてほしい、それでもきみが必要だと言ってほしいと望むのは虫がよすぎる。実の家族に見捨てられた娘など、誰が相手にするというのか？

タクシーはアルビオン通りに折れると、東方向にある空港を目指してスピードを上げた。

「どちらにいらっしゃるんです？」運転手がバックミラー越しに声をかけてきた。

「ロンドンに」

「ご家族があっちに？」

ネルは薄汚れた窓ガラスの向こうに目をやった。「ええ」そうであってほしかった。

旅行のことは娘のレズリーにも知らせていなかった。考えなかったわけではない。受話器を取って娘の最新番号――リストのいちばん下、それも余白に窮屈そうに書きこんである――を回す自分を思い描きもしたが、そのたびに断念した。十中八九、レズリーが母親の不在に気づくことすらないまま、こっちは帰国してしまうだろう。

いつからレズリーとの仲がこじれたのか、それは考えるまでもなかった。ネルにはわかりすぎるくらいわかっていた。そもそも出だしからつまずいたわけで、それがそのまま尾を引いたのだ。出産はすさまじい体験だった。生まれ落ちた新しい生命は、ひたすら泣きわめく肉の袋、手足と歯茎と、恐怖で縮みあがる指を持つ獰猛な存在でしかなかった。

アメリカの病院では夜も眠れぬまま、世にいう親子の絆が実感できるという瞬間を待つ日々が続いた。それまでお腹のなかで育ててきた幼子とは切っても切れぬ強い絆があるのだと、納得しようとした。だがそんな感情は生まれなかった。どうがんばっても、どう強く念じても、引きちぎらんばかりに乳房に吸いつき、ひっかき、なけなし以上のものを絶えず求めてくる、この怖ろしい山猫とは馴染めぬままだった。

それとは対照的に、夫のアルはすっかり娘の虜《とりこ》だった。メロメロだった。子供は手に負えない厄介な生き物だと、気づきもしなかったらしい。同世代の男たちとは違い、アルは嬉々として娘を抱いた。腕にひょいと抱きかかえては、よくシカゴの通りを連れ歩いた。時折恋の病にかかったような目でうっとりと我が娘《こ》を見つめるアルに、ネルはとってつけたような笑みを浮かべたものだ。そんな時、ネルを見つめてくる夫の潤んだ瞳には、虚《うつ》ろな自分の姿が映っていた。

レズリーは、野生の血が流れる血管を持って生まれてきた。これが一九六一年、アルの死を境に破裂した。父親の死を伝えたその瞬間にも、娘の目のなかでじわじわと溶解していく薄い被膜が見えるようだった。その後の数か月、これまでもネルには謎でしかなかったレズリーが、母親を見下し、母親とはいっさい関わりたくないといった思春期特有の殻に、ますます閉じこもってしまった。

受け入れられるとは言わないまでも、理解はできた。レズリーは十四歳の多感な年頃であり、しかも父親っ子だったのだ。オーストラリアに戻ったことも事態の好転にはつながらなかった。とはいえ、いまさら後悔しても始まらない。過去を悔いれば己れの非が許されると考えるほど、ネルは愚かではない。あの時はこうするのが一番に思えたから帰国したまでのこと、ネルはアメリカ国籍を持っておらず、アルの母親は数年前に他界していたから、家族と呼べるものは自分たちふたりだけだった。異国に暮らす異邦人でしかなかったのだ。

レズリーは十七歳になると家を出た。ヒッチハイクでオーストラリア東部を南下し、シドニーにたどり着いた。ネルは手放しで喜んだ。レズリーがいなくなったことで、十七年間ずっと背負いつづけてきた憂鬱の種をようやく厄介払いした気分だった。自分は言うまでもなくひどい母親だ、娘はそんな母親にもはや耐えられなくなったのだ、それもこれも血のせいだ、そもそもわたしには子供を持つ資格などなかったのだ。育ててくれたリルがどれほど心優しい人だったとしても、この自分は性悪な母親から、我が子をさっさと捨てるような母親から生まれたのだからと、そう自分に言い聞かせた。

結果はそう悪いものではなかった。あれから十二年経ったいま、レズリーは実家からそう遠くないゴールドコーストに、最近できた恋人と実の娘のカサンドラと三人で暮らしている。ネルが孫娘に会ったのはこれまで数えるほどしかない。父親が誰なのかは神のみぞ知る。ネルはあえて尋ねなかった。いずれにせよ、その男は多少なりとも分別を持ち合わせた人物だったのだろう。というのも、この孫娘は母親譲りの野生の血をほとんど受け継いでいないからだ。母親とは対照的に、カサンドラは年の割に大人びていた。物静かで辛抱強く、思いやりがあり、レズリーにも忠実で――しかも実にきれいな顔をした子供だった。内に秘めたひたむきさがあったし、愁《うれ》いを帯びた青い目はとろんと垂れ気味で、唇もネルに言わせれば、不謹慎な喜びにほころぶことがあったとしても、その時でさえ、つい見惚れてしまうだろう、そんな愛らしさだった。

黒と白のタクシーがカンタス航空専用口の前に横づけされると、ネルは料金を支払い、レズリーとカサンドラを頭から追いやった。

偽りと疑念に足をすくわれ、後悔ばかりの人生を送ってきたネルだったが、ようやく謎の答えにたどり着ける、自分の正体を突き止める時が来たのだ。車から降り立ち空に目をやると、飛行機が轟音をとどろかせながら頭上を横切っていった。

「いい旅を」運転手はネルのトランクをカートに積んだ。

「ええ、ありがとう」

いい旅にしたかった。ようやく答えに手が届くところまでこぎ着けた。これまでずっと影法師のように生きてきたネルが、いよいよ血肉を具えた存在になろうとしていた。

＊

白い小さなトランク、その中身が謎を解く鍵だった。一九一三年にロンドンで刊行されたお伽噺集。扉に描かれた絵。ネルは著者の似顔絵を見るなり、それが誰だかすぐにわかった。脳内奥深くに潜んでいた古い記憶が、認知作用が起こるより先にその名前に反応し、幼いころにやった遊びに出てきたいくつもの呼び名が甦ってきたのだ。おばさま。お話のおばさま。イライザ・メイクピース。

ごく自然なことながら、咄嗟に頭に浮かんだのは、このイライザ・メイクピースが実の母なのではという思いだった。そこでイライザのことを図書館で調べてもらった。結果を待つあいだ拳をぎゅっと握りしめ、実はイライザ・メイクピースには行方不明になった娘がひとりいて、生涯ずっと捜していたという事実を図書館員が見つけてくれるのではと期待した。だが、回答はあっけないものだった。イライザに関する資料はほとんどなく、しかもこの名前の作家に子供はいないということだった。

乗船者名簿も謎を解く手がかりにはならなかった。ロンドンを出航後、一九一三年末にメアリーバラに入港した船の名簿をしらみつぶしに当たったが、イライザ・メイクピースの名はどこにもなかった。イライザはペンネームで、乗船者名簿には本名を書いたか、あるいは偽名を使った可能性もある。しかしヒューから船名を聞けずに終わったので、それがわからない以上、調査範囲を絞りこみようがなかった。

だが、ネルはめげなかった。イライザ・メイクピースは重要な鍵だった。イライザはネルの過去に何らかの役割を演じたはずなのだ。イライザのことは間違いなく憶えていた。かなり古い記憶だし、長いあいだ封じこめられていた記憶だから鮮明とはいえないが、どれも実際にあったことだった。船に乗ったこと。じっと帰りを待っていたこと。隠れていたこと。遊んだこと。さらにそれ以外の記憶も甦った。まるでお話のおばさまが記憶の蓋を開いたかのようだった。ばらばらになった記憶の断片が姿を現わした。迷路。とても怖かったお祖母様。海をわたる長い旅。イライザを調べていけば自分のことがわかるのではないか、イライザを知るにはロンドンに行かねばならない、そう思った。

神のご加護で、航空運賃を払えるだけのゆとりはあった。いや、それを可能にしてくれたのは父さんなのだから、感謝すべきは神より父さんのほうだろう。届けられた白いトランクには、お伽噺集一冊、ヘアブラシ、幼児サイズのワンピースに交じって、ヒューの手紙と一枚の写真と小切手がひとまとめに忍ばせてあった。小切手の額面はささやかとはいえ——ヒューはそれほど裕福ではない——充分すぎるものだった。手紙には、おまえには多少なりとも余分に受け取ってもらいたい、ほかの娘たちには内緒にしてほしいとあった。これまでおまえの妹たちには何かと金の工面《くめん》をしてきたが、ネルはいっさい援助をさせてくれなかった。だが、こういう形ならいやとは言えないだろうからと。

それから詫びの言葉が続いた。わたしは自分を許すことはできないが、いずれおまえが許してくれる日が来ることを願っていると書かれていた。父さんが罪の意識から立ち直れず、心がずたずたになったと知れば、おまえも少しは気が晴れるだろう。あれからずっと、おまえに打ち明けなければよかったと後悔ばかりで生きてきた。自分がもっとしっかりしていたら、おまえを潔《いさぎよ》く手放す道を選びもしただろう。だが、そうしたらおまえがわたしの人生から消えてしまう、おまえをあきらめるくらいなら、罪の意識に苛《さいな》まれるほうがずっとましだと思ったのだ……。

写真は、ネルも久しぶりに目にする一枚だった。白黒の写真——正確には茶色と白に変色していた——が撮られたのはもう何十年も前のこと、まだ妹たちは生まれておらず、賑やかな笑い声やかまびすしい声、娘特有の甲高い声などが家じゅうにあふれる以前で、ヒューとリルとネルの三人だけが写っていた。写真館で撮ったうちの一枚で、フレームにおさまる三人は鳩が豆鉄砲を食らったような表情をしている。現実世界からつまみ上げられ、ミニチュアサイズに縮められ、珍しい道具類であふれるドールハウスに置かれたみたいだった。写真を眺めるうちに、たしかにこれを撮った記憶があると思えてきた。幼少期のことはさほど思い出せないのだが、スタジオにはいった途端に感じた嫌悪感、現像液が発する化学薬品のにおいがまざまざと甦った。ここで写真を脇に置き、父の手紙をもう一度手に取った。

何度読み返しても、「罪」という言葉が使われているのが気になった。自分の告白のせいでネルの人生をめちゃくちゃにしてしまった、それを「罪」と考えているらしいのだが、それにしても、しっくりこない。「悪かった」とか「後悔している」と言うならわかるが、「罪」とはどういうことか？　言葉の使い方が間違っているのではないか。たしかにあんなことはあってほしくなかったし、偽りだとわかった人生をそのまま続けることはできなかったけれど、だからといって両親に責めを負うべき罪があると考えたことは一度もない。詰まるところ、父も母もああするのが最善だと判断したまでのこと、実際あれはあれでよかったのだ。寄る辺ない幼子に家庭を与え愛情を注いでくれたのだ。なのに父さんが我が身を罪深い存在と見なしていたとしたら、このわたしがそんなふうに父さんを見ていると思っていたのなら、心穏やかではいられなかった。

9 メアリーバラ 一九一四年

ネルと暮らしはじめて半年が過ぎたころ、その手紙は税関事務所に舞いこんだ。ロンドン在住の男性が四歳の少女の行方を捜していた。髪は赤毛、瞳はブルー。八か月ほど前に消息を絶ったが、手紙の主——ヘンリー・マンセル——によると、少女がオーストラリア行きの船に乗ったと信じるに足る証拠を入手したとあった。この人物は少女の家族の依頼を受け、行方を追っているらしい。

デスクの前でヒューは、膝がわなわなと震え、全身の力が抜けるのを感じた。ずっと怖れてきた瞬間が——いずれそうなることは重々承知していたはずだが——ついに来た。リルはそうは思っていなかったが、子供、とりわけネルのような子供がいなくなれば、必ず誰かが騒ぎ立てるにきまっている。ヒューは椅子にすわると呼吸に意識を集中させ、窓のほうに目を走らせた。まるで見えざる敵に見張られてでもいるかのように、突如人目が気になった。

まずは顔を一撫でして、その手を首筋に這わせた。さあどうする？ そのうち同僚たちが出勤してくれば、手紙に気づくのは時間の問題だ。波止場にひとり取り残されていたネルを見つけたのが自分だけだったとはいえ、この先ずっと安全だという保証はない。いずれ噂は町にも流れるだろうし——そうなれば誰かがあっさり謎を解き明かすだろう。そういえばクイーン通りのオコナーさんの家にいる娘、あの妙なしゃべり方からして、例のいなくなったイギリス人少女に違いないと。

そうだ、手紙を読まれてはまずい。見れば、手が少し震えていた。それから手紙をきちんと折り畳み、さらにもう一度折ると、自分の上着のポケットに忍ばせた。いまはこうするしかなかった。

椅子にすわる。よし、少し気分が落ち着いた。いまはただ、考える時間と場所が欲しかった。ついにネルを返す時が来たことを、リルにどう納得させればいいのか。ブリスベンに引っ越す計画はすでに進行中だった。リルは家主に転居を伝え、たいした量ではないがすでに荷造りも始め、隣近所には、ブリスベンにはもっと割のいい勤め口がいろいろある、これを逃す手はないと触れまわってもいた。

だが、こうなると計画は中止ということになりそうだ、いや、中止せざるを得ないだろう。とりあえずネルの行方を追っている人間がいることはわかったが、これで一件落着と言えるのか?

リルがどう言うかは予想がついた。そんな人たちにネルを育てる資格なんてないわ、その男、ヘンリー・マンセルにしたって、あの子を置き去りにした人たちの仲間でしょ。リルはすがる思いでそう訴えるだろう、そんないい加減な人の手にネルを渡すなんてとてもできないと。だがヒューとしては、これは誰が育てるかの問題ではない、後にも先にもネルはうちの子ではなく、あくまでもよその子なのだとリルにわからせなければならない。あの子はもはやネルではなく、本当の名前があの子を捜し求めているのだと。

その日の午後、玄関前の階段を上りきると、しばし立ち止まって頭のなかを整理した。煙突から漂ってくる煙のつんと鼻をさすにおいを嗅いだ瞬間、これが炉辺を暖める炎の煙だと思うと心が和み、何やら見えざる力が働いてヒューをその場に釘づけにした。いま敷居の際《きわ》に立っていることが漠然と意識された。これを越えたら最後、すべてが変わってしまうのだと。

深呼吸をひとつしてドアを押し開けた。すると愛しいふたりの女がこちらにぱっと振り返った。ふたりは炉辺にいた。リルはネルを膝に乗せ、少女の濡れた長い赤毛を櫛ですいていた。

「パパ！」ネルが声をあげた。すでに暖炉の熱でピンクに染まったその顔が、喜びにいっそう生き生きと輝いた。

リルは少女の頭越しに柔和な笑みを投げかけてきた。ヒューの心を解きほぐしてきたあの微笑みだった。思えばリルとはじめて目を見交わしたのは、リルの父親のボート小屋でロープを巻いている時だった。この笑顔を最後に見たのはいつだったか？　あれは赤ん坊のことが起こる以前のこと。順調に生まれてくるのを拒んだふたりの子供たち。

ヒューはリルの笑顔を受け止め、鞄《かばん》を下に置くと、上着のポケットに手を入れた。手紙はしきりに外に出たがっていた。指先になめらかな質感が伝わってきた。コンロに目をやると、特大の鍋が湯気を上げていた。「いいにおいだ」張り上げた声はしゃがれていた。

「うちの母直伝《じきでん》のお魚スープよ《モーギー・ブロス》」リルがもつれたネルの髪をいじりながら言う。「どこか具合でも悪いの？」

「そうかな？」

「レモンと大麦の飲み物を作りましょうか」

「ちょっと喉がいがらっぽいだけだよ」ヒューは言った。「わざわざいいよ」

「わざわざじゃないわよ。あなたのためだもの」リルは再度微笑み、ネルの肩をぽんと叩いた。

「ほら、下りてちょうだいな。ママは大急ぎでお茶を淹《い》れてきますからね。髪が乾くまでここにすわっているのよ。パパみたいにお風邪を引いちゃ困るでしょ」リルはそう言ってヒューを一瞥《いちべつ》した。その満ち足りたまなざしに心臓がちくりと痛み、ヒューはそそくさとその場を離れた。

＊

夕食のあいだずっと、手紙はポケットにでんと居すわり、存在を忘れさせてくれなかった。磁石に金属が引き寄せられるように、手はポケットに吸い寄せられた。ナイフを置くたびに手は上着に滑りこみ、なめらかな紙を、幸せな一家に下す死刑宣告ともいえる手紙を、撫でさすっていた。ネルの家族と知り合いだという男からの手紙。いや、その男がそう言っているにすぎないのだが――。

ヒューはぐいと背筋を伸ばすと、見知らぬ男の要求をすぐさま呑んだらどうなるだろうかと思いをめぐらせた。改めて手紙の中身を反芻し、自分の記憶と照らし合わせながら、決定的な証拠を見つけ出そうとした。たちまち安堵感が湧き上がった。そんなものはなかった。手紙には確信を持って書かれている箇所など皆無だった。手のこんだ陰謀をめぐらす連中ならごまんといる。国によっては少女を売買する市場もあるわけで、聞いた話では、白人専門の奴隷商人は絶えず手頃な白人少女を見つけては売り飛ばすというし——だが、そんな想像は馬鹿げていた。彼は藁《わら》をもつかむ思いで、そんなことあるわけないと知りつつも、奇妙な可能性をあれこれひねり出していた。

「ヒューイ?」

ヒューははっと目を上げた。リルがおかしそうに見つめていた。

「妖精さんと向こうの世界で遊んでらしたようね」リルは温かい手をヒューの額に当てた。

「熱が出なければいいけど」

「大丈夫だよ」つい語気が荒くなった。「心配ないって、リル」

リルは唇をきゅっと結んだ。「ならいいけど。だったら我が家のお姫様をベッドに寝かしてくるわね。今日は一日よく遊んだから、かなりくたびれているはずよ」

その言葉につられたのか、ネルが大きなあくびをした。

「おやすみなさい、パパ」あくびの口を閉じると、満ち足りた顔で挨拶をした。気がつけば、少女は父親の膝のあいだに滑りこみ、温かい子猫みたいに体をすり寄せ、首に腕を回してきた。

ヒューは自分のざらついた肌、伸びかけた頬ひげがいつも以上に気になった。

「おやすみ、ネリー」娘の髪に唇を寄せて囁いた。

別室に姿を消すふたりを目で追った。これがわたしの家族なんだ。自分でもうまく説明できないが、この少女は、長いお下げ髪のネルこそは、自分たち夫婦の絆を強めてくれる存在ではないのか。単に夫婦が契《ちぎ》りを結んでできた家族というだけでなく、三人でひとつの、誰にも仲を引き裂くことのできない家族なのだ。

なのにわたしときたら、その家族をばらばらにしようだなんて――。

玄関ホールのほうから聞こえてきた物音にふと目を上げると、透かし彫りの下に立つリルがこちらを見つめていた。明かりの加減でその黒髪が赤みを帯び、長いまつげの下で深い輝きを放つ瞳は、黒い月を思わせた。引き結んだ唇の両端を笑みの形に引き上げるその仕草は、言葉では言い表わせぬほどの感慨をにじませていた。

おずおずと微笑み返しながら、ヒューの指先はまたもポケットに滑りこみ、手紙の表面を撫でさすっていた。かすかに喉を鳴らしながら唇を開いたものの、言いたくないが言わぬわけにはいかないせりふは、容易には出てこない。

そうこうするうちにリルがそばに来た。リルの指がヒューの手首に触れた瞬間、うなじに熱いものが走った。熱を帯びたその手が頰に伸びる。「さあ、寝ましょうか」

ああ、なんと優しい響きだろうか。リルの声は未来を約束しているようだった。これでいいのだ――心は決まった。

自分の手を妻の手に滑りこませると、ぎゅっと握りしめ、妻のあとに続いた。

暖炉の前を行き過ぎながら、手紙をさっと投げ入れる。炎に包まれたその一瞬、手紙が恨みがましい様子を見せたのが目の隅に留まった。だが立ち止まらなかった。そのまま歩き続け、振り返らなかった。

10　ブリスベン　二〇〇五年

アンティーク・センターの前身は、一九三〇年代を代表する斬新な建造物として一世を風靡したプラザ劇場だった。外観はパディントン丘陵に巨大な白い箱をぽんと置いただけのような、ごく素っ気ないものだが、内装はまるで違っていた。もともとミッドナイトブルーに塗られた丸天井には、月光に照り映えた雰囲気を出すため、間接照明を施した切り抜き細工の雲が浮かび、何百もの豆電球が星のまたたきを表現していたという。商業が活況を呈し、丘の斜面を路面電車が行き交い、谷間のそこここに中国式庭園がさかんに造られた数十年間が過ぎてみれば、火事や洪水といった厄災をどうにか生き延びてきたこの劇場も、六〇年代に普及したテレビのお蔭で、衰退の一途をたどることになったのだった。

ネルとカサンドラが開いているブースはステージ上手側、プロセニウムアーチのある舞台のすぐ下にあった。棚がひしめき合う狭い店内は、おびただしい数のがらくた小物や古書、多種多彩な記念品で埋め尽くされていた。ディーラー仲間たちがこの店を面白半分に《アラジンの店》と呼びはじめたのがそのまま定着し、その後、板切れに金色の装飾文字で書かれた看板《アラジンの洞窟》が店先に掲《かか》げられるようになった。

棚がつくる迷路の奥で、三脚スツールに腰かけながら、カサンドラは気持ちを集中できずにいた。センターに足を踏み入れるのはネルが亡くなって以来のこと、そしていまこうして、ふたりで蒐集してきた宝に囲まれてすわっている。ネルはもうこの世にいないのに、品々だけはまだここにある、それが落ち着かない気分にさせた。なんだか不実を働いているような気がした。ネルがせっせと磨き上げたスプーンたち、ネルがか細い線で書きつけた読みにくい値札、膨大な数にのぼる書籍。ネルは本に特別な思い入れを持っていた。どのディーラーにもそれぞれこだわりがある。とりわけネルが愛したのは、十九世紀末のヴィクトリア朝後期に造られた、美しい書体の本文に無彩色の挿し絵が施された本だった。本に贈り主からのメッセージが添えられていたりすれば、なおのこと喜んだ。その本がたどった過去の歴史を、人から人へと手渡されてきたものを、いま自分が手にしていると思うとうれしくなるのだと。

「おはよう」

カサンドラが目を上げると、テイクアウトのコーヒーを差し出すベンがいた。

「仕分けかね?」

カサンドラは目元にかかる髪を手で払うと、コーヒーを受け取った。「ただこっちからあっちへ動かしているだけ。でも、たいてい元の場所におさまっちゃうのよね」

ベンは自分のコーヒーをすすりながら、カサンドラを見つめた。「渡したい物があるんだ」

そう言って毛糸のベストの下に手を差し入れ、シャツのポケットから折りたたんだ紙片を取り出した。

カサンドラは受け取った紙を広げ、折りじわを伸ばした。それはA4サイズの白いコピー用紙で、一軒の家を写した粒子の粗い白黒写真が中央に印刷されていた。石造りのコテージといった趣《おもむき》で、その外壁全体――蔦《つた》がからまっているのか?――に染みが浮いているように見える。屋根は瓦葺《かわらぶ》きで、その背後から石の煙突が突き出し、その天辺には素焼きのチムニーポットが二本、ちょこんと載っていた。

この家が何なのか、訊くまでもなかった。

「ちょっとばかり探偵の真似ごとをね。どうにも気になったものだから。ロンドンにいるうちの娘がコーンウォールに住んでいる知り合いに問い合わせてくれて、Eメールでそいつを送ってくれたんだ」

つまりこれがネルの秘密の家、いかにもそんな雰囲気だった。どういう気まぐれを起こしたのか、購入して終生手放すことのなかった家。写真とは不思議なものだ。先週から今週にかけて、不動産譲渡証書はキッチンテーブルに置いたまま、そばを通るたびに目を落とすのだが、まるで実感が湧いてこなかった。なのにこうして写真を見せられた途端、それが現実となって迫ってきた。すべてにぴったりと焦点が合わさった。ネルは自分がどこの誰かもわからぬままお墓にはいってしまったが、イギリスで家を買い、それをカサンドラに遺した理由をカサンドラなら理解してくれる、そう考えていたのだと。

「うちの娘のルビーってのは調べ物が結構うまくてね、で、過去の持ち主を洗い出してもらったんだ。お宅のお祖母さんが誰からこれを買ったのかがわかれば、買った理由も、ちょっとはわかるんじゃないかと思って」ベンは胸ポケットからスパイラルノートを取り出すと、開いたページがよく見えるよう眼鏡の角度を調節した。「リチャード・ベネットとジュリア・ベネットという名前に心当たりはあるかね？」

カサンドラはかぶりを振った。相変わらず視線は写真に向けられたままだ。

「ルビーの話だと、ネルはこのベネット夫妻からコテージを買ったらしいんだ。で、この人たちがそいつを買ったのが一九七一年、その際、屋敷《マナーハウス》のほうも一緒に買い取っていて、そっちはホテルに改修したそうだ。《ブラックハースト・ホテル》っていうんだがね」ベンは期待のこもるまなざしをカサンドラに向けた。

またもカサンドラはかぶりを振った。

「本当かね？」

「聞いたこともないわ」

「ふむ」心なしかベンの肩が落ちたようだった。「てことはだ」ベンはノートをぱたんと閉じて、そばの本棚に肘をかけた。「残念ながら探偵ごっこもここまでってことだな。駄目で元々とは思ったが」ここで顎ひげをぽりぽりと掻く。「こういう謎を残すなんて、いかにもネルらしいよ。イギリスの秘密の家だなんて、まったくもってべらぼうな話じゃないか」

カサンドラは微笑んだ。「写真ありがとう、娘さんにもよろしく言ってね」

「だったらちょいと向こう岸まで行ったついでに、自分で礼を言えばいいさ」ベンはコーヒーカップをちょっと振ってから蓋の飲み口を覗きこみ、空になったことを確かめる。「で、向こうにはいつ行く？」

カサンドラは目をむいた。「イギリスへってこと？」

「写真を眺めていくらわかった気になっても、やっぱりじかに現場に立つのとは大違いだからね」

「イギリスに行くべきだと？」

「当たり前じゃないか。いまは二十一世紀だよ、一週間もあれば行って帰ってこられるわけだし、そうすればコテージを今後どうしたいのか、ましな考えも浮かぶってもんさ」

現に証書はテーブルの上にありながら、ネルのコテージという概念にばかり気をとられ、現実の問題は頭からすっぽり抜け落ちていた。コテージがイギリスでカサンドラを待っているという現実を。カサンドラは艶の失せた床板を靴でこすりながら、前髪の下からベンを見上げた。

「処分したほうがいいのかしら？」

「実際に行きもしないで決めるわけにはいかないよ」ベンはシーダー材のデスクの下にあるあふれ返ったクズ籠目がけてカップを投げた。「一度見ておいても損はないだろ、え？　ずっと売らずにいたってことは、ネルにとっては大きな意味があったんだろうし」

カサンドラは考えこんだ。イギリスへいきなりひとりで行くなんて。「でも店が……」

「まったくもう！　商売のほうはセンターの連中がちゃんと面倒見てくれるさ、わたしだっているわけだし」それから商品がところ狭しと並ぶ棚を指さして、「売り物がこれだけあれば、あと十年はもつだろうて」ここで優しい声になる。「ねえ、行っておいでよ。ちょっとくらい留守にしたってどうってことないさ。ルビーはサウスケンジントンの狭いアパート暮らしでね、《ヴィクトリア&アルバート・ミュージアム》で働いているんだ。あちこち案内もしてくれるだろうし、面倒も見てくれるよ」

面倒を見てくれる。カサンドラは人から世話になってばかりだった。これでもひと昔前は、自分で何でもこなす責任感のある一人前の大人で、人の面倒を見る側だったのだが。

「それで何を失うわけでもあるまいし」

失うもの――たしかにいまの自分には、失って困る物も人もない。急にこの話題がうとましくなった。そこで降参とばかり、薄い笑みを浮かべると、「考えておくわ」ととりあえず言った。

「いい子だ」ベンはカサンドラの肩をぽんと叩くと、立ち去りかけた。「おっと、忘れるところだった。もうひとつ、ちょっとしたことがわかったんだ。ネルともその家ともつながる話じゃないんだが、それでも、おまえさんが関わった絵の世界とまったく無関係というわけでもないんでね。昔さんざん描いていたああいう絵とね」

こんなふうに他人の口から、一時期とはいえ情熱を注いでいたもののことをさらりと話題にされ、あっさり過去形で片づけられてしまうのを耳にすると、啞然とするほかない。それでもどうにか弱々しい笑みは崩さずにおいた。

「ネルの買った家がある、そこの敷地のかつての持ち主というのが、マウントラチェット家といってね」

その名前を聞いても思い当たることは何もなく、カサンドラはまたもかぶりを振った。ベンは大きく眉を持ち上げた。「そこの娘は、ローズというんだが、ナサニエル・ウォーカーとかいう人と結婚しているんだよ」

カサンドラは眉根を寄せた。「あの絵描きの？……アメリカ人の？」

「そう、それそれ。肖像画をもっぱら描いた人らしいが、そういうことはおまえさんのほうが詳しいだろう。『レディ何とかと愛犬のプードル六匹』とかいうやつだったかな。うちの娘の受け売りだが、その画家は一九一〇年にエドワード七世の、死ぬ直前の肖像も手がけているんだそうだ。ウォーカーがいちばん脂ののりきった時代の作品なんだろうと思いきや、ルビーはその絵をまるで買っていなくてね。娘に言わせると、肖像画家としては二流どまり、やっこさんの描く人物には血が通っていないんだとさ」

「そういう話は……」

「それよりむしろ素描画《スケッチ》のほうが断然いいそうだ。そういうところがいかにもルビーらしくてね、あれは世間の流れに逆らって泳いでいる時がいちばん生き生きしているんだ」

「スケッチ？」

「イラストっていうのかな、雑誌の挿し絵みたいな、白黒のやつ」

カサンドラはごくりとつばを呑みこんだ。「迷路と狐の絵だわ」

ベンが肩をすくめ、かぶりを振る。

「おお、ベン、それってすごい絵なのよ。驚くほど緻密に描かれていてね」美術史に関心を持ったのはもう遠い昔のことだった。なのにその知識がこんなところで役立つことになるとは驚きだった。

「ナサニエル・ウォーカーのことは、『オーブリ・ビアズリーと彼の同時代人』という講義でちょっと習ったわ。何かスキャンダラスなことがあった人だと記憶しているけど、理由のほうはよく憶えていないな」

「ルビーも同じことを言っていたよ。おまえさんとはきっとうまが合いそうだ。こっちが画家の名前を口にした途端、やけにはりきりだしてね。なんでも《ヴィクトリア&アルバート》の今度の特別展に、その人の素描を何点か出すんだそうだ。かなりの珍品らしいよ」

「素描はそうたくさん描いてないはずだけど」カサンドラは記憶を徐々に甦らせながら言った。「本業の肖像画のほうで忙しかったんでしょうね、イラストは趣味程度だったの。それでも彼の素描はかなりの評価を受けているのよ」さらに先を続ける。「そういえばここにもあったはずよ、ネルの集めた本のなかに」そう言ってひっくり返した牛乳の木箱に足を乗せると、いちばん上の棚に並ぶ本の背表紙に人差し指を走らせ、暗紅色《バーガンディ》の背に薄れた金の装飾文字がかろうじて残る一冊に手を伸ばした。

木箱の上に立ったまま表紙を開くと、冒頭の図版から順に慎重に繰っていった。「これだわ」相変わらずページに目を向けたまま、木箱から下りる。「『狐の悲しみ』」

ベンはカサンドラの横に立つと、照明を避けるようにして眼鏡を調節した。「ずいぶんとまた凝った絵だね。わたしの趣味じゃないが、いかにもおまえさんが好みそうな芸術作品だ。絶賛する気持ちがわかるよ」

「美しいけれど、どこか悲しげなのよね」

ベンがさらに目を近づけた。「悲しげ？」

「哀愁が漂っているというか、切々とした思いが満ちているというか。うまく言葉にならないんだけど、この狐の表情がどこか虚ろというか何というか……。うまく表現できないわ」

ベンはカサンドラの腕をぎゅっとつかむと、昼になったらサンドイッチを持ってきてやろうとか何とかつぶやいて、そのまま立ち去った。足を引きずるようにして自分の店のほうへ、というか、ウォーターフォード・クリスタルのシャンデリアをじゃらじゃら揺らしている客に狙いを定めて歩きだした。

カサンドラは相変わらず挿し絵をしみじみと眺め、狐の悲しみがどうしてこうも胸に迫ってくるのか考えていた。言うまでもなくそれは画家の技量のなせる技、綿密に計算された黒の細かい描線が、こうした感情をきわめて明確に引き起こし……。

カサンドラの口元が不意に引きしまった。絵を眺めているうちに、お伽噺の本を見つけた日の記憶が甦ってきたのだ。あの日、ネルの家で、母親のレズリーが娘をネルに預ける算段をしているあいだ、当のカサンドラは階下で時間を持て余し……。そんな思い出にふけるうちに、あの時見つけた本が美術に目覚めるきっかけになったことに気がついた。ページを繰るたびに、はっと息を吞むほど素晴らしい、魔法をかけられたような挿し絵が次々に現われた。その時カサンドラは、言葉という厳格な縛りから自由になって、流れるような描線で語るというのはどんな気分だろうかと思いをめぐらしたのだった。

そして大人になるにつれて知った――画ペンがもたらす錬金術の魅力を、画布に魔法をかけると時が意味を失っていく、そのぞくりとするような幸福感を。美術の魅力に取り憑かれたことからメルボルンで学びはじめ、ニコラスと出会い結婚し、そこからさらにいろいろなことがあった。もしもあの時、あのトランクの存在に気づかなければ、トランクを開けてみたい、中を見たいという衝動に駆られていなかったら、人生はまるで違ったものになっていただろうに……。

はっとした。どうしていままで思いつかなかったのか？　突如、自分のやるべきことがひらめいた。それにはどこを探せばいいのかも。そこにこそ、ネルの謎を解き明かす鍵が隠されているはずだった。

＊

ひょっとしてトランクはネルの手で処分されてしまっただろうか。そんな気がしなくもなかったが、それはまずあり得ないという確信はあった。なんといっても祖母はアンティークを扱うディーラーにして蒐集家、つまり人類の遺産とも言うべき種々雑多な物に愛着を持っていた人だ。そんな人が、年代物の珍品を焼いたり捨てたりするとは思えない。

それに、叔母たちの話が本当なら、トランクは単なる骨董品ではなく、ネルにとっては自分をつなぎ止めておく碇《いかり》のようなもの、自分の過去を知るための唯一の手がかりだったはずだ。人間にとって碇がいかに大切か、カサンドラは理解していた。すでに人生で二度、自分の碇をつなぎ止めていたロープが切れた途端どんなことになるのか、身にしみて知っていた。自分をつなぎ止めていたロープを失っていた。最初はレズリーに置き去りにされた十歳の時、二度目は成人後のまだ若かったころのこと（といっても、つい十年ほど前だが）、一瞬にして人生が激変し、気がつけばふたたび根無し草のようになっていた。

そうした人生の紆余曲折を振り返るうちに、最初の出会いの時と同様、今回もあのトランクが導きの手になってくれるはずだと直感した。

まずは散らかり放題のネルの寝室を一晩がかりで隈なく探しまわった。見つけ出したい一心だったが、遺品のあれこれについ気をとられてしまい、そうこうするうちに異様な疲労感に襲われた。体の節々だけでなく脳までがうずきだした。その週末は惨憺たる有様だった。疲労はまたたく間に体内深くにまで達し、お伽噺さながら、魔法の力で眠りに引きずりこまれていくような感覚を味わった。

階下の自室には戻らず、服を着たままネルのベッドにもぐりこむと体を丸め、羽根枕に顔をうずめて眠りをむさぼった。枕から立ちのぼる懐かしい香りが胸を締めつけた。タルカムパウダーのラベンダーの香り、パルモリヴ社の洗濯石鹼の香り――ネルの胸に顔を埋めている気分だった。

そうやって闇に包まれ夢も見ず、死人のように眠った。そして翌朝、一晩以上眠ったような気分で目が覚めた。

太陽の光がカーテンの隙間からもれていた。光の帯——たとえるなら灯台の明かり——に埃の微粒子が漂うさまを、横たわったまま目で追った。手を伸ばして光の粒を指先にとらえてもよかったのだがやめにする。そこで光線の流れに導かれるようにして視線を移していき、ついには首をひねって光の到達地点を確認した。そこは観音開きの扉が前夜から開けっぱなしになっている、衣装箪笥の最上段。押しこまれていたのはネルが慈善団体《セント・ヴィニー》に寄付するつもりでいた、衣類の詰まった袋が数個。その下から古びた白いトランクが覗いていた。

11 インド洋、喜望峰沖九〇〇マイル 一九一三年

アメリカまではものすごく時間がかかるのだ。パパから聞いたお話だと、アラビアよりもっとずっと遠いところらしいし、きっと昼と夜を百回繰り返してようやっとたどり着くのだと、幼な心にも少女は理解していた。すでに昼が何回やって来たのかもわからなくなっていたが、船に乗ってからかなりの日数が過ぎたのは間違いなかった。現に、絶え間なく揺れつづける船にすっかり慣れてしまったほどだ。甲板をよろけずに歩けるようになることを「海脚《シー・レッグズ》が生える」っていうのよ。さまざまな船乗り言葉は『白鯨《モービー・ディック》』に出てくるお話で身につけたの

だった。

モービー・ディックのことを考えているうちに、少女はとても悲しくなってきた。パパのことを、パパが読んでくれた巨大鯨のお話を、パパのアトリエで見た黒々とした海と大きなお船の絵を思い出したのだ。そうした絵は「イラストレーション」と呼ばれるもので（その長たらしい単語を心のなかで発音しては楽しんだ）、いずれ子供向けの、ちゃんとしたご本に載せられるということも知っていた。お話の本に挿し絵を描く、それがパパのお仕事だった。というか、そういうこともしていた。パパは人間の姿形も描くのだが、少女の好みではない。こっちをずっと追いかけてくるようなまなざしが好きになれなかった。

少女の下唇が震えだした。パパやママのことを考えていると時々そうなった。そこで唇をぎゅっと噛みしめた。はじめのうちは泣いてばかりいた。そうせずにはいられなかった。パパとママが恋しかった。だがいまではあまり泣かなくなり、よその子供の前では決して涙を見せなかった。幼稚すぎると一緒に遊んでもらえない、そうなったらどこにも行き場がなくなってしまう。それにママとパパにはもうじき会えるのだ。このお船がアメリカに着くのをきっと待っているんだわ。お話のおばさまも向こうにいるのかしら？

少女の顔がしかめ面になった。シー・レッグズが生えそうなくらい時間はたっぷり流れたのに、お話のおばさまは戻ってこなかった。頭が混乱した。おばさまったら、これからはずっと一緒よとか、何があってもそばを離れてはだめよとか、あんなにうるさく言っていたのに。ひょっとしてこれは隠れんぼなんだろうか。これもゲームの一部なのかしら。

確信が持てなかった。だから甲板でウィルとサリーと知り合いになれたのは何よりだった。さもなければ、寝場所にも困り、食事もままならなかったろう。ウィルとサリーと、その弟や妹たち――人数が多すぎて数えるのがひと苦労だった――は、どうすれば食べ物にありつけるのか、ちゃんと心得ていた。どこへ行けば塩漬けビーフのお代わりを貰えるかを教えてくれた（少女の好きな味ではなかったが、ウィルはただ笑うばかりで、過去の暮らしがどうあれ、いまは飢えをしのげるだけでも良しとしなくちゃねと言った）。ウィルとサリーは親切にしてくれた。ただ、少女が自分の名前を明かそうとしないので、そんな時は臍《へそ》を曲げた。だが少女にすれば、それこそゲームのゲームたる所以《ゆえん》であって、ルール厳守は絶対だった。おばさまからは、決して名を明かさないこと、これが何より肝心なルールだと言われていたのだ。

ウィルの家族は、男や女や子供たちがひしめき合う下甲板の、二段ベッドの上と下に固まっていた。こんなに大勢の人が一か所に詰めこまれているのを見るのは生まれてはじめてだった。そこには子供たちの母親もいたが、みんなは母親のことを「おっかあ」と呼んだ。その人は少女の母親とはまるで違っていた。ママみたいにきれいなお顔でもないし、ママが毎朝ポピーに結い上げてもらうような美しい黒髪でもなかった。おっかあはどちらかというと、馬車で近くの村を駆け抜ける時に見かける、ぼろぼろのスカートに穴だらけのブーツを履き、庭師のデイヴィスがしている古びた手袋のような、しわだらけの手をした女の人たちに似ていた。

ウィルに連れられてはじめて下甲板に行った時、おっかあは二段ベッドの下段に腰かけ、赤ん坊が泣きわめくそばで、もうひとりの赤ん坊に乳を飲ませていた。

「その子、誰だね?」

「それが名前を言わねえんだ。誰かを待ってるんだって。隠れてるんだとさ」

「隠れる?」女は少女を手招きした。「あんた、何から隠れてるんだい?」

少女は押し黙ったまま、ひたすら首を振った。

「うちの人はどこにいるんだい?」

「誰もいないみたいだよ。見た限りじゃね。この子が隠れてるとこを見つけたんだ」

「そうなのかい、え? ひとりなの?」

少女はどう答えたものか思案し、ここでおばさまのことを口にするよりは、ひとまず相槌を打っておくほうが無難だと判断した。そこでうなずいた。

「おやまあ。あんたみたいにちっちゃいのが、船にひとりぼっちとはね」おっかあは首を振り振り、泣きわめく赤ん坊をゆすった。「おや、そのトランクは? こっちに持ってきて、見せてごらん」

少女は、おっかあがトランクの留め金をはずし、蓋を開けるのを見守った。お伽噺の本と着替えの新品のワンピースが脇にのけられると、下から封筒が出てきた。おっかあは封蠟の下に指を滑りこませて封を開くと、中から紙束を引き出した。

ウィルの目が大きく見開かれた。「お金だ」ここで少女をちらりと見た。「この子、どうする? 船員に知らせてこようか?」

おっかあは札を封筒に戻すと、それを三つに折りたたみ自分の胸元に押しこんだ。「知らせたってどうにもなりゃしないだろうよ。おそらくね。向こうに着くまでこのままそばにおいてやって、迎えに来てる人を捜してやればいいさ。そうすりゃ駄賃にありつけるかもしれないしね」おっかあがにやりと笑うと、歯と歯のあいだに黒々とした大きな隙間がいくつも覗いた。

その後おっかあとはあまり関わらずにすんだので、少女はほっとした。おっかあは赤ん坊ふたりをとっかえひっかえ自分の胸に押しつけるのに忙しそうだった。あれは乳を吸わせているんだとウィルに言われたが、少女には初耳だった。屋敷の農場で動物の赤ちゃんが乳を吸うのは見たことがあったが、人間でははじめて見る光景だ。赤ん坊はなんだか二匹の子豚みたいで、ビービー泣いては乳を吸い、ひたすら肥え太ることに専念しているようだった。母親が赤ん坊ふたりにかまけているあいだ、ほかの子供たちは自分の面倒を自分で見た。家でもずっとそうしていたからもう慣れっこなのだと、ウィルは言った。一家はボールトンという土地の出身で、手のかかる赤ん坊がいなかったころは、母親は綿の紡績工場で一日中働いていたという。ひどく咳きこむのはそのせいなのだそうだ。おっかあほどではなかったけれど、ママが咳きこむのは体の調子が悪かったせいなのだと、少女は理解した。

その日の夜、少女はほかの子供たちにまじって隅っこにしゃがみこみ、上から聞こえてくる音楽と、ぴかぴかの床をこする足音に耳をすまして過ごした。自分たちにできることといったら片隅の暗がりに陣取って耳をそばだてることだけだった。はじめのうち、少女は間近で見物したいと思ったのだが、ほかの子たちに笑われ、上のデッキは「おれたちみたいな下々《しもじも》の者」が出入りできるようなところではないと言われた。それでも下級船員用梯子のふもとのこの場所なら、一等船室にいる気分がちょっとは味わえるというわけだ。

少女はむっつりと押し黙ったままだった。そんなルールは聞いたことがなかった。自宅ではただ一つの例外を除き、どこでも好きなところに行けた。唯一立ち入りが禁じられていたのは、お話のおばさまのコテージに通じている迷路だけだった。だが、ここは迷路でも何でもない、だから少年の話がいまひとつ納得できなかった。「おれたち下々の者」って何かしら？　子供のこと？　上のデッキは子供の立入禁止区域なのかもしれない。

とはいえ、どうしても上に行きたかったわけではない。くたびれていたし、もう何日間もこんな状態だった。足は切り倒された森の木のように重たかったし、階段を何往復もしたあとのような疲労感に襲われていた。頭もくらくらした。口からもれる息も熱っぽかった。

「さてと」音楽に飽きたウィルが口を開いた。「陸地が見えるかどうか確かめに行こうぜ」

先を争うようにして、みんながいっせいに立ち上がった。少女もどうにか立ち上がったが、足がふらついた。ウィルとサリーとほかのみんながしゃべったり笑ったりする声が、少女の周囲にわんわん渦巻いた。みんなが話していることを懸命に理解しようとするのだが、足がわなわなと震え、耳鳴りがした。

ウィルの顔がすぐ間近に迫り、大きな声がした。「おい、どうした？　大丈夫か？」

少女は口を開けて答えようとしたが、その瞬間、膝の力が抜け、見る見る体が倒れていった。上空の鈍く輝く満月が見えたと思った次の瞬間、木製の階段に頭を打ちつけていた。

少女は目を開けた。でこぼこした頰と灰色の目をした男が上から覗きこんでいた。表情ひとつ変えず、さらに顔を近づけてきたかと思うと、シャツのポケットから平べったい小さなへらを取り出した。「口を開けてごらん」

何が何だかわからぬうちに、舌にへらが押しつけられ、男は口の中をじろじろ覗きこんだ。「よし。異状なし」男はへらを引っこめると、ベストの裾を引っ張って整えた。「大きく息をして」

少女が言われたとおりにすると、男はうなずき、「異状なし」とまた言った。それから麦藁色の髪をした若い男に向かって合図をした。この人のことは目を覚ました時から気づいていた。

「もうすっかりよくなった。そろそろ医務室から出してもらえるとありがたいんだがね」

「でも先生」若い男はふくれ面をした。「気絶した時に頭を打っているんですよ。もうちょっと安静にしていないと――」

「ベッドの数だって充分じゃないんだし、この子は船室に戻して休ませればいい」

「それがどこの部屋なのか――」

医者は呆れたように目を回す仕草をした。「だったらこの子に訊けばいいじゃないか」

麦藁色の髪をした男は声をひそめた。「実はこの子、前にお話しした例の子供なんです。どうも記憶喪失じゃないかと。転んだ拍子にどうかなったのかも」

医者は少女に目を落とした。「名前は？」

少女はどうしたものかと考えた。声も聞こえたし、何を訊かれたのかもわかっていたが、答えが思い浮かばなかった。

「どうしたの？」

少女はかぶりを振った。「わからない」

医者はため息をついた。むすっとしている。「時間もないし、ベッドもないんでね。もう熱は下がったわけだし。この子のにおいからすると、三等船室の客だね」

「はあ」

「なんだね？　そっちに行けば保護者も見つかるさ」

「実は、男の子がそこに来ているんです。先日ここにこの子を連れてきた子でして。今しがたも様子を見に来ましてね、となると、この子の兄さんかと」

医者はドアのほうに首をめぐらせ、少年のほうをうかがった。「両親はどこに？」

「少年の話では、父親はオーストラリアにいるそうです」

「母親は？」

若い男はちょっと咳払いをして、医者のほうに顔を寄せた。「おそらくいまごろは、喜望峰あたりで魚の餌になっているんじゃないかと。三日前、港を出る間際に死んだんです」

「熱射病かね？」

「ええ」

医者は眉根を寄せ、短く息を吐いた。「なら、その子をここに連れてきなさい」

グレーハウンドの子犬みたいに骨と皮ばかりで、石炭のような黒い目をした少年は、医者にひょいと抱き上げられた。「この子はきみと一緒かい？」

「そうです、先生。つまりその、この子は――」

「もういいよ、身の上話は結構だ。熱は下がったし、頭のこぶも引いたからね。あまり話せないが、そのうちまたしゃべるようになる。きみたちのお母さんがそういうことになったとなると、誰かがこの子を看病してやらんとね。子供の場合はとくにね」

「でも先生――」

「さあ、もういいだろ。この子を連れていきなさい」医者は船員のほうに向き直った。「次の病人をベッドに」

＊

少女は手すりの際《きわ》にしゃがみこんで、波を眺めていた。風を受けて、白い帽子をかぶった青い波が起きている。いつもより荒れているのだ。少女は左右に揺れる船体の動きに身を預けた。妙な気分だった。べつに気分が悪いわけではなく、ただ不思議な感覚だった。まるで頭に詰まった真っ白い霧が、でんと居すわってなかなか出ていこうとしない、そんな感じだ。

医務室で目を覚ました時からずっと、見知らぬ男たちにじろじろ見られた挙げ句、少年と一緒にそこを追い出されてからも、そんな状態が続いていた。少年のあとについて階段を下り、ベッドとマットレスがびっしりと並ぶ暗い場所に行くと、前よりもさらに人が増えていた。

「ほらよ」少女のすぐ横で声がした。少年だった。「荷物を忘れちゃ駄目じゃないか」

「荷物？」少女は突き出された白革のトランクに目をやった。

「うへ！」少年は不思議そうに見つめる。「おまえ、ほんとに頭がどうかなっちまったんだな。医者にわざととぼけて見せてるんだとばかり思ったのに。自分の荷物まで忘れたなんて言いっこなしだぜ。おれたちがちょっかい出そうもんなら食いつかんばかりに、いままで後生大事に抱えてたくせに。お話のおばさまとかいう大事な人にしかられたくないんだろ」

この奇妙な言葉がふたりのあいだでざわめいた。するとちくっと刺すような感覚が少女の皮膚の内側を駆け抜けた。「お話のおばさま？」少女は鸚鵡返しに言った。

しかし少年は答えなかった。「あ、陸地だ！」と歓声をあげながらすでに駆けだし、甲板をぐるりと取り囲む手すりに身を乗り出していた。

少女は少年の横に立った。手はトランクの持ち手をしっかり握っている。少女はそばかすだらけの少年の鼻にちらりと目をやり、それから少年が指さす方向に目を向けた。はるか遠くに、淡い緑に縁取られた陸地が見えた。

「あれがオーストラリアだよ」少年の視線が遠くに見える海岸線をなぞっていく。「あそこでおっとうが待ってるんだ」

オーストラリア、少女は考えこんだ。またしても知らない名前だった。

「あそこで新生活を始めるんだ。自分たちの家だって、農地だってあるんだぜ。おっとうがくれた手紙に書いてあったんだ。これからはみんなで土地を耕して、新規まき直しを図るんだってね。きっとうまくいく、おっかあはいなくなったけどね」最後のほうは声がかすれていた。そして一瞬黙りこんだが、やがて少女に目をやると、海岸のほうに顎をしゃくってみせた。「おまえのおっとうも、あそこにいるのか？」

少女は考えこんだ。「わたしのおっとう？」

少年は目を回す仕草をした。「父親のことだよ。おっかあの連れ合い。それがおまえのおっとうだよ」

「わたしのおっとう」少女は言葉を繰り返したが、少年はもう聞いていなかった。自分の妹のひとりを見つけると、陸が見えるよと叫びながら駆けだしていた。

少女は立ち去る少年にうなずいて見せたものの、少年の説明がピンと来なかった。「わたしのおっとう」少女はおずおずと口に出してみた。「あそこにわたしのおっとうがいる」

「陸地だ！」叫び声が甲板を駆けめぐり、周囲があわただしくなると、少女も白いトランクを手に大樽の並ぶ場所に向かった。なぜかつい引き寄せられてしまうのだ。少女はしゃがみこむと、何か食べるものはないだろうかとトランクの蓋を開けた。何もなかった。仕方がないのでいちばん上にあったお伽噺の本を取り上げた。

船がぐんぐん岸に近づくにつれて、遠くに見えていた小さな点々が鷗に姿を変えた。少女は膝の上に本を広げると、茨の茂みに囲まれた空地で女の人と鹿が仲良く並んでいるモノトーンの美しい素描に見入った。するとまだ字も読めないのになぜか、この絵のお話を知っていることに気がついた。それは大事なものを奪われた愛する人のために、海の向こうのずっと遠くの国まで取り戻しに行くお姫様のお話だった。

12 インド洋上空二〇〇五年

カサンドラは機内の冷たくざらっとした感触の壁にもたれ、窓の向こうに弧を描いてどこまでも続く青い海原に目をやった。幼いネルが遠い昔に船で渡ったあの海だ。

本格的な外国旅行はこれがはじめてだった。お隣のニュージーランドには一度行っているし、結婚前にニックの家族に会いにタスマニアを訪れてもいるが、せいぜいその程度だ。ニックとは昔、二、三年くらいイギリスで暮らす計画を立てたことがあった。ニックは向こうのテレビ業界で音楽の仕事をすればいいし、カサンドラにしても、ヨーロッパなら美術史研究者の勤め口も多いだろうからと。だがその夢は果たせずに終わり、おびただしい数にのぼる夢の残骸のひとつとして、とうに葬《ほうむ》り去ったはずだった。

それがいま、カサンドラは機上の人となってヨーロッパに向かっていた。しかもひとりで。アンティーク・センターでベンと話し、例の家の写真を渡され、その後あのトランクを見つけてからというもの、ほかのことは何も考えられなくなった。謎が頭にこびりつき、どうやっても振り払えなかった。正直なところ気は進まなかった。このまま頭のなかで思いめぐらすだけでよかった。これまで知らずにいたネル、ネルのもうひとつの顔、幼いころのネルをあれこれ思い描くだけで満足だった。

トランクを見つけた時ですら、すぐにもイギリスに行こうとは考えなかった。せめて一か月くらい時間をおくほうが賢明だ、それから旅の計画を立てても遅くはない、いきなりコーンウォールに行くなんて馬鹿げていると。ところがそんな矢先、夢を見た。ここ十年間、見たり見なかったりを繰り返してきたあの同じ夢。草原にひとりたたずむ自分がいて、どちらを向いても地平線しか見えない、そんな夢だ。悪夢というわけではなく、その光景がただ延々と続くばかり。ごくありふれた草原で、想像力をかき立てるようなものはいっさいない。指先をかすめる高さにまで伸びた青白い草が生い茂り、それをそよ風がかさこそと揺らしつづけている、ただそれだけ。

この夢を見はじめたころ、自分は誰かを捜している、正しい方向にひたすら歩きつづければやがてめぐり逢える、そう思った。だが何度同じ夢が繰り返されても、自分にその気があるようには思えなかった。なだらかな稜線を描く丘がさらに別の丘にとって替わるあたりで、いつも決まってよそ見をしてしまい、そこではっと目が覚めるのだ。

だが時を経るうちに夢はすっかり変貌を遂げていた。それもちょっとずつ、ごくゆっくりとなので、その時々には変化に気づかなかった。情景が変わったわけではない、見た目は以前のままだった。変わったのはそこに流れる感情だった。自分が何を求めているのかいまにわかるという確信はすっぽりと抜け落ち、ついにその夜、ここには何もない、わたしを待っている人などひとりもいないと気づいたのだ。どこまで歩いていっても、どんなに心を砕いても、どれほど思いをつのらせようと、結局わたしはひとりぼっちなのだと……。

翌朝はずっと寂寥感《せきりょうかん》につきまとわれたが、夢を見たあとのどんよりとした気分には慣れっこだったから、普段どおり日課をこなした。その日もいつもどおりの一日になるはずが、近くのショッピング・センターにお昼のパンを買いに出た時、なぜか旅行代理店の前で足を止めていた。ここにこんな店があったとは、いままで一度も気づかずにいた自分がおかしかった。すると何を思ったのか、気づいた時には店のドアを押し開け、海緑色のマットの上に立っていた。見ればずらりと居並ぶ旅行アドバイザーたちが、声がかかるのを待ち構えていた。

あの瞬間に覚えた鈍い衝撃を、カサンドラはいまもはっきり憶えている。この自分も結局は現実を生きる生身の人間であり、その他大勢の人々がつくる世界を出たり入ったりしているのだと。自分は半分死んだような存在、いてもいなくてもいい人間だとつねづね思ってきたのだが、どうやらそうでもないらしい。

家に戻るとふと立ち止まり、午前中の出来事を振り返りながら、その気になった瞬間を吟味した。パンを買いに出ただけなのに、航空券を手に帰宅したのはどういうわけなのか？　そこでネルの部屋に行き、隠してあった場所からトランクを下ろすと、中身をそっくり取り出した。お伽噺の本、裏面に「イライザ・メイクピース」と書かれた素描画、ネルの癖のある筆跡で埋め尽くされた罫線入り学習ノート。

ミルクたっぷりのコーヒーをつくり、ネルのベッドに腰かけると、四苦八苦しながら悪筆を読み解いては、それをまっさらな紙に書き写していった。カサンドラは古文書の手書き文字をそこそこ読めた——骨董品を扱う人間ならできても不思議はない。それでも古文書の書体には一定のパターンがあるわけで、ネルの場合はただ乱暴に書きなぐっているだけだった。わざと人に読まれないようにしてあるのか。なお悪いことに、何かの拍子にノートを水に落とすか何かしたようだった。ページ同士がくっついているかと思えば、しわや染みが残る部分に黴《かび》が生えていて、急いでめくろうものならページが破け、内容はついにわからずじまい、ということになりかねなかった。

そんなわけで作業は時間をかけて進められたが、ネルが自分の出生にまつわる謎を解き明かそうとしていたと知るのに、そう長くはかからなかった。

一九七五年八月、今日、ダグとフィリスが白いトランクを届けに来た。それが何なのか、一目でわかった。

わたしはさして気のないふりをした。ダグもフィリスも真実を知らないのだし、震えているのを気取《けど》られたくなかった。ふたりには、父さんが古いトランクをわたしに譲ってくれたくらいに思わせておきたかった。ふたりが帰ったあと、しばらくトランクを眺めながら、わたしの名前、わたしの生まれた場所を思い出そうとしてみたが、記憶が甦るはずもなく、そこでようやく蓋を開けた。

まずは詫びの言葉で埋まる父さんの手紙があり、その下にいろいろなものがおさまっていた。子供のワンピース――たぶんわたしが着たものだろう――、銀製のヘアブラシ、そしてお伽噺の本。すぐにあれだとわかった。表紙をめくるとあの女性《ひと》が、「お話のおばさま」がそこにいた。頭のなかに文章がくっきりと甦った。この人こそわたしの過去の扉を開く鍵、この人を見つけ出せば自分がどこの誰なのかがわかる、そう確信した。それを探り出すのがわたしの目的だ。今後このノートにその過程をしるしていこう。そうすれば最後には、わたしの本当の名前と、なぜそれを失うことになったかがわかるだろう。

黴だらけのページを慎重に繰りながらも、逸る心を抑えられなかった。ネルは目的を遂げたのだろうか？　自分が何者かを探り当てられたのか？　家を買ったのはそのためだったのか？　最後の記録は一九七五年十一月、ネルがイギリスからブリスベンに戻った直後のものだった。

荷物をまとめたらすぐにも向こうに戻るつもりだ。ブリスベンの家を離れるのは、それと店をたたむのは心残りだが、これで本当の自分を取り戻せるのなら、そんなことは取るに足りないことだ。それにあともう少しのところまで来ているのだ。すでにコテージも手に入れた。となれば、謎の答えが出るのはもはや時間の問題。わたしの過去、本当のわたしが、もうじきわかるはず。

ネルはこの時点でオーストラリアを永遠に去るつもりだった。では、なぜそうしなかったのか？　何があったのか？　その後の記録がないのはなぜか？

もう一度日付に目をやる。一九七五年十一月。カサンドラの肌が粟立《あわだ》った。この二か月後、カサンドラはネルの家に預けられた。一、二週間したら必ず迎えに来るとレズリーは言ったが、そのまま延び延びになり、約束は守られずに終わったのだった。

この事実に思い至ったところで、ノートを脇に置いた。ネルは騒ぎたてもせずに親の役目を引き継いだ。カサンドラに住まいと家族を与え、母親代わりになった。しかも孫娘の出現で中止に追いこまれた計画のことを、カサンドラ本人に気づかせるようなことはいっさいせずに。

＊

窓から目を戻すと、機内持込みのバッグから例のお伽噺の本を取り出し、膝にのせた。どうしてこの本を持ってこようと思ったのか、自分でもわからない。いわばネルの分身のようなものだからかもしれない。これはトランクにしまいこまれていた本、ネルの過去につながる品、少女が海を越えてオーストラリアにたどり着いた時に携えていた、わずかばかりの所持品のひとつなのだ。それとは別に、本そのものに潜む何らかの力も働いていた。それはまさに当時十歳だったカサンドラが、あの日、ネルがフラットと呼ぶ階下の小部屋でこれを見つけた時に覚えた、やむにやまれぬ衝動と同じものだった。タイトル、挿し絵、そして作者の名前にすら、人を惹きつけてやまぬ何かがあった。イライザ・メイクピース。いまもその名前をつぶやくと、不思議な震えがカサンドラの爪先から背筋へと駆け上がった。

どこまでも続く大海原を眼下に、カサンドラは冒頭の「老婆《ろうば》の目玉《めだま》」を開き、読みはじめた。

それはあの暑い夏の日に読んだものだった。

老婆《ろうば》の目玉《めだま》

イライザ・メイクピース作《さく》

むかしむかし、きらめく海《うみ》のかなたのある国《くに》に、自分《じぶん》がお姫様《ひめさま》だとはまるで知《し》らないお姫様《ひめさま》がおりました。というのも、幼《おさな》いころに王国《おうこく》が侵略《しんりゃく》され、王家《おうけ》一族《いちぞく》が皆殺《みなごろ》しにされてしまったからです。その時《とき》お姫様《ひめさま》はたまたま城壁《じょうへき》の外《そと》で遊《あそ》んでいて、敵《てき》の襲撃《しゅうげき》にはまるで気《き》づきませんでした。太陽《たいよう》が大地《だいち》のほうに傾《かたむ》きはじめたところでようやく遊《あそ》びを切《き》り上《あ》げ、お城《しろ》に戻《もど》ってきてはじめて、すべてが破壊《はかい》し尽《つ》くされているのを知《し》ったのです。お姫様《ひめさま》はひとりさまよい、やがて暗《くら》い森《もり》のはずれに立《た》つ粗末《そまつ》な小屋《こや》にたどり着《つ》きました。ドアを叩《たた》いたその時《とき》、破壊《はかい》の爪跡《つめあと》を目《め》にして天《てん》が怒《いか》り狂《くる》ったのでしょうか、空《そら》がまっぷたつに裂《さ》けて、すさまじい勢《いきお》いで雨《あめ》を大地《だいち》に吐《は》き出《だ》しました。

小屋《こや》には盲目《もうもく》の老婆《ろうば》が住《す》んでいました。気《き》の毒《どく》に思《おも》った老婆《ろうば》は、お姫様《ひめさま》を引《ひ》き取《と》り、自分《じぶん》の手《て》で育《そだ》てることにしました。そこには仕事《しごと》が山《やま》ほどありましたが、お姫様《ひめさま》は泣《な》き言《ごと》ひとつ言《い》いませんでした。清《きよ》い心《こころ》を持《も》った正真正銘《しょうしんしょうめい》のお姫様《ひめさま》だったからです。やることがいっぱいある人《ひと》ほど幸福《こうふく》な人《ひと》はおりません。泣《な》き言《ごと》を言《い》う暇《ひま》などないのです。というわけで、お姫様《ひめさま》は幸《しあわ》せいっぱいに成長《せいちょう》しました。四《し》季《き》の移《うつ》り変《か》わりを愛《あい》し、種《たね》を蒔《ま》き収穫《しゅうかく》する喜《よろこ》びを知《し》りました。お姫様《ひめさま》はますます美《うつく》しくなっていきましたが、それに気《き》づきもしませんでした。老婆《ろうば》のところには鏡《かがみ》も白粉《おしろい》容れもなかったから、気《き》づきようがなかったのです。

ある夜《よ》のこと、十六歳《じゅうろくさい》になったお姫様《ひめさま》は、老婆《ろうば》と一緒《いっしょ》に台所《だいどころ》で食事《しょくじ》をしておりました。「ねえおばあさん、その目《め》はどうしたの?」お姫様《ひめさま》は長《なが》いあいだずっと気《き》になっていたことを尋《たず》ねました。

老婆《ろうば》はお姫様《ひめさま》のほうに顔《かお》を向《む》けました。目《め》があるはずの場所《ばしょ》はくしゃっとしわになっています。「見《み》えないようにされてしまったんだよ」

「誰《だれ》がそんなことを?」

「まだ若《わか》い娘《むすめ》だったころ、父《とう》さんはあたしを溺愛《できあい》するあまり、この世《よ》の死《し》や破壊《はかい》を目《め》にしなくてすむようにと目玉《めだま》をくり抜《ぬ》いてしまったのさ」

「でもおばあさん、それだと美《うつく》しいものも見《み》られないじゃないの」お姫様《ひめさま》は、庭《にわ》に咲《さ》きほこる花《はな》が与《あた》えてくれる喜《よろこ》びのことを思《おも》いながら言《い》いました。

「そうだね。うちの別嬪《べっぴん》さんが成長《せいちょう》していくのをぜひ見《み》てみたいものだね」

「目《め》を取《と》り戻《もど》すことはできないの?」

老婆《ろうば》は悲《かな》しそうな笑《え》みを浮《う》かべました。「実《じつ》は、六十歳《ろくじっさい》を迎《むか》えた日《ひ》に使《つか》いの者《もの》が目《め》を返《かえ》してくれることになっていたんだがね、ちょうどその日《ひ》、うちの別嬪《べっぴん》さんが嵐《あらし》に遭《あ》ってずぶぬれで戸口《とぐち》に現《あら》われたものだから、それで会《あ》いに行《い》けなくなっちまったんだよ」

「その人《ひと》、いまでも見《み》つかるかしら？」

老婆《ろうば》はかぶりを振《ふ》りました。「使《つか》いの者《もの》は待《ま》っちゃくれない、結局《けっきょく》あたしの目《め》は《失《う》せ物《もの》の国《くに》》の深《ふか》い井戸《いど》に送《おく》られてしまったよ」

「そこに行《い》くことはできないの？」

「とんでもない。とても遠《とお》いところだし、行《ゆ》く手《て》には危険《きけん》がいっぱい待《ま》ち受《う》けているし、たどり着《つ》けるもんかね」

やがて季節《きせつ》がめぐり、老婆《ろうば》の体《からだ》はだんだん衰《おとろ》え、肌《はだ》の色艶《いろつや》が失《う》せていきました。

そんなある日《ひ》、お姫様《ひめさま》は冬《ふゆ》に備《そな》えて林檎《りんご》をもぎに出《で》かけました。すると、老婆《ろうば》が林檎《りんご》の木《き》の枝《えだ》に腰《こし》かけて嘆《なげ》き悲《かな》しんでいるではありませんか。お姫様《ひめさま》は驚《おどろ》いて足《あし》を止《と》めました。こんなふうに老婆《ろうば》が取《と》り乱《みだ》すのを一度《いちど》も見《み》たことがなかったのです。じっと耳《みみ》をすますうちに、老婆《ろうば》が話《はな》しかけている相手《あいて》は、くすんだ灰色《はいいろ》と白《しろ》の胴体《どうたい》に縞柄《しまがら》の尾《お》を持《も》つ小鳥《ことり》だとわかりました。「あたしに目《め》が、目《め》さえあったらねえ。終《お》わりの時《とき》がもうじき来《く》るというのに、このまま視力《しりょく》を取《と》り戻《もど》せないなんて。ねえ教《おし》えておくれ、賢《かしこ》い小鳥《ことり》さん、目《め》が見《み》えなくても、ちゃんとあの世《よ》に迷《まよ》わず行《い》けるのかね？」

お姫様《ひめさま》は足音《あしおと》を忍《しの》ばせ、急《いそ》いで家《いえ》に戻《もど》りました。自分《じぶん》のなすべきことがわかったのです。老婆《ろうば》は自分《じぶん》の目《め》を犠牲《ぎせい》にしてまでお姫様《ひめさま》を守《まも》ってくれたのです。今度《こんど》はその恩返《おんがえ》しをしなくてはなりません。森《もり》の向《む》こう側《がわ》にはまだ一度《いちど》も行《い》ったことがないけれど、お姫様《ひめさま》はためらいませんでした。老婆《ろうば》を愛《あい》する気持《きも》ちはとても深《ふか》く、浜《はま》の真砂《まさご》をどれだけ積《つ》み上《あ》げようと、お姫様《ひめさま》の愛《あい》の深《ふか》さにはとても及《およ》ばなかったでしょう。

東《ひがし》の空《そら》がほんのり染《そ》まりはじめたころ、お姫様《ひめさま》は目《め》を覚《さ》ますと、森《もり》の奥《おく》へとずんずん進《すす》み、海岸《かいがん》にたどり着《つ》くまで立《た》ち止《ど》まりませんでした。そこから船《ふね》に乗《の》り、大海原《おおうなばら》を越《こ》えて《失《う》せ物《もの》の国《くに》》を目指《めざ》しました。

道《みち》のりは長《なが》く、つらい旅《たび》でした。《失《う》せ物《もの》の国《くに》》の森《もり》は、慣《な》れ親《した》しんできた森《もり》とはまるで様子《ようす》が違《ちが》うのでとまどいました。木々《きぎ》は無慈悲《むじひ》にも棘《とげ》だらけで、動物《どうぶつ》たちは獰猛《どうもう》だし、小鳥《ことり》たちの歌声《うたごえ》までが怖気《おぞけ》を引《ひ》き起《お》こしました。ますます高《たか》まる恐怖心《きょうふしん》に、駆《か》け足《あし》の速度《そくど》も上《あ》がりました。立《た》ち止《ど》まると心臓《しんぞう》が激《はげ》しく脈打《みゃくう》っていました。とうとう道《みち》に迷《まよ》ってしまい、どこを曲《ま》がればいいのかわかりません。もう駄目《だめ》だと思《おも》ったその時《とき》、あのくすんだ灰色《はいいろ》と白《しろ》の小鳥《ことり》が目《め》の前《まえ》に現《あら》われました。「おばあさんに頼《たの》まれて来《き》たんだよ」と小鳥《ことり》が言《い》いました。「《失《う》せ物《もの》の井戸《いど》》まで無事《ぶじ》に送《おく》り届《とど》けるためにね。そこに行《い》けばすべてがわかる」

お姫様《ひめさま》はほっと胸《むね》を撫《な》でおろすと、ぐうぐう鳴《な》るお腹《なか》を抱《かか》えながら小鳥《ことり》のあとを追《お》いました。この森《もり》は不案内《ふあんない》なので食《た》べ物《もの》を見《み》つけられなかったのです。そうこうするうちに倒木《とうぼく》に腰《こし》かけているおばあさんに出会《であ》いました。「どうしたんだね、別嬪《べっぴん》さん？」おばあさんは言《い》いました。

「お腹《なか》がぺこぺこなんです。どこに行《い》けば食《た》べ物《もの》があるのかわからなくて」

おばあさんは森《もり》のほうを指《ゆび》さしました。すると突然《とつぜん》、どっさりと実《み》をつけたベリーや、枝先《えださき》に鈴《すず》なりになった木《き》の実《み》がお姫様《ひめさま》の目《め》に留《と》まりました。

「ああ、ご親切《しんせつ》にありがとう、おばあさん」

「あたしは何《なに》もしていないさ。ただおまえさんの目《め》を開《ひら》かせて、そこにあるものに気《き》づかせてあげただけだよ」

空腹《くうふく》が満《み》たされ、お姫様《ひめさま》は再《ふたた》び小鳥《ことり》を追《お》って進《すす》みました。やがて空模様《そらもよう》があやしくなり、風《かぜ》も冷《つめ》たくなってきました。

まもなくお姫様《ひめさま》は切《き》り株《かぶ》に腰《こし》かけている別《べつ》のおばあさんに出会《であ》いました。「どうしたんだね、別嬪《べっぴん》さん？」

「とても寒《さむ》いの。でも、どこに行《い》けば暖《あたた》かい服《ふく》が手《て》にはいるのかわからなくて」

おばあさんは森《もり》のほうを指《ゆび》さしました。すると突然《とつぜん》、とびきり柔《やわ》らかくて可憐《かれん》な花《はな》びらをつけた野薔薇《のばら》の茂《しげ》みがお姫様《ひめさま》の目《め》に留《と》まりました。この花《はな》びらで体《からだ》を包《つつ》むと、ぽかぽかと暖《あたた》かくなりました。

「ああ、ご親切《しんせつ》にありがとう、おばあさん」

「あたしは何《なに》もしていないさ。ただおまえさんの目《め》を開《ひら》かせて、そこにあるものに気《き》づかせてあげただけだよ」

体《からだ》がぬくまり、すっかり元気《げんき》になったお姫様《ひめさま》は、灰色《はいいろ》と白《しろ》の小鳥《ことり》を追《お》ってさらに進《すす》んでいきました。やがて長旅《ながたび》のせいで足《あし》が痛《いた》みはじめました。

まもなくお姫様《ひめさま》は、またしても切《き》り株《かぶ》に腰《こし》かけている別《べつ》のおばあさんに出会《であ》いました。「どうしたんだね、別嬪《べっぴん》さん？」

「すっかりくたびれてしまったの。なのにどこに行《い》けば乗《の》り物《もの》に乗《の》れるのかわからないんです」

するとおばあさんは森《もり》のほうを指《ゆび》さしました。その時突然《ときとつぜん》、金《きん》の首輪《くびわ》をした輝《かがや》くばかりの茶色《ちゃいろ》の仔鹿《こじか》が空《あ》き地《ち》にいるのがお姫様《ひめさま》の目《め》に留《と》まりました。仔鹿《こじか》は思慮深《りょぶか》そうな黒《くろ》い目《め》をしばたたいてお姫様《ひめさま》を見《み》つめてきます。心優《こころやさ》しいお姫様《ひめさま》は手《て》を差《さ》し出《だ》しました。すると仔鹿《こじか》がそばにやって来《き》て、背中《せなか》に乗《の》ってくださいと言《い》わんばかり、深々《ふかぶか》と頭《あたま》を下《さ》げました。

「ああ、ご親切《しんせつ》にありがとう、おばあさん」

「あたしは何《なに》もしていないさ。ただおまえさんの目《め》を開《ひら》かせて、そこにあるものに気《き》づかせてあげただけだよ」

お姫様《ひめさま》と仔鹿《こじか》は灰色《はいいろ》と白《しろ》の小鳥《ことり》に導《みちび》かれながら、暗《くら》い森《もり》の奥《おく》へ奥《おく》へと分《わ》け入《い》りました。こうして数日《すうじつ》が過《す》ぎるうちに、お姫様《ひめさま》は優《やさ》しく囁《ささや》きかけてくる仔鹿《こじか》の言《こと》葉《ば》がわかるようになってきました。ふたりして毎晩《まいばん》おしゃべりをするうちに、実《じつ》は仔鹿《こじか》は、悪《わる》い魔女《まじょ》が差《さ》し向《む》けた邪悪《じゃあく》な猟師《りょうし》に殺《ころ》されないよう、身《み》を隠《かく》している最中《さいちゅう》だと知《し》りました。仔鹿《こじか》の親切《しんせつ》に感謝《かんしゃ》の気持《きも》ちでいっぱいだったお姫様《ひめさま》は、仔《こ》鹿《じか》を魔《ま》の手《て》から守《まも》ってあげることにしました。

よかれと思《おも》ってなす行《おこ》ないの先《さき》には破滅《はめつ》が待《ま》ち受《う》けているものです。翌朝早《よくあさはや》く目《め》を覚《さ》ましてみれば、いつもは焚《た》き火《び》のそばで夜《よ》を明《あ》かす仔鹿《こじか》の姿《すがた》が見当《みあ》たりません。木《き》の上《うえ》では、灰色《はいいろ》と白《しろ》の小鳥《ことり》が必死《ひっし》にさえずっています。お姫様《ひめさま》はすぐさま立《た》ち上《あ》がると小鳥《ことり》のあとを追《お》いました。そこここに生《は》えている茨《いばら》の茂《しげ》みをかき分《わ》けかき分《わ》け進《すす》んでいくと、仔鹿《こじか》のすすり泣《な》きが聞《き》こえてきました。急《いそ》いでそばに駆《か》け寄《よ》ってみれば、仔鹿《こじか》の脇腹《わきばら》に矢《や》が刺《さ》さっているではありませんか。

「魔女《まじょ》に見《み》つかってしまった」仔鹿《こじか》が声《こえ》を絞《しぼ》り出《だ》しました。「旅《たび》の備《そな》えにと木《き》の実《み》を集《あつ》めていたら、魔女《まじょ》の手下《てした》たちが弓《ゆみ》を射《い》てきたのです。必死《ひっし》でここまで逃《に》げてきたのですが、とうとう力尽《ちからつ》きてしまった」

お姫様《ひめさま》は仔鹿《こじか》のそばにひざまずきました。苦《くる》しそうな仔鹿《こじか》にたいそう心《こころ》を痛《いた》め、仔鹿《こじか》の体《からだ》に身《み》を投《な》げ出《だ》してさめざめと泣《な》きました。するとびっくり、涙《なみだ》からあふれ出《だ》した真心《まごころ》の光《ひかり》には傷《きず》を治《なお》す力《ちから》があったのです。

数日後《すうじつご》、お姫様《ひめさま》の手厚《てあつ》い看護《かんご》で仔鹿《こじか》は元気《げんき》を取《と》り戻《もど》し、再《ふたた》び広大《こうだい》な森《もり》の果《は》てを目指《めざ》す旅《たび》は続《つづ》きました。ようやく最後《さいご》の木立《こだち》を通《とお》り抜《ぬ》けると目《め》の前《まえ》に海岸線《かいがんせん》が拓《ひら》け、その向《む》こうにきらめく海《うみ》が見《み》えました。

「あと少《すこ》し北《きた》に行《い》けば、《失《う》せ物《もの》の井戸《いど》》があるよ」小鳥《ことり》が言《い》いました。

昼《ひる》が終《お》わり、夕暮《ゆうぐ》れはやがて夜《よる》の闇《やみ》に塗《ぬ》りこめられましたが、浜辺《はまべ》の砂《すな》が月明《つきあ》かりを受《う》けて銀色《ぎんいろ》に輝《かがや》き、行《ゆ》く手《て》を照《て》らしてくれました。北《きた》を目指《めざ》してさらに進《すす》むと、ごつごつした黒《くろ》い岩山《いわやま》の頂《いただき》に《失《う》せ物《もの》の井戸《いど》》がありました。無事《ぶじ》に務《つと》めを果《は》たした小鳥《ことり》は、お姫様《ひめさま》と仔鹿《こじか》に別《わか》れを告《つ》げて飛《と》び去《さ》りました。

井戸《いど》のそばまで来《き》たところで、お姫様《ひめさま》は気品《きひん》に満《み》ちたお供《とも》の首《くび》を撫《な》でました。

「仔鹿《こじか》さん、あなたは井戸《いど》に下《お》りては駄目《だめ》よ、ここから先《さき》はわたしひとりでやらなくてはいけないの」お姫様《ひめさま》はそう言《い》うと、旅《たび》するあいだに知《し》ることとなった自《じ》分《ぶん》に具《そな》わる勇気《ゆうき》を振《ふ》り絞《しぼ》って井戸《いど》に身《み》を投《とう》じ、どんどん、どんどん底《そこ》へと落《お》ちていきました。

眠《ねむ》っては夢《ゆめ》を見《み》て、夢《ゆめ》を見《み》ては眠《ねむ》るといった状態《じょうたい》がしばらく続《つづ》きましたが、やがて気《き》づいてみれば、太陽《たいよう》の光《ひかり》に草《くさ》がきらめき、木々《きぎ》が歌《うた》う野原《のはら》をお姫様《ひめさま》は歩《ある》いていました。

とそこへ、美《うつく》しい妖精《ようせい》がどこからともなく現《あら》われました。金糸《きんし》のようなきらきら輝《かがや》く長《なが》い髪《かみ》を波打《なみう》たせ、まばゆいばかりの笑《え》みを浮《う》かべています。お姫様《ひめさま》の心《こころ》はたちまち安《やす》らぎました。

「はるばる長《なが》い道《みち》のりを旅《たび》してきて、さぞお疲《つか》れでしょう」妖精《ようせい》が言《い》いました。

「わたしのとても大切《たいせつ》な人《ひと》の目玉《めだま》を取《と》り戻《もど》してあげたくて、ここまで来《き》たのです。

もしやわたしの探《さが》し求《もと》めている目玉《めだま》をご存《ぞん》じありませんか、妖精《ようせい》さん？」

妖精《ようせい》が無言《むごん》のまま手《て》を開《ひら》くと、そこにはふたつの目玉《めだま》が載《の》っていました。この世《よ》の病苦《びょうく》を一度《いちど》も目《め》にしたことがない乙女《おとめ》の、美《うつく》しい目玉《めだま》です。

「さあ、持《も》ってお行《い》きなさい」妖精《ようせい》は言《い》いました。「でも、おばあさんがこれを使《つか》うことはもうないでしょう」

それはどういう意味《いみ》なのかと尋《たず》ねる間《ま》もなく、目《め》を覚《さ》ましてみれば、なんとそこは井戸《いど》の外《そと》でした。お姫様《ひめさま》が横《よこ》たわるすぐそばには仔鹿《こじか》がいました。お姫様《ひめさま》の手《て》には、老婆《ろうば》の目玉《めだま》のはいった小《ちい》さな包《つつ》みが握《にぎ》られていました。

三月《みつき》をかけて《失《う》せ物《もの》の国《くに》》を横断《おうだん》し、深《ふか》くて青《あお》い海《うみ》を渡《わた》り、ふたりはようやくお姫様《ひめさま》の生《う》まれた国《くに》に帰《かえ》り着《つ》きました。懐《なつ》かしい鬱蒼《うっそう》とした森《もり》のはずれに立《た》つ老婆《ろうば》の小《ちい》さな家《いえ》の近《ちか》くまでやって来《き》た時《とき》、ひとりの猟師《りょうし》に呼《よ》び止《と》められ、妖精《ようせい》の予言《よげん》どおりのことを知《し》らされました。

お姫様《ひめさま》が《失《う》せ物《もの》の国《くに》》を旅《たび》しているあいだに、老婆《ろうば》は安《やす》らかにあの世《よ》へと旅立《たびだ》っていたのです。

それを知《し》ったお姫様《ひめさま》はさめざめと涙《なみだ》を流《なが》しました。せっかくの長旅《ながたび》が無駄《むだ》に終《お》わってしまったのです。しかし、優《やさ》しさと知恵《ちえ》の両方《りょうほう》を具《そな》えている仔鹿《こじか》は、美《うつく》しいお姫様《ひめさま》に向《む》かって、嘆《なげ》き悲《かな》しむのはおやめなさいと諭《さと》しました。「おばあさんには目《め》などなくても、自分《じぶん》がどういう存在《そんざい》か、ちゃんとわかっていたのです。だから嘆《なげ》くには及《およ》びません。おばあさんを愛《あい》するあなたの気持《きも》ちが、それをわからせてあげたのです」

仔鹿《こじか》の思《おも》いやりにあふれる言葉《ことば》に感激《かんげき》するあまり、お姫様《ひめさま》は手《て》を伸《の》ばして仔鹿《こじか》の温《あたた》かい頬《ほお》を優《やさ》しく撫《な》でました。するとどうでしょう、仔鹿《こじか》は見目麗《みめうるわ》しい王子様《おうじさま》に見《み》る見《み》る姿《すがた》を変《か》え、金《きん》の首輪《くびわ》は王冠《おうかん》になりました。王子様《おうじさま》は悪《わる》い魔女《まじょ》に呪《のろ》いをかけられた身《み》の上《うえ》を語《かた》りました。仔鹿《こじか》に姿《すがた》を変《か》えられた王子様《おうじさま》でしたが、美《うつく》しい乙女《おとめ》の優《やさ》しさに触《ふ》れて、ついにその呪《のろ》いが解《と》けたのだと。

やがてふたりは結婚《けっこん》し、老婆《ろうば》の粗末《そまつ》な小屋《こや》でせっせと仕事《しごと》にはげみ、いつまでも幸《しあわ》せに暮《く》らしました。そんなふたりの様子《ようす》を、暖炉《だんろ》の上《うえ》に置《お》かれた瓶《びん》の中《なか》から老婆《ろうば》の目玉《めだま》が見守《みまも》っていました。

13　ロンドン　一九七五年

その男の風貌は戯画そのものだった。ひょろりとした体軀はいかにもひ弱そうで、背中が真ん中あたりで折れ曲がっていた。油染みのあるベージュのズボンは膝小僧のほうにせり上がり、木ぎれのような足首と大きすぎる靴が丸見えだ。頭部は白い柔毛《にこげ》がそこここにしょぼしょぼ生えているかと思えば、まるきりの不毛地帯もある。まるで子供の読み物の登場人物だ。いや、お伽噺だろうか。

ネルは店先の窓から後ずさると、ノートに記した住所をもう一度確認した。やはりここで間違いない。汚い字で書き留めたメモには「スネルグローヴ古書店、チャリングクロス・ロード裏、セシルコート四番地。童話作家と古書全般に関する知識はロンドン随一。イライザを知っている可能性あり」とある。

この人物の名前と住所は前日、ロンドン市内の中央図書館の司書たちに教わった。図書館ではイライザ・メイクピースに関する新情報を発掘できずに終わったのだが、さらに詳しく調べたいなら、ミスター・スネルグローヴに当たってみるといいと言われたのだ。人当たりのいい人物とはほど遠いが、古書に関する知識はここロンドンで右に出る者はいないという。若手の司書のなかには冗談まじりに、あの人は生きた化石みたいなものだから、そのお伽噺集を刊行当時に読んでいるかもしれませんよと言う者もいた。むき出しのうなじを寒風に撫でられ、ネルはコートの襟をかき合わせた。覚悟を決めて大きく深呼吸をすると、店のドアを開けた。

側柱に取りつけた金属製のベルがちりんと鳴り、老店主が目を上げた。眼鏡の分厚いレンズが光を受けて鏡のようにきらめく。顔の両端にくっついたやけに大きな耳、そこから密生した白い毛が覗いている。

老人がちょっと頭をかがめたのを見て、いささか古風なマナーで迎えられたのかと思いきや、眼鏡のフレーム越しに淡色ガラスのような目玉がぎょろりと覗いたので、単に客をよく見ようとしただけだとわかった。

「スネルグローヴさんですか?」

「ああ」気難しそうな声だ。「いかにも。さっさと中にはいりなされ、いやな風が吹きこむじゃないか」

ネルは前に進み出た。背後でドアが閉まる。空気の揺らぎがおさまり、黴くさい暖気があたりにたちこめた。

「なんというのかな?」老店主が言った。

「ネル。ネル・アンドリューズです」

店主はまばたきをした。「なんという本かね」今度ははっきりとした口調だ。「お探しの本は」

「そうでした」ネルはノートに目をやった。「本を探しているわけではないんですけど」

スネルグローヴが今度はゆっくりとまばたきをする。つき合いきれんと言いたげだ。早くもうんざりしているのがネルにもわかった。いつもは自分がうんざりしてみせる側だったから、これには虚をつかれた。しどろもどろになる。「あ——、その、つまり」ネルはちょっと間をとって言葉を組み立てた。「本はすでに持っているんですが」

スネルグローヴは、大きな鼻腔をすぼめんばかりに鼻を鳴らした。「ならば話は早い。すでに本をお持ちなら、愚生の出る幕はなさそうですな」ちょっと頭を下げる。「ではごきげんよう」

そう言うと足を引きずりながら、階段脇にそびえる書棚のほうに行ってしまった。とりつく島もなかった。ネルは口を開きかけ、また閉じた。回れ右する。だが思いとどまった。

このまま引き下がるわけにはいかなかった。謎を解き明かすため、自分にまつわる謎を解くためにはるばるやって来たのであり、イライザ・メイクピースのことを知るには、なぜ彼女が一九一三年にネルをオーストラリアに連れ出したのかを突き止めるには、この男を頼るしかないのだ。

ネルは背筋をしゃんと伸ばすと、つかつかとスネルグローヴのほうに歩み寄った。やや大げさに咳払いをして、相手の反応を待つ。

店主は振り返るでもなく、棚の整理の手を休めるでもない。「まだいたのかね」にべもない

「ええ」ネルは踏ん張った。

「見ていただきたいものがあってはるばる来たのですから、目的を果たすまで帰るつもりはございません」

「申し訳ないが」店主はため息まじりに口を開いた。「いまこうしてこっちの時間が無駄につぶされているのと同様、お宅さんも無駄足でしたな。うちは委託販売はやっていないんでね」

怒りがネルの喉にこみ上げた。「売りたいわけじゃありません、これをちょっと見ていただいて、専門家のご意見をうかがえたらと」頬に血がのぼった。珍しく気が高ぶっていた。そもそもネルは顔を赤らめるような人間ではない。

スネルグローヴは、値踏みするように、青みの薄い冷ややかな瞳を向けた。感情らしきものが（どういう類のものかはともかく）口元に現われる。それから無言のまま、ごくかすかな動作でカウンター背後の小さなオフィスをさし示した。

ネルは急いでドアをくぐった。ネルの熱意にほだされて、店主にささやかながら親切心が芽生えたのだ。不意に安堵の涙がこみ上げ、たしか古いティッシュがあったはずとバッグをがさごそやった。一刻も早く裏切り者の進路を断ちたかった。まったくどうしちゃったんだろう？こんな涙もろい人間ではなかったはず。少なくともつい最近まではそうだった。ダグがトランクを届けに来て、そこにおさめられた絵本の口絵を見るまでは。あれをきっかけに、記憶の織物の小さな穴を通して、さまざまな事物や人々が、「お話のおばさま」のことや過去の断片が、甦ってくるまでは。

スネルグローヴはガラスのはまったドアを後ろ手に閉め、長いあいだにこびりついた埃で黒ずむペルシャ絨毯の上をおぼつかない足取りで横切ると、迷路のように床に積み上げた種々雑多な本の隙間を縫うように進み、デスクの向こうにある革張りの椅子にどっかと腰かけた。そして、つぶれたパッケージから煙草を一本抜き取り、火をつけた。

「さてと――」言葉が煙と一緒に吐き出される。「では始めますかな。まずはその本とやらを拝見しよう」

本は、ブリスベンを発つ時に麻布巾《ティータオル》にくるんでおいた。ちょっとした名案のつもりだった。かなりの年代物で希少価値が高い本だから、守ってやる必要がある。だが、ほの暗い明かりに浮かび上がるスネルグローヴの貴重なコレクションを前にすると、この所帯じみたやり方が恥ずかしくなった。

紐をほどき、赤と白のチェック柄の布をはずした。布巾はさっさとバッグにしまいたかったが、そこをぐっと我慢する。そしてデスクの向こうで待ち構えるスネルグローヴに、本を差し出した。

沈黙が流れた。どこからか時計のチクタクいう音が聞こえるばかりだった。店主がページを一枚ずつ繰っていくあいだ、ネルはじりじりしながら待った。

店主は相変わらず口を開かない。

もうすこし説明をつけ加えるべきだろうか。「わたしが知りたいのは――」

「静かに」青白い手が上がった。指に挟んだ煙草からいまにも灰が落ちそうだった。

ネルはうっと声を詰まらせた。これまでも偏屈者とはずいぶん関わってきたし、同じ骨董商仲間にもこういう手合いがいるにはいるが、ここまで無礼な人はいなかった。とはいえ、目の前の人物がいまいちばん欲しい情報をもたらしてくれる可能性が高いのも事実だった。ここはおとなしく屈辱に耐え、煙草の白い軸がじわじわと長い灰と化すのをただじっと見ているしかなかった。

ついに灰が煙草を離れ、音もなく床に落下した。同じく静謐なる死を迎えて塵と化したお仲間とめでたく合流。決してきれい好きとは言えないネルだったが、それでもこれにはぞっとした。

スネルグローヴは最後の煙を深々と吸いこむと、山盛りになった灰皿に吸いさしをねじこんだ。永遠に思えるほどの時間が流れ、ようやく老店主のだみ声があがった。「これをどこで?」

その声が好奇心で震えているように聞こえたのは気のせいか? 「頂き物なんです」

「誰から?」

どう答えればいいのか。「著者本人からだと思います。よく憶えていないのですが、子供のころに貰ったものです」

店主の鋭いまなざしは、いまではネルにじっと注がれていた。引き結んだ唇が少し震えている。「話には聞いていたが、正直な話、現物を見るのはこれがはじめてだ」

いま本はテーブルの上に置かれていたが、スネルグローヴは表紙をそっと撫でさすった。閉じた瞼を震わせながら、砂漠で水にありついた人のような満足げなため息をふうっともらす。

相手の豹変ぶりに唖然としながら、ネルは咳払いをひとつして口を開いた。「珍しいものなんですか？」

「ああ、そうだ」店主は瞼を開くと、穏やかな声で続けた。「そう、かなりの珍品だ。初版本しかないはずだし、しかもナサニエル・ウォーカーの挿し絵入りだからね。この画家が関わった数少ない絵本の一冊だ」それから表紙を開き、口絵を見つめた。「正真正銘の稀覯本《きこうぼん》だね」

「著者のほうはどうでしょう？　このイライザ・メイクピースのことを何かご存じですか？」

ネルは息を詰めた。店主がいびつな鼻をくしゃっとさせた。そこで水を向けてみた。「実体がいまひとつはっきりしないんです。結局、とおりいっぺんのことしかわからなくて」

スネルグローヴは椅子から立ち上がると、いまいちど物欲しげに本を一瞥してから背後の書棚に置かれた木箱のほうに向き直った。箱には小さな引き出しがいくつも並び、そのひとつが引き出された。なかに小さなカードがぎっしり詰まっているのが見えた。店主は口のなかで何やらぶつぶつつぶやきながら、手早くカードを繰っていき、一枚を取り出した。

「ああ、これだ」カードにさっと目を通す店主の唇が動き、やがて声の音量が上がった。「イライザ・メイクピース……あちこちの定期刊行物に作品を発表……刊行された作品集は一冊のみ」テーブルの上の本を指でぽんと叩き、「そいつがこれだ……作者に関する学術書はほとんどなし……いや……ああ、そうか」

ネルは居住まいを正した。「何です？　何か思い当たることでも？」

「論文、イライザを取り上げている研究書。たしかそこに小伝が紹介されていたはずだ」店主は床から天井まで届く書棚のほうに足を引きずっていった。「比較的新しい、九年くらい前の本だった。この覚え書きによると、この辺にしまってあるはずなんだが……」下から四段目の棚に並ぶ背表紙に指を走らせていく。その指が逡巡したかと思うとまた動き出し、ついにある箇所で止まった。「これだ」店主はうめき声をもらすと一冊の本を引き出し、天の埃をふっと吹き飛ばした。それから本の背が見えるように持ち替える。『十九世紀末から二十世紀初頭に登場したお伽噺と物語の紡ぎ手たち』。著者はロジャー・マクナブ博士」店主は指先を舌でしめらすと索引ページを開き、項目を目で追っていく。「ああ、これだ。イライザ・メイクピース、四七ページ」

索引を開いたまま、ネルのほうに本を滑らせる。

ネルの心臓は高鳴り、皮膚の下を流れる血がどくどくと脈打った。体がかっと熱くなった。ページをたぐり、四七ページを開く。一行目にイライザ・メイクピースの名前があった。ようやく探り当てた資料。一歩前進。自分と何らかのつながりがあるらしい人物に血肉を与えてくれそうな伝記の記述。「感謝します」声が詰まった。「ありがとうございます」

スネルグローヴがうなずいた。感謝の言葉にばつが悪そうだった。イライザの著作のほうに頭を一振りして、「無理を承知でうかがうが、これを安住の地に委ねるおつもりは?」

ネルはかすかな笑みを浮かべ、かぶりを振った。「手放すなんてとんでもない。うちの家宝ですから」

そこへ店先のベルが音を立てた。オフィスのガラス戸の向こうに、重みでひしゃげた高くそびえる書棚をぼんやりと眺める青年の姿が見えた。

スネルグローヴは素っ気なくうなずいた。「じゃあ気が変わったら、いつでもどうぞ」それから眼鏡の上辺から新参の客を見やると、短く毒づいた。「どいつもこいつも、なんでドアをきちんと閉めないんだ」店主が店のほうに足を引きずりながら向かう。「『お伽噺と物語の紡ぎ手たち』は三ポンド」と、ネルのすわる椅子の脇を行き過ぎながら口にする。「しばらくここを使うといい。ただし代金は帰る時に必ずカウンターに置いていくように」

ネルは同意のしるしにうなずいた。スネルグローヴが部屋を出てドアを閉めると、ネルは胸を高鳴らせながら、イライザの小伝を読みはじめた。

　イライザ・メイクピースは一九一〇年代に活躍したお伽噺作家である。一九〇七年から一三年まで、さまざまな定期刊行物に作品を発表、しかし現段階で彼女の手になるものと判明しているのは三十五作品のみである。実際には埋もれた作品がまだありそうだが、全作品が洗い出される可能性はきわめて低い。イライザ・メイクピースの挿画入りお伽噺集は一九一三年八月、ロンドンの出版社ホビンズ&カンパニーから刊行され、売れ行きも好調で、書評もおおむね好意的なものだった。当時、「タイムズ」紙の評者は、子供時代に味わった甘美にして、それでいて時にはぞくりとするような感覚を呼び覚まされたのだろう、奇妙な味わいの愉悦を与えてくれる作品集と評している。ナサニエル・ウォーカーの挿画はとりわけ高く評価され、彼の最高傑作に位置づける研究者もいる（参照――トーマス・R・コリンズ著『過去を素描する』一九五九年、ハミルトン・ハドソン刊、レジナルド・コイル著『著名イラストレーターたち』一九六四年、ウィクリフ・プレス刊）。とはいえ、彼の名をいまにとどめているのは本業の油彩肖像画であり、素描作品は余技にすぎなかった。

イライザの生涯は、一八八八年九月一日にこの世に生を受けたところから始まる。出生証明書によると、イライザは双生児の片割れで、十二歳までバタシー・チャーチロード三十五番地の安アパートで過ごした。イライザの出自は、その貧しい生い立ちが暗示する以上にいささかこみいっている。母親のジョージアナは、コーンウォール地方のブラックハースト荘に暮らす貴族一門の娘だったが、十七歳の時に下層階級の若者と駆け落ちし、スキャンダルを巻き起こしているのだ。

イライザの父ジョナサン・メイクピースは一八六六年、テムズ川で艀《はしけ》の船頭をしていた夫婦の息子としてロンドンに生まれた。九人兄弟の五番目で、ロンドン埠頭のスラム街で育った。彼は一八八八年、イライザが生まれる直前に死亡しているが、刊行されたイライザの作品集には、父ジョナサンが少年時代に体験したであろう川辺の暮らしが反映されていると思われる。例えば「川の呪い」という作品で、妖精の絞首台にぶら下がる死者たちは、生前ジョナサン・メイクピースが海賊処刑場で目にしたであろう光景が元になっていると考えてほぼ間違いなさそうだ。こうした話を母ジョージアナが多少脚色して話して聞かせ、それがのちに物語を書きはじめる時点まで、イライザの記憶に留まっていただろうことは想像に難くない。

ロンドンの貧しい艀の船頭の息子が、どういう経緯で高貴な生まれのジョージアナ・マウントラチェットと知り合い、恋に落ちたのかはいまなお謎のままである。秘密裏に進められた駆け落ち計画もさることながら、そこに至るまでの経緯についてもジョージアナはいっさい記録を残していない。ジョージアナの一族も、この不祥事のもみ消しに躍起となったであろうから、真相の追求はさらに困難である。この事件は新聞沙汰にもなっておらず、となると、あとは当時の書簡や日記から、これが一大スキャンダルであったことをうかがわせる記述を見つけるほかないだろう。ジョナサンの死亡証明書の職業欄には「船員」とあるが、実際どのような仕事に従事していたのかまではわかっていない。したがって想像の域を出るものではないが、海で生計を立てていたジョナサンが、何らかの事情でコーンウォールの海岸にやって来て、一時期を過ごしたと考えることもできよう。そしておそらく、マウントラチェット卿所有の入り江で、当時燃えるような赤毛の美少女として地元で評判だった当家令嬢が、若きジョナサン・メイクピースと出会うことになったのだと。

なれそめはともかく、ふたりが恋に落ちたことは疑問の余地がない。しかし悲しいかな、この若き恋人たちの幸福の日々は長く続かなかった。駆け落ちからわずか十か月後、ジョナサンの突然にして不可解な死によって、ジョージアナ・マウントラチェットは絶望の淵に立たされた。ロンドンにひとり取り残され、未婚のまま、しかも身重《みおも》の体で経済的に頼れる家族もいなかった。しかしそれでくじけるジョージアナではなかった。上流社会のくびきを逃れ、さらに双子を出産したあとはマウントラチェットの名も捨てた。その後ホルボーン通りにある法律事務所《H・J・ブラックウォーター&アソシエーツ・オブ・リンカーンズ・イン》で浄書の仕事に就くのである。

ジョージアナの達筆は天性のもので、少女期にその才能を大いに発揮していたことを示す証拠が残っている。一九五〇年に大英博物館付属図書館《ブリティッシュ・ライブラリー》に寄贈されたマウントラチェット家代々の日誌のなかには、流麗な書体と見事な挿画で構成された芝居のパンフレットが数多くまじっていて、どのパンフレットにも「制作者《アーティスト》」として、彼女の名前が隅に小さく記されている。当時、多くの大邸宅で素人芝居がさかんに上演されていたわけだが、それにしても一八八〇年代のブラックハースト荘では演目パンフレットが、他に類を見ないほど毎回律儀かつ真剣に作られていたことが、これらからもうかがえる。

イライザのロンドンでの子供時代については、彼女が暮らした家の所在地を除けば、ほとんどわかっていない。とはいえ、彼女の日常が貧困と逆境に晒されていたことは想像に難くない。やがてジョージアナに死をもたらすことになる結核は、すでに一八九〇年代半ばから彼女をむしばんでいたのではなかったか。病の進行がごく一般的な経過をたどったとすれば、九〇年代末には息切れや慢性疲労がひどくなり、勤めを続けられる状態ではなかったはずだ。こうした悪化の過程は、H・J・ブラックウォーター法律事務所の出勤簿によっても裏づけられる。

ジョージアナが治療を受けていた形跡は見当たらないが、世間一般が医者に不信感を抱いていた時代だったことを考えると、それもうなずけよう。一八八〇年代のイギリスでは、肺結核は告知が義務づけられていた法定伝染病で、医師は結核患者を見つけ次第、政府当局に通報する決まりだった。しかし都会に暮らす多くの貧しい人たちは、結核療養所《サナトリウム》（といってもたいていは刑務所に毛が生えたような代物）に送られることを怖れ、医者にかかろうとしなかったのだ。母親の発病はイライザに現実面でも創作面でも多大な影響を与えたに違いない。彼女が家計を助ける必要に迫られたことはほぼ間違いなかろう。ヴィクトリア朝期のロンドンに暮らす下層の娘たちは、屋敷のメイドや果実売りや花売りなど、さまざまな職種の下働きに従事した。イライザのお伽噺に登場する、洗濯物を絞る圧搾ローラーや湯を張った盥《たらい》の微細な描写から察するに、イライザ自身は洗濯業と深く関わった可能性がありそうだ。「妖精狩り」に出てくる吸血鬼のごとき人物たちは、肺病病みは吸血鬼に取り憑かれているという十九世紀初頭の俗信の反映でもあろう。明るい光に敏感になり、目は赤く腫れ上がり、肌は青白く、血痰を吐くなど、肺病特有の症状がこうした迷信をはぐくんだのである。

　夫ジョナサンの死後、自らの病状が悪化したジョージアナが、親族と何らかの接触を試みたのかどうか、そのあたりはいまなお不明である。しかしながら、私見を述べるなら、それはまずなかったと考えたい。というのも、ジョージアナの実兄ライナス・マウントラチェットが知人に宛てた一九〇〇年十二月付の手紙で、彼がロンドンに暮らす姪イライザの存在を知り、その姪が十年以上にわたり劣悪な環境に置かれていたと知って受けた心の動揺にも触れているからだ。おそらくジョージアナは、マウントラチェット家が過去の出奔を許すはずもないと思いこんでいたのだろう。だが、以下のとおり、兄の手紙が嘘偽りない気持ちを述べているのだとすれば、それは彼女の杞憂にすぎなかったと言えよう。

「海外にまで手を伸ばし、大海をさらい陸地の襞《ひだ》にも分け入る思いで捜索にあまたの歳月を費やしてきたというのに、なんのことはない、愛しい妹はすぐ目と鼻の先で暮らしていた。しかもすさまじいほどの困苦を一身に引き受けて！　妹の気性がどういうものか、わたしの言葉に嘘はないと、これでわかってもらえると思う。家族がどれほど愛し、無事の帰還を待ちわびていたか、あの子はまるでわかっておらず……」

かくしてジョージアナが故郷に戻る日はついに訪れなかったが、いずれイライザがこの母方の家族の庇護を受けることになる。ジョージアナ・マウントラチェットがこの世を去った一九〇〇年六月、イライザは十一歳だった。死亡証明書の記述によれば、死因は肺病、年齢は三十歳だった。母親の死後、イライザはコーンウォールの海辺にある母の実家に引き取られる。これがどのような経緯で実現したのかは不明だが、その時機を早めることになった不運な事情はともかく、この転地は幼いイライザにとって降って湧いたような僥倖だったと言って差し支えないだろう。広大な敷地といくつもの庭園を有するブラックハースト荘への転居は歓迎すべき安堵をもたらしたに違いなく、危険だらけのロンドン市内に暮らしていた者には身の安全をも確保する結果となったはずだ。その証拠に、彼女の作品には海が、再生と救済のモチーフとして登場している。

イライザが母方の伯父一家と暮らしていたことは周知の事実だが、二十五歳以降の消息は謎に包まれている。一九一三年以降の消息に関してはさまざまな憶測がなされてきたが、どれも確たる証拠に欠けている。歴史家のなかには、一九一三年にコーンウォール一帯に蔓延した猩紅熱《しょうこうねつ》の犠牲になった可能性が高いと主張する者もいる。また、一九三六年に「文学界《リテラリー・ライヴズ》」なる雑誌に発表された最後の作品「郭公《かっこう》の巣立《すだ》ち」を根拠に、彼女は自らのお伽噺世界にあるような冒険を求めて旅に出たのではと考える者もいる。実に心そそられる推測ではあるが、生真面目な研究者の世界ではいまのところこの説は受け入れられていない。こうしたさまざまな仮説はあるものの、イライザ・メイクピースのその後の運命は、没年も含め、いまなお文学史における謎のひとつになっている。

イライザ・メイクピースを描いた現存する木炭画は、エドワード朝期に活躍した肖像画家ナサニエル・ウォーカーの手になるものである。彼の死後、未完の作品とともに発見されたこの絵は、現在「閨秀作家《オーサレス》」のタイトルで、ロンドンのテイト・ギャラリーに展示されている。イライザ・メイクピースは生涯でお伽噺集一冊しか上梓していないが、象徴的かつ社会学的な要素が濃厚なその作品群は、研究に値する力作揃いである。「取り替え子」のような初期の作品がヨーロッパ古来のお伽噺から影響を受けている一方で、「老婆の目玉」に代表される後期作品はより独創性を増し、あえて言うなら自伝的アプローチを感じさせる。もっとも、今世紀初頭を生きた多くの女流作家の例に漏れず、イライザ・メイクピースもまた世界情勢の変化（大きなものでは第一次大戦や婦人参政権運動など）に伴う文化的環境の転換期とぶつかったせいで、読書界から忘れられた存在になってしまった。また第二次大戦中、ブリティッシュ・ライブラリーに収蔵されていた、さほど有名でない定期刊行物が全巻そっくり盗まれたこともあり、彼女の作品の多くが失われた。そのようなわけで、イライザと彼女のお伽噺を知る人はほとんどいないというのが現状である。作家のみならず、彼女の諸作品もまたこの地上から忽然と姿を消してしまったかのようであり、今世紀初頭を生きたあまたの亡霊たちと同様、我々の目に触れる機会はもはやなさそうだ。

14 ロンドン 一九〇〇年

テムズ川沿い、スウィンデル夫妻が一階でがらくた屋を営む、間口の狭い家の最上階に、その小さな部屋はあった。実際はクロゼットよりも狭い。暗いし、じとついて黴くさく（排水設備はお粗末だし、通風口がないので当然といえば当然だ）、色あせた壁は夏場になるとひびがはいり、冬のあいだに徐々にふさがるといった按配だった。暖炉の煙突はだいぶ前から詰まったままで、暖炉と呼ぶのもはばかられるほどである。そんな粗末な部屋ではあったが、《スウィンデル商店》の最上階の部屋は、イライザ・メイクピースと双子の弟サミーが知る唯一の自分たちの住まいであり、とりあえずほかでは得られない安らぎと安全を与えてくれる場所だった。ふたりはロンドンを恐怖で震え上がらせた例の事件が起きたのと同じ年の、秋に生まれた。姉のイライザは、この事実こそが自分の人格を決定づけたのだと信じて疑わなかった。この姉弟にとって切り裂きジャックは、人生最初に遭遇した脅威だった。

この部屋でイライザがとりわけ気に入っていたのは、といってもシェルター同然の殺伐とした空間で好きになれるものといったらこれくらいしかなかったのだが、古い松材の棚の上部にできた煉瓦壁の隙間だった。かつてここを建てた大工のずさんな仕事ぶりもさることながら、ここに住みつくネズミたちの不屈の努力もあって漆喰《しっくい》に程良い隙間が生じたというだけの話だが、イライザには願ったり叶ったりだった。棚の上で腹這いになり、ちょっぴり頭を持ち上げて目の高さを壁の隙間に合わせると、ちょうど川の湾曲部を覗き見ることができるのだ。町の日常が潮の満ち引きのように変化するさまをこっそりと見物できる、いわば秘密の展望台だった。これは二重の意味で理想的だった。自分には向こうが見えても、向こうから見られることはないからだ。イライザは好奇心が旺盛なくせに、自分が人に見られるのはいやだった。気づかれては身の破滅、人をじろじろ見るのはその人から何かを盗み取ることだとイライザは思っていた。見聞きしたさまざまな情景を心おもむくままに呼び出しては、声を与え、脚色する。そうやって空想の翼を羽ばたかせて邪悪な物語を織り上げては、計らずも話の種を提供する羽目になった当人たちを震え上がらせる、これがイライザにとって無上の喜びだったからだ。

人は選りどり見どり、いくらでもいた。イライザが暮らすテムズ川の湾曲部界隈は活気に満ちていた。テムズはロンドンの生命線、絶えず満ち引きを繰り返しながら、善人のみならず悪人をも市中に送りこんだり吐き出したりしている。満潮に乗って石炭船がやって来るかと思えば、手漕ぎボートの船頭が人々を乗せて両岸を行き来したり、石炭船の積み荷が艀《はしけ》に積み替えられたりと、そうした光景を眺めるのも楽しかったが、川がいちばん活気づくのは潮が引いた時だった。水位がすっかり下がったらミスター・ハックマンとその息子たちの書き入れ時、ポケットの中身目当てに水死体を川から引き上げるのである。あるいは浮浪児たちがロープや骨や銅製の釘など、金目のものはないかと悪臭ふんぷんの川底の泥をせっせとさらう。ミスター・スウィンデルはこうした泥さらいチームを抱え、さらには縄張りまでも確保し、さも女王陛下の埋蔵金が埋まっていると言わんばかりに異臭を放つ占有地の警備を怠らない。領海侵犯を企む強者どももまずもって歯が立たず、次の干潮でミスター・ハックマンがせしめるびしょ濡れのお宝ほども稼げないだろう。

ミスター・スウィンデルは、サミーをなんとかして泥さらいチームに引き入れようとした。やれることは何でもやって、家主の恩に報いるのがおまえの務めだろうがと執拗に迫るのだった。サミーとイライザはどうにかこうにか家賃分の金だけは払っていたが、ふたりの身に起こった境遇の変化を当局に知らせずにいるからこそ、こうやって自由にしていられるんだぞと、何かにつけて恩を着せるのだ。「そこいらを嗅ぎまわってる慈善家《ドウ・グッダー》どもは、おまえたちみたいな年端もいかぬ孤児《みなしご》がこの大都会で保護者なしでほっぽりだされていると知ったら、さぞ大喜びだろうて。うはうは喜ぶぞ」これがミスター・スウィンデルの決まり文句だった。「おっかさんが死んだ時点ですぐにも引き渡すってのが筋なんだからな」

「おっしゃるとおりです、旦那さん」これがイライザの決まり文句だった。「感謝しています、旦那さん。親切にしてくださってありがとうございます」

「ふん！　その気持ちを忘れるんじゃないぞ。わしら夫婦のお蔭でここにいられるんだからな」それからうごめく鼻先から見下すように、卑劣な性根もあらわに目をすがめた。「となるとだ、あの坊主には物を見つける才があるわけだし、うちの泥場で働いてくれるなら、ここに置いてやる価値もあろうってもんだ。あれほど鼻の利くガキはめったにいないからな」

たしかにサミーは宝探しの名人だった。ほんの幼いうちから、ちょっとした物が彼の足元にひょっこり出現するかのようなことが何度もあった。ミセス・スウィンデルはこれを「愚者の護符」と呼んだ。神様がおつむの弱い人や精神を病んだ人に哀れみをかけてくださっているのだという。そんな話をイライザは信じなかった。サミーは愚者ではなかったし、人よりものがよく見えるのは、おしゃべりにかまけるようなことがないからだ。実際一言も言葉を発したことがなかった。生まれてからこれまで、ただの一度も。その必要がないのだ、とくにイライザとのあいだでは。弟が何を考えどう感じているのか、イライザはいまも昔も、いつだってちゃんとわかっていた。なんと言ってもふたりは双子、一心同体だったのだ。

だからサミーが川の汚泥を怖がっているのも知っていたし、その恐怖心を分かち合えないながらも、理解だけはしていた。水辺はほかの場所とは空気が違う。泥の刺激臭には何かがひそんでいるし、いきなり襲いかかってくる鳥たちもいる。そして老朽化した堤防を打つ不気味な水音も……。

　イライザは、サミーを守るのは自分の務めだと自覚していた。母親から常々そう言われていたからというだけでない（母さんの不可解な説明によれば、どこかの悪人《バッド・マン》が――それが誰とは言わなかったが――自分たちを見つけ出そうと暗躍しているのだそうだ）。ふたりがまだ幼い時分から、サミーが高熱で危うく命を落としかけた時よりもっと前から、自分がサミーを必要とする以上にサミーには自分が必要だと知っていた。弟には無防備なところがあった。近所の子供たちはそのことにとうに感づいていたし、大人たちは最近になってようやく気づいたらしい。いずれにせよ、サミーは自分たちとはどこか違う、なんとなくそう感じていたのだ。

　たしかに人とは違っていた。サミーは「取り替え子」なのだ。イライザは取り替え子のことをひととおり知っていた。がらくた屋の店番をしている時に、そこにあったお伽噺の本を読んで知ったのだ。挿し絵もいっぱいついていた。サミーにそっくりな、苺のような赤い髪とひょろりと長い手足に、青くて丸い目をした妖精や精霊がいた。母さんも言っていたが、サミーは赤ん坊のころからよその子とはどこか違っていたのだそうだ。悪さをしないおとなしい子。イライザはお乳が欲しいと小さな顔を真っ赤にゆがめて泣きわめいたけれど、サミーは決して泣かなかったと、よく母さんは言っていた。ベッド代わりだったタンスの引き出しに寝かされている時はいつも、まるでほかの人には聞こえない美しい音楽がそよ風に乗って漂ってでもいるように、じっと耳をすましていたという。

イライザはこれまでずっと、サミーは泥さらいに向かない、それよりミスター・サットボーンのところで煙突掃除に雇ってもらうほうがずっといい稼ぎになるはずだと言っては、どうにか家主夫婦を説き伏せてきた。サミーくらいの年になって煙突掃除が務まる子供はそうそうない、子供の煙突掃除を禁ずる法律ができてからはなおのこと、ケンジントン界隈の、ここよりずっと細い煙突にもぐったり、煤《すす》で真っ黒なパイプをよじ登るには、腕が細くて痩せた子が重宝がられるのだ。サミーのお蔭でミスター・サットボーンの店はいつも予約でいっぱいだし、ということは確実にお金が入るわけで、泥からお宝を掘り当てるのを待つよりは、そっちのほうがずっと得ではないかと。

いまのところ、スウィンデル夫妻もそれで納得していた。母さんが生前、ミスター・ブラックウォーターの法律事務所の浄書仕事で稼いだ金を、嬉々として受け取っていたように、家主夫婦はサミーが持ち帰る金を当てにしているのだ。だが、それもいつまでもつか、イライザは不安だった。とりわけミセス・スウィンデルは金の亡者《もうじゃ》で、町の浮浪児を工場に送りこもうと手ぐすね引いている慈善家《ドゥ・グッダー》たちの存在をことあるごとにちらつかせては、無言の圧力をかけてくるのである。

ミセス・スウィンデルはサミーを気味悪がっていた。こういう人にかかると、恐怖心は人知の及ばぬ存在に対する自然な反応ということになる。一度イライザは、ミセス・スウィンデルが石炭運搬人ミスター・バーカーの女房を相手に、イライザたち双子を取り上げた産婆のミセス・テザーからの又聞きだがねと断わった上で、サミーはへその緒を首に巻きつけて生まれてきたんだと耳打ちしているのを盗み聞いた。これでは一晩ともたない、万が一息を吹き返しても、それが最期の息だろうと誰もが思ったという。「あれは悪魔のしわざだねって、テザーさんは言ってたよ。なにせあの子のおっかさんは地獄の魔王と通じていたからね。あの子を見りゃわかるじゃないか。人の心を見透かすような目つきだし、体だってぴくりとも動かさない。同じ年頃の子たちとは大違いだよ――おお、やだやだ、サミー・メイクピースは絶対に怪しいよ」

こんな突拍子もない話を聞かされ、ますますイライザは弟をかばうことに躍起になった。夜ともなるとスウィンデル夫妻が口喧嘩を始めることもあり、そんな時は夫婦のまだ幼い娘ハティが喉もはりさけんばかりに泣きわめくのをベッドで聞きながら、イライザはミセス・スウィンデルに何か怖ろしいことが起きる場面を想像しては楽しんだ。洗濯仕事の最中に突如火だるまになるとか、洗濯絞り器のローラーに巻きこまれて圧死するとか、ぐつぐつと煮えくり返るラードの大鍋の中に真っ逆様に落ちて、溶け残った骨と皮ばかりの脚がその凄惨な最期を物語る……。

噂をすれば何とやら。分捕り品でぱんぱんにふくらんだ袋を肩にかついだミセス・スウィンデルが、曲がり角からバタシー・チャーチロードに姿を現わした。またしても、愛らしいドレス姿のいたいけな少女を襲っては実入りのいい一日を過ごしてきたようだ。イライザは壁の隙間から目を離すと棚の上を匍匐《ほふく》前進していき、暖炉の縁に足をかけてひらりと降り立った。

おかみさんが持ち帰ったドレスを洗濯するのはイライザの仕事だった。時には蜘蛛《くも》の糸のように繊細なレースを破かないよう注意しながら、釜でドレスを煮洗いすることもあった。そうしながら、おかみさんに菓子袋を振って見せられた少女たちの心理に思いをめぐらせるのである。実際は色とりどりのガラス玉を詰めただけなのに、これが獲物をおびき寄せる罠だとはとんと気づかない。怖いもの知らずとはこのことだ。路地に連れこまれたが最後、悲鳴をあげる間もなく着ているドレスを剝ぎ取られてしまうというのに。これで少女たちが悪夢にうなされるのは確実だ、ちょうど煙突にはさまったサミーの夢を見てイライザがうなされるように。少女たちを気の毒とは思わなかった。おかみさんに襲われるのはたしかに怖ろしい。だが落ち度は少女のほうにある。もっともっと欲をかくのは禁物だ。大きなお屋敷、素敵な乳母車、レースがいっぱいついたドレスのある恵まれた境遇に生まれ落ちながら、一袋のキャンディごときにつられてミセス・スウィンデルの餌食になるなんて、イライザは不思議で仕方がない。とはいえ、少女たちが失ったものはドレス一着と幾ばくかの心の平安だけなのだからまだ運がいい。ロンドンの暗い路地裏には、もっと悲惨な喪失ドラマが山ほどある。

階下の玄関ドアがばたんと閉まった。

「イライザ、どこだい?」毒入り弾丸のような声が階段を駆けのぼってきた。これを食らってイライザの心は沈んだ。どうやら追い剝ぎ仕事は不調に終わったらしい。バタシー・チャーチロード三十五番地の住人たちに厄災が降りかかる前兆である。「さっさとこっちに来て夕食の支度をしな、さもないと鞭打ちだよ」

イライザは急いで階段を駆け下りると店舗に向かった。薄闇に包まれた廃品の山に素早く目を走らせる。空き瓶や箱が不気味な幾何学模様を黒々と浮かび上がらせていた。と、カウンター脇でひとつの影がうごめいた。ミセス・スウィンデルがザリガニのように腰をかがめて袋の中身をひっかきまわしては、縁取りレースがついたドレスを選り分けているのだ。「鈍くさい弟みたいに、ぼさっと突っ立ってるんじゃないよ。ほら、ランプをつけとくれ」

「シチューはストーブにかけておきました、おかみさん」イライザはそう言うと、急いでガス灯に火をともした。「それとドレスはあとでちょっと乾きます」

「そりゃそうだろうよ。こっちは来る日も来る日も外歩きで稼いでるってのに、そっちはドレスの洗濯だけしてりゃいいんだからね。あたしが自分でやったほうがよっぽど儲かるだろうに。おまえたちなんかさっさとおっぽり出しちまってね」当てつけがましいため息をもらすと椅子に腰かける。「ほれ、とっとと靴を脱がせとくれよ」

イライザが地面に膝をつき、きつすぎるブーツの革をこすってゆるめていると、ドアが開いた。煤で真っ黒になったサミーだった。ミセス・スウィンデルが無言のまま骨ばった手を突き出し、指をかすかにうごめかせる。

サミーはオーバーオールの胸ポケットに手を突っこんで銅貨二枚を取り出すと、所定の場所に置いた。ミセス・スウィンデルは胡散臭《うさんくさ》そうにそれに目をやると、汗ばんだストッキングの足でイライザを払いのけ、金庫のほうへよたよたと向かった。それから首をねじって横目で背後に目をやり、ブラウスの合わせ目から取り出した鍵を鍵穴にさしこんだ。新たな二枚をそこに加えたところで、唇をぺちゃぺちゃ鳴らしながら合計金額を確認する。

サミーがストーブのそばにやって来ると、イライザはスープ皿を二枚、取ってきた。ふたりはここの家族とは別に食事をとる。ミセス・スウィンデルいわく、家族の一員だと思いこまれちゃいい迷惑だ、というわけだ。あくまでも下働きに雇っているのであって、おまえたちは下宿人である以前に使用人なのだと。イライザはミセス・スウィンデルの言いつけどおり、具をよけてシチューをすくい、皿に盛った。恩知らずのガキどもに肉などとんでもないのだそうだ。

「疲れたでしょ」イライザはそっと耳打ちした。「今朝は早かったものね」

サミーはかぶりを振った。姉に心配をかけたくないのだ。

イライザはミセス・スウィンデルのほうをちらりとうかがい、まだ背中を向けているのを確かめると、すね肉の小片をサミーの皿にこっそり落とした。

サミーはつぶらな瞳をイライザに向け、おずおずと微笑んだ。一日中働きづめに働いて疲れ果て、お金持ちの家の煤煙で顔を真っ黒にして、わずかばかりの硬い肉に喜んでいる、そんなサミーを見るにつけ、このか細い体を抱きしめて決して離すまいと思うのだった。

「おやおや、麗しい姉弟愛だこと」ミセス・スウィンデルは金庫の蓋を閉めた。「まったくうちの亭主も気の毒だね、こんな恩知らずどもを食わせようと、一日中泥んこで這いずりまわってるってのに――」ここでサミーに向かって節くれだった指を振り立てる。「おまえみたいな若いのが家でのらくらしてるんだからね。まったくもう、とんでもない話だよ。慈善家《ドゥ・グッダー》の連中が来たら、今度はびしっと言ってやろうかね」

「ねえサミー、明日もサットボーンさんとこの仕事があるんでしょ？」イライザは素早く問いかけた。

サミーがうなずく。

「じゃあ、あさっては？」

またうなずく。

「だったら今週はコインが二枚、余分にはいるじゃないですか、おかみさん」

おお、精一杯の猫撫で声！

だが効き目はなかった。

「生意気な子だよ！　よくもまあべらべらと。これがあたしら夫婦でなかったら、おまえたちみたいな洟垂《はなた》れなんざとっととおっぽり出されて、いまごろ工場の床磨きさせられてるんだからね」

イライザは息を呑んだ。母は亡くなる間際、家賃をきちんとおさめた上に家事を手伝うのを条件に、サミーとイライザをここに置いてくれるという約束をミセス・スウィンデルから取りつけていたのだ。「でも、おかみさん」イライザは慎重に言葉を選んだ。「母の話では、おかみさんは約束してくれたって――」

「約束？　約束だって？」口の端から怒りの泡が吹き出した。「だったらしてやろうじゃないか。おまえたちの尻を打ちのめして、椅子にすわれなくしてやるってね」それからぱっと立ち上がると、ドアに掛けてある革の鞭に手をかけた。

イライザは足を踏ん張ったが、心臓はばくばくと高鳴った。

ミセス・スウィンデルが前に進み出て立ち止まった。唇が憎々しげに引きつっている。それから無言でサミーのほうに向き直った。「ほら」かみさんは言った。「こっちに来な」

「行っちゃ駄目」イライザはサミーに向かって咄嗟に叫んだ。「やめてください、謝ります、おかみさん。わたし、生意気でした、おっしゃるとおりです……お詫びに何でもします。明日、お店の掃除をします。表の石段も磨きます。それと……それから……」

「便所小屋の肥溜めをさらって、天井裏のネズミを退治しとくれ」

「はい」イライザは何度もうなずいた。「全部やります」

ミセス・スウィンデルは、水平に持ち上げた鞭をぴんと張ってみせた。細めた目のまつげ越しにイライザとサミーを交互に見やる。それからようやく鞭の一端から手を離し、ドアのフックに戻した。

どっとあふれ出す安堵感に頭がくらくらした。「ありがとうございます、おかみさん」

シチューを盛った皿をぶるぶる震える手でサミーに渡すと、イライザは自分の分を盛りつけようとお玉を取り上げた。

「おやめ」ミセス・スウィンデルの声が飛ぶ。

イライザは目を上げた。

「そこのおまえ」ミセス・スウィンデルはサミーを指さした。「まずは入荷した瓶を洗って棚に伏せときな。それをやるまでシチューはお預けだよ」それからイライザに向き直る。「で、おまえはとっとと上に行きな、目障《めざわ》りなんでね」唇がわなわなと震えている。「今夜の食事は抜きだよ。口答えするようなやつに食わせる気はないからね」

＊

まだ幼かったころのイライザは、ある日突然父親がやって来て、自分たちふたりを救い出してくれる、そんな場面をよく想像したものだった。「母さんと切り裂き魔」の物語の次に気に入っていたのが「父さんの勇姿」だった。煉瓦壁の隙間に顔を押しつけているうちに目が疲れてくると、棚の上に寝ころんで父さんの雄々しい姿に思いを馳せた。そんな時、母さんから聞かされた話は実は間違いで、父さんは海で溺れて死んだわけでなく、何か重要な任務を与えられて旅に出ているだけ、いつかきっと戻ってきてスウィンデル夫妻の魔の手から救い出してくれる、そう自分に言い聞かせるのだった。

無論、ただの夢物語だとわかっていた。暖炉の煉瓦の隙間から妖精やいたずら小鬼が飛び出してくるくらいにあり得ないことだとわかっていたが、父の帰還を思い描いて得られる喜びがそれで半減することもなかった。父さんはスウィンデル夫妻の店先に馬にまたがって現われる、これがイライザの抱くイメージだった。馬車に乗って来るのではなく、艶やかなたてがみと長くてたくましい脚をした黒毛の馬にまたがっている。通りを行き交う人々がいったい何事かと足を止め、黒ずくめの乗馬服をまとった凛々《りり》しい顔立ちの男に、わたしの父さんに、見とれている。ミセス・スウィンデルは、その日午前中に奪った可愛いドレスを干しながら洗濯ロープの上からみじめにやつれた顔を覗かせ、いったい何が始まるのかとミセス・バーカーを誘って駆けつける。やがてふたりは男の正体に気づく。イライザとサミーの父親が我が子を救いに来たのだと。父さんはふたりの我が子を馬の背に乗せて川に向かう。そこには船が待っていて、三人を乗せた船は大海原のはるか彼方、イライザが聞いたこともない名前の国々を目指して出航するのだ。

イライザが母さんにお話をせがむこともごくたまにあり、そんな時、母さんは海の話をしてくれた。実際に海を目にしたことがある母さんの話には、波の砕けるさまや大気を包む潮の香り、川底の黒いヘドロとは大違いのさらさらした白砂など、イライザには魔法とも思える音や香りが満ちていた。とはいえ、母さんがイライザのする話の輪に加わることは稀だった。どの物語にもあまり感心してくれず、とりわけ「父さんの勇姿」をいやがった。「イライザや、物語と現実は別物なのよ、そこをちゃんとわきまえないとね。お伽噺というのはあっさり終わってしまう。王子様と王女様が馬で立ち去ったらそれでおしまい、その続きを決して明かすことはないでしょ」

「どういうこと?」イライザは問いただした。

「この世で生きていくにはお金を稼いだり、さまざまな不幸を乗り越えたり、いろいろあるのよ」

イライザにはピンとこなかった。どこか的はずれな気がしたが、問い返すのはやめにした。王子様と王女様なら魔法のお城にいる限り、この世で生きていく心配などしなくていいはずなのに。

「誰かが助けてくれるのを待っていては駄目なのよ」母さんは遠くを見つめるようなまなざしで続けた。「人を当てにしているようでは、自力で生きる術《すべ》は身につかない。それにたとえ生きる術を身につけたとしても、勇気がなければ何にもならないの。そんな人にならないでね、イライザ。勇気を奮い起こして、自分の力で人生を切り開く術を身につけてほしいの、他人まかせにしては駄目なのよ」

最上階の部屋でひとり、ミセス・スウィンデルへの憎悪をくすぶらせ、自分の非力に腹を立てながら、イライザは廃物同然の暖炉にもぐりこんだ。ゆっくりと慎重に、精一杯つま先立ちをしながら片手を上に伸ばし、ゆるんだ煉瓦を探り当てると引き抜いた。ぽっかりと空いた狭い空洞に指を這わせながら、陶器の芥子《からし》壺《つぼ》のよく知っている感触を、ひんやりとして丸みを帯びた形状をとらえる。それから煙突の反響が地獄耳のミセス・スウィンデルに届かないよう、用心しながら壺を引き出した。

この壺は元々母さんのもので、その存在は長いあいだ母さんだけの秘密になっていた。それが亡くなる数日前、母さんは珍しく意識が戻った束の間をとらえて、この隠し穴のことをイライザに打ち明けたのだった。穴にしまってあるものを出すようにと言われ、イライザは従った。芥子壺を母さんの枕元に運び、何やら秘密めくその謎の物体を驚きのまなこで見つめた。

母さんが蓋をはずすのを待ちながら、イライザの指先はむずむずした。死の床にある母さんの手の動きはもたつき、蠟《ろう》で固められた蓋はなかなかはずれない。ようやく蠟にひびがはいった。

イライザははっと息を呑んだ。中身はブローチだった。ミセス・スウィンデルがこれを見たら、あの怖ろしい顔がうれし涙でとろけてしまいそうな逸品だった。一ペニー硬貨ほどの大きさで、装飾を施した表面の周囲には、赤や緑の宝石に交じってまばゆいばかりに輝く透きとおった石も埋めこまれていた。

盗品、イライザは咄嗟に思った。母さんがそんなことをするとは夢にも思わなかったが、そうでもしなければこれほど豪華な品を持てるはずがない。いったいどこで手に入れたのか？ さまざまな疑念が湧き起こったが、舌がもつれてうまく言葉にならなかった。だが、問いただしたところで意味はなかったろう。母さんは何も聞いていなかった。イライザがはじめて目にするような表情を浮かべ、母さんはブローチに見入っていた。

「このブローチはね、わたしの宝物」言葉がこぼれ落ちた。「とても大切なものなの」それからイライザの手に壺を押しつけた。もう触れるのも耐えられないと言わんばかりに。

釉薬《ゆうやく》のかかった壺の表面はなめらかで、ひんやりとしていた。イライザはどう反応したものか戸惑った。ブローチ、母が浮かべる不思議な表情……あまりにも唐突だった。

「これ、何だかわかる？」

「ブローチでしょ。娼婦たちがつけているのを見たことがあるわ」

母さんが弱々しい笑みを浮かべたので、イライザは何か間違ったことを言ったのだろうかと思った。

「それともペンダント？　鎖でぶら下げるもの？」

「最初の答えで正解よ。これはブローチ。それも特別なブローチなの」母さんはそれを両手で包みこむようにして差し出した。「ガラスの内側にはいっているこれ、なんだと思う？」

イライザは赤と金の糸が織りなす模様に目をやった。「つづれ織り《タペストリー》？」

母さんはまた微笑んだ。「そうとも言えるわね、糸の種類は違うけれど」

「でも糸に見えるわ。組み紐みたい」

「これは髪の毛なのよ、イライザ。わたしの家族の女性たちのね。お祖母様、そのお母様、そのまた前のお母様という具合に代々のね。昔から続いてきた習わしなの。哀悼《モーニング》のブローチというものよ」

「朝《モーニング》につけるものなの？」

母さんは手を伸ばしてイライザのお下げ髪の先端を撫でた。「これを眺めていれば、亡くなった人たちを思い出せるでしょ。先に生まれてきた人たちがいるから、いまこうしてわたしたちがいるのよ」

イライザは神妙にうなずいた。深い意味はわからないものの、特別な秘密を授けられたことだけはわかった。

「このブローチを売ればかなりのお金になるだろうけど、どうしても売る気になれなかったの。つい感傷的になってしまってね。でも、あなたはそんなこと気にしなくていいのよ」

「母さん？」

「わたしはもう長くはない。そうなったら自分ひとりのことだけじゃなく、サミーの面倒もあなたが見ることになる。このブローチを売らなくてはならないかもしれない」

「ああ、やめて、母さん――」

「そういう時が来たら、決断するのはあなたよ。わたしのために売るのをやめようなんて思わないで、いいわね？」

「わかったわ、母さん」

「でもねイライザ、売る時が来ても処分先だけは慎重にね。絶対に正規のルートで売っては駄目よ、記録が残るのはまずいから」

「どうして？」

見つめてくる母さんの表情から、イライザは気持ちを察した。自分に正直であろうと心に誓うたびに、これと同じ表情をサミーにして見せたことが何度もある。「わたしの家族に見つかってしまうからよ」イライザは言葉を失った。母さんは自分の家族のことも、昔の話も、めったに口にしない。「そうなったら盗まれた品だと通報されて――」

イライザははっと眉を上げた。

「――もちろん盗んだものじゃない、嘘の通報よ、だって、これはわたしのものだもの。十六歳の誕生日に母から贈られたの。我が家に伝わる品だって」

「でも母さんのものなら、どうして持っていることを知られちゃいけないの？」

「こんなものを売れば居所を知られてしまう、それだけは避けたいの」母さんはイライザの手を取った。大きく見開いた目、青白い頰、しゃべり疲れてぐったりしていた。「わかったわね？」

イライザはうなずき、納得した。そういうことか。母さんは「悪人《バッド・マン》」を怖れているのだ。その人にはくれぐれも気をつけるようにと、始終言われていた。どこかの物陰に潜み、三人を捕まえようと手ぐすね引いているのだと。イライザはそういう類の話に目がなかったが、母さんの話は好奇心を満たしてくれるほど具体的ではなかった。そこでイライザは母さんの警告に尾ひれをつけた。男の片目を義眼にし、何匹もの蛇がうごめくバスケットをその手に持たせ、冷笑を浮かべると唇が引きつるように脚色した。

「お薬、取ってこようか？」

「いい子ね、イライザ。ほんとにいい子」

イライザは母さんの枕元に芥子壺を置くと、阿片チンキの小瓶を取りに行った。戻ってくると、母さんはイライザのほうに手を伸ばし、お下げ髪のほつれ毛をまたも優しく撫でた。「サミーをお願いね。それからあなたもしっかりね。これだけは忘れないで、強い意志の力があれば、弱い人でも大きな力を発揮できるということを。勇気を忘れないで、わたしが……わたしに何が起ころうとも」

「いやだわ、母さんたら、何も起こるわけないでしょ」そう言いながら、イライザは自分の言葉を信じていなかった。それは母さんも同じだった。肺病にかかったらどうなるか、それは誰もが知っていた。

母さんは薬をどうにか飲み下すと、しゃべり疲れたのかぐったりと枕にもたれた。赤い髪が乱れ、青白い首があらわになる。そこに一筋、ナイフで切ったような細い線が、色あせることなく覗いていた。この傷痕からイライザは、母さんが切り裂き魔に遭遇する物語を思いついたのだった。やはり母さんには聞かせられない物語を。

母さんは目を閉じたまま、静かな声で要点だけを手短に語った。「いいことイライザ、一度しか言わないからよく聞いてちょうだい。万が一、その男に見つかって逃げるようなことになったら、その時はこの壺を取り出すの。ただしクリスティーズのような大きな競売業者に持ちこんでは駄目よ。記録が残ってしまうからね。まずはそこの角を曲がった先のバクスターさんを訪ねなさい。そうしたらジョン・ピクニックさんの居場所を教えてくれるわ。あとはピクニックさんがうまくやってくれる」一気にしゃべりすぎたせいか、母さんの瞼が痙攣した。「わかった?」

イライザはうなずいた。

「わかったのね?」

「ええ、わかったわ、母さん」

「そうなるまでは、壺のことは忘れなさい。触っても駄目、サミーに見せたり、誰かに教えたりもしないでね。それから」

「なあに、母さん?」

「わたしがいつも言っている男の人には気をつけるのよ」

以来、イライザは母の言いつけをずっと守ってきた。ほぼ完璧に。二度ばかり壺を取り出したことはあったが、それはただ中身を眺めるのが目的だった。母さんのようにブローチの表面を撫でさすり、そこに秘められた魔力を、はかりしれない力を感じたかったからだ。あとは壺の蓋を手早く蠟付けし、元の場所に戻しておいた。

そしてこの日も壺を取り出したわけだが、今回はただモーニング・ブローチを眺めるのが目的ではなかった。実はイライザもこの陶器の壺に、あるものをこっそり隠すようになっていた。それはイライザの大事なもの、将来に備えての軍資金だった。

イライザは、壺から取り出した小さな革袋を手のひらに握りしめた。手に伝わるその存在感に力が湧いた。この袋は、サミーが道端に落ちているのを見つけ、イライザにくれたものだった。どこかのお金持ちの子供が落とすかして忘れ去られた玩具もどきが、別の人に見出されて甦ったわけである。イライザはすぐさまこれを隠してしまった。スウィンデル夫妻に見つかったが最後、ぱっと目を輝かせて店に献上せよとうるさく言われるのが目に見えていたからだ。だが、この袋はかけがえのないものに思え、手放したくなかった。プレゼントとして貰ったものだから、わたしのものではないか。それ以上の説明は不要だと。

そしていまから数週間前のこと、袋の利用法を思いついた。へそくりの隠し場所にしたのである。スウィンデル夫妻の知らないお金、ネズミ退治業者のマシュー・ローディンさんから貰った手間賃だ。イライザはネズミを捕まえるのがうまかった。といっても好きでやっているわけではない。意気地なしやのんびり屋には生きづらい都会では、ネズミだって生きるのに必死だ。動物好きだった母さんが知ったらどう言うだろうか、そこはなるべく考えないようにして、こうするしか道がないのだと自分に言い聞かせた。サミーと自分にいつ何時チャンスがめぐってこないとも限らない、そうなれば手持ちの金も必要だ、これだけはスウィンデル夫妻に気づかれてはならない。

イライザは炉辺に腰かけて膝に壺を乗せると、煤で汚れた手をスカートの裏側でぬぐった。ミセス・スウィンデルの目に触れそうな位置でぬぐうのはまずい。やたらと目ざといおかみさんに気づかれたら、ろくなことにならない。

手がすっかりきれいになったところで袋を取り出し、柔らかな絹のリボンをゆるめてそっと口を広げた。中を覗く。

自力で人生を切り開け、そう母さんに言われた。それとサミーを守ってほしいとも。イライザがやろうとしていたのはまさにそれだった。袋には三ペンス硬貨が四枚、はいっていた。あと二枚あればオレンジが五十個買える。オレンジの屋台を始めるにはそのくらいは必要だ。オレンジを売ってできたお金でさらにどっさりオレンジを買い、そうやってお金を稼いでいけばささやかながら自分たちの店が持てるようになるだろう。そうなればスウィンデル夫妻の執拗な監視の目にさらされることもないし、心休まる住まいに移ることだってできる。いまに慈善家《ドウ・グッダー》たちの手に引き渡されて工場送りになるのではと、びくびくしながら暮らすことだって――。

階段の踊り場で足音がした。

イライザはコインを袋に戻して口をしぼり、壺に押しこんだ。どきどきしながら壺を煙突の奥に戻す。蠟付けは後回しだ。間一髪、イライザは素早くベッドに飛びつくと、無邪気を装い、ぐらつくベッドの縁に腰かけた。

ドアが開いた。サミーだった。相変わらず煤で真っ黒だ。炎が揺らめく蠟燭を手に戸口にたたずむサミーは、光のいたずらだと思わせるほど、ひどく痩せこけて見えた。イライザが笑いかけると、サミーはそばに来てポケットに手を突っこみ、ミセス・スウィンデルの戸棚からくすねてきたのか、ちっぽけなジャガイモを取り出した。

「サミーったら！」イライザはジャガイモを受け取りながらたしなめた。「あの人、ちゃんと数を数えているのよ。あんたが盗《と》ったってすぐにわかっちゃうわ」

サミーは肩をすくめると、ベッド脇の洗面器で顔を洗いはじめた。

「でも、ありがとね」イライザは弟に気づかれないよう、ジャガイモを裁縫箱にしのばせた。朝になったら返しておくつもりだった。

「寒くなってきたわね」イライザはエプロンをはずした。下には肌着しか着ていない。「今年は寒くなるのが早いわ」ベッドに潜りこむと、薄っぺらな灰色の毛布の下で身震いした。

サミーも下着とパンツだけになって姉の隣に飛びこんできた。その足は氷のように冷たく、イライザは自分の足でせっせと温めてやった。

「お話してあげようか？」

頭が動き、弟の髪の毛が頬をかすめた。うなずいたのだ。そこで自分がいちばん気に入っている物語にとりかかった。「むかしむかし、通りには誰ひとり出ていない寒くて暗い夜のこと、お姫様のお腹の中で双子の赤ちゃんが押しくらまんじゅうをしていました。その時です、お姫様は背後にしのび寄る足音に気づきました。その邪悪そうな響きからすぐに誰なのかがわかり……」

もう何年も語りつづけてきたお話だった。ただし母さんには聞かせないようにした。イライザのお話はサミーを怖がらせると母さんはよく言っていた。子供はお話で怯《おび》えたりはしないということ、お伽噺に出てくる怖いものに比べたら現実世界のほうがよほど怖ろしいということが、母さんには理解できなかったのだ。

弟の浅い呼吸が規則的になり、イライザは弟が寝入ったことを知った。そこでお話を切り上げ、弟の手を自分の手に包みこんだ。すっかり冷え切り、やけに骨ばっていた。イライザのお腹のあたりがきゅんとなった。握った手に力をこめ、息づかいに耳をすませる。「サミー、すべてうまく行くからね」イライザは革袋のこと、その中のお金のことを思いながら囁いた。

「大丈夫だからね、約束する」

15 ロンドン 二〇〇五年

ヒースロー空港に降り立ったカサンドラを待ち構えていたのは、ベンの娘、ルビーだった。五十代後半の小太りの女性で、顔は生き生きと輝き、短く刈った銀灰色の髪をぴんぴん突っ立てている。周囲の空気を活気づかせるエネルギーの持ち主というか、人目を惹くタイプだ。会ったこともない人間に出迎えられたうれしい驚きをこちらが口にする間もなく、ルビーはカサンドラからスーツケースを奪うと、肉づきのいい腕をカサンドラの腰に回し、ガラス扉を抜けて排気ガスのたちこめる駐車場へと誘導した。

車はオンボロのハッチバックだった。車内はムスクの香りと、何やら不可解な花の香りめく化学薬品のにおいがたちこめていた。シートベルトを装着したところで、ハンドバッグから取り出したリコリス・オールソーツ（甘草入りキャンディ）の袋を差し出され、カサンドラは茶と白と黒のストライプ模様のキューブをひとつ摘《つま》んだ。

「これの中毒なの」ルビーはピンクの粒を口に放りこんでほっぺにおさめると、口を開いた。「ほとんど重症だわね。まだ口にはいってるのに、もう次のに手が伸びているんだもの」ルビーは猛烈な勢いでくちゃくちゃやって、あっという間に呑みこんだ。「ああ、やだやだ。ほどを知るころには人生って終わっちゃうんだわよね、でしょ？」

遅い時間にもかかわらず、道は混んでいた。ふたりの乗った車は、首を垂れた街灯がアスファルトにオレンジ色の光を投げかける夜の街道をぐんぐん飛ばした。ルビーの運転はせっかちだった。ぎりぎり必要に迫られてようやく急ブレーキを踏み、前に割りこもうとするドライバーにはさかんに手や頭を振り立てて抗議する。その横でカサンドラは、窓の外を見つめながら、ロンドンの建築群が同心円を描くようにして様相を変えていくのを頭のなかでなぞっていた。そんなふうに町の姿をとらえるのが好きだった。円の周縁から中心に向かって走る車は、さながら過去へと誘《いざな》うタイムカプセルのようだった。空港周辺のなめらかでゆったりとした道幅の幹線道路沿いに立ち並ぶ近代的なホテル群がやがてモルタルに小石を埋めこんだ外壁の家並みに変わり、続いて大邸宅群へと変容を遂げ、ついにはヴィクトリア朝期の棟《むね》割《わ》り住宅が密集する暗い中心部が姿を現わす。

市内中心部に近づくにつれて、カサンドラは予約してあるホテルの名前をルビーに告げるべきだろうかと気になった。そこに二泊してからコーンウォールに向かう予定だった。バッグに手を入れ、旅行に必要な書類を入れたビニールケースを探った。「ねえルビー、ホルボーンはここから近い?」

「ホルボーン? ううん、町の反対側よ。どうして?」

「予約したホテルがそっちなの。もちろんタクシーを拾うし、送ってもらわなくても大丈夫だから」

ルビーがしげしげと見つめてきた。前方不注意にならないだろうかとカサンドラははらはらした。「ホテルですって? 嘘でしょ」ルビーはギアを切り替え、前方の青いバンに突っこむ寸前でブレーキを踏んだ。「あなたはうちに泊まるのよ。いやとは言わせませんからね」

「あら、そんな」カサンドラは声をあげた。メタリックブルーのきらめきがまだ目の奥に焼きついていた。「だめよ、迷惑がかかるもの」ドアのグリップにしがみついていた手の力をゆるめる。「いまさらキャンセルもできないし」

「そんなことないわよ。わたしが交渉してあげる」ルビーはまたもやカサンドラのほうに目を向けた。シートベルトに締めつけられた大きな胸が、シャツから飛び出さんばかりだった。

「それに迷惑なもんですか。ベッドだってもう用意してあるし、あなたが来るの楽しみにしていたんだから」それからにやりと笑った。「ホテルなんかに泊まらせたら、父さんに生皮はがされちゃう!」

　サウスケンジントンに着き、ルビーが車をわずかなスペースにバックで押しこむのをカサンドラは息を詰めて見守った。自信に満ちあふれたこの女性に、ただただ見惚れるばかりだった。

「さあ着いた」ルビーはイグニションからキーを抜くと、通りの向こうに立つ白壁の棟割り住宅に手をかざした。「埴生の宿《ホーム・スイートホーム》よ」

　部屋は狭かった。鰻《うなぎ》の寝床のようなエドワード朝期の建物のいちばん奥、階段を二階分上がったところにある黄色いドアが玄関だった。寝室はひとつしかなく、あとは狭いシャワー室とトイレと、簡易キッチンのすぐ横が居間になっている。ルビーが用意してくれた寝床は居間のソファベッドだった。

「ぎりぎり三ツ星ってところかしら。あとは朝食で埋め合わせするわ」

カサンドラが心細げに狭いキッチンに目を走らせると、ルビーはライムグリーンのシャツを揺すらんばかりに笑いだした。それから目元をぬぐうと、「やだ、よしてよ！　わたしが料理なんてするもんですか。ずっとおいしいものを作れる人がいるってのに、わざわざ七転八倒するまでもないでしょ？　そこの角を曲がったところにあるカフェにお連れするって意味よ」ルビーは電気ポットのスイッチを入れた。「で、お茶にする？」

カサンドラは気弱な笑みを浮かべた。いちばんの望みは、こんな社交辞令的微笑からさっさと解放されて顔の筋肉をほぐすことだった。少し前まで地上はるか上空でかなりの時間を過ごしたせいもあるだろうし、あるいはいつもの引っ込み思案がそういう気持ちにさせるのだろう。だが、もうすでにありったけのエネルギーを使っていた。お茶を一緒に飲むということは少なくともあと二十分、笑みを絶やさず相槌を打ち、ルビーの矢継ぎ早の質問に受け答えせねばならないということだ。ほんの一瞬、悪いとは思いつつ、町の反対側のホテルの部屋を恋しく思った。見ればすでにルビーは、ふたつ並べたカップにティーバッグを沈めている。「お茶、うれしいわ」

「さあ、どうぞ」ルビーが湯気の立つカップをカサンドラに手渡す。それからソファのもう一方の端に腰を落とすと、ムスクの香りを振りまきながら朗らかな笑みを浮かべた。「ほら、遠慮しないで」そう言って砂糖壺を指さす。「ここにいるあいだに、あなたのことといろいろ聞かせてね。コーンウォールに家があるなんて、すごいわよね！」

ルビーがようやく寝室に引き揚げ、カサンドラもなんとか眠ろうとした。疲れていた。周囲の色や音や形がぼやけてきたが、眠りはなかなか訪れなかった。さまざまな情景や会話が頭に渦巻いていた。止めどなく湧き上がる想念や感情が漫然ともつれ合う。ネルとベン、アンティークの店、ネルの母親、空の旅、空港、ルビー、イライザ・メイクピース、お伽噺……。

*

とうとう眠りをあきらめ、布団をはねのけてソファを下りた。暗闇に目が慣れたところで、ひとつしかない窓に向かった。カーテンを開ける。暖房機《ラジエーター》のすぐ上に張り出したその窓は、カサンドラの体がすっぽりおさまりそうな出窓になっていて、一方の厚い漆喰壁に背中をもたせかけてすわれば、反対側の壁にちょうど足が届くくらいの間口があった。出窓に膝をついて身を乗り出し、外を覗く。蔦《つた》のからまる石塀に囲まれたヴィクトリア朝風の庭が横一列に並び、その向こうに街路が見えた。月の光がひっそりと地面に降り注いでいる。

真夜中近くだというのに、あたりはさほど暗くなかった。ロンドンのような都会には、もはや闇は存在しないのかもしれない、ふとそんな気がした。近代文明が夜を駆逐してしまったのだ。昔はいまと違って自然のなすがままだった。夜が来れば通りは漆黒の闇と化し、あたりは霧に包まれた。切り裂きジャックが暗躍したロンドン。

それこそイライザ・メイクピースの生きたロンドンであり、ネルのノートに記されていたロンドンだ。霧深い街路からぬっと姿を現わす馬たち、漂い流れる霧の向こうに見えたかと思えば、またふっと消える街灯の明かり。ルビーのアパートの裏手に見える、間口の狭い石造りの馬屋を眺めているうちに、カサンドラにもそうした昔が想像できた。怯える馬をなだめながら、にぎわう路地を進んでいく亡霊めく馬上の人。馬車の屋根に腰かけた点灯夫たち。街頭に立つ物売りや娼婦たち、警官に泥棒……。

16 ロンドン 一九〇〇年

霧は重くたちこめ、豆入りプディングのような黄色味を帯びていた。一夜のうちに這い出した霧は川面へと延び広がり、街路を覆いつくし、家々をすっぽりと包み、ドアの下から忍びこんだ。イライザは煉瓦壁の隙間から外を覗いていた。静かな霧の衣の下に沈む家並みやガス灯や壁は、怪物めく影と化し、硫黄色の塊が身じろぐのに合わせて前後に揺れた。

ミセス・スウィンデルから洗濯物の山を渡されていたが、この霧では洗濯をしても意味がないとイライザは考えた――干しているあいだに白いものが灰色にくすんでしまうのだ。だったら洗わずに濡らすだけで干せばいい。というわけで、そのやり方でさっさと仕事を片づけた。石鹸のみならず、イライザの時間も節約できるという寸法だ。霧深い日はやりたいことがたくさんあった。どこかに雲隠れするにも、こっそり抜け出すにも好都合なのだ。

「切り裂き魔ごっこ」はイライザが考案した傑作ゲームのひとつだった。はじめはひとりで遊んでいたのだが、やがてサミーにもルールを教えこみ、いまでは母親役と切り裂き魔役を交代で受け持つようになっていた。イライザはどちらの役も好きで、甲乙つけがたかった。切り裂き魔にひそむ圧倒的な迫力に憧れてもいた。サミーの背後にそっと忍び寄り、吹き出しそうになるのをこらえながら襲いかかる時など、邪悪な喜びに肌が火照り……。

だが、母親役にも心惹かれる要素はある。絶対にうしろを振り返るまい、決して駆け出すまいと自分に言い聞かせながら用心しいしい足早に歩き、背後に迫る足音に追いつかれないようにしているうちに、心臓の鼓動が足音をかき消してしまうほどにまで高鳴り、警戒心などどこかに吹っ飛んでしまう。この恐怖がこたえられなかった。肌がぞくぞくした。

スウィンデル夫妻はふたりともお宝探しに出かけて留守だったが（不埒な稼業に頼らなければ食べるのもままならない川沿いの住民にとって、霧はありがたい贈り物なのだ）、それでもイライザは足音を忍ばせ、下から四段目の踏み板をきしませないよう用心しながら階段を下りた。スウィンデル家の一人娘ハティの子守を任されているセーラというのが、イライザの落ち度を告げ口しては雇い主の機嫌をとるような娘なのだ。

階段を下りきったところで足を止め、店舗の闇に沈むがらくたの山のほうをうかがった。煉瓦壁の隙間から忍びこんだ霧が床一面を覆いつくし、陳列品の上をたゆたい、ちらちらと炎を上げるガス灯に黄色い帯をからみつかせている。サミーが奥の片隅で椅子に腰かけ、瓶を洗っていた。物思いにふけっている——サミーの顔に浮かぶ夢見心地の表情からそれと察した。

素早く周囲に目を走らせ、セーラが物陰に潜んでいないことを確かめると、サミーのほうへにじり寄った。

「サミー！」近づきながらそっと声をかける。

反応なし。聞こえていない。

「サミーってば！」

貧乏揺すりをしていたサミーの膝がぴたりと止まり、身を乗り出すようにしてカウンターのほうに首を伸ばした。まっすぐな髪が顔の脇に垂れ下がる。

「外は霧よ」

言わずもがなの呼びかけにサミーは無表情のまま、ただちょっと肩をすくめただけだった。

「どぶの泥みたいにねっとりとしていてね、街灯なんてすっかり見えなくなってるのよ。『切り裂き魔ごっこ』にもってこいだわ」

サミーがはっとした。一瞬じっと考えこみ、やがてかぶりを振った。それからミスター・スウィンデルの椅子を指さす。背もたれのクッションは、毎夜ミスター・スウィンデルが酒場から戻るたびに背骨を押しつけるものだから、そこだけ染みになっていた。

「出かけたってばれっこないわよ。まだ当分帰ってこないもの、おかみさんもね」

それでもサミーはかぶりを振ったが、さっきより幾分勢いがない。

「ふたりとも午後はずっと忙しいはずよ、臨時収入にありつく絶好のチャンスだもの」これで落ちるとイライザは踏んだ。サミーは自分の分身であり、考えていることはいつだってお見通しなのだ。「行こうよ、そんなに長くかからないんだから。川まで行ってすぐ戻ってくればいいでしょ」もう一押し。「好きなほうをやらせてあげるから」

これで決まり、そうなるのはわかっていた。サミーの生真面目なまなざしがイライザのまなざしとからみ合う。

サミーは片手を持ち上げ、ナイフを握るように小さな拳をこしらえた。

＊

サミーが戸口のところで十数えているあいだ、イライザは忍び足でその場を離れた（母親役は先にスタートできるルールなのだ）。まずはミセス・スウィンデルの物干しロープをくぐり抜け、クズ拾いの荷車の背後に回って川を目指した。興奮に胸が高鳴った。危険に晒されているという感覚がたまらなかった。ぞくりとするような恐怖の波が皮膚の下に押し寄せるのを感じながら、霧にかすむ通行人や荷車や犬や乳母車をよけながら進んだ。そうするあいだも、背後からじりじりと忍び寄る足音を聞き逃すまいと、耳をそばだてた。

サミーとは違い、イライザはこの川が好きだった。川は父さんを身近に感じさせてくれた。母さんはあまり昔のことを話したがらなかったが、一度だけ、父さんもこの川の、こことは別の湾曲地帯で生まれ育ったのだと話してくれたことがあった。石炭船で何通りものロープの結び方を習い覚えてから別の船の乗員になって、大海原に乗り出したのだという。イライザは、父さんが生まれ育った海賊処刑場近くの湾曲部で父さんが目にしたであろうあれこれを、想像するのが好きだった。縛り首になった海賊たちは、鎖に吊り下げられたまま放置され、三度の上げ潮を浴びせられたという。絞首台のジグ(ダンスの一種)、当時の人はこれをそう呼んだそうな。

イライザは息絶えた海賊を思い描いては身震いし、最期の息が喉から絞り出されるのはどんな気分だろうかと考えた。それからつい気が散ってしまった自分をたしなめた。サミーがよくしでかす脱線だ。サミーの役どころならそれでもいいが、こっちはもっと用心せねばならない。

それはそうとサミーの足音はどうしたのか? 必死に耳をすまし、意識を集中した。聞こえるのは……川岸に群がる鷗の声、マストのロープがきしむ音、船体の木材がしなる音、手押し車が立てる音、「面白いほどよく捕れるよ」と呼びかける蠅取り紙屋の売り声、せかせかと先を急ぐ女の靴音、三流紙の値段を連呼する新聞売りの少年の声。

と、そこに、背後で何かがぶつかる音がした。馬がいなないている。男が何かわめいている。

心臓がどきんと脈打った。思わず振り返りそうになる。何があったのか知りたくてたまらなかったが、すんでのところで思いとどまった。容易ではなかった。生まれつき好奇心が強いんだからと、母さんによく言われた。かぶりを振り振り舌を鳴らしては、そんなふうに頭ばかりフル回転させていると、そのうち頭のなかで勝手に作り上げた山に衝突してしまうわよと。しかし、サミーがもし近くにいて、うしろを振り返るところを見られたら、こっちは負けを認めねばならなくなる。ゴールの川はすぐそこだ。テムズの汚泥のにおいが霧の硫黄臭に混じりはじめていた。もう勝ったも同然、あと少しの辛抱だ。

いまや背後には人々の騒がしい声があふれ、やかましい鐘の音がこちらに近づいてきた。どこかの間抜けな馬が、刃研ぎ職人の荷車に突っこむかしたのだろう。馬は霧が出ると気が立つものだ。それにしても迷惑な話だ。いまサミーに襲撃をかけられても、こっちは足音すら聞き逃してしまうではないか。

川辺の石垣が、霧の向こうにぼんやりと浮かび上がった。

イライザはしてやったりとばかり、笑みを浮かべると、ゴールまでの数ヤードを一気に駆け抜けた。

駆け足は厳密にはルール違反なのだが、こらえきれなかった。すべすべした石に両手をつくと、歓声をあげた。やった、わたしの勝ち、またしても切り裂き魔を出し抜いた。

イライザは意気揚々と石垣に飛び乗ると、いま来た街路のほうを向いて腰をおろした。石垣にかかとを打ちつけながら、忍び足で近づいてくるサミーの姿を霧のなかに捜した。気の毒なサミー。姉と違ってごっこ遊びが苦手なのだ。ルールを覚えるのにも時間がかかったし、演じる役になりきれない。もともと演技の才に恵まれているイライザとは違うのだ。

すわっているうちに、街路にたちこめるにおいや音がふたたび押し寄せてきた。息を吸いこむと、霧に混じる油のような味が口に広がった。先ほど聞いた鐘の音がいまではぐんと大きくなって、さらに近づいてくる。周囲の人々は興奮の体《てい》で、クズ屋の息子がひきつけを起こした時や、手回しオルガンが町にやって来た時みたいに、いっせいに同じ場所をめがけて駆けていく。

そうか！　手回しオルガンが来ているのだ。サミーはそこに引っかかっているのだ。

イライザは石垣から飛び降りると、突き出た礎石にブーツをこすりつけた。サミーは音楽に目がない。きっと手回しオルガンの傍らで、ぽかんと口を開けて見惚れているに違いない。切り裂き魔のこともゲームのこともすっかり頭から消えてしまったのだ。

どんどん集まってくる人々のあとを追って、煙草屋、靴屋、質屋の前を足早に通り過ぎた。人垣はますますふくれ上がり、鐘の音は弱まったのに、オルガンの音色はちっとも聞こえてこない。イライザは小走りになった。

いわく言い難い不安が胃のあたりに澱んだ。イライザは肘で人垣をかき分けた――うしろをギャザーでふくらませたロングスカート姿の娼婦たち、モーニングコート姿の紳士たち、町の悪童どもに洗濯女たち、店の奉公人たちもいた――そうしながら、きょろきょろとサミーの姿を捜した。

やがて人だかりの中心部から外に向かって、徐々に話が伝わりはじめた。イライザの耳が、頭上で交わされる興奮気味の囁き声をとらえる。黒い馬がどこからともなく迫ってきて、霧のせいでそれに気づかなかった男の子が……。

サミーじゃない、イライザは即座に打ち消した。そんなこと、あるわけがない。あの子はわたしのすぐうしろにいたんだもの、ちゃんと足音だって……。

イライザは人垣の輪の中心近くまでたどり着いた。霧の向こうがほぼ見通せた。息を詰め、最前列の人垣に分け入ったその時、凄惨な場面が目に飛びこんできた。

すぐに事情はのみこめた。すべてを理解するのに時間はかからなかった。黒い馬、肉屋の店先に横たわる少年の無惨な姿。石畳を染めるどす黒い赤がからみついた苺色の毛髪。馬の蹄《ひづめ》でえぐられた胸部、虚ろな青い瞳。

肉屋は真っ先に店から飛び出したのだろう、横たわる体のそばにひざまずいていた。「あっという間だったよ。助かる見込みはないな、かわいそうに」

イライザは馬のほうに目を転じた。馬は霧と群衆とがやがや声に怯え、ひどく興奮していた。荒い鼻息が周囲の霧を押しのけるのがわかった。

「この子の名前、誰か知らんかね?」

人垣が揺れた。押し合いへし合いしながら互いに目を見交わし、肩をすくめ、首を振る。

「どこかで見かけたような気もするがな」要領を得ない声があがる。

イライザは馬のきらきら輝く黒い目をとらえた。ざわめく周囲の世界はぐるぐると回転して感じられるのに、馬だけがその場から動かない。馬と視線がからみ合った瞬間、馬に体内を透視されているような気がした。いきなり心にぽっかりあいた穴を、イライザが残りの人生を費やしてもとても埋められそうにない心の穴を。

「知ってるのがひとりくらいは、いそうなもんだがな」肉屋が言った。

あたりがしんとなった。それがいっそう気まずい空気を生んだ。

イライザは、憎むべきはこの黒い暴れ馬だとわかっていた。その強靭な脚を、硬く引き締まった艶やかな太股を恨んで当然だと。なのにそういう気持ちは起きなかった。じっと見つめ合ううちに、この馬がほかの誰よりもイライザの心に生じた虚無感を理解している、そんな確信めいたものを抱いた。

「なら仕方ない」そう言って肉屋がひゅっと口笛を鳴らすと、若い奉公人が現われた。「台車を持ってきて、この子をどかしな」奉公人は急いで店にはいると、木の台車を押して戻ってきた。少年の傷だらけの亡骸《なきがら》を積みこむ横で、四つ辻掃除人が血溜まりのできた路面を箒で掃きはじめた。

「たしかバタシー・チャーチロードに住んでる子だと思うが」ゆったりと落ち着いた声があがった。母さんが勤めていた法律事務所の人の話し方にどこか似ていた。上流階級の人の声の出し方とも違うが、それでも川沿いの住人たちよりきれいな声だった。

肉屋が目を上げ、声のするほうを見た。

背の高い男が霧のなかから進み出た。鼻眼鏡をかけ、くたびれてはいるがきちんとしたコートを着ている。「つい先日、そっちのほうで見かけたんだ」

そういえばと、低いつぶやきが人垣に起こり、あらためて少年の亡骸に視線が集まった。

「家はわからんかね、だんな?」

「さあ、そこまでは」

肉屋は奉公人に合図した。「バタシー・チャーチロードに運んで、訊いてみてくれ。誰か知ってるだろうから」

馬がイライザにうなずいてみせた。頭を三度沈めると、ため息をもらして顔をそらした。

イライザは目をしばたたき、「あのちょっと」と小さな声をどうにか絞り出した。

肉屋が目を上げた。「ん？」

全員の視線が、長く伸ばした薔薇色の金髪をひとつに編んだ少女のか細い声に吸い寄せられた。イライザは鼻眼鏡の男に目を走らせた。レンズが白く反射して、目の表情までは読み取れない。

肉屋が片手を上げて、人垣を黙らせた。「ほら、どうした。この気の毒な坊主の名前を知ってるのかい？」

「サミー・メイクピースっていいます。わたしの弟です」

＊

母さんは自分の葬式費用だけは用意していたが、子供たちの分までは考えていなかった。それも当然といえば当然だろう。そんなものが必要になると考える親などいるはずもない。

「あの子の葬式は聖ブライズ教会の貧者葬でやるからね」その日の午後おそく、ミセス・スウィンデルが言った。それからスープを一口すると、そのスプーンを床にしゃがみこんでいるイライザに突きつけた。「今度の水曜日に墓穴を掘るそうだ。それまではここに置いてやらにゃならんだろうね」かみさんは下唇を突き出すようにして、頬の内側にためた具を嚙んだ。「といっても上の部屋にだよ。においで客が寄りつかなくなっちゃ困るからね」

聖ブライズの貧者葬がどんなものかは噂に聞いていた。週に一度掘られる大きな穴のこと、積み重ねられた何体もの亡骸のこと、たちこめる腐臭から一刻も早くのがれようとおざなりな祈りですませる牧師のこと。「やめてください」イライザは懇願した。「聖ブライズだけは勘弁してください」

幼いハティがパンを嚙むのをやめた。右頰にパンの塊をためたまま、目を大きく見開いてイライザと母親を見比べている。

「やめろだって？」スプーンを持つおかみさんの細い指に力がこもった。

「お願いです、おかみさん。ちゃんとしたお葬式にしてやりたいんです。母さんみたいな」歯を食いしばり、嗚咽をこらえた。「母さんのそばに眠らせてやりたいんです」

「おおそうかい、やれるもんならやりゃいいさ。霊柩馬車でも出そうってのかい？　ついでに泣き女もふたりくらい雇うんかね？　どうやらそんな大層な葬式に、あたしらがほいほい金を出すと思っているらしいね」ここで荒々しく鼻を鳴らすと、嬉々として憎まれ口を続けた。「お嬢さんよ、世間がどう思ってるか知らないが、あたしらは慈悲の心とはとんと無縁でね、自腹が切れないなら、あの子は聖ブライズで面倒見てもらうしかないんだよ。それがあの子にはお似合いさ」

「馬車はいりません、おかみさん、泣き女もいりません。せめて埋葬だけは、お墓だけはちゃんとしてやりたいんです」

「その算段を誰にさせようってのかね？」

イライザは唾を呑みこんだ。「バーカーさんのお兄さんが葬儀屋だし、うまくやってくれるはずです。おかみさんが頼んでくれたらきっと……」

「おまえや薄のろの弟に情けをかけて、何の得があるんだか」

「弟は薄のろなんかじゃありません」

「間抜けだから馬に蹴り殺されるんだよ」

「あの子は悪くない。霧がいけないんです」

ミセス・スウィンデルは下唇を突き出し、ずるずると音を立てながらスープをすすった。

「あの子はそもそも外に出る気もなかったんですから」イライザはなおも言いつのった。

「そりゃそうだろうよ。あの子は向こう見ずじゃなかったからね。どうせおまえがそそのかしたんだろうよ」

「お願いです、おかみさん、お金はわたしが払いますから」

ミセス・スウィンデルの両の眉毛が大仰に持ち上がる。「ほお、払えるのかね？　また大きく出たもんだ」

イライザの頭には革の小袋のことがあった。「その……多少の蓄えがあるし」

ミセス・スウィンデルはスープが垂れるのも構わず、口をあんぐり開けた。「蓄え？」

「ほんの少しですけど」

「まったく、油断も隙もありゃしない」唇が財布の口のようにきゅっとすぼまる。「いくらあるんだね？」

「一シリング」

ミセス・スウィンデルが甲高い笑い声をあげた。この世のものとは思えない、ぞっとするような下卑た高笑いに、怯えたハティが大声で泣きだした。「一シリング?」吐き出すように言う。「それじゃ棺桶の釘も買えないじゃないか」

母さんのブローチ、あれを売ればいい。悪人《バッド・マン》の危険が迫らぬうちは手放さないという約束だったが、事情が事情だし……。

ミセス・スウィンデルはこみ上げる笑いに咳きこみ、むせていた。自分の骨ばった胸を叩くと、幼いハティを椅子からおろして自由にさせた。「ぎゃあぎゃあわめくんじゃないよ。考えがまとまらないじゃないか」

ミセス・スウィンデルはしばし腰をおろし、それから目をすがめてイライザを見た。考えがまとまったのか、しきりにうなずく。「そこまでぐだぐだ言われちゃね、腹は決まったよ。あの子には分相応でいいだろう。やっぱり貧者葬だね」

「そんな……」

「一シリングは迷惑料として貰っとこうか」

「でも、おかみさん……」

「よしとくれ。こそこそ金を貯めこむとどうなるか、これでわかったろ。うちの人が戻ってきて、この話を聞いたらどうなるだろうね、ただじゃすまないよ」ここでイライザにスープ皿を突き出した。「ほら、お代わりをついどくれ。そしたらハティを寝床に連れておいき」

*

最悪の夜が続いた。街路の物音がけたたましさを増し、そこここで影が不意に揺らめいた。狭いこの部屋で生まれてはじめてひとりきりになったイライザは、悪夢に襲われた。自分が作るお伽噺とは比べものにならないくらい怖ろしい夢だった。

昼間は昼間で、洗濯ロープにかかる衣類さながら、周囲の世界が裏返しになったように感じられた。形もサイズも色も、どれひとつ取ってもこれまでどおりなのに、目にはまるで別物に映った。体はいつもどおりに動いていても、心は恐怖に彩られた風景をさまよっていた。ふと気づくと、聖ブライズ教会の墓穴で、どこの誰かもわからない死体と一緒くたにされて、手足をねじ曲げて横たわるサミーの姿を思い浮かべていた。目を開けて、これは何かの間違いだ、まだ死んじゃいないと叫びだしそうに口を開け、土の下に閉じこめられている、そんなサミーの姿を。

というのも、結局ミセス・スウィンデルに押し切られ、サミーは貧者葬で埋葬されてしまったのだ。イライザは、隠しておいたブローチを持ってジョン・ピクニックさんの家の前まで行くには行った。だが、どうしても踏ん切りがつかなかった。たっぷり一時間、玄関先に立ちつくし、覚悟を決めようとがんばってもみた。これを売れば、サミーを世間並みに埋葬してやるだけの金になるのはわかっていた。が、そうなればスウィンデル夫妻が金の出所を知りたがるだろうし、こんな高価な品を隠し持っていたことが知れたら手ひどい罰を受けるのは目に見えていた。

スウィンデル夫妻のお仕置きが怖くて決心を翻《ひるがえ》したわけではない。ブローチを売るのは謎の怪人が現われた時だけだと誓わせた、母さんの声に責め立てられたからでもなかった。

この先いままで以上の逆境が待ち受けていそうで、それが怖かったのだ。まるで先が見通せない霧深い未来を思うと、このブローチだけが窮状から這い上がる手だてになる、そんな日がいずれ来るような気がしたのだ。

というわけで、ピクニック家のドアは叩かずにきびすを返し、ブローチがポケットを焼き切らんばかりに責めたててくるのをひしひしと感じながら、がらくた屋に駆け戻った。サミーならきっとわかってくれるはず、川辺の暮らしがいかに大変かはあの子だってわかっていたのだからと、自分で自分に言い聞かせたのだ。

その後イライザは、そっと小さく折り畳んだサミーの思い出を、もはや自分には不要とばかり、さまざまな感情――喜び、愛、献身――の衣でくるむと、胸の奥底に封印した。思い出も感情もいっさいなくしてしまうのが、なぜか正しいことのように思えた。サミーが死んでしまった以上、半身を失ったも同然だった。蠟燭の明かりを奪われた部屋のように、イライザの冷えきった心は暗く虚ろだった。

＊

それにしてもいつ、あんなことを思いついたのか？　いま振り返ってみても、自分でもよくわからない。あの日、何が違っていたわけでもない。狭苦しい部屋の薄闇のなかで目を覚まし、じっと身を横たえたまま、一晩中閉じこめられていた苦悶の檻から抜け出したのも普段どおりだった。

それから毛布の縁をめくって起き上がると、素足を床に下ろした。ひとつに編んだ長い髪が肩先から胸元に垂れていた。部屋は寒かった。すでに秋は冬へと座を明け渡し、朝は夜に劣らず暗かった。イライザはマッチを擦って蠟燭の芯に炎を移すと、エプロンの掛かるドアに目をやった。

何がイライザを突き動かしたのか？　何を思ってエプロンの下に掛かるシャツと半ズボンに手を伸ばしたのか？　なぜあの時、エプロンではなく、サミーの服に袖を通したのか？

自分でもわけがわからぬまま、これこそが正しい行ないだと直感した。自分のものでもないのに、シャツはひどく懐かしいにおいがしたし、半ズボンを引き上げた瞬間、むき出しの足首に不思議な戦慄が走るのを感じた。靴下に慣れた肌は、冷気に触れてぞくりとした。床に腰をおろし、かかとのすり減ったサミーの編み上げブーツに足を入れて靴紐を結んだ。しっくりと足に馴染んだ。

それから小さな鏡の前に立ち、覗きこんだ。かたわらで揺らめく蠟燭の炎に浮かび上がる鏡像は鮮明だった。青白い顔が見つめ返してきた。赤みを帯びた金色の長い髪、白茶けた眉の下に並ぶ青い瞳。そこから視線をそらすことなく洗濯籠から裁《た》ち鋏《ばさみ》を取り出すと、胸元に垂れたお下げ髪を水平に持ち上げた。編んだ髪は太く、一気には切り落とせなかった。それでもどうにか髪の房が手の中に落ちた。拘束を解かれてばらけた頭髪が、顔の周囲をギザギザに取り囲んでいた。さらに鋏を動かし、生前のサミーの髪と同じくらいの長さまで刈りこむと、仕上げにサミーがいつもかぶっていた布の帽子《キャップ》をかぶった。

ふたりは双子だから、ここまでそっくりなのも驚くにはあたらない。それでもイライザは息を呑んだ。うっすらと笑みを浮かべると、サミーが笑い返してきた。手を伸ばしてひんやりとした鏡面を撫でる。もうひとりじゃない。

ドン……ドン……。

ミセス・スウィンデルが階下の天井を箒の柄で突く音がした。洗濯開始を告げるいつもの合図だ。

イライザは赤みのある三つ編みの房を床から拾い上げると、ほどけかけた切り口を麻紐で縛った。あとで母さんのブローチと一緒にしまっておこう。もはやこれに用はない、過去のものなのだ。

17　ロンドン　二〇〇五年

カサンドラも、こちらのバスが赤いことや二階建てであることは知っていた。それでも、ケンジントン・ハイストリートとかピカデリー・サーカスといった行き先を車体前方に掲げた現物が走り過ぎるのを実際に目にすると、感慨もひとしおだった。カブトムシめく黒い鼻面のタクシーが石畳の路地裏を駆け抜け、エドワード朝様式のテラスハウスが広い通りの両側に整然と並び、吹き抜ける北風が低く垂れこめた空に薄い雲を延び広げるさまなども、まるで子供のころに読んだ物語世界に転げ落ちたようなというか、あるいはかつて見た映画のワンシーンに紛れこんだような気分にさせられた。

こんなふうに、おびただしい数の映画セットや物語で構成されたかのようなロンドンに身を置いてからすでに、二十四時間が経とうとしていた。時差ボケで寝不足のまま目覚めてみれば、ルビーの狭いアパートの一室にひとり取り残され、カーテンの隙間から斜めに射しこむ真昼の日射しが顔を照らしていた。

ソファベッド横の小さなスツールに、ルビーの置き手紙を見つけた。

朝食を食べ損ねちゃったわね！　起こしたくなかったのでお先に。その辺にあるものを勝手に食べて。果物鉢にバナナ、冷蔵庫に残りものあり（ただし、このところ横着しているので、とんでもないことになっているかも！）。シャワーを浴びるなら、バスルームの戸棚にあるタオルを使ってね。六時まで《ヴィクトリア&アルバート》で勤務。わたしが企画した特別展示は必見、絶対に足を運ぶべし。超ぶっ飛ぶこと請け合いよ！

ルビーより×《キス》

追伸：午後イチで来てね。午前中はろくでもない会議がびっしりなの。

というわけで午後一時、腹の虫をぐうぐう言わせながらクロムウェル・ロードの中央分離帯にたたずみ、市中に張り巡らされた動脈網で永久運動にいそしむがごとき車の流れが赤信号で止まり、向こう側に渡らせてくれるのをじっと待った。

《ヴィクトリア&アルバート・ミュージアム》の威風堂々とした大建築がすぐ目の前にそびえ、正面の外壁には午後の影が衣を広げつつあった。過去が眠る壮大な霊廟《れいびょう》。内部はおびただしい数の部屋が連なり、各部屋に歴史が詰まっていることは知っていた。何千という展示品が時空を越えて、忘れ去られた人々の歓喜や精神的傷痕を静かに響き合わせている場所である。

折しもルビーがドイツ人観光客の一団を、館内に新しくできたコーヒーショップに案内しているところに、カサンドラは行き合わせた。「いやあ、まいったわ」団体客がぞろぞろと立ち去るのを見送りながら、ルビーはよく通る声で耳打ちした。「ここにカフェができたのはそりゃ大歓迎だわよ――無類のコーヒー好きとしてはね――でもね、あの連中ときたら、わたしの企画展なんか見向きもしないで、まるで聖杯探しみたいにシュガーレス・マフィンと舶来ソフトドリンクはどこだどこだって、そればっかりなんだもの、ムカつくったらありゃしない」

カサンドラはかすかな後ろめたさを感じながら微笑むと、カフェから漂ってくるおいしそうなにおいに反応しているお腹の虫が、ルビーに気《け》どられないことを願うばかりだった。

「だってそうでしょ、こんな間近で過去の遺産をじっくり味わえる絶好のチャンスだというのに、それをろくに見もしないなんて」ルビーは、自らの手で厳選した貴重な品々が並ぶガラス張りの展示ケースをぽんと叩いた。「でしょ?」

カサンドラはかぶりを振り振り、空腹のうめき声をなだめた。「たしかに」

「まあいいけどね」ルビーは大仰にため息をついた。「こうしてあなたが来てくれたし、芸術音痴軍団とおさらばできたわけだしね。気分はどう？　時差ボケ、少しはよくなった？」

「ええ、お蔭さまで」

「よく眠れた？」

「ソファベッドの寝心地、すごくよかったわ」

「お世辞なんてよしてよ」ルビーはからりと笑った。「お心遣いには感謝するけどね。でもとりあえず、でこぼこして硬いベッドのお蔭で、一日を無駄にしないですんだでしょ。でなかったら電話で叩き起こさなくちゃならなかったもの。これだけは見逃してほしくないから」ルビーは満面の笑みを浮かべた。「それにしても、あなたのコテージがある同じ敷地内にナサニエル・ウォーカーが暮らしていたなんて、まだ信じられないわ！　おそらく彼はコテージも実際目にしていて、そこからインスピレーションを得たりしたのかもよ。コテージにはいったことだってあるかもしれないし」ルビーは青い目をまん丸にしてカサンドラの腕に自分の腕をからませると、通路のひとつを歩きだした。「こっちよ、絶対に気に入るはずだから！」

漠とした不安を覚えながら、ルビーが見せたがっているものが何にせよ、失礼にならないよう、それなりの熱意を示さねばと気を引きしめた。

「さあ、これよ」ルビーはキャビネット内の一連の素描画を得意げに指さした。「ご感想は？」

カサンドラははっと息を呑み、もっとよく見ようと身を乗り出した。わざわざ熱意を装うまでもなかった。展示されている絵は衝撃と興奮をいっぺんにもたらした。「これ……どこから？　どういう経緯で……？」カサンドラが横目で一瞥すると、ルビーはどんなもんだと言わんばかり、両手を握り合わせている。「こんなに残っていたなんて、ちっとも知らなかった」

「誰だって知らなかったわよ」ルビーはいかにも満足げな口ぶりだった。「持ち主以外はね。しかもこれを持っている女性《ひと》ときたら、これまでずっと、たいした価値はないと思っていたんですからね」

「どうやって見つけたの？」

「それがなんと、まったくの偶然、ほんとにたまたまなの。この企画展を最初に思いついた時、何十年ものあいださんざん展示されてきたヴィクトリア朝期の女性像を再展示するだけじゃあまりにも芸がないと思ってね。そこで手当たり次第、美術雑誌にささやかな広告を打ってみたの。端的かつ明解な広告をね。『求む貸与。十九世紀末の興味深い美術作品。扱いには十分注意の上、ロンドン市内の美術館で展示を予定』ってね。

「そうしたらなんと、なんと、広告を出した翌日から電話がじゃんじゃん鳴りっぱなし。無論、その大半はスカだったわ。大叔母のメイヴィスが描いた空の絵とか、そんなのばっかり。ところが、そんながらくたに交じって黄金も眠っていたってわけ。貴重な作品がほとんど見向きもされないまま、今日まで生き延びてきたなんて驚きよね」

アンティーク家具の世界でも同じことが言えた。埋もれた逸品というのは、持ち主が何十年もその存在すら忘れていて、素人の下手な修理をまぬがれてきたものが多い。

ルビーが目の前に並ぶ数枚の素描に目を落とした。「で、これもまた今回最大の発掘品ね」

カサンドラに笑顔を向ける。「ナサニエル・ウォーカーの未完の素描なんてものが残っていたなんて誰に想像できる？　ここの上の階にも、ささやかながら彼の肖像画コレクションがあるし、テイト・ギャラリーにも数点あるけど、わたしの知る限り、というか周知の事実として、それが現存する全作品ということになっているわけよ。それ以外は――」

「破棄された、と考えられていたのよね。その話は聞いたことがあるわ」カサンドラの頰がかっと熱くなった。「ナサニエル・ウォーカーは、習作とか気にくわない作品はさっさと処分してしまうことで有名だったのよね」

「それを知ってるなら、ここにある素描を持ち主の女性から渡された時のわたしの気持ち、わかってくれるわよね？　その前の日からコーンウォールくんだりまで車で出かけていって、家を一軒一軒訪ね歩いては、てんでお話にならないものばかり見せられて、そのたびに丁重なお断わりを繰り返すばかりだったんだもの。はっきり言わせてもらうけど」――ここで大仰に目を回す仕草――「これならお眼鏡にかなうだろうって一般人が考えてる作品ときたら、もう啞然とするしかないんだから。だから問題の家にたどり着いた途端、ああ、ここも駄目だろうなって思ったわ。あのあたりの海辺によくある、灰色のスレート葺きの白いコテージでね、玄関先に現われたクララを一目見た途端、思わずそのまま回れ右したくなっちゃった。なんとも妙な雰囲気の人でね、ビアトリクス・ポターの絵本に出てくるみたいな、サロンエプロン姿の雌鶏おばあさんて感じ。通された居間ときたら、これ以上ないほど狭くるしいし、ものはごちゃごちゃ散らかってるしで――わたしの部屋が豪邸に思えちゃうくらい――それからお茶をしきりに勧められてね。こっちはさんざんな一日を過ごしたあとだし、ウィスキーのほうがありがたいってのにね。それはともかく、とりあえずクッションに身を沈め、さて、どんなとんでもない駄作が出てくるのやらと、こっちは時間の無駄を覚悟で待ったわけ」

「そして、これを見せられたのね」

「目にした瞬間、ビビビッときたわ。署名はないけど、彼の刻印が打ってあるでしょ。ほら、左上の隅にね。もう震えが止まらなかったわよ。紅茶を絵の上にぶちまけそうになったくらい」

「でも、どうしてその人が持っていたの？」カサンドラは疑問を口にした。「どこで手に入れたのかしら？」

「母親の遺品のなかにあったんですって」ルビーは言った。「母親っていうのは、メアリーっていう人だけど、ご亭主が亡くなったのを機にクララの家に越してきて、六〇年代半ばに亡くなるまでずっと一緒に暮らしていたんですって。夫に先立たれた者同士だし、お互い気心の知れた良きパートナーだったみたいよ。愛すべき母親の思い出話を聞かせられる相手がうまい具合に飛びこんできたものだから、そりゃもう大喜びでね。帰り際に、せっかくだからメアリーの部屋をぜひ見ていってくれって、なんとも危なっかしい急階段の上に引っ張って行かれてね」ルビーはここでカサンドラのほうに身を乗り出した。「それがもうビックリ。メアリーが亡くなって四十年は経っているはずなのに、その部屋ときたら、いまにも部屋の主《ぬし》が帰ってきそうな状態なの。ちょっとぞくっときちゃった、いい意味でね。幅の狭いシングルベッドはきちんと整えられていて、そこにぽんと置かれた新聞はクロスワードパズルのページが開いてあって、途中まで仕上がっているといった具合でね。さらに突き当たりの窓下には小さな鍵付き衣装箱《チェスト》――わお、ってなもんよ！」ルビーは白髪まじりのワイルドな髪を掻き上げた。「わたしなんて、そのまま窓まで突進して、この手で鍵をこじ開けたくてうずうずしちゃった。衝動を抑えるのが大変だったわ」

「で、蓋は開けてもらえたの？　中身を見た？」

「そこまで幸運は続かなくてね。こっちから切り出すわけにもいかないし、ものの数分で見学は打ち切り。というわけで、ナサニエル・ウォーカーの素描数枚と、母親の遺品にあったのはこれだけだというクララの言葉で満足するしかなかったの」

「メアリーも画家だったのかしら？」

「メアリーが？　ううん、彼女はどこかのお屋敷で女中奉公をしてたみたいよ。少なくとも最初はね。第一次大戦中は兵器工場に動員されて、その後女中は辞めたんだと思うわ。いわゆる寿退職ってやつね。肉屋と結婚して、その後はブラックソーセージを作ったり、まな板を洗ったりの日々だったみたい。わたしにはまず務まらないわね！」

「それはともかく」カサンドラは眉根を寄せた。「メアリーはどういうルートでこの素描を手に入れたのかしら。ナサニエル・ウォーカーというのは作品管理にうるさいことで有名だったし、素描だってたいして描いていないのよ。人にあげるのはおろか、原画の著作権を出版社に移す契約書にも絶対サインしなかったくらいだもの。完成作でさえそうなんだから、未完の素描がこんなふうに人手に渡るなんて、どうも腑に落ちないわ」

ルビーは肩をすくめた。「ちょっと拝借したとか？　あるいは買い取ったとか？　盗んだという線もあるわね。はっきり言って、わたしにはどうでもいいことだけど。ここはとりあえず、人類史に麗しき謎の一ページをつけ加えたってことでいいんじゃない？　とにかくこれらがメアリーの娘の手に渡り、その価値にまるで気づかれず、部屋に飾られもせずにいたお蔭で、まるまる二十世紀のあいだきれいな状態を保つことができたんだもの、ただただ神に感謝よね」

カサンドラは陳列作品にさらに顔を近づけた。はじめて見る作品にもかかわらず、どれも見覚えがあった。見間違いようがない、あの絵本の挿し絵の、早い時期の習作だ。軽快な筆運びながら、熱のこもった描線には模索の跡が垣間見られ、描く対象への愛情があふれている。カサンドラは、絵を描きはじめたころに覚えた胸の熱くなるような感動を思い出し、胸が詰まった。「信じられないわ、制作途中の作品を目にするチャンスがあるなんて。こっちのほうが完成作よりずっと画家の内面がむき出しになっているんじゃないかって、そんなふうに思うことが時々あるわ」

「フィレンツェにあるミケランジェロの彫刻みたいにね」

カサンドラはルビーをちらっと横目で見た。的を射たコメントがうれしかった。「ほんと、大理石からぬっと現われたあの膝をはじめて写真で見た時、鳥肌が立ったわ。まるで石にずっと閉じこめられていた彫像が、才能ある誰かに彫り出してもらうのを待っていたみたいだものね」

ルビーが満面の笑みを浮かべた。「そうだ」と言って、ぱっと顔を輝かせる。「今夜はロンドン滞在最後の夜だし、外で食事しましょうよ。友達のグレイと会う約束になっているけど、彼ならわかってくれるだろうし。それとも彼も誘おうかな、そのほうが楽しいし、そもそも――」

「ちょっと、いいかな」アメリカ訛りの声がした。「ここの人?」

背の高い黒髪の男が、ふたりのあいだに割りこむ。

「そうですけど」ルビーが応じる。「どうかなさいました?」

「家内ともども腹ぺこなもんでね、上にいた係員から、こっちにコーヒーショップがあるって聞いたんだけど」

ルビーはカサンドラに目をむいて見せると、「駅前に《カールッチョ》っていう新しい店があるの。そこに七時、わたしのおごりよ」とカサンドラに耳打ちした。それから唇をきゅっと引きしめ、作り笑いを浮かべる。「こちらです。ご案内しますわ」

＊

博物館を出たあと、カサンドラは遅ればせのランチにありつけそうな店を探すことにした。考えてみれば前日に機内食を食べたきり、あとはルビーに貰った一つかみのリコリス・オールソーツと紅茶しか口にしていない。ネルのノートの表紙の裏に、ロンドン中心部のポケットマップが糊付《のり》けしてあった。これを見る限り、どっちに行っても飲み食いする場所は見つかりそうだ。地図に目を走らせたその時、川沿いのバタシー地区を走る街路に書きこまれた、ポールペンのかすれた×印に目が吸い寄せられた。羽根で肌を撫でられたみたいにぞくりとした。×印とくれば目的地、だが、どんな目的があったのか？

二十分後、キングズロード沿いの店でツナサンドと水のボトルを買い、そこからフラッド・ストリートを南下し、川岸に出た。対岸にはバタシー火力発電所の堂々とした四本の大煙突が見えた。カサンドラは不思議な胸騒ぎを覚えながら、ネルの足跡をたどった。

秋の太陽が雲間から顔を覗かせ、川面に銀の粒子を振りまいていた。テムズ川。この川は実に多くのことを目撃してきたのだろう。川沿いを塒《ねぐら》にしていた大勢の人々の暮らしを、そして無数の死を。遠い昔、幼いネルを乗せた船が出航したのもこの川からだった。ネルを住み慣れた世界から切り離し、未知なる未来へと連れ去った船。いまとなってはその未来も過去となり、すでにひとつの生を終えていた。なのに問題は残されたままだ。それはネルを生涯悩ましつづけ、いまはカサンドラを悩ませている。解き明かそうとしている謎はカサンドラが引き継いだ遺産。いやそれ以上に、彼女が果たすべき責務でもあった。

18　ロンドン　一九七五年

ネルはもっとよく見ようと、顔を大きく仰《の》け反《ぞ》らせた。イライザが暮らしていたという家を眺めているうちに何か思い出すのではないか、自分の過去につながる大事なものが直感できるのではないか、そんな期待もあったが無駄だった。バタシー・チャーチロード三十五番地の家はまるで記憶になかった。特徴のない造りは、同じ通りに立ち並ぶ家々と似たり寄ったりの三階建てで、正面に上げ下げ窓が並び、長年の煤煙《ばいえん》で黒ずんだ粗末な煉瓦壁に貧弱な配水管が貼りついている。唯一、ほかの家と違うのは、最上部の増築部分だった。どうやら屋根の一部に煉瓦を積み上げて部屋を建て増ししてあるらしいのだが、実際にはどうなっているのか、外から見ただけではよくわからない。

道路は湾曲する川に沿って走っている。側溝にはゴミが溜まり、薄汚いなりをした子供たちが歩道で遊ぶその光景からして、ここが絵本作家を生んだ場所とはとても思えなかった。そんなことは甘ったるい馬鹿げた夢想だとわかっていたが、イライザの物語世界は、たとえばＪ・Ｍ・バリーが描くところのケンジントン公園とか、不思議な魅惑をたたえたルイス・キャロルのオックスフォードのような場所で生まれたと、勝手に思いこんでいたのだ。だが、ミスター・スネルグローヴから買った本が示す住所はまさにここだった。この家でイライザ・メイクピースは生まれ、少女期を送ったのである。

ネルはさらに家のそばまで近寄った。室内に人の気配がなかったので、思い切って身を乗り出し、正面の窓を覗きこんだ。小さな部屋、煉瓦積みの暖炉、狭苦しいキッチンが見えた。玄関脇の壁沿いに狭い階段が延びている。

後ずさった拍子に、しおれた鉢植えにつまずきそうになった。

その時、隣家の窓に顔が現われ、ぎょっとした。青白い顔、顔を取り巻く縮れた白髪。思わずまばたきをして再度窓に目をやるも、すでに顔は消えていた。幽霊？　もう一度まばたきする。幽霊などいるわけないと思っていたし、怪しい音を立てる妖怪の類も信じていない。

その証拠に、バタシー・チャーチロード三十七番地の玄関ドアが勢いよく開いた。戸口に立っていたのは、身の丈一メートル二十センチほどの小柄な女性で、パイプブラシのようなか細い脚を、手にした杖で支えていた。左顎に盛り上がるこぶに、長い白髪が一本生えている。

「どこの娘さんかね？」泥臭いコクニー訛りが飛び出した。

少なくともこの四十年、娘さんと呼ばれたことは一度もない。「ネル・アンドリューズと申します」しおれた鉢植えを避《よ》けるようにして前に出ると、名を名乗った。「こちらに来たついでに、ちょっと見せていただこうと。実はその――」と、ここで片手を差し出す。「オーストラリアから来たんです」

「オーストラリア？」女は血の気のない唇をにっと左右に広げ、歯茎もあらわに笑みをこしらえた。「だったらさっさとそう言ってくれりゃいいのに。あたいの姪っ子の亭主もオーストラリア人なんだよ。ふたりはシドニーにいるけど、あんた、知り合いかね？　デズモンド・パーカーとナンシーっていうんだ」

「いえ、住まいはシドニーではないので」ネルが答えると、老婆の顔がむすっとなった。

「ほお、そうかね」どこか胡散臭そうな口ぶりだ。「なら、そっちに行きゃあ会えるだろうよ」

「デズモンドとナンシーですね。憶えておきます」

「あの人は遅くならないと戻らないよ」

ネルが怪訝《けげん》な顔になる。シドニーの姪っ子のご主人のことだろうか？

「隣に住んでる男だよ。おとなしい人だがね」ここで急に声を落とし、耳打ちした。「ありゃアフリカさんだね、だが、働きもんだよ」ここでかぶりを振る。「いやはや、おったまげるったらないよ！　アフリカさんが三十五番地に住んでるなんてさ。まさかそんな日が来るとはね。昔住んでた家に黒い人が住みついてるって知ったら、おっかさんも墓んなかででんぐり返っちまうだろうね」

ネルは即座に反応した。「お母様もこちらに？」

「ああ、そうともさ」老婆は得意げに言った。「あたいはそっちの家で生まれたんだ。あんたがしげしげと覗きこんでいたその家でね」

「ここでお生まれに？」ネルは眉を持ち上げた。生涯を通して同じ通りで過ごしたと言う人間は珍しい。「ということは、かれこれ六、七十年？」

「もうじき七十八年になるよ」女が顎を突き出す。こぶの白髪がきらりと光った。「掛け値なしにね」

「七十八年ですか」ネルはゆっくりと繰り返した。「ずっとこちらにいらした。ということは……」すばやく計算をする。「一八九七年生まれ？」

「ああ、そうだよ。一八九七年十二月。クリスマス生まれさ」

「いろいろ思い出もあるでしょうね。子供のころのこととか」

老婆が甲高い声で応ずる。「最近じゃガキのころのことばっか思い出すよ」

「昔はいまと、ずいぶん違うんでしょうね」

「ああ、そうともさ」老婆がちょっと神妙な顔になる。「まったくだ」

「実は、この通りに住んでいた女性のことを調べてまして。たぶんこちらの家だと思うんですが。ひょっとして憶えてらっしゃいませんか？」ネルはバッグのジッパーを開けると、絵本の口絵のコピーを取り出した。指がかすかに震えた。「これ、その女性に似せて描かれた絵本の挿し絵なんですが、よく見ていただければ……」

老婆は節くれ立った手を伸ばしてコピーを受け取ると、目のまわりに盛大にしわを寄せて目を細めた。すぐにああ、と声があがる。

「ご存じなんですか？」ネルは息を呑んだ。

「ご存じも何も、よく知ってるよ。この娘っこのことは死ぬ日まで忘れるもんかね。子供だった時分、よくこの子に怖い思いをさせられたんだよ。おっかさんが目を離したすきに、気味の悪い話をなんだかんだ、あたいに聞かせるもんだから、よくひっぱたかれたり使いに出されたりしていたっけ」それからネルのほうに顔を上げ、額がつぶれそうなほど渋面をこしらえた。

「エリザベス？　エレン？」

「イライザです」ネルは即答した。「イライザ・メイクピース。その後作家になったんです」

「こっちは知りようもないさ、本なんかとんと読まんしね。どれ見たって何が書いてあるのかさっぱりだよ。ただ、その絵の娘っこがしてくれた話が、髪の毛がおっ立つほど怖ろしかったってことだけははっきり憶えてるよ。ここらのガキどもは暗闇がおっかなくて仕方ないくせに、あの子にしょっちゅう話をせがんだものさ。どこであんなものを身につけたんだか」

ネルは、少女時代のイライザの面影が多少なりとも捕まえられないものかと思いながら、改めて家を見上げた。無類のお話好きで、怖い話を聞かせては近所の子供を震え上がらせていたという娘。

「あの子が連れてかれちまった時にゃ、みんな、そりゃがっかりしたもんだよ」老婆は悲しげにかぶりを振った。

「あら、もう怖い思いをしなくてすむって、喜んだんじゃないんですか？」

「それがそうでもないんだ」老婆は歯茎を嚙みしめてでもいるように、口をもごもご動かした。「子供ってのは、おっかない話で盛り上がるもんだからね」老婆は踏み段の漆喰が崩れてできたくぼみに杖を突き立てた。目をすがめてネルを見上げる。「あの子自身、実際とんでもなくおっそろしい目に遭ってるんだよ、あの子が聞かせる法螺話《ほらばなし》以上のね。なにせ霧の濃い日に弟を死なせちまっただろ。あの日のすさまじい光景ときたら、お話どころの騒ぎじゃなかったからね。黒いでっかい馬に踏んづけられて、心臓なんかぐちゃぐちゃだもの」女はしきりにかぶりを振る。「それがあって、あの子はすっかり人が変わっちまったのさ。ありゃ気が触れちまったんだね、自分の髪の毛をばっさり切り落として、男物の半ズボンをはきだしたりしてさ」

全身に衝撃が駆けめぐった。ネルがはじめて聞く話だった。

老婆は咳払いをすると、紙を取り出してペッとやった。それから何事もなかったかのように先を続けた。「噂じゃ、工場に連れてかれたって話だけどね」

「ところが実際は」ネルが話を引き取る。「コーンウォールに住む家族に引き取られたんです」

「コーンウォールかね」家の中でやかんの煮え立つ音がした。「そりゃよかったじゃないか」

「そうですね」

「さてと」老婆はキッチンのほうを顎でしゃくりながら言った。「お茶の時間だ」あまりにもきっぱりとした物言いに、一瞬、これはお茶の誘いで、イライザ・メイクピースの思い出話をもう少し聞かせてもらえるのかと期待した。だが、ネルを外に残したままドアが閉まりかけるのを見て、それは独りよがりだったと気づかされた。

「あのちょっと」あわてて手を伸ばし、閉まりかけたドアを抑える。

少しだけ開いたドアの向こうで、やかんがさかんに湯気を吐き出している。

ネルはバッグから紙片を取り出すと、さっとペンを走らせた。「これ、滞在中のホテルの住所と電話番号です。イライザのことで何か思い出したらご連絡いただけますか？　どんなことでもいいですから」

老婆は銀色の眉毛を持ち上げた。一瞬、ネルを値踏みするかのように間を置いて、老婆は紙片を受け取った。やがて発せられたその声音は、先ほどとは少し違っていた。「何か思い出したら知らせるよ」

「ありがとうございます、ミセス……」

「スウィンデル」老婆は言った。「ミス・ハリエット・スウィンデル。いい男に出会えずじまいだったもんでね」

ネルが片手を上げて挨拶した時にはすでに、老スウィンデル嬢の家のドアは閉まっていた。やかんの悲鳴がようやくやんだ。ネルは腕時計に目をやった。急げば、テイト・ギャラリーの入館に間に合いそうだった。そこに行けば、ナサニエル・ウォーカーが描いたイライザの肖像を、『閨秀作家《オーサレス》』と題された彼の作品を見られるはず。バッグから小ぶりのロンドン観光地図を抜き取ると、川沿いを指でたどり、ミルバンクの位置を確認した。立ち去りしなにバタシー・チャーチロードに再度目をやる。そこへ、イライザが子供時代を過ごしたヴィクトリア朝様式の家並みを揺らさんばかりに、ロンドン名物の赤いバスが走り抜けていった。

*

果たせるかな、『オーサレス』はギャラリーの壁面を飾っていた。ネルが憶えているそのままの姿で。三つ編みに結った太い髪房が一方の肩にかかり、顎のすぐ下までボタン留めした白いフリルの襟がほっそりとした首をすっぽりとおおい、頭に帽子を載せている。エドワード朝期の女性がよくかぶっていたものとはまるで違うタイプの帽子で、形は男っぽく、かぶり方もおざなりで、何となく当人とちぐはぐに思えたが、なぜそんなことまでわかるのか、自分でも不思議だった。ネルは目を閉じた。もう少しでこの人の声を思い出せそうだった。時折甦るその声は絹のようになめらかで、魔力と謎と秘密をたっぷり秘めていた。しかし、記憶をたぐり寄せようとするたびにするりと身をかわされてしまうのだ。

背後を行き過ぎる人々の気配に、目を開けた。『オーサレス』はふたたび額におさまった。さらに近くまで寄ってみる。珍しいタイプの肖像画だ。まず第一に、これは木炭による素描で、肖像画というよりは習作だ。構図も興味深かった。絵の人物は、画家に背を向けてその場から立ち去ろうとしているのか、視線だけを戻したその一瞬を画面に凍りつかせたかのようだった。大きく見開いた目、何かしゃべりだしそうに開きかけた唇には、人を惹きつける何かがあった。微笑と呼べそうなものはいっさいなく、むしろそこに現われているのは驚きだった。観察されていたことへの驚き、捕縛されたことへの驚き。

あなたに口が利けたらいいのに、とネルは思った。そうしたらこのわたしが誰なのか、あなたと一緒に何をしようとしていたのか、教えてもらえるのに。なぜふたりであの船に乗ったのか、なぜあなたは戻ってこなかったのかを。

落胆がどんよりと体内に沈殿するのを感じた。とはいえ、イライザの肖像画が何を明かしてくれると思ったのか、そこまではわからない。いや、単に思ったというより、そこに希望をつないでいたのだと、思い直す。世界はとてつもなく広い、六十年も前に消息を絶った人を捜し出すのは容易なことではない。ましてや、その人が変わらぬ姿でいるはずもないのだから。

展示室から徐々に人気《ひとけ》が薄れ、気がつくと遠い昔に死んだ人たちの視線に包囲されていた。各人各様、肖像画特有の常ならぬ重厚なまなざしで見つめてくる。永遠にやむことのない凝視、鑑賞者を執拗に追いかける目。ネルは思わず身震いをして、コートを羽織った。

展示室の出口付近で、もう一枚の肖像画が目に留まった。青白い肌とふくよかな赤い唇を持つ黒髪のその女性に目を奪われるうちに、それが誰だかネルにわかった。とうに忘れていた何千もの記憶の欠片《かけら》が一瞬のうちに混じり合い、確信が全身を満たした。絵の下に掲げられた「ローズ・エリザベス・マウントラチェット」という名前に心当たりがあったわけではない──それ自体はほとんど意味をなさなかった。それ以上でもそれ以下でもない、ただの名前。なのにネルの唇はわなわなと震えだし、胸底からこみ上げてくる何かに鷲づかみにされた。虚脱感と高揚感と心細さをいちどきに覚えながら、「ママ」とつぶやいていた。

*

ありがたいことに中央図書館は遅くまで開いていた。朝まで悠長に構えてなどいられなかった。やっとのことで母親の名前、ローズ・エリザベス・マウントラチェットに行き着いたのだ。テイト・ギャラリーでの体験は、言わば自分が誕生した瞬間だと、ネルはのちに思うようになる。何の前触れもなくいきなり、実にあっけなく人の子となった。母親の名前を知ったのだ。その名前を何度も繰り返しながら、ネルは夕闇が迫る道を急いだ。

その名前を耳にするのははじめてではなかった。ミスター・スネルグローヴから買った本でも、イライザにからめてマウントラチェット家のことは触れていた。イライザの母方の伯父は貴族社会《アリストクラシー》の下位に属し、コーンウォールの広大な領地ブラックハースト荘を有していた。イライザは母親の死後、そこに引き取られたのである。この屋敷こそ、ネルが探し求めている鎖の環《リンク》。ネルの記憶にある「お話のおばさま」と、いましがた確認した自分の母親とをつなぐ糸だった。

カウンターにいた女性館員は、イライザの件で前日問い合わせに訪れたネルを憶えていた。

「ミスター・スネルグローヴとは会えました?」館員は満面の笑みで訊いてきた。

「ええ」ネルは息を弾《はず》ませながら答えた。

「取って食われずにすんで何よりですわ」

「とても役に立つ本を売ってくださったんですよ」

「さすがはスネルグローヴさん、商売上手なんだから」館員は愉快そうにかぶりを振った。

「そこで、もう一度お力をお借りしたくて」ネルは先を続けた。「ある女性のことを調べたいんです」

館員は目をぱちくりさせた。「もう少し詳しく聞かせてください」

「ええ、いいですとも。十九世紀末あたりに生まれた人」

「その人も作家ですか?」

「いいえ、そうではないみたい」ネルは深呼吸をして頭のなかを整理した。「名前はローズ・エリザベス・マウントラチェット、そこそこの貴族の家柄でしてね。こちらの蔵書のどれかにあたれば何かわかるんじゃないかと思うんですよ、ほら、そういう貴族一門のことが詳しく出ている本があるでしょ」

「例えば『英国貴族名鑑《デブレッツ》』とか。あるいは『紳士録《フーズ・フー》』かしら?」

「そう、それだわ」

「見てみる価値はありますね。どちらもここにありますけど、『フーズ・フー』のほうが調べやすいかも。世襲貴族は自動的に収録されるようになっていますからね。その人の名前が項目になくても、うまくすれば父親とか夫の項に出てくる可能性は高いでしょうし。その方の没年はわかります?」

「いいえ。それが何か?」

「その方の収録時期が不明の場合、まずは『物故者紳士録《フー・ワズ・フー》』に当たるほうが手間が省けますからね。ただ、それには没年がわからないと駄目なんですけど」

ネルはかぶりを振った。「見当もつかないわ。検索の仕方をざっと教えてください、そうしたら『フーズ・フー』をひととおり調べてみます——最新版から時代を遡って見ていけばいいわけだし」

「結構な手間ですよ、もうじき閉館時間だし」

「急いでやりますから」

館員は肩をすくめた。「そこの階段から二階に行くと、参考図書コーナーにバックナンバーが揃っています。項目の姓はアルファベット順です」

*

一九三四年版まで遡ったところで、ようやくネルは目指す箇所を探し当てた。ローズ・マウントラチェットの独立した項はなかったが、マウントラチェットの項がひとつだけあった。名前はライナス、イライザの母ジョージアナの兄で、ジョージアナの死後、イライザ・メイクピースを引き取った伯父である。ネルは該当項目にざっと目を通した。

ライナス・セント・ジョン・ヘンリー・マウントラチェット卿。一八六〇年一月十一日生。父セント・ジョン・ルーク・マウントラチェット卿（故人）。母マーガレット・エリザベス・マウントラチェット（故人）。一八八八年八月三十一日、アデリーン・ラングリーと結婚。一人娘ローズ・エリザベス・マウントラチェット（故人）はナサニエル・ウォーカー（故人）の妻。

ローズの夫はナサニエル・ウォーカー。ということは、あの画家がわたしの父親なのか？ネルは再度読み返した。ローズとナサニエルの両方に「故人」とある。つまり一九三四年以前にふたりとも亡くなっているということだ。わたしがイライザと一緒にいたのはそのせいか？イライザは両親を亡くした娘の後見人に指名されていたのか？

ネルの育ての父、つまりヒューは、一九一三年末にメアリーバラの波止場でこのわたしを見つけた。もしローズとナサニエルの死後にイライザが後見人になったのだとすれば、ふたりは一九一三年より前に死亡しているということか？

この年の『フーズ・フー』で、ナサニエル・ウォーカーも調べるべきだろうか？彼も収録されているはずだ。いや、それよりも、もし予想どおり一九一三年の時点で故人となっているなら、まずは『フー・ワズ・フー』にあたったほうがよさそうだ。急いで書棚を順に見ていき、『フー・ワズ・フー（一八九七―一九一五）』を引き出した。震える指で最終ページからめくっていく。Z、Y、X、W。あった。

ナサニエル・ジェームズ・ウォーカー。一八八三年七月二十二日生。一九一三年九月二日没。父アンソニー・セバスチャン・ウォーカー。母メアリー・ウォーカー。一九〇八年三月三日、ローズ・マウントラチェット令嬢（故人）と結婚。娘アイヴォリー・ウォーカー（故人）。

ネルは息を呑んだ。娘がひとりいるというのはいいとして、「故人」とはどういうことなのか？　わたしは死んでいない、いまもこうして生きているのに。

ふと図書館の暖房が意識され、息苦しくなった。手で顔をあおぎ、もう一度、問題の箇所に目を落とす。

こんなことがあるのだろうか？　誤記などということが？

「どうでした？」

目を上げると、受付カウンターの女性がそばにいた。「こんなことってあるのかしら？」ネルは口を開いた。「記載内容に間違いがあるなんてこと？」

女性館員は思案顔で口をすぼめた。「もっとも信頼できるデータかどうかまではちょっとわかりませんけど。一応、収録されている当事者からの回答を元にしていますし」

「当事者が亡くなっている場合はどうなるんです?」

「え?」

「『フー・ワズ・フー』は全員が物故者ですよね。ということは、誰が回答するんです?」

館員は肩をすくめた。「ご遺族じゃないでしょうか。あくまでも推測ですけど、出版社は、亡くなった方に関する最新の回答をそのまま掲載するんじゃないでしょうか。そこに没年と、当人と遺族との血縁関係を追加するとかして」そう言いながら、最上段の棚に見つけた糸くずをさっと手で払う。「あと十分で閉館なんです。もし何かお役に立てることがあれば、いつでもどうぞ」

これは何かの間違いだ、そうに決まっている。こういうことはよくあるはずだ。そもそも活字を組む人間は、記載されている当事者を知っているわけではない。植字中に集中力が一瞬途切れ、「故人」とうっかり活字を組んでしまうとか、そういうことも起こり得るのでは? そして一族の子孫から訂正の申し入れがないまま、見ず知らずの人間を勝手に夭折させてしまったのではないのか?

やはり誤植の可能性は高い。そこに記載されている「娘」がこのわたしであることは、わたし自身が知っているわけで、しかもわたしは決して「故人」ではないのだから。こうなったら、ナサニエル・ウォーカーの伝記を見つけ出し、記載事項の誤りを証明するしかない。いまやわたしにはれっきとした名前がある。アイヴォリー・ウォーカー。たとえ懐かしさを覚えないとしても、着慣れたコートのようにしっくり馴染まないとしても、間違いなくこれがわたしの名前なのだ。物事を結びつけもすれば切り離しもする、それが記憶の作用なのだからどうしようもない。

と、その時、テイト・ギャラリーの入口で買った本のことを思い出した。ナサニエル・ウォーカーの全作品集。たしか画家の略歴も収録されていたはず。さっそくバッグから本を取り出し、ページを繰った。

ナサニエル・ウォーカー（一八八三－一九一三）はポーランド移民アントニ・ウォーカー（ヴァルチクから改姓）とマリアを両親に、ニューヨーク市に生まれた。父親は市の波止場労働者で、母親は洗濯の内職をしながら六人の子供を育てた。ナサニエルは三番目の子である。兄ふたりが熱病（原因不詳）で他界したため、ナサニエルは父の跡を継いで波止場の仕事に就くことが決まっていたのだが、ちょうどその時期、ニューヨークの路上で写生しているところに来あわせたアーヴィング石油王の後継者ウォルター・アーヴィング・ジュニアが彼の画才に目を留め、肖像画を依頼したのをきっかけに絵の道に進むことになった。

パトロンの庇護のもと、ナサニエルはニューヨークの新興ブルジョワ社会で名声を獲得していった。彼がコーンウォールのマウントラチェット家の令嬢で、ニューヨークに滞在中だったローズと知り合ったのは、一九〇七年にアーヴィング邸で開かれたパーティでのこと、ふたりは翌年、コーンウォール地方のトレゲンナにほど近い、マウントラチェット家所有のブラックハースト荘で挙式した。ナサニエルの評判は英国移住後もますます高まりつづけ、絶頂期にはイギリス国王エドワード七世の存命中最後となる肖像画も手がけている(一九一〇年初頭)。

ナサニエルとローズには、一九〇九年に誕生した娘アイヴォリーがいる。ナサニエルは妻と娘をモデルにした作品を数多く描いており、なかでも『母と子』と題する作品は、もっとも人気を博した一枚である。一九一三年、この若いカップルはエイスギルで起きた列車衝突火災事故で悲劇的な死を迎えた。また遺児アイヴォリーも、両親の死からわずか数日後に猩紅熱で死亡した。

釈然としなかった。伝記に登場する「娘」がこの自分だということは、本人であるネル自身が知っている。ローズとナサニエルは実の両親なのだ。ローズのことははっきりと思い出したわけで、それも一瞬のうちに記憶が甦った。日付もそれぞれほぼ合致する。誕生年もそうだが、オーストラリアに渡った時期にしても、ローズとナサニエルの死亡時期とほぼぴったり重なるのだから、もはやただの偶然では片づけられない。しかもローズとイライザは従姉妹同士なのだ。

ネルは索引のページを開き、リストを順に指で追った。『母と子』のところで指が止まり、該当ページに引き返す。胸の鼓動が高まった。

下唇が震えた。自分がアイヴォリーと呼ばれた記憶は甦りそうになかったが、もはや疑問の余地はなかった。幼いころの自分がどんな容貌だったかは知っていた。その姿が紛れもなくそこにあった。母の膝に抱かれ、父が描いた自分の姿が。

だとしたらなぜ、この自分が死んだことになっているのか？　『フー・ワズ・フー』に間違った情報を流したのは誰なのか？　これは巧妙に仕組まれた罠だろうか？　それとも家族もまた、死んだものと信じて疑わなかったのか？　実はちゃんと生きていて、謎めいたお伽噺作家の手でオーストラリア行きの船に乗せられたという事実を、まるで知らずにいたのか？

絶対に名前を名乗っては駄目、これはふたりだけのゲームなのよ――「お話のおばさま」はそう言った。ネルにはいまでもその声が、あの銀鈴のような美しい響きが、大海の水面を吹き抜ける風のような声が聞こえるようだった。ふたりだけの秘密よ。誰にもしゃべってはだめよ。ネルはふたたび四歳の少女に戻って、あの時に感じた不安、心許ない気分、高揚感を呼び覚ました。川の汚泥の、青く広い海とはまるで違うにおいが鼻を刺し、テムズの腹を空かした鷗の鳴き声や、水夫たちの呼び合う声が聞こえた。並ぶ大樽、身をひそめていた暗がり、きらきら光る埃の粒子……。

お話のおばさまがわたしを家から連れ出した。親に捨てられたわけではなかったのだ。あれは誘拐だったのに、残された祖父母はそのことを知らずにいた。だから捜そうともしなかった。わたしは死んだと思いこんでいたのだ。

それにしてもなぜ、おばさまはわたしを連れ去ったのか？　しかもその後なぜ、忽然と姿をくらまし、わたしをひとり船に残し、この広い世界に置き去りにしたのか？

わたしの過去はまるでロシアのマトリョーシカのように、次から次へと謎が姿を現わす。この新たな謎を解くには生き証人が必要だ。会って直接話を聞ける人、当時のわたしを知る人、あるいはわたしを知る人の知り合いでもいい。お話のおばさま、マウントラチェット家の人々、ナサニエル・ウォーカー、これらの人々に光をあててくれる人物が。

目指す人物は、この埃っぽい図書館の円蓋の下では見つかりそうになかった。となれば、謎の核心ともいうべきコーンウォールに、トレゲンナという村に行くしかない。かつて自分の家族が暮らし、幼い自分がよちよち歩きまわっていたはずの、ブラックハーストという名の薄闇に包まれた大邸宅に。

19　ロンドン　二〇〇五年

ルビーは約束の時間になっても姿を見せなかったが、カサンドラは気を揉むでもなかった。ウェイターが大きなガラス窓に面した席に案内してくれたので、家路を急ぐ勤め人たちを眺めて時間をつぶした。どの人も、この自分とは別の天体で生を営む異星人のように見えた。波をなしてどっと寄せてはすーっと引いていく。店のすぐ前がバスの停留所、通りの向こうは、アールヌーボーの装飾タイルがいまも美しい地下鉄のサウスケンジントン駅だった。時折、寒風にめげて往来の流れからこぼれ落ちた一団が、このレストランに吸い寄せられ、そのまま店内の席に向かったり、照明がまばゆい惣菜コーナーで持ち帰り用グルメ料理を白い紙の容器に詰めてもらったりしている。

カサンドラは、ノートの擦れて脆くなった縁を親指で一撫でするると、今度はすんなり胸に落ちるだろうかと思いながら、ノートのある箇所を頭のなかで反芻した。ネルの父親はナサニエル・ウォーカー。王侯貴族御用達の画家。あのナサニエル・ウォーカーがネルの父親で、つまり、カサンドラの曾祖父にあたる。

だめだ。やはり他人の手袋をはめたみたいでしっくりこない。この日の午後、この事実にはじめて遭遇した時もそうだった。テムズ川沿いのベンチで、ネルの読みづらい文字を読み解きながら、ネルがバタシー地区にあるイライザ・メイクピースの生家に立ち寄り、ナサニエル・ウォーカーの手がけた肖像作品が展示してあるテイト・ギャラリーを訪れた際の記録に目を通していた時のことだ。急に強まった風が川面にさざ波を起こしながら岸辺にも吹きつけてきたので、そろそろ腰を上げようとした拍子に、ふと反対側のページの乱れた筆跡に目が引き寄せられた。そこにはアンダーラインで強調されてこうあった。「ローズ・マウントラチェットが実の母。絵を見て確信。顔に見覚えあり」。そこから延びる矢印の先には『フー・ワズ・フー』と記され、すぐ下には慌てて書きつけたと思われる箇条書きのメモが続いていた。
●一九〇八年、ローズ・マウントラチェット、ナサニエル・ウォーカー（画家）と結婚。

●娘がひとり！　アイヴォリー・ウォーカー（生年は一九〇九年以降？　猩紅熱？）

●一九一三年、ローズとナサニエル、エイスギルの列車衝突事故で死亡。（わたしが消息を絶ったのと同年？　関連ありや？）

ノートの余白に綴じて折りこまれた紙片は、『蒸気機関時代の鉄道大惨事』という本の一ページのコピーだった。カサンドラは改めてこの紙を広げた。用紙はぺらぺらで文字も薄れていたが、幸い黴はほかの部分を侵略するのに忙しかったらしく、これには染みひとつなかった。冒頭にある章タイトルは「エイスギルの惨劇」。店内のさんざめきが耳に心地いい。カサンドラは短いながら熱のこもった文章をざっと読み返した。

一九一三年九月二日未明、ミッドランド鉄道セントパンクラス行きのふたつの列車が相前後してカーライル駅を出発した。まさかこれが未曾有の大惨事の幕開けになるとは、列車内の誰ひとり予想だにしなかったであろう。事故現場は起伏が多い北部丘陵地帯にある急勾配の路線区で、しかも、いずれの機関車も救いがたいほどの馬力不足だった。このふたつの悪条件が重なり、当夜の大衝突事故は引き起こされた。いずれの蒸気機関装置の規模も急勾配を登坂できるだけの基準を満たしておらず、しかも使用する石炭が粉炭の多い未選別の粗悪品とあっては、効率のよい燃焼はとうてい期待できるはずもなかった。

カーライルを午前一時三十五分に出発した最初の列車は、事故当時、エイスギル峠を目指してあえぎあえぎ登っている最中だった。やがて蒸気圧が落ちはじめ、ついに列車は停止した。駅を出てさほど経たないうちにいきなり停車すれば、車内騒然となりそうなものだが、そうはならなかった。乗客はすっかり安心しきっていた。停車はほんの二、三分のこと、すぐに運転を再開すると車掌から説明を受けていたからだ。

ところが、車掌の告げた停車時間内に、当夜の致命的ミスが立て続けに起こった。通常の鉄道運行規則によれば、運転士と窯焚《かまた》きが火床を掃除し蒸気圧を回復させるのに要する時間がわかった時点で、車掌は爆鳴信号器を仕掛けるか、あるいは線路後方にカンテラをかざすかして、後続列車に合図を送ることになっていた。ところが、ああ、なんとしたことか、車掌はそれを怠った。それゆえ罪もない乗客たちがあたら命を散らすことになってしまったのである。

だいぶ後方を走っていた後続列車もまた、苦戦を強いられていた。こちらの牽引車輛の積載量は先発列車に比べて少ないとはいえ、低性能の蒸気機関と劣悪なる石炭はやはり、運転士を苦境に立たせるに十分な障害だった。まずはマラースタングの手前数マイルの地点で、運転士は運転室を離れ、列車を走行させたまま蒸気機関装置を点検するという愚を犯した(今日から見ると危険きわまりないこの行為も、当時はごく日常的に行なわれていたのである)。不運なことに、運転士が運転室を離れているあいだに、窯焚きもまた問題に直面した。噴射式吸水器が作動しなくなり、ボイラーレベルが落ちはじめたのだ。運転室に戻った運転士は、窯焚きとともにこれの復旧作業に気を取られ、マラースタング信号所で振られているランタンの赤い光をうっかり見落としてしまった。
作業を終えて線路に目を戻した時には、すでに先発列車との距離はわずか数ヤードに迫っていた。もはや後続列車は追突をかわせる状況になかった。言うまでもなく被害は甚大、おびただしい数の死傷者が出たのは言うまでもない。すさまじい衝突だけでことは終わらなかった。突っこんできた列車に弾き飛ばされた先発列車の、最後尾車輛（貨物）の屋根がひとつ前の一等寝台車を直撃、これをまっぷたつに分断した。さらには照明装置のガスが引火、炎は混乱状態にある客車を次々に襲い、逃げ場を失った不運な人々の命を奪い去ったのである。

カサンドラは身震いした。一九一三年の闇夜に繰り広げられた諸々の光景が頭のなかを駆けめぐった。急勾配の峠を走る列車、車窓に広がる夜の衣をまとった大地、立ち往生に騒然とならなかったのか。衝突の瞬間、ローズとナサニエルは何をしていたのだろう。寝台車で寝入っていたのか、それともおしゃべりに夢中だったのだろうか。家で待つ一人娘のアイヴォリーのことを話していたのかもしれない。ほんの少し前に存在を知ったばかりの先祖が直面した大惨事に、これほど心揺さぶられるとは、奇妙な気分だった。ネルにすれば、ようやく探し当てた実の両親を、すぐにまたこんな怖ろしい形で失うことになったのだから、相当なショックだったに違いない。

《カールッチョ》のドアが開き、排気ガスの臭気がかすかに混じる冷気が店内をさっと吹き抜けた。目を上げると、ルビーが足早にこちらに向かってくる。背後には、頭がすっかり禿げ上がった痩せぎすの男がいた。

「もう、午後はさんざんだったわ！」ルビーはカサンドラの向かいの席に雪崩《なだ》れこんだ。「閉館間際に学生の団体が来ちゃったのよ。もはや脱出不能かって思ったくらい」それからこざっぱりとした身なりの痩せた男を手で示す。「この人はグレイ。見かけと違って面白い人よ」

「おいおいルビー、ずいぶんな紹介だな」男はつるっとした手を差し出した。「グレアム・ウェスターマンです。ルビーからひととおりお話はうかがってます」

カサンドラはふっと笑みをもらした。ルビーとは出会ってから現時点まで、目覚めた状態で共にした時間はせいぜい二時間程度、なのにひと、と、お、りとは妙な言いぐさだ。もっとも、ルビーならそんな奇跡も起こせそうだが。

グレイも席に着いた。「家を遺贈されるなんてラッキーだよね」

「おまけにわくわくするような一族の謎までついてるんだから」ルビーはウェイターを手招きして、まずはパンとオリーブオイルを人数分注文した。

謎という言葉に、カサンドラの唇がむずむずしだした。知ったばかりの最新情報、つまりネルの両親が判明したことを報告すべきだろうか。だが、打ち明け話は喉に引っかかったままだった。

「ルビーから聞きましたよ、企画展を楽しんだそうですね」グレイは目を輝かせながら言った。

「決まってるでしょ、彼女はれっきとした人間よ」ルビーは言った。「しかもアーティストなんだから」

「あら、専門は美術史よ」カサンドラは赤くなった。

「父さんが言ってたわよ、絵がめちゃくちゃうまいんだぞって。児童書の挿し絵を手がけたこともあるんでしょ?」

カサンドラはかぶりを振った。「嘘よ。昔は絵も描いたけど、ほんの趣味程度だもの」

「聞いた話じゃ、趣味なんてもんじゃなさそうだったけどな。父さんが言うには――」

「若いころはスケッチブック片手にふらふらしていたから。でもそれっきり。もう何年も描いてないわ」

「趣味っていうのは、なぜか急に熱が冷めるんだよね」グレイが取りなすように口を挟んだ。

「そのいい証拠が、哀れ短命に終わったルビーの社交ダンス熱」

「やだ、グレイったら、あれはあなたのステップがひどすぎたから……」

ルビーがあげつらうサルサの魅力について丁々発止とやり合うふたりを尻目に、いつしかカサンドラは、その日の午後の出来事から何年も遡ったある日の情景へと心をさまよわせていった。あの日、カサンドラがテーブルに向かい、代数の宿題に四苦八苦しているところへ、ネルがスケッチブックと2Bの鉛筆一箱を放ってよこしたのだった。

祖母と暮らしはじめてすでに一年以上が経っていた。中学に進んでもなかなか友達ができず、方程式を解くのにも往生していたころである。

「絵なんて、どうやって描けばいいのかわからない」カサンドラは驚きと戸惑いをない交ぜにして言った。思いがけないプレゼントにはいつも警戒心が働いた。

「そのうちわかるようになるさ」ネルは言った。「ちゃんと目と手があるんだし、見たままを描けばいいんだよ」

カサンドラは忍耐のため息をついた。ネルの考えることはいつも突飛だった。よその子供の母親たちとはまるで違うし、レズリーともまた違っていた。でも、それはよかれと思ってしていること、カサンドラとしてはネルの気持ちを傷つけたくなかった。「そんな単純なものとは思わないけどな」

「馬鹿言うんじゃないよ。大事なのは、現実にそこにあるものをしっかりと見ることなんだよ。あると思いこむんじゃなくってね」

カサンドラは半信半疑で眉を上げた。

「すべてのものは線と面でできているんだ。いわば暗号みたいなものだから、それを読み解く訓練をしさえすればいいのさ」ここでネルは部屋の奥を指さした。「あそこにランプがあるだろ。どう見えるか言ってごらん」

「ええと……ランプがひとつ？」

「ほら、それが駄目なんだよ」ネルは言った。「見えているのがランプだってだけじゃ、とうてい絵なんか描けないよ。四角の上に三角があって、そこに細い管がくっついている――ってな具合にものが見えれば、半分は成功だよ、わかるだろ？」

カサンドラは肩をすくめた。ピンとこなかった。

「ほら、あたしを喜ばせると思って、描いてごらんよ」

カサンドラはまたもやため息をもらしたが、今度はかなり遠慮して小さく息を吐いた。

「とにかくやってごらん、自分でもびっくりするから」

たしかに驚きだった。無論、この日、いきなり並々ならぬ才能を開花させたわけではない。ただ、絵を描くのがこんなに楽しいと知って驚いたのだ。膝にスケッチブックを置き、ペンを握っているとあっという間に時間が過ぎ去り……。

ウェイターがやって来て、パンを盛ったブリキの容器をふたつ、いかにも大陸仕込みといった手つきでテーブルに置いた。それから、ルビーがプロセッコ（スパークリングワイン）を頼む声にうなずく。ウェイターが立ち去ると、ルビーはくさび形に切り分けられたフォカッチャの一切れに手を伸ばした。そしてカサンドラに片目をつぶり、テーブルを指さした。「このバルサミコ入りオリーブオイルを試してみて。病みつきになるわよ」

カサンドラはフォカッチャを酢入りのオイルに浸した。

「そうだ、ねえカサンドラ」グレイが口を開いた。「行き遅れのおじさんとおばさんの愚にもつかない口論をやめさせるためにも、今日の午後の成果を聞かせてくださいよ」

カサンドラはテーブルにこぼれたパンくずをつまみ上げた。

「そうよそうよ、何か面白い発見でもあった？」とルビー。

カサンドラは思わず知らず、話しはじめていた。「ネルの生みの親がわかったの」

ルビーは歓声をあげた。「嘘でしょ？　どうやって？　誰だったの？」

カサンドラは唇を嚙んで、こぼれそうになる笑みを押しとどめた。「名前はローズとナサニエル・ウォーカー」

「あらやだ」ルビーが笑い声をあげた。「わたしがぞっこんの画家と同姓同名だなんて、ね、グレイ！　こういうことってあるんだわね、そういえば今日も話題になったのよね、彼が住んでいたお屋敷が……」と、ここでルビーの顔がはっとこわばり、頰から血の気がすっと引いた。「まさか、そのナサニエル・ウォーカーだったりして」ルビーはごくりと唾を吞みこんだ。「つまり、あなたのひいおじいさんがナサニエル・ウォーカーってこと？」

カサンドラはうなずいた。またしても頰がゆるむ。なんだか自分が滑稽だった。

ルビーはぽかんと口を開けていた。「あなた、全然知らなかったの？　今日、展示室に来た時も？」

カサンドラはかぶりを振った。頰は相変わらずゆるみっぱなしだ。せめて惚けたようなにやにや笑いをやめられたらとの思いで、口を開く。「今日の午後、ネルのノートを読んではじめて知ったの」

「だったら、わたしたちがここに来た時すぐに言ってくれなくちゃ」

「こっちがサルサの話で盛り上がってちゃ、そりゃ出る幕ないさ」グレイがとりなす。「それにだね、ルビー君、私的なことは秘密にしておきたい人だっているんだぜ」

「お言葉ですがねグレイさん、秘密を貫きたい人なんていませんからね。秘密というのは、ばらしちゃいけないと知りつつばらすから面白いんじゃないの」ここでカサンドラに向かってかぶりを振って見せる。「あなたがナサニエル・ウォーカーの血筋だったなんて、世の中にはとんでもなくラッキーな人っているんだわね」

「ちょっとピンとこないの。あまりにも思いがけなくて」

「そりゃそうよ。かのウィンストン・チャーチル御大《おんたい》とひょっとしたら血がつながっているんじゃないかって、猫も杓子も史実をせっせと掘り起こしているご時世ですからね、これで何かの拍子に有名画家が実はご先祖様だったなんてわかろうものなら大変な騒ぎだわよ」

カサンドラの頬がまたもやゆるむ。ついゆるんでしまうのだ。

ウェイターがやって来て、プロセッコを注いで回った。

「それでは、謎が解けたことに乾杯！」ルビーがグラスを高々と持ち上げる。

三人はグラスをかちりと合わせ、口をつけた。

「素朴な疑問なんだけど、ちょっといいかな」グレイが口を開いた。「美術史はあまり詳しくないんだけど、もしナサニエル・ウォーカーがそれなりの人物で、その娘が行方不明になったのなら、大がかりな捜査がされていいはずだよね？」ここでカサンドラに両の手のひらを突き出す。「きみのおばあさんの調査結果を疑うわけじゃないけど、有名画家の娘がいなくなったのに、誰もそれに気づかないなんてこと、あるのかな？」

これにはルビーも答えに窮したのか、カサンドラを見つめるばかりだった。

「あくまでもネルの記録によればだけど、アイヴォリー・ウォーカーは四歳の時に死んだことになっているの。そしてネルがオーストラリアに姿を現わしたのが同じく四歳なの」

ルビーは両手をこすり合わせた。「つまり誘拐されたあと、誰かが死んだことにしてしまったということ？　なんだかすごいことになってきたわね。だったら誰がそんなことをしたの？　狙いは？　ネルは何か突き止めたの？」

カサンドラはすまなそうな笑みを浮かべた。「どうやらその謎は解けなかったみたい。たぶんね」

「どういうこと？　なんでそう言い切れるの？」

「ノートの最終ページを読んだから。ネルは真相を突き止められなかったの」

「だとしても何かしら探り当てて、仮説くらいは立てたんじゃないの？」ルビーの藁にもすがる気持ちが手に取るようにわかった。「ねえ、仮説があるって言ってよ！　このまま尻切れトンボで終わっちゃうの？」

「気になる名前がひとつあるの」カサンドラは続けた。「イライザ・メイクピース。ネルはトランクにしまってあったお伽噺集を見つけ、それがきっかけになって記憶の断片が呼び覚まされたらしいの。でも、イライザがネルを船に乗せたとしても、イライザ自身はオーストラリアに来ていないのよね」

「何かあったのかしら？」

カサンドラは肩をすくめた。「公式の記録はいっさい残っていないの。まるでネルが船でオーストラリアに向かっているあいだに忽然と姿を消してしまったみたいにね。イライザがどんな計画を立てていたにせよ、何か不測の事態が起こったんでしょうね」

ウェイターがグラスにワインを注ぎ足し、メインディッシュは決まったかと尋ねた。

「そろそろ決めないとね」とルビー。「あと五分待ってくれる?」ここで決然と手元のメニューを開いたものの、すぐにため息がもれた。「ああ、もうなんだかわくわくしちゃう。考えてみたら明日はコーンウォールに行って、秘密の詰まったコテージをその目で見るわけよね!よく平然としていられるわね」

「コテージに泊まる予定なの?」グレイが訊いた。

カサンドラは首を横に振った。「鍵を預けてある弁護士の話だと、とても住める状態じゃないんですって。だから泊まるのはすぐ近くの《ブラックハースト・ホテル》のほう。マウントラチェット家の人たちが、つまりネルの家族が暮らしていた屋敷がホテルになっているの」

「あなたの家族でもあるのよ」ルビーが言う。

「そうよね」言われてみれば、たしかにそうだ。またも唇のあたりに力をこめ、こぼれそうになる笑みをこらえた。

ルビーは芝居っ気たっぷりにぶるっと体を震わせた。「もう羨ましいったらありゃしない。うちの家族にもこういう謎がころがってないかしら。開けてびっくり玉手箱、みたいな」

「たしかにびっくりよ。すっかり取り憑かれてしまったみたい。波止場にひとりぽつんとすわっている幼いネルの姿がしきりに目の前に浮かんできちゃって、頭から離れないんだもの。実際何があったのか、どういう事情で地球の反対側にひとりでたどり着いたのか、どうしても知りたいわ」カサンドラは、夢中でしゃべりまくる自分に気づき、急に照れくさくなった。「なんだか馬鹿みたいよね」

「そんなことないわよ。その気持ち痛いほどわかるもの」

ルビーの声が同情の色を帯びたのに気づき、カサンドラの肌に悪寒が走った。次に何が飛び出すのかは察しがついた。胃のあたりが縮み上がり、話題を変える糸口を求めて頭がせわしなく回転する。

が、一歩出遅れた。

「子供を亡くすくらい辛いことってないものね」ルビーの気遣うような声に、悲しみを封じこめていた殻が破れ、レオの顔が、レオのにおいが、いかにも二歳児らしいレオの笑い声が、あふれ出した。

どうにかうなずき、弱々しい笑みを浮かべ、思い出の数々を押し戻したところへ、ルビーがカサンドラの手を取った。

「坊やのことがあったんだもの、おばあさんの埋もれた過去を突き止めようと必死になるのも当然だわ」ルビーの握った手に力がこもる。「よくわかるわ。子供を亡くしたんだもの、もうひとりのほうを見つけ出したいのよね」

20　ロンドン　一九〇〇年

曲がり角からバタシー・チャーチロードに現われた女のふたり連れを見るや、イライザはすべてを悟った。この立派な身なりの老若コンビのことは前から知っていた。街頭で、あたかも神ご自身が天の高みから下りてきてお命じになられたと言わんばかり、むちゃくちゃな信念を振りかざしては「善なる務め《グッド・ワークス》」に励むのを見かけたことがあったのだ。

サミーがいなくなってからこっち、ミスター・スウィンデルはことあるごとに慈善家《ドウ・グッダー》の影をちらつかせては、サミーの分まで稼げないなら工場送りだとイライザに脅しをかけていた。どうにかやりくりして家賃を払い、わずかな残りを革袋貯金に回していたが、どうやらネズミ捕りの神様はイライザを見放したらしく、稼ぎは週を追うごとに減っていた。

階下の玄関ドアを叩く音がした。イライザの体が凍りついた。室内に目を走らせる。漆喰壁のひび割れやふさがれた煙突が恨めしかった。窓がないのは人目を気にせず覗き見するには便利でも、緊急避難には不都合きわまりない。

またしてもノックの音。一刻を争うような、気短で執拗な叩き方。やがて喉を震わすようなソプラノが煉瓦壁の向こう側から届いた。「教会からまいりました」

ドアが開き、ベルがちりんちりんと鳴る。

「あたくし、ミス・ローダ・スタージョンと申します。で、こちらは姪のミス・マーガレット・スタージョン」

ミセス・スウィンデルの声が続く。「これはこれは、わざわざどうも」

「おやまあ、ずいぶんと古いものがどっさりおありなんですのね。これこそいわゆる、猫も振りまわせないほどの狭苦しさってやつですわね」

続くミセス・スウィンデルの声は苦々しげだ。「じゃあこっちへ、上にいるんでね。足元に気をつけておくんなさいよ。壊したら弁償してもらうからね」

足音がぐんぐん近づいてくる。四段目の踏み板がきしみをあげ、また一段、さらにまた一段。イライザの心臓は早鐘のように打った。気分はまさにミスター・ローディンの家で捕まえたネズミである。胸内にともる炎が、風を受けて揺らめきながら消えかけている、そんな情景が頭に浮かんだ。

とうとう無情にもドアが開き、ふたりの慈善家《ドウ・グッダー》が戸口いっぱいに立ちはだかった。

年増のほうが、目玉が埋もれそうなほど顔のしわをくしゃっとさせて笑顔をこしらえ、口を開いた。「あたくしたち、こちらの教会区で奉仕活動に従事しておりますのよ。で、あたくしはミス・スタージョン、こちらは姪のミス・スタージョン」ここで身を乗り出すようにしてお辞儀をされ、イライザは思わず後ずさった。「で、あなたがイライザ・メイクピースさんね？」

イライザは、ずっとかぶりつづけているサミーの帽子をちょっと引き下ろしただけで、うんともすんとも答えなかった。

老嬢の視線が暗く薄汚れた室内に注がれた。「おお、なんということでしょう」ちっちっと舌を鳴らす。「困窮のほどはうかがっておりましたが、まさかこれほどとは」それからイライザの前をさっとかすめ過ぎる。「これで健康を害さないのが不思議なくらいですわよねえ？窓と呼べるものがひとつもないなんて」

あからさまに部屋の悪口を言われてむっとしたミセス・スウィンデルが、イライザを睨みつける。

年増のミス・スタージョンが、戸口から一歩も動かない若いほうを振り返った。「マーガレットや、ハンカチで口をおおいなさい、体に障りますからね」

若いほうはうなずくと、袖口からレースの四角い布切れを取り出した。これを三角形に折りたたんで口と鼻に押しつけながら、意を決したように戸口をまたいだ。

己の正義感に微塵《みじん》の迷いもない老ミス・スタージョンは、早速本題にはいった。「イライザさん、あなたにふさわしい場所を見つけましたのよ。あたくしもうれしく思います。あなたの置かれた状況を耳にして、これは何とかしてさしあげなければと、あたくしたちすぐに行動を起こしましたの。まだ奉公に出るには年が若すぎるし――それに見たところ、そういうタイプでもなさそうだし――それでもどうにか話をまとめましてね。これも神のお導き、地元の工場に働き口が見つかったんですの」

イライザの息が詰まった。言葉がなかなか出てこない。

「すぐにも荷物をおまとめなさい」ミス・スタージョンはぶしつけな視線をまつげ越しに投げ

かけた。「といっても、たいしたものはなさそうだし、このまま行きましょうか」

イライザは動かなかった。

「さあ、もたもたしないで」

「いやです！」イライザは言い放った。

ミセス・スウィンデルがイライザの後頭部をぴしゃりと打ち、老ミス・スタージョンは目をむいた。

「働き口が見つかるなんてあなたは幸運なんですよ、イライザさん。あなたたち若い娘を食いものにするような、工場以上にひどいところがいくらもあるご時世なんですからね」老嬢が賢《さか》しらに鼻を鳴らす。その鼻がつんを上を向いた。「さ、行きますよ」

「行きません」

「この子、頭が悪いんじゃないのかしら」若いミス・スタージョンがハンカチを口に当てたまま言った。

「頭が悪いわけじゃない」ミセス・スウィンデルが口を出す。「ただのひねくれ者なのさ」

「主はすべての仔羊たちをお守りくださいます、たとえひねくれ者であったとしても」老ミス・スタージョンが言う。「マーガレットや、この子にもう少しましな服がないか探してみてちょうだい。汚い空気を吸いこまないよう注意してね」

イライザはかぶりを振りつづけた。工場に行く気もないし、サミーの服を脱ぐのもお断りだった。いまでは体の一部になっていたのだ。

こんな時こそ父さんの出番なのにと思わずにいられなかった。物語のヒーローのように颯爽《さっそう》とやって来て、イライザを抱き上げ、ふたりして冒険の海に乗り出し……。

「これなんかどうかね」ミセス・スウィンデルがイライザの粗末なエプロンを振りかざした。

「場所が場所だし、これで充分だろうて」

突如、母さんの言葉を思い出した。母さんがよく言っていたではないか、苦境は自分の力で乗り越えなさい、強い意志の力さえあれば、どんな弱い人でも大きな力を発揮できるのだと。いま自分がなすべきことはこれしかない。イライザは迷わず戸口に突進した。

老ミス・スタージョンは重量級の肉体に似合わぬ、目にも鮮やかな素早い動きで、イライザの逃走路をふさいだ。ミセス・スウィンデルもあとに続いて守備を固める。

イライザは老嬢の肥満した体に頭からもろに突っこんだ。無我夢中で嚙みつく。老ミス・スタージョンが悲鳴をあげながら太股を押さえる。「ぎゃっ、この野良猫！」

「伯母様！　狂犬病を移されちゃうわ！」

「ほらごらん、こいつは危険なんだよ」とミセス・スウィンデル。「もう服なんかどうだっていい。さっさと下に連れていきましょうや」

ふたりがかりで腕を押さえつけ、若いミス・スタージョンがおろおろしながら、やれ階段だやれ戸口だと無益な注意を促すあいだも、イライザは手足をばたつかせて暴れた。

「静かになさい！」と老ミス・スタージョン。

「助けて！」イライザはわめき、腕をふりほどこうともがいた。「誰か、助けて」

「一発食らわせてやろうか」階段を下りきったところで、ミセス・スウィンデルが金切り声をあげた。

とその時、思いがけない助っ人が現われた。

「きゃっ、ネズミ！　ネズミがいる！」

「うちにネズミなんざいるもんかね！」

若いミス・スタージョンが悲鳴をあげ椅子に飛び乗った。緑色の空き瓶の山ががらがらと崩れる。

「鈍くさい娘だよ、まったく！　壊した分は弁償してもらうからね」

「ちょっとあなた、この子のせいじゃありませんことよ。そっちがネズミなんかを住まわせているから——」

「よく言うよ！　うちにゃネズミ一匹——」

「伯母様、あたし見たわ。ぞっとしちゃう。犬くらいの大きさで、小さな黒目が光っていて、長くて鋭い爪が……」声が次第に細くなり、椅子の背にぐったりともたれかかる。「ああ、もう駄目。こんな怖ろしい目に遭うなんて」

「ほらほら、マーガレットや、しっかりなさい。イエス様がお受けになった四十昼夜の試練を思い出すのですよ」

老ミス・スタージョンはイライザの腕をがっしりとつかんだまま、めそめそやりだした気絶寸前の姪の体をも支えるという、天晴《あっぱ》れな気丈ぶりを発揮した。「だって小さな目がぎらついているし、鼻だってやたらとひくひく動くし――」ここでマーガレットがはっと息を吞む。

「きゃああああ！　あそこ！」

マーガレットの指さす方向に一同の視線が走る。石炭バケツの陰に、身を震わせながらうずくまるネズミがいた。イライザはなんとしても逃がしてやりたかった。

「ほらほら、こっちにおいで」ミセス・スウィンデルが手近にあったボロ切れを振りまわしながら、ネズミを追いまわしはじめた。

マーガレットがきゃあきゃあ悲鳴をあげれば、老ミス・スタージョンがしいっと黙らせ、ミセス・スウィンデルが罵声を張りあげては、ガラスの砕け散る音が鳴り響くといった有様である。そうこうするうちに、別の声がそこに加わった。朗々と響く低音だ。

「いい加減にしないか」

すべての音が一瞬にしてやむ。イライザ、ミセス・スウィンデル、そしてふたりのミス・スタージョンが、声のするほうにはっと顔を振り向ける。黒ずくめの男が開いた戸口に立っていた。その背後にはぴかぴかに磨きたてられた馬車。集まってきた子供たちが馬車を取り囲み、車輪にさわっては、車体前方で明るい炎をあげるカンテラに驚嘆の声をあげていた。男は目の前で進行中の大捕物には取り合わず、さっと視線を走らせた。

「あんたがミス・イライザ・メイクピースだね？」

イライザは激しくうなずいた。返す言葉が見つからなかった。脱出のチャンスを封じられてひどく落ちこんでいたから、自分の名前を知るこの人物が何者なのか、考える余裕もなかった。

「ジョージアナ・マウントラチェットの娘さんだね？」男は一枚の写真をイライザに差し出した。母さんの写真だった。若いころのもので、上流階級の淑女のような立派な身なりをしている。イライザは目を丸くした。うなずきはしたものの、頭が混乱した。

「フィニース・ニュートンといいます。ブラックハースト荘のライナス・マウントラチェット卿に頼まれてお迎えに上がりました。一族の領地にお連れするようにと」

イライザの口があんぐりと開くも、両ミス・スタージョンのそれにはかなわない。ミセス・スウィンデルは卒中の発作でも起こしたかのように、椅子にどすんと尻餅をついた。泥場に打ち上げられた魚のように口をぱくぱくさせ、放心状態だ。「マウントラチェット卿……？　ブラックハースト荘……？　一族の領地……？」

老ミス・スタージョンが背筋をしゃんと伸ばした。「ミスター・ニュートン、何か証拠の書類を見せていただかないうちは、この娘をお渡しするわけにはまいりませんことよ。あたくしども教会区の使いの者には責任というものがござ――」

「それならここに」男は一枚の紙を差し出した。「手前どもの依頼人が当局に申請して受理された後見人証書です」それからイライザのほうに目を移す。イライザの尋常ならざる身なりにたじろぐでもない。「では参りますか。嵐が近づいているようだし、先も長いので」

一瞬のうちにイライザは覚悟を決めた。ライナス・マウントラチェットもブラックハースト荘もはじめて耳にする名前だが、この際どうでもよかった。ミスター・ニュートンの話が本当かどうかもわからなかったが、いっこうにかまわなかった。母さんは自分の家族については固く口を閉ざし、イライザがいくら問いつめても顔を曇らせるばかりだったのだが、そこも無視した。工場に送られるよりはましだった。ひとまず男の話に乗っておけば、ふたりのミス・スタージョンの魔の手を逃れられ、スウィンデル夫妻とも冷えきって寂しい屋根裏部屋ともきっぱり縁を切ることができる。なにも死に物狂いで戸口を突破しなくても、確実に危機を乗り越えられるのだから。

イライザはミスター・ニュートンの背後に素早く身を寄せると、その顔をそっと見上げた。そばに立ってみると、逆光を受けて戸口に立ちはだかっていた時の印象とは違い、さほど大きくはなかった。樽のような体型で、背は高からず低からず。赤ら顔で、黒い山高帽から覗く毛髪は、寄る年波のせいか茶色から銀色に褪色しかけている。

老若コンビのミス・スタージョンが後見人証書をためつすがめつする横で、ミセス・スウィンデルはようやく平常心を取り戻したのか、さっと前に進み出るとミスター・ニュートンの胸を細い指でねちねちと小突きながら、言葉にメリハリをつけてわめきちらした。「そんなものインチキに決まってるさ、え、そうだろ、このインチキ野郎め」首をしきりに振りたてる。

「何が目当てか知らないが、どうせろくなことじゃないのはお見通しだよ。汚い手口でかっさらおうったってそうはさせるもんか」

「その点はご心配なく、マダム」ミスター・ニュートンがこみ上げる不快の塊を呑みくだす。

「インチキなど、これっぽっちもありませんので」

「おや、そうかね」ミセス・スウィンデルの眉毛が吊り上がり、ひきつった口元に唾液まみれの笑みが浮かぶ。「へえ、インチキじゃない？」それから勝ちほこったように、ふたりのミス・スタージョンに向き直る。「よくもまあ嘘ばっか並べやがって、こいつはとんでもない大《おお》法螺《ぼらふ》吹きだよ。この娘に身内なんているもんか、正真正銘の孤児《みなしご》だよ。身寄りなんかないんだ。いまじゃこのあたしが世話してるんだからね、あたしの好きにできるんだよ」鉄壁の主張をやりとげたつもりか、どうだ参ったかと言わんばかりに唇をねじ曲げる。「これのおっかさんが死んじまって、どこに行くあてもないんじゃ、うちが引き取るしかないだろ」勝利に酔いしれてでもいるのか、ちょっと言葉が途切れる。「そうさ、この子のおっかさんからじかに聞いたんだから間違いない。家族と呼べるような者はひとりもいないってね。この子が生まれてから十二年間、家族がいるなんて話は毛ほども出てないんだ。こいつはイカサマ野郎に決まってるよ」

イライザがちらと見上げると、ミスター・ニュートンはふっとため息をもらし、眉を持ち上げた。「ミス・イライザの母親が身内の存在を明かさなかったとしても驚くにはあたらないが、だからといって事実は曲げられないんでね」ここで老ミス・スタージョンのほうにうなずいて見せる。「その書面にあるとおりですよ」それからきびすを返して外に出ると、馬車のドアを大きく開け放ち、「ミス・イライザ？」と、促すように馬車のほうに手をかざした。

「亭主を呼んでくるよ」とミセス・スウィンデル。

イライザはためらった。しきりに両の手を握っては開くを繰り返す。

「ミス・イライザ？」

「こうなったら亭主に片をつけてもらうからね」

家族がいるという話の真偽はともかく、もはや選択肢はふたつ——馬車か工場か。自分の運命を自分でどうすることもできない以上、ここにいる誰かの慈悲にすがるしかない。イライザは大きく息を吸いこむと、ミスター・ニュートンのほうへ一歩進み出た。「荷造りがまだなんです……」

「誰か、亭主を呼んどいで！」

ミスター・ニュートンは苦笑を浮かべた。「ブラックハースト荘に行けば、まずもってここのものは不要でしょうな」

すでに近所の住人がひとかたまりになって様子をうかがっていた。ミスター・バーカーの女房は端のほうでぽかんと大口を開けて、濡れた洗濯物のはいった籠をお腹の前で抱えている。スウィンデル家の幼女ハティは、子守のセーラの服に薄汚れた頬をすり寄せていた。

「さあお乗りなさい、ミス・イライザ」ミスター・ニュートンはドアの片側に立ち、開いたドアを手で示した。

イライザは、息を荒らげるミセス・スウィンデルとふたりのミス・スタージョンに最後の一瞥を送ると、側溝すれすれに下りた小さな踏み段に足をかけ、馬車のうす暗い空間に呑みこまれた。

＊

背後でドアが閉まったその時、車内の先客に気がついた。向かいの席にすわっていたのは、黒っぽい服を着た男。鼻眼鏡をかけ、こざっぱりとしたスーツを着ていた。たちまち胃が縮み上がる。母さんから用心するよう言われていた「悪人《バッド・マン》」だ。だとしたら逃げなくては。すがる思いで閉まったドアに目をやったその時、バッド・マンが背後の壁を叩き、馬車はがくんと揺れて動きだした。

第二部

21　コーンウォールへの道　一九〇〇年

バタシー・チャーチロードを疾駆する馬車の中、イライザはドアの構造をつぶさに観察した。金具のどれかを回すか、どこかを押すかすればドアは開くはず、いまなら転がり落ちても死なずにすむだろう。だが、そこから先の保証はない。命を落とさずにすんだとしても、今度は工場行きをまぬがれる手だてを考えなくてはならないのだ。いや、たとえそうであっても、母さんを脅かしていた男に連れ去られるよりはずっとましだ。

おののく心臓は、肋骨内に雀が閉じこめられてでもいるかのようだった。イライザはそろりそろりと手を伸ばし、レバーを――。

「わたしならそういうことはやらないな」

イライザは相手をきっと睨みつけた。

男は一部始終を見ていたのだ。鼻眼鏡のレンズのせいで目が肥大して見える。「落ちた途端、馬車の下敷きになって体はばらばらだ」薄笑いを浮かべる口元に金歯が覗いた。「そんなことになったら伯父上に申し訳が立たないからね。十三年間さんざん捜しまわった挙げ句、送り届けるのがバラバラ死体ではね」ここで勢いよく息を吸いこむ音が起きる。男の口の両端が持ち上がったところを見ると笑い声のつもりらしい。

唐突に発せられた異音はすぐにおさまり、その口元は苦虫を嚙みつぶしたような形に引き結ばれた。男の手が鼻の下にたくわえた濃い髭を撫でる。まるで唇の上にリスの尻尾がふたつ乗っかっているようだ。「わたしの名前はマンセル」男はそう言うと、椅子の背にもたれて瞼を閉じた。青白く湿り気を帯びた両手を黒っぽい杖のつややかな握りの上で重ね合わせる。「あなたの伯父上に雇われた者です。眠りが浅いたちでしてね」

馬車の車輪が金属音を響かせながら石畳の道を踊るように進んでいく。次々に現われる煉瓦造りの建物が灰色の塊となって後方へ流れ去る。イライザはバッド・マンの眠りを妨げないよう、必死に体を強ばらせていた。自分の息遣いを疾駆する馬車の音に合わせようと努力もした。頭に渦巻く思考を整理しようと気持ちを奮い立たせた。尻の下のひんやりした革の座面に意識を集中させる。だが、脚の震えを止めるだけで精一杯だった。まるで自分が何かの物語の登場人物で、語りのリズムも話の流れも熟知しているページからいきなり切り取られ、別の物語に無造作に貼りつけられてしまったかのような気分だった。

ロンドン近郊に散らばる町をいくつも通過し、家並みがようやく途切れたあたりで、イライザは険悪な空模様に気がついた。馬たちは暗灰色の雲を追い抜こうと奮闘中だったが、神の怒りが相手では馬に勝ち目があろうはずもない。無情の雨が馬車の屋根をぽつりぽつりと打ちはじめたかと思うと、たちまち外界が白一色に塗りこめられた。横なぐりの雨は窓を洗い、ドア上部の隙間をすり抜けて車内にも滴を降らした。

数時間が過ぎたころ、イライザは脱出の手だてを思案した。と、その時、馬車がぐらりと揺れ、氷のような水しぶきが顔面を直撃した。びしょ濡れになったまつげをしばたたき、シャツに広がる染みに目を落とす。思わず泣き叫びたい衝動に駆られた。すでにさんざんな一日を過ごしてきたはずなのに、たった一粒の物言わぬ水滴に涙を誘われようとは。だが、決して泣くまいと思った。ここで泣いてなるものか。バッド・マンと膝つき合わせて泣くなんて絶対にいやだ。イライザは喉にこみ上げる大きな塊を呑みこんだ。

目を開けた様子はないのに、ミスター・マンセルは胸ポケットからハンカチを抜き取り、イライザに差し出した。さっさと受け取れとばかり、一振りする。

イライザは受け取ったハンカチで顔をぬぐった。

「うんざりだね」かろうじて開いた唇から、細い声がもれる。「まったくうんざりだ」

はじめイライザは自分のことを言われたのかと思った。うんざりするようなことをした憶えはないので心外だったが、口には出さずにおく。「こんなに長い歳月を費やしたというのに、報酬はほんの雀の涙だよ」ここで男は目を開けた。冷ややかで値踏みするようなまなざしだ。イライザの肌に緊張が走る。「ここまでやるとは、どうかしている」

誰のことを言っているのかと怪訝《けげん》に思いつつ、マンセルがその意味をはっきりさせてくれるのを待った。だが、相手がそれ以上口を開くことはなく、返されたハンカチを青白い指先でつまんで、座席の横に放り投げただけだった。

いきなり馬車ががくんと前のめりに揺れた。イライザは座席の縁をつかんで体を支えた。馬の歩調が変わり、馬車の速度が落ちる。そして止まった。

到着したのか？　窓の外を覗いたが、人家らしきものは見当たらない。広漠とした水浸しの畑地が広がるばかりだ。見ればその傍らに、こぢんまりした石造りの建物がある。玄関ドアの上に掲げられた、ずぶ濡れの看板にはこうあった。《ギルフォード市、マクリアリー亭》

「別の用事があるんでね」そう言うと、ミスター・マンセルは馬車を降りた。「ここから先はニュートンに任せてある」続いてなされた指示の声は雨音にかき消されてよく聞こえなかったが、ドアが閉まると、ミスター・マンセルの大声が届いた。「この娘をブラックハーストまで頼んだぞ」

*

馬車の急旋回で宙に投げ出された体が、冷たく硬いドアに激突した。イライザは驚いて目を覚ましたものの、自分がいまどこにいるのか、なぜ疾駆する馬車の暗がりでひとり揺られているのか、どこに向かっているのか、一瞬、頭が混乱した。やがて記憶の断片がぼんやりと戻ってきた。謎の伯父に呼び寄せられたこと、ミセス・スウィンデルが呼びつけた慈善家《ドウ・グッダー》たちの魔の手を逃れたこと、ミスター・マンセル……。蒸気で曇った窓を手でぬぐい、外を覗く。馬車は乗ってからずっと昼夜を分かたず走り続けていた。停車したのは馬の交替の時くらいで、いままた夕闇が迫っていた。しばらく眠りこんでいたらしいが、どのくらいそうしていたのか、見当もつかなかった。

すでに雨は上がり、低い雲の向こうに星がちらほら顔を覗かせていた。馬車の照明は闇が濃い田園地帯ではまるで役に立たず、御者が路面の隆起に乗り上げるたびに車体が大きく傾《かし》いだ。湿り気を帯びた薄暮のなか、黒い枝をのたくらせた巨木の姿が地平線上に現われ、やがて馬車はそびえ立つ鉄の門の前に出た。馬車はそのまま茨の灌木が作るトンネルに滑りこむ。そこここにできた水たまりの泥を車輪が跳ね上げ、窓にしぶきが飛び散った。

茨のトンネルの内側は闇に塗りこめられていた。四方八方にびっしりと伸び広がる蔓のせいで、黄昏《たそがれ》の光が忍びこむ隙間もない。イライザは固唾《かたず》を呑んで見守った。この先で待ち構えているもの——ブラックハースト荘——その姿を目にする瞬間をじっと待つ。耳にも届きそうな心臓の高鳴り。肋骨内に閉じこめられているのはもはや雀ではなく、大きな翼を激しくばたつかせる鳥だった。

と、目指すものがいきなり姿を現わした。

石の建造物、イライザがこれまで目にしたなかで一番の大きさだ。ロンドン市内の上流階級の人たちが出入りするホテルなどまるで比べものにならない。屋敷全体が陰鬱な靄《もや》に包まれ、背後にそびえる樹林の梢《こずえ》がレースのような透かし模様をこしらえていた。一階のいくつかの窓からもれる黄色い光はランプの揺らめきか。まさかここが?

何やら気配を感じて、イライザの目が上階の窓に吸い寄せられた。かなり離れているが、蝋燭の明かりにほの白く浮かび上がる顔が、こちらを見つめているのがわかった。もっとよく見てやろうと馬車の窓ににじり寄ったが、次に目を上げた時には消えていた。

やがて馬車は建物の正面を逸れると、そのまま車輪の金属音を響かせながらさらに車道を進んだ。そして石のアーチをくぐり抜けたところで、がくんと停止した。

イライザは居ずまいを正してしばし待った。馬車を降りて自分で入口を探すべきだろうかと様子をうかがう。

そこへドアがぱっと開き、ずぶぬれになったレインコート姿のニュートンが手を差し出した。

「さあ、降りて。すっかり遅くなっちまった。ぐずぐずしてる暇はないんでね」

イライザは差し出された手を取り、おずおずと踏み段に足を掛けた。眠っているあいだに馬車は雨を追い越していたが、いまにもまた追いつきそうな空模様だった。暗灰色の雲が重く垂れこめ、大気は濃密な霧に包まれていたが、それでもロンドンの霧とはまるで異質だった。こちらのほうがずっとひんやりしていたし、ねっとりとからみついてくることもない。塩、木の葉、そして水を思わせるにおいがした。それと正体不明の音も聞こえた。列車が通過する時のような音だ。ザザーン……ザザーン……ザザーン……。

「遅いじゃないか。奥様には二時半の到着だとお伝えしてあったのに」玄関先に立っていた男は上流階級ふうの身なりだった。しゃべり方もそんな印象を与えたが、そういう身分でないことをイライザは見て取った。やけに厳めしく、いばりくさった態度からもそれが透けて見える。高貴な生まれの人なら、ここまで力む必要はない。

「仕方ないですよ、ミスター・トーマス」ニュートンが口を開く。「道中ずっと悪天候にたたられちまったんですから。テイマー川の水嵩《みずかさ》が増してることを思えば、無事に着いただけでも御《おん》の字ですよ」

ミスター・トーマスはそれには取り合わず、懐中時計の蓋をぱちんと閉めた。「奥様はすっかりご立腹だ。明日は呼び出されてお小言だな」

御者の声がうんざりした調子を帯びる。「わかりましたよ、ミスター・トーマス。覚悟しときますよ」

ここでイライザに目を転じたミスター・トーマスは、喉にこみ上げる不快感を呑みこんだ。

「何だねこれは？」

「例の娘ですよ。言われたとおりお連れしたまでで」

「これのどこが娘だね」

「いや、間違いありませんて」

「だが、この髪……この身なり……」

「言われたまんまをしたまでですよ、ミスター・トーマス。文句があるならミスター・マンセルに言ってくださいよ。連れ戻しに行ったのはあの人で、こっちはあくまでもお供なんですから」

こう言われてはミスター・トーマスも二の句が継げなくなったらしい。引き結んだ唇から息を吐き出した。「ま、ミスター・マンセルがそう言うなら……」

御者はうなずいた。「それじゃあ、馬を馬屋に入れてきますかね」

イライザは咄嗟《とっさ》に頭をめぐらした。このままニュートンと馬のあとを追っていって、馬屋で逃げる算段をしようか。馬車にひそんでいれば、そのうちロンドンに戻れるかもしれない。しかし、ニュートンは見る見る霧に紛れてしまい、イライザは途方に暮れた。

「来なさい」もはやミスター・トーマスに従うしかなかった。

内部は暗く寒々しかったが、それでも外よりはまだ暖かく、空気も乾いていた。イライザはミスター・トーマスについて短い廊下を進んだ。灰色の敷石に滑らないよう慎重に足を運ぶ。あたりに漂う肉の焼けるにおいに、イライザの胃袋はよじれんばかりだった。最後に食事をしたのはいつだったろう？　ミセス・スウィンデルのシチューを食べたのが二日前、御者から渡されたパンとチーズを口に入れてからも、だいぶ時間が経っている……。突如湧き起こった空腹感に、イライザの唇はかさかさになった。

湯気がもうもうと立ちこめる、だだっ広い厨房を突っ切っていくあいだ、肉のにおいがますます強まった。メイド数人と太ったコックがおしゃべりをやめて、こちらをうかがっている。イライザとミスター・トーマスが通り過ぎるやいなや、興奮の色もあらわな囁き声が一気に高まった。こんな間近に食べ物があるのにと、イライザは泣きたい気分だった。片手いっぱいの塩を呑みこみでもしたように、口の中に唾液があふれた。

廊下のはずれまでやって来ると、顔を厳めしそうに強ばらせた痩せぎすの女が、戸口から現われた。「これが姪御さん？」女の露骨な視線がイライザの全身をじっくりとねめまわした。

「そうだよ、ミセス・ホプキンス」

「何かの間違いでは？」

「残念ながら間違いではないようだ」

「そうですか」女はゆっくりと息を吐き出した。「いかにもロンドン育ちって感じね」

それが褒め言葉でないことは、イライザにもわかった。

「いかにも。お目通りの前に風呂に入れたほうがよさそうだ」

ミセス・ホプキンスの唇がきゅっと結ばれた。きっぱりとした鋭い吐息がもれる。「お気持ちはわかりますけどね、ミスター・トーマス、それだけの時間があるかどうか。奥様はさんざん待たされて、すっかりご機嫌ななめでいらっしゃるし」

奥様？ 誰のことだろう？ イライザは首をかしげる。

そう口にするや、ミセス・ホプキンスに落ち着きがなくなった。あえて伸ばすまでもない、しわひとつないスカートを、しきりに撫でつけている。「この子は居間に連れていく手はずになっているし。奥様はじきにお出ましだろうし。だったらいまのうちに湯を張っておいて、ロンドンの垢は夕食の前に落として」

ということは、夕食にありつけるのか。それもじきに。安堵のあまり頭がくらくらした。

背後からくすくす笑いが聞こえた。イライザが振り返ると、縮れ毛のメイドが厨房のほうに姿を消すところだった。

「メアリー！」ミセス・ホプキンスはメイドを追っていった。「そうやって盗み聞きばかりしていると、耳がどんどん大きくなって、朝起きる時に踏んづける羽目に……」

廊下のはずれから延びる狭い階段をのぼりきり、角を曲がると、前方に木のドアが見えた。足早に進むミスター・トーマスに遅れまいと、イライザはあとに続いた。ドアをくぐった先は大広間だった。

床は青白い四角い敷石が敷きつめられ、部屋の中央にそれは見事な階段が上方へと延びている。高い天井からはシャンデリアが下がり、何本もの蠟燭が紗《うすぎぬ》のような柔らかな光を床全体に投げかけていた。

ミスター・トーマスはこのエントランスホールを突っ切り、一枚のドアのほうへと歩を進めた。どぎつい赤に塗られたドア。これを開けて、首を横に一振りする。はいれという合図らしい。

イライザを見下ろす執事の、青白い唇がうごめいた。すぼめた口元に小じわが寄る。「奥様は、つまりあんたの伯母上だが、じきにここにお見えになる。しっかり礼儀をわきまえて、あちらから指示のない限り、話しかける際には『伯母様』と呼ぶのを忘れないようにな」

イライザはうなずいた。奥様というのは伯母のことだったのだ。

ミスター・トーマスはまだイライザを見つめていた。視線を逸らさず、かすかにかぶりを振っている。「いやはや」静かな声で口早につぶやく。「まるであんたのお母さんを見ているみたいだ。薄汚れたなりはしているが、たしかに面影がある」母親似だと言われた喜びを嚙みしめる間もなく、大階段の上で音がした。ミスター・トーマスはぴたりと口を閉じて居ずまいを正すと、イライザの背をぽんと押した。イライザがつんのめるようにして敷居を越えると、そこはバーガンディレッドの壁に囲まれた大きな部屋で、暖炉の火がさかんに燃えていた。

ガス灯の炎がそこここのテーブルの上で揺らめいていたが、どうがんばったところで、このだだっ広い部屋をすっかり照らし尽くすまでには至っていない。四隅で闇が囁き、壁面では影法師が呼吸を繰り返している。ふくらんでは萎《しぼ》み、ふくらんでは萎み……。

背後で音がしたと思うと、ドアが開いた。一陣の冷風に火床の炎がめらめらと燃え上がり、ギザギザの影が壁に浮かび上がった。

何が始まるのか、戦慄を覚えながらイライザは振り返った。

＊

すらりとした女性が戸口に立っていた。砂時計を縦に引き延ばしたような体型だ。長いシルクのドレスは、真夜中の空にも似た深みのある青で、体にぴったりと吸いついている。巨大な犬——いや、ただの犬ではない、猟犬だ——これが傍らに寄り添い、長い後ろ脚で立ち上がっては主人にじゃれついたり、ドレスの裾のまわりをうろついたりしている。そして長い鼻面をしきりに持ち上げては、主人の愛撫をせがんだ。

「ミス・イライザです」婦人の背後からミスター・トーマスが、直立不動の姿勢で告げた。

それに対して何を言うでもなく、婦人はイライザの顔をしげしげと見つめた。沈黙は一分ほど続き、やがて婦人の唇から硬質な声がもれた。「明日、ニュートンに一言言ってやらねばなりませんね。予定よりだいぶ遅れたではありませんか」やけにゆっくりと、だがきっぱりしたその物言いに、イライザはとげとげしさを感じた。

「かしこまりました、奥様」トーマスの頬が朱に染まる。「お茶をお持ちいたしましょうか、奥様？　ミセス・ホプキンスが――」

「結構よ、トーマス」振り返ることもせず、白く華奢《きやしや》な手をぞんざいに振ってみせる。「こんな遅い時間にお茶だなんて、そのくらいわきまえてもらわないと」

「はい、奥様」

「ブラックハーストでは夜更けにお茶を振る舞うそうだなどと、噂がたとうものなら――」とここで、水晶も割れんばかりの高笑い。「まあいいでしょう。では、そろそろ夕食に」

「食堂でよろしゅうございますか、奥様？」

「ほかにどこがあると言うの？」

「ふたり分でよろしいでしょうか、奥様？」

「わたくしひとりよ」

「ではミス・イライザはどういたしますか、奥様？」

伯母が鋭く息を吸いこむ。「簡単なものを」

イライザのお腹が鳴った。ああ、神様、温かいお肉がついていますように。

「かしこまりました、奥様」ミスター・トーマスは一礼して部屋を出た。ドアがふてくされたように閉まる。

伯母が長たらしい嘆息をもらし、すぐにイライザの存在を思い出し、はっとなる。「さあこっちに来て、よく顔をお見せなさい」

イライザは言われるがままに進み出て、伯母の前に立った。先ほどから乱れはじめていた呼吸を鎮めるのに苦労した。

間近で見る伯母は美しかった。顔のひとつひとつの造作は整っていながら、全体として見るとそれほどでもない、そんなタイプの美しさだ。まるで絵に描かれたような顔。肌は雪のように白く、唇の赤は血を思わせ、瞳はごくごく薄い青。目を覗きこむと、光にきらめく鏡を見つめているような気分になる。なめらかで光沢のある豊かな黒髪は、頭頂部で結い上げてあった。

イライザの顔に視線を這わせる伯母の瞼が、かすかに震えたような気がした。冷たい指先で顎を持ち上げられ、しげしげと見つめられた。目のやり場に困りながらもイライザは、相手の底知れないまなざしを見つめ返すしかない。脇に控える怪物めく犬は、熱くしめった吐息をイライザの腕に吹きかけた。

「そうね」伯母は語尾をやけに引き延ばすと、一方の口端をひきつらせた。問われてもいないのに、質問に答えるみたいな口ぶりだ。「たしかにあの人の産んだ娘ね。何から何までそっくりというわけではないけれど、それでも間違いなさそうね」伯母がぶるっと体を震わせたその時、雨滴が窓を打った。とうとう悪天候が追いついたのだ。「あとは性格が母親譲りでないことを祈るばかり。まあ、その辺は躾《しつけ》次第でどうにでもなるでしょう」

その辺とは何のことだろう、イライザは気になった。「わたしの母は――」

「やめて」伯母はさっと片手を上げた。「いけません」それから揃えた指を口元に当てると、唇を歪めて薄く笑った。「あなたの母親は家名に泥を塗ったのですよ。この家に暮らす者全員がどれほど恥をかかされたことか。ですから、ここでは決してあの人のことを口にしてはなりません。一言もですよ。それがブラックハーストにあなたを引き取るにあたっての、第一にしてもっとも肝心な条件です。わかりましたね？」

イライザは唇を嚙みしめた。

「わかりましたか？」意外にも伯母の声は震えていた。

イライザはかすかにうなずいた。同意というよりは、驚きがそうさせた。

「あなたの伯父上は名士《ジェントルマン》ですからね。果たすべき責務を心得ておいでです」伯母の視線がドアの横にかかる肖像画のほうへと流れた。狐のような顔つきをした赤毛の中年男性。赤毛だという点を除けば、母さんとはまるで似ていない。「自分がいかに恵まれた人間かを常に心に留めておくように。伯父上の寛大なお心にいつか報いるつもりで努力するのですよ」

「はい、伯母様」ミスター・トーマスの助言が役立った。

伯母はくるりと背を向け、壁際の小さなレバーを引いた。

イライザはごくりと唾を呑みこみ、思い切って口を開いた。「あの、伯母様。伯父様にお会いできますか？」

伯母の左眉が弓形に持ち上がった。一瞬、額に浅くしわが寄るも、すぐさま滑らかな雪花石膏《アラバスター》の肌が戻る。「主人はスコットランドのブリーキン大聖堂の撮影にお出かけで、明日にならないと戻りません」伯母がつとそばに立つ。その全身に緊張がみなぎっているのをイライザは見逃さなかった。「あなたをここに住まわせることにしたのはあなたの伯父上ですが、なにしろご多忙の身、重要なお立場にある方ですから、子供ごときにかかずらっている暇などありません」伯母の唇が一瞬血の気を失うほど、きつく引き結ばれた。「決してお邪魔をしないように。ここに引き取られただけでも充分な情けをかけてもらっているのですから、それ以上を望んではなりません。わかりましたね？」唇がわなわなと震えている。「わかりましたか？」

イライザは素早くうなずいた。

そこへドアが開き、ミスター・トーマスが姿を現わした。ほっとした。

「お呼びでしょうか、奥様？」

伯母の視線はイライザに注がれたままだ。「この子の汚れを落とすように」

「はい、奥様、すでにミセス・ホプキンスが湯の仕度をしております」

伯母はぶるっと身を震わせた。「湯に石炭酸《フェノール》か何か混ぜるよう伝えなさい。殺菌力の強いものを。ロンドンの垢をしっかり落とせるようたっぷりと」ここで声を落とすと、「それ以外の汚《けが》れもきれいさっぱり落ちてくれるといいのだけれど」

＊

ごしごしこすられた肌のひりつきがおさまる間もなく、イライザはミセス・ホプキンスの手にしたランタンの揺れる炎に導かれながら、冷え冷えとした木の階段を上り、さらに別の廊下に出た。大昔に死んだ人たちが、金箔仕上げの重厚な額縁の中から睨みつけてきた。イライザには、長時間不動の姿勢で肖像画を描かせる人の気が知れない。それで己の上っ面だけは永遠に残せても、結局、薄暗い廊下にひっそりと掛けられるのが関の山ではないか。

　イライザは歩調をゆるめた。いちばん端に掛かる肖像画に目が行った。階下で見た肖像画とはまるで印象が違った。こちらは若いころのものだ。顔にも丸みがあり、後年の容貌に顕著な狐めいたところは微塵《みじん》もない。この青年像に、その顔立ちにイライザは母の面影を見て取った。

「その方があなたの伯父上ですよ」ミセス・ホプキンスは振り返らずに言った。「いずれ生身のご当人にお目にかかれるでしょうが」生身という言葉につられて、これを描いた画家が仕上げの段階で画布に散らした、ピンクとクリーム色の絵の具の跡に目が行った。するとなぜか、マンセルの青白くじとっとした手の記憶が甦り、ぞくりとした。

　ミセス・ホプキンスが暗い廊下の突き当たりにあるドアの前で立ち止まったので、イライザは早足で追いついた。いまもサミーの衣類をしっかり胸に抱えていた。ここで女中頭はスカートの隠しから大きな鍵を取り出すと、それを鍵穴に挿しこんだ。ドアを押し開け、ランタンを高く掲げて敷居をまたぐ。

　中は真っ暗だった。ランタンの微弱な光が敷居の先をどうにか照らし出した。部屋の中央に黒光りする木肌のベッドが見えた。四隅の支柱に彫られた生き物が天井を目指して昇っていくかのようだった。

　ベッド脇のテーブルにはトレイが置かれ、パン一切れとともにとっくに湯気の上がらなくなったスープが載っていた。肉は見当たらないが、母さんがよく言っていたように、贅沢の言える身分ではない。イライザはスープ皿に飛びつくと、がつがつとスプーンを口に運んだ。皿の周囲にこぼれたパンくずもかき集め、何ひとつ残さなかった。

ミセス・ホプキンスは唖然とした面持ちで見守っていたが、何も言わなかった。相変わらず硬い表情のまま、ベッドの裾に据えられた木箱の上にランタンを置くと、ずっしりと重い毛布の襟をめくる。「じゃあここにおはいりなさい。一晩中ついててあげるわけにはいかないんでね」

イライザは言われたとおりにした。足を入れるとシーツは冷たく、じとついていた。ごしごしこすられたあとだから、肌が敏感になっていた。

ミセス・ホプキンスがランタンを取り上げる。やがてイライザの耳にドアの閉まる音が届いた。漆黒の闇のなかでひとり、淡く輝く表皮をまとった屋敷が、老朽化した骨をぎしぎしときしませる音に耳をすませた。

この寝室の闇には音がある、そうイライザは思った。どこか遠くのほうで低くとどろくような音が。それはたえずそこにあって、いまにも襲いかかってきそうなのだが、決してここまで来ないところを見ると、害はなさそうだ。

また雨が降りだした。猛烈なにわか雨。稲妻のジグザグ模様が空を二分し、地上を照らし出すたびにイライザの背筋がぞくぞくした。光の洪水があたりを満たすと、その直後にこの大きな屋敷を揺さぶるほどの雷鳴がとどろいた。そこでイライザは、稲光が起こるたびに四方の壁に目を走らせては、室内の様子を頭に叩きこんだ。

ピカッ……ドドーン……ベッドの隣に黒っぽい木材の衣装ダンス。

ピカッ……ドドーン……奥の壁に暖炉。

ピカッ……ドドーン……窓辺に古風なロッキングチェア。

ピカッ……ドドーン……窓下にベンチ。

やがて、つま先立ちで冷たい床を進んだ。隙間風が床の表面をさっと吹き抜ける。窓下のベンチは壁龕《へきがん》を利用した造り付けで、そこにのぼると闇に沈む庭が見わたせた。黒々とした雲は月をすっぽりと覆い隠し、不穏な夜のとばりの下で庭がうずくまっていた。ぬかるんだ地面に針を打ちこむかのように、雨が激しく降りそそいでいる。

またしても稲妻が光り、部屋全体が照らし出された。薄れゆく光のなかで、窓ガラスに映りこんだ自分の姿が目に留まった。それはサミーの顔だった。

イライザは咄嗟に手を伸ばしたが、その姿はすでになく、指先はただ氷のように冷たいガラスを撫でるばかりだった。この瞬間、つくづく思い知らされた——生まれ育った町はもはや遠い彼方に去ってしまったのだと。

ベッドに戻り、肌に馴染まぬじとっと冷たいシーツのあいだにもぐりこみ、頭の下にサミーのシャツを敷いた。目を閉じ、眠りの淡い境界をさまよう。

はっと飛び起きた。

胃の腑がよじれ、心臓の鼓動が激しくなった。

母さんのブローチ。あれを忘れるなんてどうかしていた。いろいろなことが一気に押し寄せ、気も動転していたから、うっかり取り出しそこねてしまったのだ。煙突の奥の隠し穴に、スウインデル夫妻の家に、いまも母さんの大事にしていた宝物が……。

22　コーンウォール　二〇〇五年

カサンドラはカップにティーバッグを落とすと、電気ポットのスイッチをオンにした。ポットが湯気をたてるまでのあいだ、窓の外を眺めた。《ブラックハースト・ホテル》のこの客室は建物の裏手に位置し、海が見渡せた。あたりはだいぶ暗くなっていたが、それでも敷地内に点在する庭園のいくつかが見て取れた。テラス前の空豆形の芝生《キドニー・ローン》がつくる緩斜面を下った先には高木が居並び、その向こうに銀色の月明かりにきらめく青い色が広がっている。すぐそこが断崖絶壁だということは知っていた。この高木の林は、まさに地の果てを守る後方部隊というわけだ。

そういえば入り江の向こう側に集落があったはず。といっても、実際この目で見たというほどではない。一日がかりで列車に揺られ、トレゲンナの背後に控える丘陵地帯をタクシーでうねうねと進むころにはあっという間に日は落ち、あたりは夕闇に包まれてしまった。だから車が峠にさしかかったほんの一瞬、眼下にまたたく一群の明かりを垣間見たにすぎない。それは黄昏《たそがれ》に浮かび上がるお伽噺《ときばなし》の村を思わせた。

湯が沸くのを待ちながら、ネルのノートの、反り返ったページの縁を親指でたぐった。列車に乗っているあいだもずっとこんなふうにたぐっては、ネルの旅の第二段階を確認するなどして時間の有効活用を図るつもりでいたのだが、言うは易し、そううまくはいかなかった。ルビーとグレイと夕食を共にしてからこっち、旅の道連れは頭を駆けめぐる想念ばかりになっていた。ニックとレオのことを考えない日はなかったけれど、それでもあんなふうに、彼らふたりの死をあからさまに、それも思いがけない形で指摘された途端、あのおぞましい瞬間の記憶が堰を切ったように甦ってきてしまったのだ。

あれはまさに青天の霹靂だった。この手のことは例外なくそういうものだ。さっきまで妻であり母親だったこの自分が、次の瞬間にはひとりぼっちになっていた。そうなったのは、誰にも邪魔されずに絵を描く時間を欲しがったわたしのせい。親指しゃぶりの癖がまだ抜けないレオをニックの腕に押しつけ、わざわざ買うまでもない食料品を買いにやらせたからだった。ニックはにこやかな笑みをこちらに向けて車を出し、レオはぽっちゃりした小さな手を振った。その手には、どこに行くにも手放さないシルクの枕カバーが握られていた。手を振り返すカサンドラの心は、すでにアトリエに向かっていた。

何よりもおぞましいのは、玄関ドアが叩かれる瞬間までの一時間半をすっかり満喫していた自分のありようだ。毛ほどの胸騒ぎすらなかった。そのころすでにふたりが……。

あの時カサンドラの救いの神となったのは、またしてもネルだった。ネルはすぐさま駆けつけてくれた。ベンも一緒だった。ベンは事の次第を、警察官の口から語られた意味不明の言葉を、改めて説明してくれた。交通事故、車線をはみ出してきたトラック、激突。身の毛がよだつような一連の出来事は、世間によくあるありふれたものなのだろうが、まさか我が身に降りかかるとは思ってもみなかった。

ネルはもう大丈夫だからと慰めることはしなかった。それが気休めにすぎないことも、大丈夫なはずがないことも、誰よりもよく知っていた。慰めの言葉をかける代わりに、ネルは睡眠薬をどっさり持参していた。それは混乱する頭に下す慈悲の一撃、たとえ束の間にせよ、いっさいを忘れられるようにとの気遣いだった。それからネルは自分の家にカサンドラを連れて帰った。

ネルの家に戻ったのは何よりだった。ここでは亡霊父子も遠慮があった。ネルの家には亡霊の一団がすでにいるから、カサンドラの連れてきた亡霊たちが勝手気ままに振る舞えるはずもない。

事故の直後は頭に靄がかかったような状態だった。悲嘆、恐怖、悪夢から抜け出せないまま朝を迎える日々が続いた。夜ごとニックが頭のなかを占領し、どうしてあの日ぼくたちを外に追い出したのか、なぜレオまで連れていかせたのかと、何度も執拗に責め立ててくるかと思えば、たとえニックが出てこなくても、闇が延々と続く空間にひとり取り残され、遠くのほうにちらりと見える救いの光に追いすがろうとした途端するりと身をかわされてしまう、そんな夢を見ることもあった。はたしてどちらの夢が残酷か、自分でも決めかねた。その後、あの夢を見るようになった。いつかふたりに巡り逢えそうな、あの思わせぶりな草原の夢を。

昼間は昼間で、レオの面影につきまとわれた。玩具が立てる音、泣き声、スカートにしがみつく小さな手、抱っこをせがむ声。ああ、いまなお心に湧き上がる歓びは、一瞬きらめきを放ったかと思えばすぐに粉々になってしまうのだが、実際に味わったことのある歓びだ。だからその一瞬だけは現実を忘れられた。そしてレオを抱き上げようと振り向いてみれば、レオはおらず、現実に突き落とされるのである。

努めて外に出るようにした、そうすればふたりから逃れられると思ったのだが、そう甘くなかった。行く先々に子供があふれていた。公園、学校、商店。いつもこんなにたくさんいたのだろうか？　それで結局、ネルの家に引きこもり、裏庭のマンゴーの木の下に寝ころんでは、ひたすら流れる雲を見て過ごすようになった。雲ひとつない青空のもと、プルメリアが葉を広げ、椰子の葉がそよぎ、風ではじけた星形の小さな種子が雨のように小道に降りそそいだ。いっさい何も考えまい。とにかく何も考えないようにした。ありとあらゆるもので頭のなかがいっぱいだったのだ。

ネルが話しかけてきたのは、そんな四月のある昼下がりのことだった。ちょうど季節の変わり目で、夏の猛暑がなりをひそめ、大気は秋の気配に包まれていた。カサンドラは目をつむっていた。

すぐそこにたたずむネルに気づいたのは、腕のあたりにまとわりつく暖気が薄れ、瞼の奥に翳りを感じたからだ。

やがて声がした。「やっぱりここだった」

カサンドラは答えなかった。

「そろそろ腰を上げる気はないのかね？」

「お願いよ、ネル。ひとりにさせて」

ネルの口調がさっきよりもゆっくりと、しかしきっぱりとしたものに変わった。「そろそろ何かやってもらわないとね」

「そんな……」画ペンを握るだけでも胸がむかむかした。ましてやスケッチブックを開くなんて……。そこにはあのふっくらした頰、ちょこんと上を向いた鼻、思わずキスしたくなる愛らしい口元が……ああ、そんなものがちょっとでも目にはいろうものなら……。

「とにかく何かしてほしいんだよ」

ネルは救いの手をさしのべようとしているだけ、それはカサンドラにもわかっていた。なのに祖母にわめきちらし、その肩を揺さぶり、どうしてこっちの気持ちをわかってくれないのかと責め立てたくなる自分がいた。だが、そうする代わりに、ため息をついた。相変わらず閉じたままの瞼が心なしか痙攣した。「ハーヴィ先生にもさんざん言われたわ。その上おばあちゃんにまで言われたくないわ」

「べつに精神療法をどうこう言ってるわけじゃない」一瞬ためらいを見せてから、ネルは先を続けた。「ただ、うちの手伝いをしてほしいんだよ」

カサンドラは目を開けた。まばゆい光に手をかざす。「え？」

「あたしだってもう若くないんだ。少しは助けてもらいたいよ。家のこととか、店のこととか、経済的な面でね」

責め立てるような言葉が明るい大気にゆらめいた。鋭い口調が聞き流されるのを拒んでいた。どうしてここまで冷淡になれるのか？　なんて無神経なんだろう？　カサンドラは身震いした。

「家族を亡くしたのよ」喉を引きしぼるようにして、やっとのこと口を開く。「こんなに辛い思いをしてるっていうのに」

「百も承知だよ」ネルは隣に腰をおろすと、カサンドラの手を取った。「ちゃんとわかっているさ。でもね、あれから六か月も経つんだよ。それに死んだのはあんたじゃない」

カサンドラは泣きじゃくっていた。改めて声に出して言葉にするのは余計に辛い。

「あんたは生きている」ネルはカサンドラの手をそっと握りしめた。「そしてあたしには助けが必要なんだ」

「無理よ」

「無理なもんか」

「駄目……」頭がうずいた。疲れていた、ものすごくだるかった。「絶対に無理。してあげられることなんか何もない」

「何も特別なことをしてくれと言ってるんじゃないよ。あたしと一緒に来て、頼んだことをやってくれるだけでいいんだ。磨き布くらいは握れるだろ？」

ネルは手を伸ばし、カサンドラの涙でべとつく頬にかかる髪の毛をかき上げた。その声は低く、意外にも力強かった。「これしきのこと、あんたなら乗り越えられる。自分じゃそんなふうに思えないだろうけど、あんたなら大丈夫。へこたれない子《サバイバー》なんだから」

「そんな強さなんかいらない」

「その気持ちもわかるよ。そう思って当然だよ。でもね、時には八方ふさがりでにっちもさっちも……」

電気ポットの湯が沸いた。スイッチはさも得意げに、かちっと音を立てて切れた。カップに湯を注ぐ手が心なしか震えていた。色が出るまでしばし待つ。ネルはちゃんとわかっていた、それがいまならわかる。家族の絆がある日突然断ち切られ、その直後にどっと襲ってくる虚脱感を、ネルはわかりすぎるくらいわかっていたのだ。

紅茶をかき混ぜながら静かにため息をつく。ニックとレオの面影はひとまず退いた。いまはしっかりと現実に向き合わねば、そう自分に言い聞かせる。ここはコーンウォール、トレゲンナにある《ブラックハースト・ホテル》。いまはここで、はじめて目にする大洋の波が、やはりはじめて目にする浜辺の砂を洗う音を聞いている。

高くそびえる木々の黒々とした樹冠の先に広がる墨色の空を、一羽の鳥が影絵のようにすっと横切り、月の光が沖合の海面をきらめかせた。岸辺にはいくつもの小さな光がちらちらまたたいている。あれは漁《いさ》り火か。トレゲンナは漁業の村だ。近代化が進む現代にあって、ここでは先祖代々受け継がれてきた昔ながらのささやかな暮らしがいまも営まれている。思いがけず時空のエアポケットに迷いこんだような不思議な気分。

カサンドラは紅茶を一口すすり、ふうっと熱い息をもらした。以前ネルも訪れたコーンウォールに、こうして自分も身を置いている。それ以前にはローズやナサニエルやイライザ・メイクピースが暮らしていた場所だ。彼らの名前をそっと声に出す。すると、ちりちりするような奇妙な感覚が皮膚の下を走り抜けた。何本もの細い糸が同時に引っ張られたようだった。ここに来たのはひとつの目的を果たすため、自分の過去にひたるためではない。

「ネル、来たわよ」カサンドラはそっと囁きかけた。「これでいいのね?」

23　ブラックハースト荘　一九〇〇年

翌朝、目を覚ましたイライザは、ここがどこなのか、すぐには思い出せなかった。自分はどうやら、群青色の天蓋がついた木製の大きな橇《そり》のようなものに寝ころんでいるらしい。身に着けている夜着はミセス・スウィンデルなら思わず揉み手したくなりそうな上等な品で、サミーの汚れた衣類は頭の下に敷いていた。途端に記憶がそっくり甦った。慈善家《ドゥ・グッダー》たち、ミスター・ニュートン、馬車の旅、バッド・マン。いまいる場所は伯父と伯母が暮らすお屋敷で、昨夜は稲妻と雷鳴と豪雨を伴う嵐に見舞われた。そして窓に映りこんだサミーの顔。

窓下のベンチによじのぼって外を見る。思わず目をすがめた。前夜の雷雨も明け方には嘘のように立ち去り、洗い清められた大気は光に満ちあふれていた。芝地には木の葉や小枝が散らばり、風に吹き飛ばされた庭のベンチが窓のすぐ下に転がっている。

イライザの目はそのまま庭のはずれに吸い寄せられた。誰かいる。男のようだ。緑樹のあいだに見え隠れしている。黒い顎ひげを生やし、オーバーオールに緑色のへんてこな帽子をかぶり、黒のゴム長靴といった出で立ちだった。

その時、背後で物音がして、イライザは振り返った。見れば部屋のドアが開いていて、盛大な縮れ毛の若いメイドが、ベッド脇のテーブルに朝食の載ったトレイを置くところだった。昨夜叱られていた娘だ。

「おはようございます、お嬢様。メアリーと申します。朝食をお持ちしましたよ。ミセス・ホプキンスが、長旅で疲れているだろうから今朝はこっちで召し上がるようにって」

イライザはそそくさとテーブルについた。トレイに並ぶ品々に目を丸くした。ロールパンにはバターがたっぷり添えられ、白い陶器には果実をふんだんに使ったジャムがあふれんばかりに盛ってある。さらには薫製ニシンが二切れに、ふわふわのスクランブルエッグ、それと太くてつやつやしたソーセージ。イライザの胸は高鳴った。

「ゆうべはまた、ひどい嵐を引き連れてきなさいましたねえ」メアリーはカーテンを束ねながら口を開いた。「お蔭で家に戻れなくなるとこでしたよ。こりゃこっちに一泊しなきゃ駄目かなってね！」

イライザはパンの塊を呑みこんだ。「住みこみじゃないの？」

メアリーはあははと笑った。「とんでもない。ほかの人はどうか知らないけど、あたしゃご免こうむ――」メアリーはぱっと頬をピンクに染めて、イライザをちらりと見た。「いや、すぐそこの村に住んでるんですよ。母ちゃんと父ちゃん、それと妹や兄弟たちとね」

「男の兄弟もいるの？」イライザはサミーを思い、胸のなかが虚《うつ》ろになるのを感じた。

「ええ、おりますよ、三人もね。兄ちゃんがふたりに弟がひとり。いちばん上のパトリックはとうに家を出ちまったけど、いまも父ちゃんと一緒に漁船に乗ってます。パトリックとウィルと父ちゃんの三人は毎日、どんな天気だろうと漁に出るんです。弟のロイはまだ三歳だから、母ちゃんと妹のメイと一緒に家で留守番です」メアリーは、窓下のベンチのクッションを叩いてふくらませた。「あたしらマーティン家の人間は、代々海が相手でね。あたしのひいじいちゃんてのはトレゲンナの海賊団にいたんですよ」

「え、それ何のこと？」

「トレゲンナの海賊団」メアリーは呆れたように目を丸くした。「知らないんですか？」

イライザはかぶりを振った。

「トレゲンナの海賊団てのは、この世でいちばん怖れられていたんだから。一時期は海という海を支配してて、ここじゃ手にはいらないウィスキーや胡椒《こしょう》なんかを持ち帰るんです。ただし言っとくけど、分捕る相手は金持ち連中だけだからね。ほら、義賊とか何とかいう、あれですよ。仕事をするのは海の上だけ、森じゃしない。すぐそこの岩山には通路が何本も通っていて、そのうちの一、二本は海までつながってるんですよ」

「海はどこにあるの、メアリー？　ここから近いの？」

メアリーはまたもや不思議なものでも見るような顔をした。「あれま！　あの音、聞こえないんですか？」

イライザはしばし耳をすました。海の音が聞こえるのか？

「ほら。ザザーン……ザザーン……ザザーンて。あれが海。いつもどおり波が寄せたり返したりしてますよ。聞こえないのかね？」

「聞こえるわ。あれが海の音だなんて、思いもしなかった」

「海だと思わなかった？」メアリーはにかっと笑った。「だったら何だと思ったんです？」

「汽車かなって」

「汽車！」メアリーはぷっと吹きだした。「怖れ入ったね。駅はだいぶ離れてますよ。いやはや、海を汽車と間違えるとはね。兄ちゃんたちに早く聞かしてやりたいね」

イライザは、母さんが砂や銀色の小石や、塩の味がする風の話をしてくれたことを思い出した。「ねえメアリー、海を見に行ってもいい？」

「いいと思うけど。ただし、料理番《コック》がランチの鐘を鳴らすころには戻ってないと駄目ですよ。奥様は今日の午前中は外出なさるんで、気づかれる心配はないと思うけど」奥様の話になった途端、メアリーの明るい顔に雲がかかった。「いいですね、奥様が戻られるより前に戻ってきてくださいよ。規則とか規律にやかましいお方だから、ご機嫌をそこねちまうからね」

「どうやって行けばいいの？」

メアリーは窓辺にイライザを手招きした。「こっちにおいでなさい、教えてさしあげますよ」

＊

ここの空気はまるで別物だった。空もずっと明るいし、はるか遠くまで見通せる。ロンドンの空のような、来る日も来る日も灰色の蓋がいまにも落ちてきそうな息苦しさは、ここには微塵もない。海風に高く持ち上げられた空は、洗濯日和《びより》に風を受けて上へ上へとひるがえる白い大きなシーツを思わせた。

イライザは岸壁の際《きわ》に立ち、入り江の先に広がる群青色の海を見渡した。これが父さんが航海に乗り出した海、母さんが子供のころに眺めた海なのだ。

前夜の嵐が白い砂浜のそこここに流木を撒き散らしていた。色が抜けて白い木肌を晒した優美なものや、時の作用で節くれだったもの、ぴかぴかに磨きたてられたものなど、それらが幻の巨大怪獣の角のように砂地から突き出ている。

母さんが言っていたとおり、空気は塩の味がした。慣れないお屋敷の息苦しさから解放され、すっかり心が軽くなっていた。イライザは大きく深呼吸をすると、砂浜へと続く木の階段を下りはじめた。ふもとにたどり着くのが待ちきれず、駆け下りる速度がぐんぐん速まった。

砂浜に出ると表面がなめらかな岩に腰かけブーツの紐をほどいた。心が急《せ》いて指がもたついた。それからサミーのズボンの裾を膝小僧の上まで折り上げ、水際に向かった。素足に触れる小石は、丸いのもごつごつしたのも、どれもぬくもっていた。しばし足を止めて、大きな青い塊が盛り上がりながら浜に打ち寄せ、またすっと引いていくさまを目で追った。

それから潮の香りを胸一杯吸いこみながら、スキップで進んだ。爪先、足首、膝がびしょ濡れになった。波打ち際に沿って進みながら、冷たい小石に爪先をくすぐられてははしゃぎ声をあげたり、きれいな貝殻を拾い集めたりした。星の形をした生物の死骸にも出くわした。

ここは深くえぐれた曲線を持つ小さな入り江なので、イライザの足でも端から端まで歩くのにたいして時間はかからなかった。入り江のはずれにたどり着いてみれば、遠目にはただの黒い染みにしか見えなかったものが立体的な姿をとって眼前に立ちはだかった。それは断崖から突き出した黒くて大きな岩山で、海側は切り立った崖になっている。まるでもくもくと湧き上がった黒いキノコ雲が、永遠に解けることのない呪いをかけられ、一瞬のうちに凍りついたかのような姿をしていた。

岩肌はつるつるして滑りやすそうだったが、頂上付近に目をやると、人がゆうゆう立てそうな岩棚が突き出ていた。そこで尖った岩を足がかりにして一気に這い登った。下を覗くと、そのあまりの高さに、頭のなかが泡だらけになったような気分になった。岩棚の上を四つん這いでじりじりと進む。先端に行くにつれて棚の幅はどんどん狭まった。ついに崖の先端にたどり着いた。拳を突き上げたような格好の岩の上にしゃがむと、イライザは息が切れるほど笑いころげた。

大型船の檣楼《しょうろう》にいるような気分だった。真下では波と波がぶつかり白い泡を立てている。前方に目をやれば一面の大海原。海は太陽がまき散らした光の粒にきらめき、風を受けてうねり波立ちながら、くっきりと弧を描く水平線のほうまでずっと続いている。ちょうどこの先にフランスがあるのは、イライザも知っていた。ヨーロッパ大陸の向こうには東洋が——インド、エジプト、ペルシャなど、エキゾチックな国々があることも、テムズ川で働く男たちのおしゃべりを聞いて知っていた。そのもっと先、地球をぐるっと半周したところは極東だ。広大な海ときらめく日の光を眺め、はるか遠くの国々に思いを馳せるうちに、これまで味わったことのないような感覚が全身に広がるのを感じた。ぬくもり、明るい未来の兆し、警戒心とは無縁の世界——。

前方に身を乗り出し、目をすがめた。水平線に切れ目ができている。何かが見えた。帆を上げた大きな黒船が、ともすれば地球の縁から転げ落ちそうな様子で空と海が出会うあたりを進んでいる。ぎゅっと目をつぶり、再び瞼を上げると、船はもう見えなくなっていた。姿を消したのは遠ざかっているからだ、イライザは想像を働かせた。船も大海原ではずいぶん速く進むものだ、あの大きな白い帆もさぞかし丈夫なんだろう。きっと父さんが乗っていたのも、ああいう船だったに違いない。

今度は空に視線をさまよわせる。一羽の鷗が上空で輪を描き、鳴き声をあげながら白い空に溶けこんだ。鷗の姿を目で追ううちに、断崖の上にちらりと姿を覗かせているものに気がついた。コテージだ。木々に邪魔されてはいたが、屋根から突き出た煙突と、面白い形の小窓からそれと察した。こんな地の果てのような場所に暮らすのはどんな気分だろう。つまずいた拍子にうっかり海に転げ落ちそうな、いつもそんな感じになるんだろうか？

冷たいしぶきが顔にかかり、イライザははっとした。逆巻く海に目を落とす。潮が満ちはじめ海面がぐんぐん上昇していた。最初に足をかけた出っ張りはすでに水中に没している。

岩の出っ張りにつかまりながら岩棚の根元まで這い戻ると、指をしっかりかけられそうな、いちばんごつごつした岩場の斜面を選んで、しがみつくようにして慎重に下りはじめた。海面近くまで来たところで、いったん呼吸を整えた。この位置からだと、岩山の内部が空洞になっているのが確認できた。まるで人がくり抜いたような巨大な穴。

これが洞窟というものだろうか。メアリーが言っていたトレゲンナの海賊団のこと、彼らの秘密の通路のことが頭を過《よぎ》った。これがその入口に違いない。たしかメアリーは、海賊たちがこの岩山を貫く通路を使って略奪品を運んでいたと言っていたのではなかったか？

イライザは体を横に這わせながら海側に回ると、平らな岩場に降り立った。穴の中へ数歩、足を進める。内部は暗く、じめじめしていた。「おーい」大声で呼びかける。声は山彦のように岩壁に小気味よく反響し、やがて聞こえなくなった。

奥のほうは何も見えなかったが、期待に胸が高鳴った。わたしだけの秘密の洞窟。今度はランタンを持ってきて、奥まで行ってみよう——そう心に決めた。

何やら大きな衝撃音がこちらに近づいてきた。ガシャン、ガシャン、ガシャン……。はじめ、音は洞窟内から聞こえてきたような気がした。いまにも海の怪物が襲いかかってきそうで、恐怖のあまり足がすくんだ。

ガシャン、ガシャン、ガシャン……音はますます大きくなる。

足元に注意しながらゆっくりと、入り江側に引き返すことにした。

その時、断崖の尾根沿いを猛スピードで駆け抜けていく、黒毛が艶やかな二頭の馬と馬車が見えた。海獣どころか、何のことはない、ニュートンが馬車を操って断崖沿いの道を通っただけの話。これが入り江を囲む岩肌に反響して、大きな音にふくれ上がったのだ。

　ここでメアリーの忠告を思い出した。午前中は外出していた伯母も、ランチまでには戻ると言っていた。遅れてはまずい。

　イライザは岩肌にしがみつきながら横へ移動していき、水際の砂利の上にぴょんと飛び降りた。そこから浅瀬を突っ切り、砂浜に引き返す。ブーツの紐を編み上げ、階段を駆け上がると、林の中の踏み分け道をたどった。びしょ濡れのズボンの裾が脚をぴたぴたと打った。入り江にいるあいだに太陽はすでに位置を変え、小道は薄暗くひんやりしていた。妖精や小鬼や小妖精が住むという、茨でできた秘密の巣穴に迷いこんだ気分だった。妖精たちは、自分たちの領分をこうして忍び足で通り抜けていくのを、どこかに隠れてじっと見張っているに違いない。歩きながら足元の下生えに目を凝らし、ぜったいまばたきしないようにした。そうすれば、相手に気づかれずにその姿を見られるかもしれない。妖精の姿をちらりとでも見かけた人は願い事が叶うという、それは世の常識だ。

　そこへ物音がして、イライザは凍りついた。思わず息を詰める。前方の空き地に男の人がいた。妖精ではない、普通の人間だ。朝、寝室の窓から見た、黒い顎ひげの男の人だ。丸太に腰かけ、格子柄のナフキンの結び目をほどいている。中から肉がたっぷり詰まったパイの一切れが現われた。

　イライザは小道の脇に身をひそめて様子をうかがった。それから葉のすっかり落ちた小枝に短髪の毛先をからめ取られながら、慎重に低い大枝に這い上がる。ここだと見通しが利いた。

男の傍らには手押し車があった。土が山盛りになっている。いや、あれはそんなふうに見せているだけだ。イライザは咄嗟に見抜いた。あれはただの見せかけ、土の下には宝物が隠してあるに違いない。この人はきっと海賊の王様なんだ。トレゲンナ海賊団の一味、というかその亡霊だ。死にきれずにいる船乗りが、死んだ仲間たちのために復讐しようと待ち構えているのだ。あるいは、まだ仕事をやり遂げられずにいる亡霊だろうか。こうやって待ち伏せして幼い少女たちをとっ捕まえ、家で待っている女房がその子をパイ生地に練りこんで焼くのかもしれない。さっき海で見かけたあの大きな黒船、まばたきするあいだに消えてしまったあの船、あれはきっと幽霊船で、この人は――。

腰かけていた枝がみしみしと音を立てたかと思うとぽきんと折れ、イライザは地面に落下した。そこはしめった木の葉が積み上げられた山の上だった。

ひげ面の男は、顔の筋ひとつ動かさなかった。右目がほんの少しイライザのほうに動いたような気がしたが、相変わらずパイをむしゃむしゃやっている。

イライザは立ち上がって膝小僧をこすると、上体を起こした。髪の毛にからみついた乾いた葉っぱを一枚、抜き取る。

「あんたが新参者の嬢ちゃんだね」もっさりとした口調でしゃべりながら、口のなかでとうに糊と化したパイをくちゃくちゃやる。「話は聞いていたよ。こう言っちゃ何だが、とても嬢ちゃんには見えないね。そんな小僧っ子みたいなズボンにざんばら髪じゃあな」

「夕べこっちに着いたの。わたしが嵐を引っ張ってきたんですって」

「ちっこいくせに、たいした力だ」

「強い意志の力があれば、弱い人でもすごい力を発揮できるのよ」

げじげじ眉毛がぴくりと動いた。「そんなこと誰に教わった？」

「母さん」

母さんのことを口にするのは禁物だった。だが気づくのが遅すぎた。何か言われるかと冷や冷やした。

男は口をもぐもぐさせながら、イライザをまじまじと見た。「あんたのおっかさんは物の道理をわきまえていなさったからね。まあ、母親の言うことはたいがい当たっているものさ」

ほっとしたせいか、体がかっと熱くなって、ちくちくした。「母さんは死んじゃったの」

「わしのおっかさんもだ」

「いまはここに住んでいるの」

男はうなずいた。「そのようだね」

「わたしはイライザ」

「わしはデイヴィス」

「ずいぶんとおじいさんなのね」

「たしかに見てのとおりだが、歯のほうはちっとばかしましかな」

イライザはごくんと唾を呑みこんだ。「あなた、海賊？」

男が笑った。煤だらけの煙突が煙を吐き出す時のような、シュシュシュシュシュッとくぐもった笑い。「がっかりさせて申し訳ないが、わしは庭師、親父の代からのね。庭は庭でも迷路の世話をしてるんだ」

イライザは鼻をくしゃっとさせた。「迷路？」

「迷路庭園だよ」なおも怪訝そうな顔のイライザに、デイヴィスは背後に見える二面の高い生け垣を指さした。生垣と生垣のあいだには鉄のアーチが架け渡してある。「要するに生け垣でつくったパズルだな。迷子にならずに通路をたどって通り抜ける遊びだよ」

「人間が中にはいれるパズルなの？」イライザには初耳だった。「通り抜けるとどこに出るの？」

「おお、迷路は複雑に入り組んでいるからね。運よく通り抜けられれば、ここの敷地の裏手に出る。ただし運に見放されると——」ここで庭師は怖ろしげに目をむき——「中で迷子になったまま、誰にも気づいてもらえず、腹をすかして飢え死にしちまうだろうね」それから身を乗り出して声をひそめる。「そんな不運なやつらの骨にしょっちゅう出くわすんだ」

興奮のあまり、イライザの声が震えた。「で、通り抜けられたら？　向こう側には何があるの？」

「もうひとつ別の庭がある、それも飛び切りのね。それとコテージも。断崖の際に建っているんだ」

「コテージは見たわ。浜辺のほうからだけど」

庭師はうなずいた。「見えるだろうね」

「誰の家？　誰か住んでいるの？」

「いまは空き家だ。アーチボルド・マウントラチェット卿が――つまりあんたのひいじいさんにあたるお方だが――その人が当主だった時にお建てになったんだ。なんでも見張り台というか、合図を送るための場所だったって話だ」

「密貿易船とかトレゲンナ海賊団の？」

庭師はにやりとした。「どうやらメアリー・マーティンに吹きこまれたようだな」

「見に行ってもいい？」

「それはどうかな」

「ぜったい行くわ」

庭師の瞳がいたずらっ子のようにきらりと光った。「いや無理だな。迷路をすんなり通り抜けられっこないしな。たとえ抜けられても、コテージの庭に出るための秘密のゲートの抜け方まではわからんだろうし」

「やってみせるわ！　ねえデイヴィス、お願いよ、やらせて」

「それが駄目なんだ」デイヴィスはまじめくさった顔になった。「だいぶ前から迷路は使われていなくてね。手入れしているのは手前のごく一部だけ。奥のほうはおそらく木が茂り放題になっているんじゃないかな」

「どうして誰も使っていないの？」

「あんたの伯父上が出入り禁止にしたんだよ。それっきり誰ひとりはいったことがない」庭師はイライザのほうに身を寄せた。「あんたのおっかさんくらいだよ、この迷路を隅から隅まで知り尽くしていたのは。わしとどっこいどっこいにね」

遠くで鐘の音がした。

デイヴィスは帽子をとって額の汗をぬぐった。「ほれ、とっとと戻ったほうがええぞ。あれは昼めしを知らせる鐘だ」

「あなたも食べに戻るんでしょ？」

庭師はからりと笑った。「ここの使用人に昼めしはないんだよ、妙な話だがね。連中が次にありつくのは晩めしだ」

「だったら晩めしを食べには戻るの？」

「わしはあそこじゃ食わないんだ。そうしなくなってだいぶ経つ」

「どうして？」

「どうも居心地が悪くってね」

イライザにはわかりかねた。「どうして？」

デイヴィスは顎ひげを撫でた。「自分で世話してる庭木のそばにいるほうが気分がいいからね。人間には人づき合いがうまいのもいれば、そうでないのもいる。わしは苦手なほうでね。自分で手がけた肥やしの山を相手にしているのが好きなのさ」

「どうして？」

庭師はくたびれ果てた巨人さながら、ゆっくりとため息をもらした。「人間誰しも、そこに行くと髪の毛が逆立っちまうっていうか、ありのままの自分でいられなくなる場所ってのがあるんだよ。言っている意味、わかるかね？」

イライザが咄嗟に思い浮かべたのは、前夜、バーガンディレッドの部屋で対面した伯母様と猟犬、壁に陰湿な光を放つ蠟燭の炎だった。そこで、うなずいてみせた。

「ところで女中のメアリーだが、ありゃ性根のいい子だ。嬢ちゃんの面倒をしっかり見てくれるだろうて」庭師はちょっと顔をしかめてイライザを見つめた。「だがね、気を許しすぎるのはたいがいにしないとね。気をつけるんだよ、わかったね？」

イライザは神妙な顔でうなずいた。神妙に受け止めるべきことに思えたのだ。

「さあもう行ったほうがいい。昼めしに遅れようものなら、奥様は嬢ちゃんの心臓をえぐり出して食卓に出しかねない。あの方は自分で決めたとおりにことが運ばないとご機嫌をそこねちまうんだ。これ、本当だからね」

イライザは笑みを浮かべたが、デイヴィスは笑わなかった。イライザはくるりと背を向けて歩きだしたが、二階の窓に目が行き、思わず立ち止まった。前日に見かけた人影がまた現われたのだ。それは探るような目をした小さな顔だった。

「あれ、誰かしら？」

デイヴィスはうしろを振り返り、目をすがめて屋敷を見上げた。それから二階の窓に目をやりながら小さくうなずいた。「たぶんローズお嬢様だな」

「ローズお嬢様？」

「嬢ちゃんの従妹《いとこ》だよ。伯母上と伯父上の娘」

イライザは目をむいた。従妹？

「以前はよくこのあたりでお見かけしたんだがね、実に可愛いお嬢様だよ。それがここ数年、体をこわしたとかで、それもぱったりさ。奥様は悪いところをなんとしても治そうと四六時中はりついていて、かなりの金をつぎこんでいるんじゃないのかな、町の若い医者がしょっちゅう出入りしているよ」

イライザは相変わらず二階の窓を見上げていた。ゆっくりと片手を上げ、浜で見つけたヒトデのように指を大きく開く。その手を左右に揺らしながら見ていると、窓の顔はすっと闇のなかに消えた。

イライザの口元がほころんだ。「ローズ」、その甘やかな言葉を舌で味わうように声に出して言ってみる。なんだかお伽噺に出てくるお姫様の名前のようだった。

24 クリフ・コテージ 二〇〇五年

風がカサンドラの髪をなぶり、ポニーテールを吹き流しのリボンのようにはためかせた。カーディガンの前をしっかりとかき合わせ、ちょっと立ち止まって息を整えると、いま登ってきた海岸沿いの狭い道を振り返り、下に見える集落に目をやった。白壁の小さなコテージが岩場に貼り付くフジツボのように連なり、デニム色した波止場では停泊中の赤や青の漁船が波を受けて上下に揺れ、鷗たちは捕れた魚を狙って急降下や螺旋《らせん》飛行を繰り返していた。この高さに身を置いていても、まるで海面をなめてでもいるように、大気の塩分が感じ取れた。

道幅はかなり狭く、断崖がすぐそこに迫っていた。こんなところに車で来ようなんて人の気が知れない。道の両端に繁茂する草が突風を受けて、ひょろりと長い薄緑の葉を震わせている。高度が上がるにつれて霧雨まじりになった。

腕時計にさっと目をやる。頂上までの所要時間を少なく見積もりすぎた。すでに足もだるい。時差ボケがまだ尾を引いている上に、慢性の寝不足も響いていた。

前夜はさんざんだった。客室もベッドも申し分ないのに、何度も奇妙な夢にうなされた。すっきりと目が覚めず、思い返そうとしても夢は記憶からこぼれ落ち、不快感だけがまとわりついてくる、そんなふうだった。

前夜は一度、夢とは別の原因で目を覚ましてもいた。部屋の鍵を回す音が聞こえたのだ。あれは間違いなく誰かが廊下で鍵穴に鍵を挿しこみ、がちゃがちゃやっている音だった。確信があったので、朝になってフロントでそのことを告げると、係の若い女性は怪訝そうに見つめ返し、冷ややかな声でこう言った。当ホテルの施錠はいまはカード式ですから、金属の鍵は使っておりません。きっと古い鍵穴に風が当たるか何かして、そんなふうに聞こえたんでしょうと。

カサンドラはふたたび坂道を登りはじめた。こんなにかかるとは思わなかった。村の食料品店の女性はせいぜい二十分の行程だと言っていたが、すでに登りはじめて三十分が経っていた。

カーブを回りこむと、路肩に駐まる赤い車が目にはいった。一組の男女がこちらを見ている。男はひょろりと背が高く、女のほうは小柄でぽっちゃりした体型だ。一瞬、景色を楽しむ観光客かと思ったが、ふたり揃って手を振ってきたので、ここで落ち合うことになっている人たちだとわかった。

「やあ、どうも！」男が声をかけながら近づいてきた。中年のはずだが、頭髪も顎ひげも粉砂糖のように白いせいで、もっと老けて見える。「カサンドラさんですね。ヘンリー・ジェイミソンです。で、この人は——」と、ここで満面の笑みをたたえる女性のほうに手をかざし、「妻のロビン」

「はじめまして、よろしくね」ロビンはすぐさま口を開いた。きれいに切りそろえた白髪まじりのボブヘアが、丸々とした艶やかなリンゴを思わせるピンクの頰にかかる。

カサンドラは笑顔を向けた。「土曜日なのにわざわざ来ていただいて、ありがとうございます」

「何をおっしゃる」ヘンリーは頭に手をやり、風で乱れた髪を撫でつけた。「どうってことないですよ。ただしロビンが一緒なのはご勘弁願うとして——」

「あら、ご勘弁だなんて、ずいぶんじゃない？」ロビンが割りこむ。「ご迷惑じゃないですよね？」

カサンドラはかぶりを振った。

「ほらご覧なさい。ちっとも迷惑じゃないってよ」ここでロビンがカサンドラの手首をつかんだ。「わたしに来るな、なんて言えるもんですか。そんなこと言ったら、離婚法廷でひどい目に遭っちゃうもの」

「家内は地元の歴史協会の事務局長でしてね」ヘンリーの声が心なしか言い訳めく。

「この付近のことを取り上げた小冊子を何冊か出しているの。主に歴史ね。たとえば地元ゆかりの一族のこととか、歴史的重要建造物や大邸宅の由来とか。最新テーマは密貿易。ちょうどいま、過去の全記事をウェブサイトで流す作業を――」

「家内には、この地方のお屋敷をすべて巡って、そこでお茶をいただくという野望があるんですよ」

「ところが生まれてからずっとこの村に暮らしてるのに、ホテルに改装前のお屋敷には、ついにはいらずじまいだったわ」ロビンはぱっと頬を輝かせた。「要するに、わたしって好奇心の塊なの」

「そりゃお見それしました」ヘンリーはやれやれとばかり言葉を返し、それから山の斜面を指さした。「ここからは歩きなんです、車道はここまでなので」

ロビンは颯爽《さっそう》とした足取りで、風になぎ倒された草が左右を縁どる狭い小道を、先に立って歩きだした。登るにつれて、鳥たちの姿が目についた。そこここで群をつくる茶色の小さなツバメたちがさえずりを交わしては、細い枝先から枝先へとせわしなく飛び移っている。カサンドラはじっと見つめられているような、奇妙な感覚を覚えた。まるで鳥たちが押し合いへし合いしながら、人間という名の侵入者を見張っているような、そんな気分だ。ちょっと身震いが起きたが、気配だけでつい空想をふくらませたくなる子供じみた自分をたしなめた。

「お祖母様の売買手続きをお手伝いしたのがわたしの父でしてね」カサンドラを追い越さぬよう歩幅を加減しながら、ヘンリーが口を開いた。「あれはたしか七五年でしたかね。わたしはちょうど不動産譲渡取扱いの二級免許を取ったばかりで、事務所に勤めて間もないころでしたが、よく憶えていますよ」

「あれを憶えていない人なんているもんですか」ロビンが声を張り上げた。「この邸内で最後まで売れ残っていた物件なんだもの。あんなコテージ、売れるわけがないって言う人もいたくらいなんだから」

カサンドラは海のほうを見やった。「どうしてかしら？　こんなに素晴らしい眺めだっていうのに……」

ヘンリーがロビンにさっと視線を投げた。ロビンのほうは足を止めて胸に手を当て、息を整えている。「たしかに眺めは申し分ない、ただ――」ヘンリーが口を開きかけた。

「よからぬ風聞がいろいろ立っていたの」ロビンが荒い息を吐きながら話を引き取った。「過去にまつわる噂話というか……因縁話というか」

「たとえばどんな？」

「馬鹿げた噂ですよ」ヘンリーがきっぱりと言った。「どれもこれもたわいもないやつばかり、イギリスの村ならどこにでもありそうなね」

「お化けが出るの」ロビンが囁き声で合いの手を入れる。

ヘンリーは笑い飛ばした。「コーンウォールでお化けの出ない家があるなら、教えてもらいたいもんだね」

ロビンは呆れたように水色の瞳を回して見せた。「うちの人ってまるで夢がないのよね」

「うちの奥さんは夢追い人なんですよ」ヘンリーがやり返す。「クリフ・コテージは石と漆喰《しっくい》でできていて、トレゲンナの一般住宅と大差ありませんからね。お化けが出るっていうなら、わたしだって目撃してもいいはずだ」

「それでコーンウォールの人間て言えるのかしらね」ロビンは頬にかかった髪を耳にかけると、目を細めてカサンドラを見た。「ねえカサンドラ、お化けっていると思う？」

「さあ、どうかしら」カサンドラは鳥たちがもたらした奇妙な感覚を思い返していた。「怪しい物音を立てるような類は、あまり信じていないかも」

「あなたは分別のある方だ。この三十年間、クリフ・コテージに出没するものといったら、肝試しでもしようという地元の悪ガキ連中くらいなものですよ」ヘンリーはズボンのポケットから取り出したモノグラム入りのハンカチを半分に折ると、額に軽く押し当てた。「さあ行きますよ、ロビン奥様。ぐずぐずしていると日が暮れてしまう。今週で夏もそろそろ終わりだね」

やがて急勾配にさしかかり道幅が狭くなると、おしゃべりどころではなくなり、三人は残り百メートルほどの道のりを黙々と進んだ。薄緑色のひょろりとした草が、風の吐息を受けてきらめいた。

四方八方に伸び広がる灌木の茂みをかき分けながら進むと、目の前に石塀が現われた。少なめに見積もっても三メートルはありそうな高い塀で、ここに来るまで人工物をひとつも見かけなかったせいもあり、異様な印象を受けた。エントランス部分には鉄のアーチが架かり、長年のあいだにびっしりとからみついた蔓が分厚い壁のように固まっている。かつては門柱に取りつけられていたであろう表示板が、いまでは隅のほうにぶら下がっていた。その表面にはくすんだ緑色と茶色の地衣植物がかさぶたのように張りつき、浅彫りの流麗な書体を覆いつくしている。カサンドラは顔を近づけて文字を読み取った。《立入禁止。事故の責任は当方いっさい負いかねます》

「この壁、新しいわね」ロビンが口を開いた。

「うちの奥さんが『新しい』と言う時は、百年くらい経っているっていう意味ですけどね。コテージのほうはその三倍くらい古いはずです」ヘンリーはここでおほんと咳払いをする。「見てのとおり、ここは荒れるに任せた状態でしてね」

「実は写真があるんです」カサンドラはバッグから写真のコピーを取り出した。

ヘンリーは眉を持ち上げ、写真に見入る。「これはたしか、ここを売り出す前に撮ったやつですね。当時と比べてもだいぶ様変わりしてますよ。何しろほったらかしでしたから」それから左腕を伸ばして鉄の扉を押し開けると、首を振って促した。「お先にどうぞ」

石畳の小道が、関節炎にでもかかっていそうな薔薇の老木が作る天蓋の下に、延びていた。庭に足を踏み入れた途端、空気がひんやりと感じられた。全体的に暗く陰鬱な印象だ。しんと静まり返っている。奇妙に硬直した静寂。やむことのない波の音でさえ、ここでは鈍い響きに感じられた。まるで石塀に囲まれた世界が眠りについているかのようだった。そうやって何かが、あるいは誰かが、目覚めさせてくれるのを待っているのか。

「これがクリフ・コテージです」小道の突き当たりまで来たところでヘンリーが口を開いた。

カサンドラは目を見張った。目の前にあるのは、びっしりと厚くからみ合う茨。そして伸び広がったアイビーの深緑色の裂葉が、窓という窓を覆いつくしているらしい。教えてもらわなければ、まさか匍匐《ほふく》植物の下に建物が隠れているとは気づきもしなかったろう。

ヘンリーはまたもや咳払いをして、すまなそうな顔になった。「とにかく、荒れるに任せていたもので」

「どんなものだって、手入れをすればちゃんと元どおりになるのよ」ロビンの明るい口調は、沈没船をも甦らせそうな勢いだった。「がっかりすることないわ。ほら、家をリフォームするテレビ番組、見たことあるでしょ？　オーストラリアでも放送してるんじゃない？」

カサンドラはうなずきはしたものの心ここにあらず、屋根の形状を見定めようとしていた。

「ここはやはり、家主のあなたにお願いしましょう」ヘンリーはポケットに手を入れ、鍵を取り出した。

驚くほどずっしりとした鍵だった。丈が長く、持ち手部分には優美な渦巻き文様が施されている。手に握りしめた瞬間、あっと思った。これによく似た鍵を手にしたことがあったのだ。あれはいつだったか？　アンティークの店でだったろうか？　印象は鮮烈に残っていたが、記憶のほうは甦らなかった。

カサンドラは玄関前の踏み石に立った。鍵穴は見えたが、ドア全体をアイビーの蔓《つる》が占領している。

「これをどうにかしないとね」ロビンはそう言いながら、バッグから剪定鋏を取り出した。

「あら、そんな目で見ないでよ」見ればヘンリーが片眉を上げている。「田舎育ちってのは用意がいいのよ」

カサンドラは差し出された鋏を使って、蔓を一本一本切り落としていった。ドアの表面からアイビーが一掃されたところで一呼吸置いて、潮風で傷んだ木目に手を滑らせる。次の段階に進む気になれない自分がいた。ドアの向こう側を知るのはもう少し先に延ばしたい、そんな気分だったのだが、ちらりと背後に目をやれば、ヘンリーとロビンが促すようにしきりにうなずいている。そこで鍵穴に鍵を挿しこみ、両手に力をこめて回した。

いきなり襲いかかってきたにおいに圧倒された。堆肥《たいひ》を思わせる、湿気を帯びた濃厚な腐臭。カサンドラが生まれ育ったオーストラリアの熱帯雨林にも似て、蔓植物の天蓋の下には地味豊かな別世界が広がっていた。それはまさに他者を寄せつけない、自己完結したエコシステム。

玄関ホールに足を踏み入れる。ドアから射しこむ光を受けて、饐《す》えたにおいの大気にゆらゆらと漂う、苔のような粒子が浮かび上がった。あまりにも軽すぎて、ひどく気だるく、落ちるのもままならないといった風情だ。床は木製で、カサンドラが一歩踏み出すごとに、申し訳なさそうに小さなきしみをあげた。

いちばん手前の部屋まで進み、ドアのところから中を覗く。暗かった。それもそのはず、窓ガラスには数十年のあいだに積もり積もった埃《ほこり》がこびりついている。目が馴れるにつれて、そこがキッチンだとわかった。先細脚の白っぽい木のテーブルが中央に置かれ、その下に椅子が二脚きちんとおさまっている。奥の壁のくぼみに据えられた黒い竈《かまど》の前には蜘蛛の巣がかかり、カーテンをふんわり垂らしたかのようだった。一隅に置かれた紡《つむ》ぎ車には、黒っぽい毛糸がかかったままだ。

「まるで博物館ね」ロビンが囁いた。「ここまで埃だらけじゃなければだけど」

「これじゃお茶もさしあげられませんね」とカサンドラ。

ヘンリーは紡ぎ車の先まで進み、石壁のくぼみのほうを指さした。「こっちに階段がありますよ」

狭い階段は途中の小さな踊り場のところで折れ曲がっていた。カサンドラは一段目に足をかけて強度を確かめた。しっかりしている。おそるおそる上りはじめた。

「気をつけてくださいよ」万一に備えてだろう、ヘンリーはカサンドラの背後で手を構えながらついてきた。

カサンドラが踊り場のところで不意に立ち止まる。

「どうしました?」

「木が、大きな木がすっかり前をふさいでいるわ。屋根を突き破ったのね」

ヘンリーがカサンドラの肩越しに首を伸ばした。「これじゃロビンの鋏も役立ちそうにないですね。今日は無理だな。道具がないし」ヘンリーは階段を引き返した。「どうするかね、ロビン？　倒木を片づけてくれそうな人、いるかな？」

　カサンドラがヘンリーのあとに続いて階段下に戻ると、ロビンが言った。「それならボビー・ブレイクの息子だわね」

「地元の青年でしてね」ヘンリーはカサンドラにうなずいて見せた。「造園業者なんです。ホテルのほうの仕事も手がけていることだし、うってつけですよ」

「ちょっと電話してみましょうか」とロビン。「今週どこかで時間がとれないかって訊いてみるわ。携帯がつながるかどうか、ちょっと外で試してくるわね。ここじゃまるで駄目だから」

　ヘンリーはかぶりを振った。「マルコーニが無線信号の受信に成功してから百年以上経つというのに、テクノロジーの進歩はまだそんなものなんですかね。その信号はついこの先にある海岸から送信されたって話、ご存じでしょ？　ポルデュ海岸からね」

「そうなんですか」コテージの荒廃ぶりが明らかになるにつれて、カサンドラの心はますます打ちのめされていた。わざわざ出向いてくれたヘンリーに感謝はしているものの、初期の電話開発の講義に興味を示すふりまではできそうになかった。そこで蜘蛛が織り上げたショールを払いのけると窓のほうに身を乗り出し、どうぞ話の続きをと促すように、硬直した笑みを浮かべて見せた。

　そんなカサンドラの心情をヘンリーも察したらしかった。「コテージがここまでひどいことになっていたとはねえ。鍵を預かっていた弁護士としては、なんとも申し訳ない気分です」

「あなたに罪はありませんよ。あなたのお父様だって、ネルに何もするなって言われていたんですから」カサンドラはにこりとした。「それに、そんなことをしたら不法侵入になりますものね、ゲートにちゃんと警告板も出ているわけだし」

「たしかにお祖母様からは、ここに職人を入れてくれるなと、きっぱり言われていましたからね。ここは自分にとって大事な場所だから、自分の目で修復を見届けたいからって」

「祖母はこっちに移り住むつもりだったようですね。永住する覚悟で」

「そのようですね。今朝、あなたとお会いするというので、昔のファイルを見てみたんです。お祖母様からのどの手紙にも、近いうちにこちらに来るとあるんですが、それも一九七六年初頭までのこと。その後の手紙には、事情が変わって行けなくなった、しばらくは無理そうだと書かれているんです。で、うちの父にこのままもうしばらく鍵を預かっていてほしい、そうすれば時機が来た時に探す手間が省けるからと」ヘンリーが部屋を見まわす。「だが、結局いらっしゃらなかった」

「そうですね」とカサンドラ。

「でも、こうしてあなたがいらしたわけだし」ヘンリーは気を取り直すように言った。

「そうですね」

ドアのほうで物音がし、ふたりは目を上げた。「マイケルを捕まえたわ」ロビンは携帯電話をしまうところだった。「水曜日の午前中に下見に来ますって」ここでヘンリーのほうを見て、「じゃあそろそろおいとましましょうよ。マーシャの家でランチでしょ、遅れるとうるさいわよ」

ヘンリーは眉を持ち上げた。「よくできた娘なんですがね、短気なのが玉に瑕《きず》でして」

カサンドラは笑みで応えた。「いろいろありがとうございました」

「あの木をひとりでどかそうなんて気は、ゆめゆめ起こさんでくださいよ。二階を早く見たい気持ちはわかりますがね」

「はい、約束します」

玄関のほうに行きかけたロビンが、カサンドラを振り返った。「ほんと、よく似てらっしゃるわ」

カサンドラは目をぱちくりさせた。

「お祖母様とよ。目なんてそっくり」

「お会いになったんですか？」

「ええ、お会いしたから言えるのよ。しかもコテージを買うより前にね。ある日の昼下がり、わたしが勤めていた資料館を訪ねていらしたの。地元の歴史についていろいろ訊いていかれたわ。とりわけ旧家のことをね」

ヘンリーの声が崖のほうから聞こえてきた。「早くしなさい、ロビン。ローストビーフが焦げでもしたらマーシャは許してくれないよ」

「マウントラチェット家ですね？」

ロビンはヘンリーのほうに手を振りながら、「そう、それそれ。そこのお屋敷に住んでいた一族のこと。それとウォーカーの家族のこともね。画家とその奥さんとか、お伽噺作家の女性のこととか」

「ロビン！」

「はいはい、いま行きますよ」ロビンは呆れたように目を回す仕草をした。「主人ときたら火のついた火薬、まるで辛抱がきかないんだから」せかせかと夫のあとを追いながらロビンは、カサンドラに背を向けたまま、潮風が運ぶに任せて、いつでも訪ねてきてねと声を張り上げていた。

25　トレゲンナ　一九七五年

《トレゲンナ漁業と密貿易の資料館》は道路をはさんで港の真向かい、外壁に白い染みが浮き出た小さな建物の中にあった。正面の窓辺に立てかけられた手書きの看板には開館時間が明記されていたが、建物に明かりがともっているのにようやく遭遇できたのは、ネルが村に来て三日目のことだった。

ノブを回し、下半分をレースで覆ったドアを押し開けた。

デスクの向こうには、茶色い髪を肩まで伸ばしたすまし顔の女性がいた。娘のレズリーより若そうだが、物腰はずっと落ち着いて見える。ネルに気づくとぱっと立ち上がり、その拍子にレースの敷き布を膝で引き寄せてしまい、紙の山が崩れた。まるでクッキー缶をこっそり開けているところを見つかった子供のような顔になる。「あら、わたしったら――まさかお客様がいらっしゃるとは」そう言いながら、大ぶりの眼鏡のフレーム越しに目を覗かせた。

さほど歓迎しているふうには見えなかった。ネルは片手を差し出した。「ネル・アンドリューズと申します」デスクの上のネームプレートに目をやる。「で、あなたがロビン・マーティンさん？」

「めったに見学者は来ないものですから、オフシーズンなので。ええと、鍵はどこかしら」そそくさと紙の山を直すと、髪を耳にかける。「展示品はちょっと埃をかぶってますよ」声に非難めいた響きがこもる。「展示室はそちらです」

ロビンの腕の動きを目で追った。閉じたガラスドアのすぐ向こうは小ぢんまりした部屋で、多種多様な漁網や釣り針や釣り竿が展示してあった。漁船や漁師、近隣の入り江を写した白黒写真が壁を飾っている。

「実は知りたいことがあるんです。郵便局にいらした方が、あなたに訊けばわかるんじゃないかって」

「あら、父ですわ」

「は？」

「父、郵便局長なんです」

「そうでしたか。で、こちらに来れば何かわかるかもしれないとおっしゃるものですから。わたしが調べているのは漁業でも密貿易でもないんです。この土地の歴史というか、ある家族のことなんです」

ロビンの表情がたちまち一変した。「だったら先にそう言ってくだされればいいのに。微力ながら地域に貢献できればとここで働いてはいますけど、わたしのライフワークはトレゲンナの社会史なんです。そうだわ」ロビンは先ほどデスクのところでかき集めた紙束を繰ると、そのうちの一枚をネルの手に押しこんだ。「それ、いままとめている最中の観光パンフレットの原稿なんです。近在の名家に関する記事をちょうど書き上げたばかりで。ファルマスの出版社からも引きがあるんですよ」ロビンは銀鎖のついたしゃれた腕時計に目を落とした。「おつき合いしたいのは山々なんですけど、これからちょっと行くところが――」

「ぜひお願いします」ネルは食い下がった。「遠路はるばる来たわけですし、そう長くはお引き留めしませんから。あとほんの少しお時間をいただけると」

ロビンは唇をきゅっと引き結ぶと、ネズミのようなまなざしをネルに向けた。「少しだなんて水くさい」きっぱりとうなずく。「だったらちょっとつき合ってください」

＊

満潮に乗ってやって来た濃霧は黄昏と結託して、村から色彩を見る見る吸い取っていった。狭い登り坂をいくつも抜けていくあいだにも、すべてのものが灰色の色調を帯びていく。あたりの様子が刻々と変化するにつれ、ロビンに焦りが見えはじめた。いくら健脚のネルでも、せかせかと足早に進むロビンについていくのは骨が折れた。こんなに急いでどこへ行こうというのか気になったが、歩くのに精一杯で問いかける余裕もない。

坂を上りきり、《ピルチャード・コテージ》という表札がかかる白い小住宅の前に出た。ロビンはドアを叩き、しばし待った。室内に明かりはなく、ロビンは腕を顔に近づけて時刻を確かめた。「まだ戻ってない。霧が出る日は早めに帰るように言ってあるのに」

「誰なんです?」

ロビンは連れの存在をうっかり忘れていたかのように、はっとネルを見た。「ガンプ、わたしの祖父なの。毎日のように船の出入りをチェックしに行くもので。以前は祖父も漁師をしてたんです。二十年前に引退したのだけれど、いまだに誰が沖に出て、どこで漁をしているのか確認しないと気がすまないらしくて」声がもつれる。「霧が出たらさっさと引き揚げてって言ってあるのに、ちっとも聞いてくれ――」

ふっと言葉が途切れ、ロビンの細めた目が遠くのほうに向けられた。

その視線をネルも追う。厚く垂れこめる霧の先に影がさした。人影がずんずん近づいてくる。

「ガンプ!」ロビンが声を張りあげた。

「まったく、こうるさい娘っこだよ」霧のなかから声があがる。「そうわめきなさんな」暗がりに姿を現わした老人は、コンクリートの石段を三段上がると、鍵穴に挿した鍵を回した。

「こんなとこに突っ立ってアカツグミみてえにぶるぶる震えとらんで、中にはいって体が温まるもんでも飲《や》ろうじゃないか」と、うしろに首だけねじって声をかける。

狭い玄関ホールにはいると、ロビンは老人に手を貸して、塩が浮いたレインコートとゴム長靴を脱がせると、それらを低めの木のベンチに並べて置いた。「びしょ濡れじゃないの、もうガンプったら」老人のチェックのシャツを握りこみながら声を荒らげる。「すぐ乾かさないと」「やれやれ」老人は孫娘の手をぽんと叩いた。「ちっとばかし火に当たれば、お茶がはいるころには骨の髄までからからだよ」

ガンプがすり足で居間に入ってしまうと、ロビンはネルのほうにちょっと眉を上げて見せた。まったくこれだからいやになる、というわけだ。

「ガンプはじきに九十なんだけど、ここを離れるのは絶対いやだって言うもんだから」ロビンが声を落とす。「みんなで手分けして食事の支度をしに来ているの。で、わたしは月曜から水曜までの担当」

「九十にしてはしっかりしてらっしゃるわ」

「目も弱りはじめているし、耳もだいぶ遠いんだけど、『うちの若い衆たち』が無事に港に戻ってくるのを見届けるんだって言って聞かないの。自分の体のことなんて二の次なんだから。わたしがついていながら、怪我でもされたんじゃ目も当てられないでしょ」ロビンは、老人が安楽椅子にたどり着く手前で絨毯につまずかないかと、ガラス戸越しにはらはらしながら見守っている。「そうだわ……暖炉に火をおこしてやかんをかけるあいだ、祖父の相手をお願いしてもいい？」

ネル自身の家族の話を聞かせてもらえるという餌につられてここまで来た以上、いやも応もなかった。ネルはうなずき、ロビンが安堵の笑みを浮かべたところで、ガンプのいる居間に向かった。

ガンプはなめし革の安楽椅子にすでにおさまり、素朴なキルトの膝掛けを膝に広げていた。そのキルトを見た瞬間、娘たち一人一人にパッチワークキルトを手作りしてくれたリルを思い出した。母さんは、いまこうして自分の過去を探ろうとしているわたしをどう思うだろうか。人生最初の四年間を洗い出すことになぜこれほどこだわるのか、わかってくれるだろうか。まずもって、わかってはもらえないだろう。人は与えられた人生を精一杯生きるのが務め、それがリルの信条だった。どんな過去であれ、それをあれこれつつきまわしても始まらないと。リルはそれでいいだろう、自分の本当の過去を知っていたのだから。

ロビンが膝に手をついて立ち上がった。背後の火床では、生まれたての炎が紙から紙へと勢いよく燃え広がっていく。「じゃあお茶を淹《い》れてくるわね、ガンプ。ついでに夕食の支度もしちゃうから、わたしがキッチンにいるあいだ、こちらの……」ここで、ネルに問うようなまなざしを向ける。「ええと……」

「ネルよ。ネル・アンドリューズ」

「……そう、ネルがお相手してくれるわ。ネルはね、村の旧家のことを調べにトレゲンナにいらしたんですってよ。わたしが向こうに行っているあいだ、昔の話を聞かせてあげて」

ロビンが低い戸口から出ていったところで、さてどこにすわろうかとネルは周囲を見まわした。そして暖炉脇の緑色の耳付き椅子《ウィングチェア》に腰をおろすと、横合いから吹きつける心地よい熱気に身をまかせた。

ガンプはせっせとパイプに葉を詰めては目を上げ、先を促すようにうなずいている。どうやら口火を切る役をネルに委ねようということらしい。

ネルは咳払いをすると片足を絨毯の上にちょっと移動させ、さて何から話したものかと思案した。回りくどい話は時間の無駄、そう割り切った。「実はマウントラチェット家のことが知りたいんです」

ガンプはマッチを擦り、猛烈な勢いでパイプを吸いこんだ。

「村の人たちに聞いて回ったんですが、一族のことをご存じの方がいなくって」

「いや、みんな知ってるさ」ガンプが盛大に煙を吐き出す。「ただ、しゃべらないだけでね」

ネルは眉を上げた。「なぜでしょう？」

「トレゲンナの人間はもともと話し好きなんだが、妙な勘ぐりをするところがあってね。たいていのことは訊かれりゃ喜んで何でも話すが、あの崖の上のお屋敷のことになると、途端にだんまりを決めこんじまうんだよ」

「たしかにそんな感じでした。マウントラチェット家が貴族の家柄だからですか？　上流階級だから？」

ガンプがふんと鼻を鳴らす。「金持ちには違いないが、身分なんて屁でもないね」それから身を乗り出す。「あんな爵位なんてもんは、罪もない人間が流した血と引き替えに手に入れたようなものさ。たしか一七二四年だったか、ひどい嵐が一晩中吹き荒れた日があってね、何十年ぶりとかいうすさまじい嵐だったそうだよ。灯台の屋根が吹っ飛ばされて、オイルランプの炎が、蠟燭を吹き消すみたいに消えちまった。月は雲にすっぽり隠れ、あたりはこのブーツみたいな漆黒の闇だ」血の気のない唇がパイプをきゅっと嚙みしめた。深々と煙を吸いこみ、話に熱がはいる。「おおかたの漁船は早々に港に引き上げて来たんだが、乗組員が異人ばかりの二本マストのスループ船が海峡付近で立ち往生してしまった。

「これが運の尽きさ。大波がシャープストーン・クリフの半分あたりまで襲いかかった拍子に、岩に叩きつけられて船体はばらばら、その後船は入り江までどうにか流れ着いたって話だ。新聞記者が駆けつけ、当局の調査もはいったが、結局見つかったのは船材のアメリカ杉の残骸くらいで、積み荷も乗組員も行方知れずさ。当然のこと、地元の自由貿易主義者たちの仕業だろうってことになった」

「自由貿易主義者？」

「密貿易商人のことよ」話に割りこんできたのは、お茶のトレイを運んできたロビンだった。

「だが積み荷を横取りしたのは連中じゃない」とガンプ。「絶対に違うね。犯人はあの一族、マウントラチェット家だよ」

ネルは差し出されたカップを受け取った。「マウントラチェット家は密貿易商人だったんですか？」

ガンプは頰ひげを揺らさんばかりに乾いた笑い声をあげると、茶をすすった。「あの一族がそんな立派なもんかね。たしかに密貿易商人というのは難破した船から重税のかかった積み荷を略奪するのを生業にしていたが、乗組員を救助するくらいの仁義はわきまえているからね。

あの夜、ブラックハーストの入り江で行なわれたのは盗人の蛮行そのものだよ。盗みと殺しだ。連中は乗組員をひとり残らず殺して、船倉から積み荷を盗み出すと、翌朝早く人目につかぬうちに船体と死体を海に運び、沈めてしまったのさ。そうやって一財産こしらえた。木箱に詰まった支那の真珠や象牙や扇、スペインの宝石などをごっそりとね」

「その後数年をかけて、ブラックハーストのお屋敷は大がかりな改修工事をしているのよ」祖父の色あせたベルベット地の足載せ台に腰をおろしたロビンが、話を引き取った。「『コーンウォール地方の大邸宅』と題する小冊子用に、ちょうどいまそのあたりのことを書いているの。屋敷に三階部分が建て増しされ、馬鹿らしいほどのお金をかけた庭園が次々に造られたのもその時期でね。さらに当主のミスター・マウントラチェットは国王から貴族の称号を頂戴したというわけ」

「そこまでトントン拍子にいくなんて、びっくりですよね」

ネルはかぶりを振り振り、落ち着かなげに体をもじもじさせた。殺戮と窃盗の首謀者が実は自分の先祖だなんて、こうなってはもはや切り出せなかった。「単に横取りしただけでね」

ロビンがガンプにさっと目を走らせる。ガンプは咳払いをすると、ぼそりとつぶやいた。

「いや、そんなことはどうでもいいんだ」

ネルはふたりを見比べた。頭が混乱した。

「法の裁き以上に怖ろしい罰がこの世にはあるんだよ。いいかね、それ以上に怖ろしい罰がね」ガンプはきゅっと閉じた口から息をもらした。「入り江での一件があってからこっち、あそこの一族は呪われてしまったんだ。ひとり残らずね」

ネルは背もたれに背中を預けた。がっかりした。一族の呪いだなんて。せっかく実のある話を聞けると思ったのに。

「そうだ、あの船の話をしておあげなさいよ、ガンプ」気落ちしたネルに気づいたのか、ロビンがせっついた。「ほら、黒船の話」

せがまれて気をよくしたのか、ガンプは語り部よろしく声をいちだんと張り上げた。「船をまんまと沈めはしたんだろうが、以来、一族はあの船から逃れられなくなったんだ。いまでも水平線のあたりに時々現われるんだぞ。たいていが嵐の前後にね。黒くてでっかいスループ船でな、幽霊船だよ、それが入り江のあたりをうろつくのさ。罪を犯した連中の子々孫々にまでつきまとっているんだ」

「見たことがあるんですか？　その船を？」

老人はかぶりを振った。「一度見たような気がしたんだが、ありがたいことに見間違いだった」老人が身を乗り出す。「その船が見える時は決まっていやな風が吹くんだ。幽霊船を見た人間は報いを受けるっていう話だ。見るってことは向こうからも見られてるわけだからね。見たと認めた途端に無用の悪運を引き寄せちまう。船の正式名はジャカード号だが、このあたりじゃ霊柩車《ブラックハース》と呼んでいるよ」

「ブラックハースト荘という名前も、それと無関係ではないと？」ネルが問いかける。

「鋭いね」ガンプはパイプを振ってロビンに笑いかけた。「たいしたもんだ、このお人は。たしかに屋敷の名前はそこから取ったという連中もおる」

「あなたは違うと？」

「わしはどっちかというと、ブラックハーストの入り江に突き出ている黒くてでっかい岩山が屋敷の名前の由来だと思うね。あの下には通路が通っていてね。海岸から地所内を抜けて村のほうまでつながっているんだ。密貿易にはうってつけってわけだが、いつでも使えるわけじゃない。トンネルの曲がり具合や形状に難があってね。潮を読み違えて中にはいったが最後、生きて出られる見込みはほとんどない。つまり、あの大岩は大勢の猛者《もさ》どもの命を呑みこんできた棺桶ってわけさ。あそこの海岸に下りればすぐわかる。ギザギザした険しい山みたいなやつだからね」

ネルは首を横に振った。「まだ入り江は見ていないんです。昨日、屋敷を見に行ったんですが、正門が閉まっていたもので。明日にでも出直して、郵便受けに見学依頼の手紙を入れておこうかと。持ち主が快諾してくださるといいんですが。どういう方たちかご存じですか？」

「実は土地の人間じゃないの」とロビン。「都会育ちの人たちで、あそこをホテルに改装するらしいわ」ここで身を乗り出す。「なんでも若い女性のほうは、ロマンス小説みたいなものを書いてるんですって。とびきりの美人で、かなりきわどい小説をね」ロビンは横目で祖父をうかがい、顔を赤らめた。「わたしは読んでませんからね」

「町の不動産屋で見かけたんですが、あそこの地所の一部が売りに出されているんですね」とネル。「たしかクリフ・コテージとかいう」

ガンプがふんとせせら笑った。「あそこの売り出し広告は今後も続くだろうよ。あんなとこを買うやつなんているもんかね。あそこで起こった不幸な出来事をきれいさっぱり覆い隠すにゃ、ペンキがいくらあっても足りないよ」

「不幸というのはどんな?」

それまで味わい深い語り口であれこれ話していたガンプが、ネルの問いかけに逡巡するかのように急に押し黙った。気のせいか、その目に戸惑いの色が覗いたようだった。「あんなとこ、とうに焼け落ちちまえばよかったんだよ。まっとうとは言えんことばっかり、あったからな」

「たとえばどんな?」

「あんたにゃ関係ないことさ」老人の唇が震えた。「ま、言葉どおりに受け取っておけばいい。新しいペンキをいくら塗りたくっても、やり直しがきかない場所ってのがあるんだよ」

「べつに買うつもりはないですけど」ネルは老人の吐き捨てるようなもの言いに驚いた。「ただ、地所内を見せてもらう口実になるかなと」

「浜を見るのに、わざわざ屋敷に入れてもらうまでもないさ。崖に登れば見えるんだから」老人は海のある方向にパイプを一振りした。「村から崖沿いの道を行くと、遠くにシャープストーン・クリフが見えてくる。そのすぐ真下が屋敷の入り江だよ。美しいことにかけちゃ、あそこがコーンウォールでピカイチだね、あの険しい岩山は別にしてだが。あの浜だって、昔は血一滴こぼれちゃいなかったんだ」

ビーフとローズマリーの濃厚な香りが漂いだし、ロビンがキッチンから深皿とスプーンを運んできた。「夕食、食べて行くでしょ?」

「食べてくに決まってるじゃないか」ガンプは椅子の背にもたれた。「こんな夜ふけにおっぽりだすわけにはいかないよ。このへんの闇ときたら、そこにあるあんたの帽子くらい真っ黒だし、普通の二倍くらい濃いからね」

*

おいしいシチューで、無理強いされるまでもなく、ネルはおかわりをした。その後ロビンが洗い物をしに席を立つと、ふたたびネルとガンプだけになった。いまでは部屋もぽかぽかと暖かく、老人の頬に赤味がさしている。ネルの視線に気づくと、ガンプはにこやかにうなずいて見せた。

ガンプことウィリアム・マーティンのそばにいると心が和《なご》んだ。この居間には現実を忘れさせる何かがあった。それはお話を紡ぐ人の持つ魔力のせいだとネルは気づいた。ほかのものがすべて色あせてしまうほど、色彩豊かな世界を生み出せる能力と言ってもいい。ウィリアム・マーティンが生まれながらのお話し上手《ストーリーテラー》なのはまずもって疑いの余地はなかった。だが、それをどこまで信じるかはまた別の話だ。彼が藁《わら》しべを黄金に変えてしまう才に長けているのは間違いない。だとしても、この人は、ネルがどうしても知りたい一時期を知る、唯一の生き証人かもしれないのだ。

「ひょっとして」ネルは暖炉の心地よい熱気に肌をちりちりさせながら口を開いた。「昔、イライザ・メイクピースとお知り合いだったということはありませんか？　物書きをしていて、ライナス・マウントラチェットとアデリーンが後見人になっていた人なんですが」

かなりの間があいた。ウィリアムの声がひげの下でくぐもる。「イライザ・メイクピースのことを知らん者はいなかったよ」

ネルは大きく息を吸いこんだ。やっと核心にたどり着いた。「彼女に何があったのか、ご存じないですか？」気が急いた。「つまり、最期がどうだったのか」

老人はかぶりを振った。「知らないな」

またしてもだんまりを決めこむ素振り。これまでとはうって変わって警戒心が見え隠れした。これは何かありそうだ、そんな期待に胸がふくらむ一方で、ここは慎重に話を進めるべきだろうとも思った。このまま貝になられては困る、いましばらくは。

「でしたらそれ以前、彼女がブラックハーストに暮らしていたころのことは？　何か話していただけませんか？」

「知っているとは言ったが、昵懇《じっこん》と言えるほどのつき合いはなかったんでね。こっちはお屋敷に気安く出入りできたわけじゃないし。あそこに奉公していた連中なら何か知っているだろうが」

ネルは食い下がった。「わたしが知り得た情報によると、イライザが最後に目撃されたのは一九一三年のロンドンなんです。その時、彼女は幼い少女と一緒でした。その子は当時四歳だったアイヴォリー・ウォーカー、ローズ・マウントラチェットの一人娘です。何か思い当たることはありませんか？　なぜイライザは他人の子を連れてオーストラリアに渡ろうとしたんでしょう？」

「さあね」

「でしたら、マウントラチェット家の人間はなぜ、孫娘はちゃんと生きているのに死んだと公表したのか、その辺のことは？」

老人の声がかすれる。「いいや」

「では、アイヴォリーが生きていることを、あなたはご存じだった？」

暖炉の火がはぜた。「知るわけない、そんなわけないんだから。あの子は猩紅熱《しょうこうねつ》で死んだんだ」

「ええ、当時そう言われていたのは存じてます」ネルの顔が火照《ほて》り、頭がうずきだした。「でも、それが嘘だということも知っているんです」

「何を根拠に？」

「死んだと言われている人間が、このわたしだからです」声がかすれた。「オーストラリアに渡った当時、わたしは四歳でした。死んだと思われていたそのころ、イライザ・メイクピースの手で船に乗せられていたんです。どうしてそうなったのか、そのわけをきちんと説明できる人は、どうやらいないようですね」

ウィリアムの表情は読み取れなかった。何か言いかけたようだったが、言葉にはならなかった。

そのまま老人は立ち上がり、腹を突き出すようにして大きく伸びをした。「疲れたな」声がしゃがれていた。「そろそろ休ませてもらいますよ」それからキッチンのほうに呼びかける。「ロビン?」さらに声を張り上げる。「ロビン!」

「どうしたの、ガンプ?」ロビンが布巾を手にキッチンから出てきた。「なんなの?」

「もう寝るぞ」ガンプは部屋の戸口を曲がった先にある、狭い階段に向かった。

「お茶のおかわりは? せっかく楽しくやってるのに」

ウィリアムはすれ違いざまロビンの肩に手を置いた。「帰る時、そこの穴に木っ端を突っこんどいておくれ。霧に居すわられちゃたまらんからな」

ロビンの目が戸惑うように見開かれる。そこでネルはコートを取り上げた。「わたしもそろそろ」

「ごめんなさいね。まったくどうしちゃったのかしら。もう年だし、疲れちゃったのかしら……」

「きっとそうですよ」コートのボタンを留めた。詫びるべきなのは自分のほうだとわかっていた、老人の気分を損ねたのはこっちなのだから。しかしできなかった。落胆がレモンのスライスのように、喉のあたりにひっかかっていた。「お招きありがとうございました」どうにかこれだけを言って玄関先の石段を下り、重くのしかかるような湿気のなかに足を踏み出した。

坂を下りきったところでうしろを振り返ると、ロビンがまだこちらを見ていた。手を挙げて振ると、向こうも振り返した。

ウィリアム・マーティンは高齢だし、たしかに疲れていたのだろう。が、あの唐突な切り上げ方はそれだけとは思えなかった。ネルにはわかるのだ。厄介きわまる秘密をずっと胸に抱えてきたネルだから、同類の心の内を見抜けてしまうのだ。ウィリアムは口にした以上のことを知っているに違いない。なんとしても真実を明らかにせねばと思い詰めるネルには、老人のプライバシーなどかまっていられなかった。

ネルは唇を引き結ぶと、冷気を避けるように顔をうつむけた。あの老人をなんとか説得して、知っていることを洗いざらい話してもらおう、そう心に決めていた。

26　ブラックハースト荘 一九〇〇年

イライザの想像は当たっていた。「ローズ」という名前はいかにもお伽噺に出てくるお姫様に似つかわしいわけで、案の定、ローズ・マウントラチェットはその名に恥じない並はずれた特権と美貌の持ち主だった。とはいえ悲しいかな、生まれてから今日までの十一年間、ローズの人生はお伽噺そのままというわけには行かなかった。

「はい、口を大きく開けて」マシューズ先生は革の往診鞄《かばん》からへらを取り出し、ローズの舌に押しあてた。それから前屈みになって喉の奥を覗きこむ。あまりにも顔が間近に迫るものだから、ローズのほうは相手の鼻毛をつぶさに観察するという、ありがたくない状況になった。

「ふむ」と先生がうなるたびに鼻毛が揺れた。

へらが抜き取られた途端、ローズは軽く咳きこんだ。

「いかがでしょうか、先生？」お母様が暗がりから進み出た。深みのある青のドレスが細い指先を青白く見せている。

マシューズ先生は背筋をぴんと伸ばした。「ご連絡いただいたのは何よりでした。たしかに炎症を起こしていますね」

お母様はふっとため息をもらした。「やはりそうでしたか。で、治療はどのように？」

お勧めの治療法をマシューズ先生がひととおり説明するあいだ、ローズは顔をそむけて目を閉じた。小さくあくびをする。物心ついたころから、自分はそう長く生きられないのだと思っていた。

時折ローズは、気弱になるとなおのこと、もしも自分の死期など気にすることもなく、未来がこの先どこまでも延びていて、予想もつかないほどの紆余曲折に満ちた長い道のりが続くとしたら、いったいどんな人生になっただろうかと想像を巡らすのだった。人生の節目節目には社交界デビューもあるだろうし、結婚して子供たちも生まれるだろう。そして他家の淑女《レディ》たちが羨むような大豪邸に住めただろうに。ああ、そんな人生にどれほど憧れていたことか。

だが、そんな夢想にうつつを抜かしてばかりいたわけではない。無い物ねだりをしてもどうにもならないのだ。だからいまはしばらく辛抱して、気分のいい日はスクラップ帳づくりにいそしんだ。体調がよければ本も読んだ。それで見知らぬ土地のことを学び、まだ一度もしたことがない社交の会話とやらで使えそうな知識も仕入れた。そうしながらも、いずれ新たな病に見舞われ、「人生の終わり」がさらに一歩近づく時を待つのである。できることなら今度かかる病気は前回より多少とも心楽しいものであってほしい。痛みが少なく、かかった甲斐があるような病気。たとえばママの指ぬきを呑みこんでしまった時のような。

もちろんあの時は、わざと呑みこんだわけではない。ドングリ形の銀のケースにおさまる指ぬきがあんなにきらきらして美しくなかったら、わざわざ触ってみようとは思わなかったろう。でも、きれいだったから思わず手が伸びた。八歳児に自制心などあろうはずもない。舌の先に指ぬきを載せて、落ちないようにバランスをとった。メッゲンドルファーの仕掛け絵本『サーカス』に出てくるような、とんがった鼻先に赤い玉を乗せて操るピエロになった気分だった。あまり褒められたことではないけれど、まだほんの子供だったし、この妙技を失敗なくこなすようになってすでに数か月は経っていたのだから。

それでも指ぬき事件はいろいろな意味でいい結果をもたらした。すぐに呼ばれたのは、村の診療所を引き継いだばかりの若い新米医師だった。先生はお腹を押したりさすったり、やるべきことをひととおり試したあと、これにはある新しい診断機器があると便利なのですがと、おずおずと切り出した。写真に映し出せば、メスを使わず胃の内部を見ることが可能なのだそうだ。この提案に誰もが飛びついた。カメラが趣味のお父様は、この近代的な撮影装置を自ら試す機会を得られて喜んだ。先生は、この画像を「ランセット」という医学専門雑誌に発表できるので喜んだ。そしてお母様は、雑誌発表によって社交界の話題をさらえるのを喜んだ。

ローズはといえば、指ぬきは（尾籠《びろう》な話ながら）四十八時間後に体外に排出されたし、たとえ一瞬とはいえ、お父様を喜ばせることができたと知っていい気分だった。といっても本人からそう言われたわけではない。そういうのはお父様の流儀ではない。ただ、両親の心の内を読み取ることに関しては（原因までは無理としても）、ローズは目端が利いた。お父様が喜んでくれたと思うと、ローズの心は料理番《コック》がつくるスフレのようにふんわりと軽やかにふくらんだ。

「お許しをいただいたお蔭で、レディ・マウントラチェット、実験の成果をまとめることができそうです」

マシューズ先生に夜着の裾をめくられ、お腹があらわになると、ローズはため息をもらした。冷たい指先が肌に押しつけられると目をいっそう固く閉じ、スクラップ帳のことだけに意識を集中させた。お母様が最新の婚礼衣装の写真が載った雑誌をロンドンから取り寄せてくれたので、手芸箱にあるレースやリボンと組み合わせてスクラップ帳のページにきれいに貼りつけるつもりだった。ベルギー産のレースのベールを小粒の真珠で縁取りして、ブーケには押し花を使おう。さて、花婿はどうしたものか。ジェントルマンのことはあまりよく知らないのだ。だがローズにすれば、花嫁が美しく汚れのない姿である限り、花婿の具体的な姿などさほど重要ではないように思われた。

「まったく問題ないですね」マシューズ先生は夜着の裾を元どおりに直した。「幸い感染も全身にまでは及んでいないようです。とはいえレディ・マウントラチェット、最善の治療について、もう少しご相談できればと」

ローズが目を開けると、ちょうど先生が卑屈な笑みをお母様に向けているところだった。先生にはうんざりだった。何かにつけてお茶の誘いを引き出し、あわよくば地元のジェントリー階級の人たちに引き合わせてもらおうと、手ぐすねひいている。雑誌に発表した、ローズのお腹に指ぬきが写る写真をちゃっかり利用して、この地方の金持ち連中の財布の紐をゆるめさせようという魂胆だ。大きな黒鞄に聴診器を慎重な手つきでおさめ、きれいに手入れされた指で鞄の形を整える先生を見ているうちに、ローズの退屈が腹立ちに変わった。

「わたしはまだ天国に召されないでしょう、先生?」ローズは真顔でまつげをしばたたかせながら、見る見る赤みがさしていく医者の顔を見つめた。「スクラップ帳の新しいページに取りかかったばかりだし、仕上げられずに終わったら残念ですもの」

マシューズ先生は少女のような笑い声をあげると、お母様をちらりと見た。「いや、まいりましたな」どこか歯切れが悪い。「そんな心配は無用ですよ。誰しもいつか時が来れば、神のおそばに……」

先生が生と死をめぐるさして面白くもない講釈に乗り出すのを、ローズはしばらく眺めていたが、そのうち、こみ上げてくる薄笑いを隠すように顔をそむけた。

夭折をどう受け止めるかは人それぞれ、心の持ちようで決まるのですよ。年齢や経験に関係なく成熟した人であれば、心穏やかに死を受け入れられるから、素晴らしい気質を開花させられるし、優しい表情になる。ところがそうでない人は、心に頑《かたく》なな氷の粒を宿してしまう。その氷があらわになることはそうないにしても、決して溶けることもありません。

ローズも成熟した人になりたいのは山々だが、心の底ではそうはなれない自分に気づいていた。臍曲がりだからというわけではない、むしろ、沈着冷静な気質を身につけてしまったせいだ。自分自身の外側に身を置いて、感情に惑わされることなく物事を眺めることができてしまうのだ。

「マシューズ先生」神の愛らしい天使たちについてなおも熱く語る先生の声を、お母様の声がさえぎった。「そろそろ下にいらして、朝食の間《モーニング・ルーム》でお待ちいただけますか? トーマスにお茶を運ばせますので」

「かしこまりました、レディ・マウントラチェット」先生は厄介な話を切り上げるきっかけができてほっとした様子だった。もはやローズとは目も合わせず、部屋を出ていった。

「駄目でしょ、ローズ。先生を困らせたりして、失礼ですよ」

先ほどまでの心配も尾を引いているのだろう、お母様の口調はさして厳しくはなかった。お仕置きされないことはわかっている。お母様は決してお仕置きをしない。いつ死んでもおかしくない娘に、どうしてそんなことができようか? ローズはため息をもらした。「そうよねお母様、ごめんなさい。頭がとってもふらふらするの。マシューズ先生のお話を聞いていたら、ますますひどくなったみたい」

「体が弱いのは不憫《ふびん》だと思いますよ」お母様が手を握ってくる。「でもね、あなたはマウントラチェット家の令嬢なのですからね。たとえ体調がすぐれないからといって、お行儀をなおざりにしてはいけません」

「はい、お母様」

「じゃあ、先生とお話をしてくるわね」お母様は冷たい指先をローズの頬に当てた。「メアリーが食事を運んでくるころに、また様子を見に来ますからね」

お母様はドアに向かった。ドレスの裾が敷物から床板に移った途端、衣擦れの音が起きた。

「お母様?」ローズは呼びかけた。

お母様が振り返る。「なあに?」

「ひとつ訊いてもいいかしら?」ローズはどう切り出したものか迷った。奇妙な質問なのは自分でもわかっていた。「お庭にね、男の子がいたの」

お母様の左眉が、一瞬、歪んだ。「男の子?」

「今朝、メアリーが椅子のほうに運んでくれた時、窓の外を見たらいたの。シャクナゲの茂みの向こうでデイヴィスとしゃべっていたわ。くしゃくしゃの赤毛で、いたずらっ子みたいだった」

お母様は、襟元から覗く透けるように白い肌に片手を押しあてた。ゆっくりと重い息を吐くその様子に、興味はいっそうかきたてられた。「あれは男の子じゃないの」

「え?」

「あなたの従姉のイライザよ」

ローズは目を大きく見開いた。意外だった。そんなこと、あるわけない。お母様には兄弟も姉妹もいないのだし、お祖母様が亡くなったいま、マウントラチェット家の人間はお母様とお父様とローズしかいないはず。「従姉なんていないはずよ」

お母様は背筋を伸ばすと、珍しく早口になった。「それがいるの。名前はイライザ、ブラックハーストに住むことになったの」

「どのくらい？」

「ずっと」

「でもお母様……」めまいがいっそうひどくなった。あんなボロ着の薄汚い子が従姉だなんて。「あの髪の色……お行儀も……服なんかびしょ濡れだったし、汚ないし、髪もぼさぼさだし……」

お母様は口元に指を立てた。それから窓のほうに目をやる。うなじの黒い巻き毛が震えていた。

「あの子はどこにも行くところがないの。だからお父様と相談して引き取ることに決めたのよ。キリスト教徒は慈悲の心を持たなくてはね。それであの子が感謝するわけでもないし、あの子にそれを受ける資格もないのだけれど、世間体もあるし」

「でもお母様、あの子はここで何をするの？」

「そこが悩みの種なの。だからといって追い返すわけにもいかないでしょ。ひとつ間違えば家名を汚すことにもなりかねない、つまり、やらざるを得ないことなら、立派にやり遂げるしかないの」お母様は、諸々の感情を強いて排除したようなしゃべり方をした。本人もその空虚な言葉に気づいたのか、それ以上は口にしなかった。

「お母様?」ローズは母親の沈黙をおずおずとつついた。

「そう、あの子がここで何をするのか、だったわね」お母様は振り向き、ローズを見つめた。声の調子が一変する。「あの子のことはあなたに任せようかと思っているの」

「わたしに?」

「ちょっとした事業計画よ。あなたがあの子の面倒を見てあげるの。うまくできそうなら、いずれは行儀作法を仕込んでやってちょうだい。いまは野育ち同然で、これっぽっちの優美さも魅力もないんですからね。孤児《みなしご》がどうがんばったところで、はたして作法を重んじる社会で暮らしていけるようになるのかどうか」ここで大きく息を吐き出す。「もちろんあなたが奇跡を起こしてくれるなんて、そんな幻想も期待も抱いていませんけどね」

「わかったわ、お母様」

「あの子がどれほど劣悪な環境に置かれていたかなんて、あなたには想像もつかないでしょうね。ロンドンの頽廃《たいはい》と罪にまみれて暮らしていたのよ」

そう言われてローズは、少女の正体を知った。イライザというのは、お父様の妹にあたるジョージアナという謎めいた人の、子供なのだ。お母様が屋根裏部屋に追いやった肖像画に描かれていた人、誰も決して話題にしようとしないあの人の。

ただし、お祖母様だけは違った。

亡くなるまでの数か月間、お祖母様は傷を負った熊のようにブラックハーストに戻ってくると、小塔の部屋で覚醒と夢のあいだをさまよっては、時々思い出したようにライナスとジョージアナというふたりの子供のことをしゃべりはじめたのだった。ライナスというのがお父様のことだと知っていたから、ジョージアナというのはお父様の妹だろうと察しをつけた。ローズが生まれる以前に、姿を消したのだという。

そんなある夏の朝、ローズは小塔の窓辺で暖かな潮風にうなじをくすぐられながら、安楽椅子に腰かけていた。お祖母様が寝息を立てるその横で、これが最期の息になるのだろうかと観察するのが好きだった。この時は額に浮き出る汗の粒を、興味津々で眺めていた。するとお祖母様の瞼がぴくっとしたかと思うと、ぱっと目が開いた。大きく見開いた目の色は薄い青で、苦労ばかりの生涯に色を吸い取られてしまったかのようだった。一瞬ローズを見つめてきたが、存在に気づいた様子はなく、ぷいとそっぽを向いてしまった。それからそよ風に大きくふくらむカーテンにじっと見入っていた。というか、見入っているように見えた。咄嗟にベルを鳴らしてお母様を呼ぼうかと考えた――お祖母様が目を覚ましたのは数時間ぶりだったのだ――だが、ベルに手を伸ばしたその時、お祖母様がふうっと大きな吐息をもらした。倦み疲れたような長い吐息で、胸の薄い皮が肋骨の隙間にめりこみそうなほどだった。

するとと突然、しわくちゃな手がローズの手首をとらえた。「なんてきれいな子なのかしら」ひどく弱々しい声なので、次の言葉を聞き取るには、さらに顔を近づけなくてはならなかった。「美しすぎるのは災いのもと。若者を誰彼となく振り向かせてしまう。あの男も夢中になってあの子を追いまわした、家族は知らないとでも思ったのね。そしてあの子は逃げていってしまった、わたしのジョージアナからは手紙一本……」

いまのローズ・マウントラチェットは、決まり事をわきまえるしっかり者だ。それ以外、なりようがなかったのである。生まれてからずっと病気がちでベッドにばかりいたから、社交術や決まり事にからめた教訓話をお母様から聞かされて育った。淑女たるもの、午前中はパールやダイヤモンドを身につけてはいけないことも、人を仲間はずれにしてはいけないことも、どんな状況であれ男性とふたりだけで会ってはいけないことも心得ている。しかし何よりも肝に銘じるべきは、醜聞には決して耳を貸さないということだ。どんなささいなことであれ、淑女ひとりの足をすくうには充分すぎる悪徳だ。少なくとも不評を買うのは間違いない。

だが当時のローズは、身を過った叔母様の、それも一族の恥をそれとなくにおわすような醜聞に耳をふさごうとはしなかった。むしろ、背筋がぞくりとするような邪悪なスリルをそこに嗅ぎ取った。久しぶりに指先が興奮にうずいた。身を強ばらせ、さらに顔を近づけて話の続きをうながした。迷走する言葉の奔流がはたしてどこに行き着くのか、どうしても見届けたくなった。

「お祖母様、誰のお話?」ローズはせっついた。「誰に追いまわされたの?　誰と家出をしたの?」

しかしお祖母様は答えなかった。頭のなかでどんなシナリオが展開していたにせよ、他人にかき回されるのはいやだったのだろう。ローズがいくら問いつめても無駄だった。そうなると自分なりに謎をこねくりまわして満足するしかなく、いつしか叔母様の名前は暗澹とした苦難の時代の象徴となったのだった。この世の不公平にして不快な現実の……。

「ローズ？」お母様が眉根を寄せ、険しい顔を覗かせた。お母様が極力見せないようにしている表情だが、ローズには顔色を読む鍛錬ができていた。「何か言った？　独り言を言っていたようだけれど」お母様はローズの額に手を当てた。

「なんでもないわ。ちょっと考え事をしていただけ」

「お熱があるようね」

ローズは自分の額に手を当てた。熱？　そうは思えなかった。

「お帰りになる前にもう一度マシューズ先生に診ていただきましょう。後悔先に立たず、用心に越したことはないですからね」

ローズは目を閉じた。またしてもマシューズ先生の診察、それも同じ午後に二回とは。我慢も限界を超えていた。

「今日はだいぶ弱っているようだし、新しい計画のほうは見合わせましょう。先生ともご相談して、お許しが出たら明日にでもイライザに会わせます。イライザ！　まったく、船乗りの娘ごときにマウントラチェットを名乗らせるなんて！」

船乗りとは初耳だった。ローズはぱっと目を開けた。「お母様？」

お母様の顔が見る見る赤くなった。うっかり口が滑ったのだ。鉄壁の礼儀作法に珍しくほころびが生じた。「従姉の父親は船乗りだったの。その人のことは話題にしない決まりなのよ」

「わたしの叔父様は船乗りだったのね？」

お母様はうっと息を呑み、咄嗟に薄い手を口に当てた。「あなたの叔父様ではありません、ローズ。あなたとも、わたくしとも、縁もゆかりもない人。単にジョージアナ叔母の夫だったというだけのこと」

「でもお母様！」このほうがローズ自らが仕立てた物語よりずっと刺激的だった。「それ、どういうこと？」

お母様は声を落とした。「イライザを従姉と呼ぶのはかまいません、ここに引き取るしか道はないのですから。でもね、卑しい生まれだということだけは間違いないの。母親が死んでブラックハーストに引き取られた、それだけでも恵まれているのですよ。そもそも一族が受けた屈辱は、あの子の母親が原因なのですからね」お母様がかぶりを振る。「ジョージアナが出ていった時の、あなたのお父様の苦しみようといったらなかったわ。あのスキャンダルを乗り越えるあいだだって、わたくしがそばについていたからよかったものの、そうでなかったらどうなっていたことか」ここでローズをまっすぐ見つめる。心なしか声が震えていた。「名家の人間というのはひたすら恥を堪え忍んでこそ、取り返しのつかないことにならずに家名を保ち続けられるのです。だからこそあなたにしろ、わたくしにしろ、人に後ろ指をさされるような生き方は、絶対してはならないの。従姉のイライザは、今後間違いなく苦労の種になるわね。我が家の一員にはまずもってなれないでしょうけど、せめてロンドンの掃き溜めからすくい上げるくらいの努力はしないとね」

ローズは、夜着の袖口のフリルに気を取られているふうを装った。「卑しい生まれの子は、どう躾けても淑女にはなれないの？」

「なれません」

「名家に引き取られても?」上目使いにお母様をうかがう。

「ジェントルマンと結婚しても?」

お母様はきっと睨み返したが、すぐに口ごもり、やがてゆっくりと言葉を選びながらしゃべった。

「数はそう多くないけれど、低い身分に生まれてもきちんとした育てられ方をして、さらに自分を磨く努力を怠らない娘なら、上の階級に上がれないこともないけれど」ここで落ち着きを取り戻そうとしてだろう、短く息を継ぐ。「でも、あなたの従姉は無理でしょうね。高望みは禁物ですよ、ローズ」

「わかったわ、お母様」

母親がしどろもどろになる真の理由をローズはつつかない。そのあたりの事情を我が娘に悟《さと》られていると知れば、お母様が傷つくことになるからだ。これもまた死の床にあったお祖母様から少しずつ聞き出した家族の秘密だった。いったん知ってみれば、お母様のあれこれが腑に落ちた。姑との確執、立ち居振舞いへの異様なこだわり、社交界のしきたりへの強い執着、常に礼儀作法の模範たらんとするところ。

レディ・アデリーン・マウントラチェットは、自らの過去の痕跡をことごとく消し去る努力を重ねてきたのだろう——だから彼女の前身を知る者たちは戦々恐々としてそうした記憶を頭から締め出し、それを知らずにいる者でさえ気配り怠りなく、レディ・マウントラチェットの実家をあえて話題にしない——だが、お祖母様はそんな痛痒とは無縁だった。敬虔だが貧しい両親の元で育てられたヨークシャー生まれのこの娘が、コーンウォールのブラックハースト荘に意気揚々とやって来て、見目麗しいジョージアナ・マウントラチェット嬢のお世話係におさまるまでの経緯を、それはもう嬉々としてローズに語って聞かせたのである。

お母様がドアのところでつと足を止めた。「最後にもうひとつ、何よりもいちばん大事なことですからね」

「はい、お母様」

「あの子を決してお父様のそばに近づけてはなりません」

これはさほど難しいことではなかった。ローズ自身、お父様とは片手で数えられる程度にしか、まともに顔を合わせたことがない。それを思うと、お母様の念の入れようがひどく気になった。「お母様？」

一瞬できた間がますます好奇心をくすぐり、返ってきた答えはさらなる疑念を生んだ。「お父様はお忙しい身の上、大事なお立場にある方なの。だから家名に塗られた泥のことは、できるだけ思い出さないようにしてさしあげないとね」お母様はすぐさま息を吸いこみ、陰にこもる小声になった。「いいわねローズ、わたしは本気よ。あの子をお父様に近づけようものなら、この家のためになりませんからね」

＊

アデリーンは指先をそっと押さえ、血の赤い粒が盛り上がるさまに見入った。わずか数分のうちにすでに三度、針で指を刺していた。いつもは刺繡《プティポワン》が高ぶった神経をなだめてくれるのだが、今日は神経がぼろぼろだった。刺繡を脇に置く。心が乱れた原因はローズとのやりとりであり、それはマシューズ先生との気乗りしないお茶の時間にも尾を引いた。それもこれもジョージアナの娘がやって来たせいなのだ。取るに足らない子供が単にひとり増えただけのはずが、そこに何かが一緒についてきた。猛烈な嵐の前触れを思わせる、目には見えない何かが。この得体の知れないものが、これまでせっせと築き上げてきたあらゆるものを根こそぎにしてしまうのではと、アデリーンは怖れた。いや、それはすでに陰湿な牙をむいていた。この日一日、自分がブラックハーストにはじめてやって来た日の記憶につきまとわれていたのだから。自分でも努めて忘れようとしてきた記憶、他人にも忘れさせようとさんざん苦労した自分の過去……。

アデリーンがここに来たのは一八八六年のこと、まず目にしたのは人の気配がまるで感じられない家だった。これほど立派なお屋敷に足を踏み入れるのははじめての経験だった。待つこと十分あまり、ようやく玄関ホールに現われたのは、フォーマルなスーツに身を包んだ生意気そうな若者だった。男は足を止め、驚いた様子で懐中時計に目をやった。

「ずいぶん早いじゃないか」早く着きすぎたことをとがめるようなその口調に、アデリーンはたじろいだ。「お茶の時間のあとだとばかり」

アデリーンはどうすればいいのかわからず、ただ黙って立ちつくすしかなかった。

男は吐き出すように言った。「ここで待ってなさい、部屋に案内する人間を呼んでくるから」

アデリーンは迷惑をかけているらしいと気がついた。「よければ庭を散歩して待ちますけど」おずおずと口にしたものの、自分の北部訛りがいつも以上に気になった。白大理石に囲まれた豪勢な広間では、やけにもっさりとした口調に感じられた。

男はぞんざいにうなずいた。「そうしてもらおうか」

トランク類は下男が運んでいったので、手ぶらで大階段の下まで引き返した。そこで足を止めて周囲を見まわしながら、まだ何も始まっていないうちから失敗をしでかしたような、そんな不快な気分を追いやった。

マウントラチェット家の富と名声については、アデリーンが両親と暮らす家に、午後になるとしばしばやって来るランバート司祭から、耳にたこができるくらい聞かされていた。教区民のひとりがこれほどの大役を仰せつかったとあれば、教区全体にとっても名誉この上ないと、司祭はしきりに熱弁を振るったものだった。そもそもはお屋敷の奥方様から直々に命を受けたコーンウォールの教区司祭が、最適任者を選ぶべく候補者選びの範囲を遙か遠方まで広げたわけだが、そこはアデリーン自身の努力の賜物、この栄誉を受けるにふさわしい逸材であることを自ら証明したのだった。娘を手放す見返りとして両親にかなりの大金が支払われるのも魅力だった。アデリーンは意欲満々だった。「外見が中身をつくる」とか「淑女は淑女らしい振舞いから」といったお堅い教養講座にせっせと通い、その後、ヨークシャーの片田舎からはるばるやって来たのだったが、こうして一歩お屋敷に足を踏み入れてみれば、そんな独りよがりの意欲はあっけなく揺さぶられた。

上空の音につられてふと目を上げると、ヤマガラスの一家が複雑なパターンを描きながら飛んでいた。なかの一羽が急降下したかと思うと、仲間を追って遠くに見える高い木々のほうへと飛び去った。さっさと気持ちを切り替えねば、そう思ったアデリーンは、ヤマガラスたちが向かったほうへ足を運びながら、そうするあいだも新生活の幕開けにあたって自らを叱咤《しった》激励した。

そうやって自分に向かって熱弁をふるうことに夢中のあまり、邸内に点在する見事な庭園を楽しむ余裕はほとんどなかった。階級や貴族社会についての肯定的見解を展開しはじめたころには、冷気漂う暗い樹林を抜け、気がつけば乾いた草に足を撫でられながら断崖の際に立っていた。崖の先には、ベルベットのハンカチをひらりと落としたような群青色の海が広がっていた。

アデリーンはそばの木の枝を握りしめた。高いところは苦手だった。心臓が早鐘を打った。

水面の何かが目に留まり、視線はそのまま入り江へと吸い寄せられた。小舟に乗った若い男女がいた。男は腰をおろし、女は立ち上がって船体を左右に揺らしている。女の白いモスリンのドレスはくるぶしから腰のあたりまでびしょ濡れで、脚にぴったり張りついていた。アデリーンはぎょっとして息を呑んだ。

見てはいけないと思いつつ、目を離すことができなかった。女の髪は燃え立つような鮮やかな赤毛で、ほどいた長い髪の先端が濡れてカールしていた。男は麦藁のカンカン帽をかぶり、黒い箱形の奇妙な装置を首からぶら下げていた。男は笑い声をあげながら女に向かってしぶきを飛ばし、それから四つん這いになって女のほうに近づくと、手を伸ばして女の足首をつかもうとする。小舟はいっそう激しく揺れ、男が女に触れようとしたその時、女はするりと身をかわし、しなやかな身のこなしで水中に飛びこんだ。

アデリーンにはまずもってできそうにない振舞いだった。若い娘があんなことをするなんて、頭がおかしいとしか思えなかった。それにしても女はどこへ行ったのか？　アデリーンは首を伸ばした。きらめく水面に視線を走らせていると、やがて白い影が黒い岩山付近の水に浮かび上がった。岩場に這い上がった娘の、体に張りついたドレスから、水がしたたり落ちる。そのまま娘は振り返りもせずに岩をよじ登り、急斜面に隠れて見えない小道をたどって、頂上の小さなコテージのほうへと姿を消した。

アデリーンは荒くなった息を必死になだめながら、男のほうに視線を戻した。男もまたショックを受けているのではと気になった。やはり男も娘が姿を消すのを見届けたのか、すでに小舟を浜に漕ぎ寄せているところだった。そして砂利場にボートを引き上げると、靴を突っかけ、階段を上りはじめた。男は片足を引きずり、杖をついていた。

すぐそばを通りながら、男はアデリーンに気づきもしなかった。口笛を吹いていた。アデリーンの知らない曲だった。楽しげで快活なメロディは、太陽の光と潮の香りに満ちていた。アデリーンが早く抜け出したくてたまらなかった陰鬱なヨークシャーとはまるで違った。男の背丈は故郷の男の二倍はありそうだったし、陽気さも二倍に感じられた。

断崖の際《きわ》にひとりたたずむうちに、重く暑苦しい自分の旅行着が急に気になりだした。眼下の水がやけに涼しげに映った。自制心を働かせる間もなく、はしたないことを考えていた。あんなふうに水に飛びこみ、びしょ濡れになって上がってきたら、さぞ気持ちがいいことだろう。

それから長い歳月が流れ、ライナスの母親、あの憎たらしい姑は死の床で、ジョージアナの世話係にアデリーンを選んだ理由をこう打ち明けたのだった。「わたしはとにかく、できるだけ退屈で鈍重なヤマネみたいな子に来てほしかったの。敬虔な心の持ち主であればなおのこと結構。うちの娘にその爪の垢でも煎じて飲ませてもらえればと思ってね。なのに大事に育てたうちの可愛い小鳥が巣を飛び出し、あとに残ったヤマネにその座を奪われてしまうなんて、思いもしませんでしたよ。あなたにはおめでとうと言うべきなのでしょうね。結局あなたの勝ち、そうでしょ、レディ・マウントラチェット?」

たしかにそうだった。下層に生まれながら努力と強い意志の力によって、アデリーンは上流社会へとのぼりつめた。コーンウォールの聞いたこともない村に娘をひとり送り出した時点では、両親も想像だにしなかった大出世だった。

結婚によってレディ・マウントラチェットという称号を手に入れたのちも、アデリーンはさらに研鑽を積んだ。たとえどこから泥が飛んでこようとも、我が一族を、この立派な屋敷を汚すことはまかりならんとばかり、用意万端怠りなく船の舵取りを務めてきた。今後もそれは変わらない。ジョージアナの娘がこうして現われたとなればなおさらだ。ブラックハースト荘が今日までどうにか持ちこたえられたのも、このわたしの努力があったからこそではないか。

イライザがブラックハーストに来たせいでローズの影が薄くなるのでは……そんなつまらぬ

取り越し苦労はさっさと忘れよう。

　アデリーンは肌をざわつかせてやまない懸念を振り払うと、意識して冷静になろうと努めた。ローズのことになるとつい過敏になってしまう。それというのも病弱な子を持ったせいだ。そばに控えるアスクリッグがくーんと鼻を鳴らした。この子も今日は、一日中落ち着きがなかった。アデリーンは手を伸ばし、犬の長い鼻を撫でた。「よしよし。万事うまく行くから大丈夫よ」それから目の上の逆立つ毛並みを撫でつける。「うまくやってみせますとも」

　怖れることなど何もない。あの娘はざんばら髪をした痩せっぽちだし、貧しいロンドン暮らしで血色も悪い。そんな半端な闖入者《ちんにゅうしゃ》がうちの家族にどんな脅威をもたらすというのか。イライザの容姿にジョージアナの面影は微塵もない、ありがたいことにそれは誰の目にも明らかだ。だとしたら、この焦燥感は怖れというより、安堵の表われか。最悪の怖れに向き合ってみれば、それが杞憂だとわかって生まれた安堵感の。イライザの出現がもたらした安心材料はもうひとつあった。ジョージアナは間違いなくこの世にいない、もう絶対に帰ってこないということ。しかも代わりにやって来た浮浪児には、母親のように易々と人をかしずかせてしまうほどの天賦の魅力は皆無なのだ。

　ドアが開き、一陣の風が暖炉の火を掻き立てた。

「お食事の用意が整いました、奥様」

　アデリーンはトーマスを軽蔑していた。いや、どの使用人も見下していた。はい奥様。いいえ奥様。お食事の用意が整いました奥様。そう口では言いながらお腹のなかで何を考え、こっちをどう思っているのか、すっかりお見通しだった。

「主人は？」とびきり冷ややかに、精一杯威厳をこめて声を発する。

「マウントラチェット卿はさきほど暗室をお出になりました、奥様」

なんと、あの薄汚い暗室にいたのか。最前、マシューズ医師につき合ってお茶を飲んでいた時、車寄せに近づいてくる馬車の音を聞いた。片耳を玄関ホールのほうにそばだて、夫の特徴ある――強弱を交互に響かせる――足音がいまに聞こえるのではと待ち構えていたのだが、結局聞こえずに終わった。まさかあの忌々しい暗室に直行していたとは。

トーマスは相変わらずアデリーンを見つめていた。そこで気を引き締め、平静を装う。ここで神の反逆者《ルシファー》の誘惑に負けようものならトーマスの思う壺、ぎくしゃくした夫婦仲を嗅ぎつけ喜ばせるだけだ。「さがりなさい」さっと手で払う仕草をする。「主人のブーツにこびりついたスコットランドの泥をしっかり落とすよう、目配りを頼みますよ」

*

食堂に行くと、すでにライナスは席に着いていた。とうにスープを飲み終え、妻の入室に目も上げなかった。長いテーブルの向こう端でモノクロ写真を見るのに余念がない。蛾や蝶や煉瓦壁など、今回の撮影旅行の成果というわけだ。

そんな夫の態度に、アデリーンはかっと血をのぼらせた。ブラックハーストの晩餐でこんな不作法がまかり通っていると知れたら、他人様に何を言われるか。トーマスと従僕のほうを横目でちらりと見れば、どちらも遙か前方の壁をひたすら見つめている。だが、アデリーンは騙されなかった。この生気を欠いたまなざしとは裏腹に、連中の頭は忙しく回転しているはずだ。ブラックハースト荘の規範のほころびをめざとく見つけ、使用人仲間に伝えたくてうずうずしているに決まっている。

アデリーンが硬い表情で席に着くと、従僕がスープ皿を運んできた。少量をスプーンにすくって口に運ぶ。舌を火傷《やけど》した。相変わらずライナスは顔をうつむけたまま、写真の仕上がり具合を確かめている。頭頂部が薄くなりかけていた。まるで巣作りを始めた雀が、最初の藁を積み上げた直後のような眺めだ。

「例の娘は着いたのかね？」ライナスが目も上げずに口を開いた。

アデリーンの肌が粟立った。もううんざり。「ええ」

「会ったのか？」

「もちろんですわ。上におります」

ようやく夫は顔を上げ、ワインを一口、口に含んだ。さらにもう一口。「で、どうかね……似ているかね……？」

「いいえ」冷ややかな声で返す。「ちっとも、まるで別人ですわ」膝に載せた両の拳に力がはいる。

ライナスは短く息を吐くと、パンをちぎって食べはじめた。それから口をもぐもぐさせながらしゃべりだす。アデリーンはこれが我慢ならない。「マンセルもそんなことを言っていたな」

あの孤児の出現に責めを負うべき者がいるとすれば、それはヘンリー・マンセルだ。ライナスはジョージアナの帰還をひたすら待ち望んでいたわけだが、その希望を焚きつけてきたのはマンセルにほかならない。大きな口ひげと鼻眼鏡が特徴的なこの探偵は、ライナスから金を巻き上げてはせっせと報告書を送りつけてきた。アデリーンにすれば、マンセルの捜索が失敗に終わりますように、ジョージアナの行方をつかめぬまま、ライナスもそれを受け入れてくれますようにと、夜ごと神に祈るしかなかった。

「ご旅行はいかがでした？」アデリーンは問いかけた。

返事はなかった。夫の目はまたもや写真に向けられている。

トーマスのほうを盗み見たかったが、プライドが許さなかった。あくまでも満ち足りているかのような穏やかな表情を取りつくろい、スープを口に運んだが、すでにぬるくなっていた。

妻によそよそしい態度を取るのはまあいいとしても——そういうところは結婚当初からあった——ローズをまったく寄せつけないのはなぜなのか。自分の子供なのに、自分と同じ血が流れている、高貴な血を受け継いだ我が子だというのに、どうしてこれほど超然と構えていられるのか、アデリーンにはまるで気が知れない。

「マシューズ先生が今日も見えましたの。また炎症を起こしましてね」

ライナスが目を上げた。そのまなざしにはいつもの無関心のベールがかかっていた。それからパンを口にほおばった。

「たいしたことがなくて、ほっとしましたわ」夫が目を上げてくれたことで、アデリーンの気持ちは軽くなっていた。「心配するほどのことはないそうです」

ライナスがパンの塊を呑みこんだ。「明日、フランスに行く」感情のこもらぬ声だった。「ノートルダム寺院の入口に……」言い終わらぬうちに声が尻すぼみになる。妻に行動予定を告げる努力もそこまでというわけだ。

アデリーンは思わずぴくっと跳ね上がった左眉を、急いで撫でつけた。「それはようございますこと」こわばる唇を無理に広げて笑みをつくる。そうやって、どこからともなく甦ってくるライナスの、小舟の上で白ずくめの人物にカメラを構える姿を封じこめた。

27 トレゲンナ 一九七五年

これがウィリアム・マーティンの言っていた黒い岩山か。ネルはその頂に立ち、眼下の岩場で逆巻き白く泡立つ波が、洞窟内部に押し寄せては引き戻されるさまを見守った。すさまじい嵐、沈没船、真夜中の船荷略奪といった光景をこの入り江に重ね合わせるのに、たいして時間はかからなかった。

断崖の向こうに木立が兵士のようにずらりと整列しているため、ここからネルの母親の生家であるブラックハースト荘は隠れて見えない。

コートのポケットに両手を深々と押しこんだ。風が強く、立っているのもやっとだった。首がじんじん痺れた。頬をこすって温めても、寒風ですぐに冷えきってしまう。そこで回れ右して、風でなぎ倒された草が覆いつくす崖沿いの小道に引き返した。車道もここまでは延びておらず、道幅は狭かった。足元に用心しながら歩いた。膝が腫れ上がり、怪我もしていた。前日、尋常ならざるやり方でブラックハーストの敷地にはいろうとしたせいだ。当初は、自分はオーストラリア在住の骨董商で、都合のいい時に見学させてほしいと書いた手紙を置いてくるだけのつもりだった。ところが高くそびえる金属製の門扉の前に立った途端、何かに突き動かされたかのようになっていた。そうするのが呼吸するのと同じくらいごく自然な行為に思われた。気づいた時にはなりふりかまわず優美な渦巻き模様に足をかけ、無様な格好で門扉をよじ登りはじめていたのである。

いい年をした女性にあるまじき突飛な行動、まさにそれだった。自分の家族が暮らしていた家、自分の生まれた家がすぐそこにあるというのに、ちらりと見ることもできないなんて耐えられなかった。その執念に肉体のほうがついていけなかったのは、無念と言うしかない。だからジュリア・ベネットに不法侵入の現場を押さえられた時はさすがにばつが悪かったが、やれやれ助かったという気持ちも強かった。ありがたいことにブラックハーストのこの新オーナーは、ネルの釈明を聞き入れ、邸内を見せてくれたのだった。

こうしてじかに内部を目にするのはとても妙な気分だった。違和感はあるのだが、想像していたような違和感とは違った。口も利けないほど期待に胸がふくらんだ。玄関ホールを進んで大階段を上り、ひとつひとつドアの向こうを覗きこんでは、何度も自分に問いかけていた。ここに母はすわっていたのか、母はここを歩いたのか、母はこの場所がお気に入りだったのかと。そうしながら、体内に衝撃が駆けめぐる瞬間を待ちわびた。壁紙を見ているうちに頭に刷りこまれているはずの記憶が甦り、それがいまに波のように襲いかかってくるのではないか。ここが自分の生まれ育った家だという実感が、体の奥底から湧き上がるのではないかと。だが何も起こらなかった。愚かしい皮算用など、無論ネルの性に合わない。それでも、ひょっとしたらという思いは捨てられなかった。とことん現実的な人間であっても、時には別の自分になってみたい誘惑に駆られるもの。せめて再構築中の過去の記憶に現実味を与えたい、実際の部屋部屋で、想像上の会話を試してみたいと。

丈の長い草のきらめく茂みのなかから、手頃な長さの木ぎれを見つけた。こういう杖をついて歩くのは実に愉快、がんばって旅をしている気分になれる。ついでに腫れた膝への負担も軽減できそうだ。腰をかがめて木ぎれを拾うと慎重な足取りで斜面を進み、高い石塀の前を行き過ぎた。正面ゲートには侵入者への警告板のすぐ上に《売出し中》の看板が掛かり、電話番号も添えられていた。

つまりここが、昨日ジュリア・ベネットが言っていたブラックハースト邸内のコテージで、ウィリアム・マーティンに言わせれば、何やら「まっとうではない」ことがいろいろ起こった場所だから焼け落ちてしまえばよかったコテージ、というわけだ。ネルはゲートにもたれて中をうかがった。これといっておどろおどろしい雰囲気はない。前庭の草木は伸び放題で、迫りつつある夕闇が隅々まで流れこみ、ひんやりとした暗闇がそこここのポケットに夜を詰めこんでいる。コテージに向かって延びる小道は、コテージ正面で左に折れ、そのままコテージの外壁に沿って裏手のほうへと続いている。石塀近くには、緑色の地衣植物に覆われた像がひっそりとたたずんでいた。花壇中央に立つその裸の少年は、つぶらな瞳をコテージのほうに向けていた。

いや、少年が立っている場所は花壇ではなく、たしか魚が泳ぐ池だったのではなかったか。

訂正は速やかに行なわれ、確信が生まれた。これには我ながら驚き、鍵のかかった門扉を握る手に力がはいった。なぜそのことを知っているのか？

すると目の前の庭が一変した。何十年ものあいだ伸びるにまかせた雑草や茨はたちまち影を潜め、散り敷かれた木の葉が一掃され、その下から小道と花壇とベンチが現われた。するとそこに、太陽の光が射しこみ、池の表面にまだらの影を投げかけた。この時ネルは、ふたつの空間に同時に身を置く存在になっていた。膝に痛みを抱え、錆びたゲートにしがみつく六十五歳の女であると同時に、ひとつに編んだ長い髪を背中に垂らし、ひんやりした柔らかい草地にしゃがんで、池の縁に足をぶらぶらさせている幼い少女でもあり……。

丸々と太った魚が水面にひょいと顔を出し、黄金色の胴をきらめかせた。少女は魚が大きく口を開けて自分の爪先をつつくたびにはしゃぎ声をあげた。少女はこの池が大好きで、おうちにも池を造ってほしいのだが、ママは落ちて溺れたら大変だと言った。ママは心配性で、幼い娘のこととなるとやたらと神経をピリピリさせるのだ。今日もここに来ていることを知ったら、ひどく腹を立てるだろう。でもママに気づかれることはなさそうだ。今日も気分がすぐれないらしく、暗くしたお部屋でベッドにもぐりこみ、おでこに濡れたフランネルを載せていたもの。物音に少女がはっと目を上げる。おばさまとパパが外に出てきた。ふたりは一瞬立ち止まり、パパがおばさまに何か言ったが、少女には聞き取れない。パパがおばさまの腕に触れ、おばさまがゆっくりと歩きだす。おばさまがじっと見つめてくる。その様子は、日がな一日池のところでまばたきもせずにたたずんでいる少年の像を思わせた。おばさまが微笑む。魔法のような微笑み。少女は池から立ち上がり、じっと待つ。おばさまは何を話しだすのだろうかと思いながら……。

ヤマガラスが一羽、頭上をかすめた瞬間、時間が巻き戻された。茨も蔓も元どおりに伸び広がり、落ち葉が降り積もり、庭はふたたび薄闇に閉ざされ、じめじめした場所に逆戻りした。少年の像もまた、時を経れば当然のように、緑色に変色した。

指の関節がじんじん痺れていた。ネルはゲートを握りしめていた手をゆるめ、ヤマガラスを目で追った。大きな翼で風をとらえながらブラックハーストの樹林の頂へと上昇する。西の空に浮かんだ雲が、背後からの夕陽を受けてピンク色に輝いていた。

ネルは茫然とコテージの庭に目を走らせた。少女の姿はどこにも見当たらなかった。いや、はじめからいなかったのか？

ネルは手近な場所に杖を突き立て、村に引き返すことにした。戻っていくあいだも二重写しの奇妙な（かといって迷惑でもない）感覚につきまとわれていた。

28　ブラックハースト荘　一九〇〇年

　翌朝、子供部屋の窓ガラスに冬の青ざめた陽光が揺らめくころ、ローズは長い黒髪の毛先を撫でつけていた。ミセス・ホプキンスに満足のいく艶が出るまでブラシをかけてもらったあとなので、お母様がパリから取り寄せた最高級のドレスのレースが髪によく映えた。体がだるく、少し気が滅入ってもいたが、それは今日に限ったことではない。虚弱に生まれついた娘は、常に朗らかでいるようにと求められることはなかったし、ローズも無理して明るく振る舞おうとは思わない。周囲の者たちには腫れ物にさわるように扱ってもらいたいというのが本音である。それで相手も同じように気が滅入ってくれたら、こちらの気分も少しは晴れるというものだ。それとは別に、今朝の倦怠感にはそれなりの理由があった。背中に当たる豆が気になって寝つけないお姫様よろしく、ゆうべは目が冴えて寝つかれず、一晩中寝返りばかりうっていたのだ。といっても、マットレスの寝心地が悪かったわけではない、お母様がもたらした驚くべき報せのせいだった。

　お母様が部屋を出ていったあと、ローズはすっかり考えこんでしまった。一族がこうむった汚辱とはいったいどんなものか、ジョージアナ叔母が家を飛び出し家族を捨てたあと、いったいどんなドラマが巻き起こったのか。邪悪な叔母様のことで一晩中さんざん想像をたくましくしたものだから、妄想は朝が来ても朝露のように消えてはくれなかった。朝食のあいだも、ミセス・ホプキンスが着替えをさせてくれているあいだも、そしていま子供部屋で待機しているあいだも、頭はめまぐるしく回転していた。色あせた煉瓦をゆらゆらと照らす暖炉の炎を見つめるうちに、そのオレンジ色の陰影が、叔母様のくぐった地獄の門とそっくりに思えてきた。と、そこへ廊下から足音が！

ローズは咄嗟に椅子から腰を浮かせ、ラムウールの膝掛けをきちんと整えると、お母様から教わった一糸乱れぬ表情を素早く取りつくろった。背筋を走るぞくぞく感がたまらなかった。さあ、いよいよ大事なお務めよ！　わたしは今日から教育係。ひねくれ者の孤児《みなしご》をこの手で矯正してあげるのだ。ローズはこれまで友達というものを持ったことがなく、ペットの類も持たせてもらえなかった（お母様が狂犬病をひどく怖れていたせいだ）。お母様は疑うことしきりだったが、ローズは従姉に大きな期待を寄せていた。従姉をこの手で淑女に変身させて見せよう。そうしたら話し相手になってもらえるし、病気の時はおでこをぬぐってもらい、気分がすぐれない時は手をさすってもらい、気が滅入った時は髪にブラシをかけてもらえるではないか。従姉のほうもローズの手ほどきに心底感謝するだろうし、淑女としてのたしなみに目覚めればうれしくないはずがない。ローズが仰せつかったのはまさに淑女教育だ。わがままも言わず、うんざりさせるような振舞いもしない、人の気持ちを逆撫でするようなことも口にしない――そんな非の打ちどころのない友達ができるのだ。

ドアが開くと、暖炉の火がぱちぱちと不満の声をあげた。お母様が青いスカートの衣擦れを響かせながらつかつかとはいってきた。その様子からすると、今日はぴりぴりしているらしい、たちまち好奇心が頭をもたげた。顎の引きしまり具合から見て、今回の一大事業が抱える問題は、お母様がおっしゃる以上にかなり大きく、多岐にわたっていそうだ。「おはよう、ローズ」いささか素っ気ない挨拶だった。

「おはよう、お母様」

「従姉のイライザを連れてきましたよ」

お母様のスカートの陰から前に押し出されたのは、昨日窓からちらりと見えた、あの痩せっぽちの小僧だった。

ローズは思わず椅子のほうへ身を引いた。相手の頭の先から爪先まで視線を這わす。短い髪の毛先はぎざぎざで、ひどい身なりだし(男ものズボン!)、膝小僧が飛び出し、かかとのすり減ったブーツを履いていた。相手は無言のまま、ただ大きな目で見つめるばかり、なんて無礼な態度かとローズは呆れた。たしかにお母様の言うとおり、この子は(「従姉」なんて呼びたくもない!)きっとごく基本的な礼儀作法さえ習ったことがないのだろう。

ローズは萎《な》えていく気力を奮い立たせた。「ごきげんよう」声が少し小さすぎるような気がしたが、お母様がうなずいたところを見ると合格らしい。ここで相手からの言葉を待ったが、うんともすんとも言ってこない。お母様のほうにちらりと目をやると、相手にかまわず先を続けろと促している。そこで再度、口を開いた。「ねえイライザさん、ここの暮らしを楽しんでいらっしゃる?」

イライザは、ロンドンの動物園にいる外国の珍獣でも見ているみたいに目をぱちくりさせ、こくんとうなずいた。

廊下からまた別の足音が聞こえ、だんまりを決めこむ奇妙な従姉に社交辞令を投げかける苦行からしばし解放された。

「お邪魔して申し訳ございません、奥様」ミセス・ホプキンスの声がドアのところから聞こえた。「マシューズ先生がモーニング・ルームでお待ちでございます。なんでもご依頼の新薬をお持ちしたとかで」

「預かっておきなさい、ミセス・ホプキンス。いまは手が放せません」

「そう申し上げたんでございますよ、奥様。でも先生は、直接お目にかかってお渡ししたいとおっしゃるものですから」

お母様のまつげがかすかに震えた。それに気づけるのは、お母様のその時々の気分を読み取ることで生活を成り立たせている人間くらいのものだ。「わかりました、ミセス・ホプキンス」お母様の声に険が感じられた。「すぐ行くと伝えてください」

ミセス・ホプキンスの足音が遠ざかると、お母様は従姉のほうに向き直り、威厳のある声を響かせた。「そこの床にすわって、これからローズが教えることをしっかり聞きなさい。歩きまわっては駄目。しゃべるのも禁止。物に触れてもいけません」

「でもお母様――」こんなに早くふたりきりにされるとは思ってもみなかった。

「まずは従姉にきちんとした身なりについて教えてあげるのがよさそうね」

「はい、お母様」

青いスカートが揺れながらドアの向こうに消え、暖炉の火が落ち着きを取り戻した。ローズは従姉の視線を見つめ返した。ついにふたりきり、いよいよ授業開始だ。

＊

「それを置きなさい。さっさと置きなさい」ことはローズの思いどおりに進まなかった。この子は人の話をちっとも聞こうとしないし、言いつけにも従わず、お母様が怒った時のようにすごんで見せてもまるで効き目がなかった。イライザが室内をうろつきまわってはあれこれ手に取ってためつすがめつし、また元に戻すということを繰り返し、すでに五分が経っていた。そこらじゅうに指紋がべたべたついたに違いない。そして今度は、ローズが大叔母だか誰だかに誕生日のお祝いに貰った万華鏡をさかんに振っていたのだ。「それ、高価なものなのよ」ローズは一喝した。「さわらないでって言ってるでしょ。そんなふうにするものじゃないんだから」

言ってから、しまったと思ったが、遅すぎた。従姉はつかつかとローズのほうにやって来て、万華鏡を突き出した。見れば爪が黒ずんでいる。こんな汚い手でさわられたら病気になる、お母様ならきっとそう言うだろう。

ローズはぶるっと身を震わせた。椅子の上で縮み上がった。頭がくらくらした。「おやめ」どうにか声を絞り出す。「しっしっ、あっちに行ってってたら」

イライザは椅子の肘掛けのすぐそばに突っ立っていた。いまにもベルベットの布地の上にひょいと飛び乗ってきそうだ。

「あっちに行きなさいって言ってるでしょ！」ローズは華奢な白い手を振り立てた。標準《クイーンズ・イング》英語《リッシュ》が通じないのだろうか？「そばに寄らないで」

「どうして？」

なんだ、しゃべれるではないか。「あなた、お外にいたでしょ。だから不潔なの。黴菌《ばいきん》がうつっちゃうでしょ」ローズはクッションにぐったりと倒れこんだ。「ああ、くらくらする、全部あなたのせいですからね」

「わたしのせいなんかじゃないわ」イライザがけろりと言った。反省している様子は微塵もない。「こっちだってくらくらしちゃう。この部屋、竈《かまど》みたいに暑いんだもの」

　何ですって？　ローズは言葉を失った。めまいはわたしの専売特許ではないか。今度は何を企んでいるのか？　見れば、窓のほうに向かっている。ローズは恐怖に顔をひきつらせながら、目で追った。まさかそんな――。

「ちょっと開けるわね」イライザはきっちりとかかった鍵をがちゃがちゃいわせてはずした。

「こうすれば大丈夫」

「やめて」ローズの全身を恐怖が駆けめぐった。「やめなさい！」

「こうすればずっと気分がよくなるのに」

「いまは冬なのよ。外はどんより曇っているじゃないの。風邪を引いたら困るでしょ」

イライザは肩をすくめた。「まさか」

相手の生意気な言いぐさに、恐怖心より嫌悪感が先立った。そこでお母様の声音《こわね》を真似てすごんだ。「おやめなさいと言っているでしょ」

イライザは鼻をくしゃっと歪めた。命令の意味を咀嚼《そしやく》しているらしい。ローズが息を詰めて見守っていると、イライザは窓の鍵を元どおりかけ直した。それからまた肩をすくめたが、今度のこれはさほど生意気に感じられなかった。肩を落として部屋の中ほどへと引き返すイライザの様子に、ローズは満足を覚えた。イライザは絨毯の中央で足を止めると、ローズの膝に載った筒を指さした。

「それ、どうやるのか教えて。望遠鏡？　何も見えなかったけど」

ローズはふうっと息をもらした。疲れてもいたし、ほっとしてもいた。目の前の奇妙な生き物がますますわからなくなった。まったくもう、こんなつまらないものにこだわるなんて！とはいえ、素直に言いつけを守ったことだし、少しはご褒美もあげないと……。「まず言っておきますけど」ローズは取りすました声を出した。「これは望遠鏡じゃないの。万華鏡っていうものよ。向こう側を見る道具じゃありませんからね。こうやって筒を覗くと模様が変化するの」ローズは筒を目の高さに構え、まずはその操作をやって見せると、筒を床に置いてイライザのほうにころがした。

イライザは筒を拾い上げると目に当て、筒先を回転させた。色とりどりのガラスの粒がざらざらと音を立てながらあちらにこちらにと移動するにつれ、イライザの口元が大きくほころび、やがて顔いっぱいに笑みが広がり、ついには笑い声をあげていた。

ローズは驚きのまなこをぱちくりさせた。笑い声そのものが珍しかった。たまにあったとしても、聞かれているとも知らずに使用人たちが笑い転げるのを時折耳にするくらいだ。それにしてもイライザのは愛らしい響きだった。いかにも楽しげで、軽やかなその声はまさに少女のそれであり、外見とは似ても似つかない。

「どうしてそんなもの着ているの？」

イライザは万華鏡を覗くのをやめず、それでもようやく口を開いた。「だってわたしの服だもの。これでいいの」

「それじゃまるで男の子だわ」

「たしかに以前は男の子が着ていたわ。でもいまはわたしのものなの」

これには驚いた。次から次へと興味はふくれ上がるばかりだった。「どこの男の子？」

相手はうんともすんとも言わず、万華鏡をかちゃかちゃ回すばかり。

「どこの子かって訊いているのよ」少し声を張り上げた。

イライザはゆるゆると筒を下ろした。

「人を無視するのって、とてもお行儀が悪いことなのよ」

「べつに無視してるわけじゃないわ」

「じゃあどうして答えないの？」

またしても肩をすくめる仕草。

「そうやって肩をすくめるのも下品よ。人に話しかけられたら、きちんと応対しなくてはいけません。さあおっしゃい、どうしてわたしの質問を無視するの？」

イライザが目を上げ、じっと見つめてきた。従姉の顔が微妙に変化したように感じられた。それまでなかった光のようなものが、目の奥できらめいた。「しゃべらないのはね、あの子に居場所を知られたくないからよ」

「あの子って誰？」

抜き足差し足でイライザがにじり寄る。「もうひとりの従妹よ」

「もうひとりの従妹？」まるで意味がわからない。この人、頭がおかしいんだろうかとローズは思いはじめた。「あなた、何言ってるの？　ほかに従妹なんているわけないでしょ」

「その子のことは秘密なの。上の部屋に閉じこめられているのよ」

「そんなのでたらめよ。どうして秘密にしなくちゃならないの？」

「わたしのことだって秘密にしてたでしょ？」

「でも、閉じこめられてはいないでしょ」

「わたしは危険じゃないからよ」イライザは忍び足でドアのところまで行くと、ドアを少しだけ開けて外をうかがった。そして、うっと息を呑む。

「どうしたの？」

「しーっ！」イライザが口元に指を立てる。「わたしたちがここにいることを、あの子に知られないようにしなくちゃ」

「どうして？」ローズは目をむいた。

イライザがローズのそばに忍び寄る。徐々に闇に塗りこめられていく室内。暖炉の燃えさかる炎がイライザの顔を不気味に浮かび上がらせる。「もうひとりの従妹はね、狂っているの」

「頭がってこと？」

「アリスの帽子屋くらいにね」イライザが声を落としたので、身を乗り出さねば聞き取れない。

「小さい時からずっと屋根裏に閉じこめられていたんだけど、誰かさんに出してもらったの」

「誰かさん？」

「幽霊のひとりよ。おばあさんの幽霊なの。ものすごく太ったおばあさん」

「お祖母様だわ」ローズもひそひそ声になる。

「しーっ！　ほら！　足音が」

哀れローズの虚弱な心臓は、蛙のように跳ねまわった。

イライザがいきなり、ローズのすわる椅子の肘掛けにひょいと飛び乗った。「こっちに来る！」

ドアが開いた途端、ローズは悲鳴をあげていた。イライザはにやりと笑い、お母様は息を呑んだ。

「そこで何をしているんです、お行儀が悪い！」お母様は金切り声をあげると、イライザからローズへと素早く視線を移した。「名家の娘はそんなところに乗ったりしてはいけません。動きまわるなと言ったはずですよ」お母様の息づかいが激しくなる。「ローズや、怪我をしたんじゃない？」

ローズはかぶりを振った。「大丈夫よ、お母様」

珍しいことにほんの一瞬、お母様は取り乱したようだった。いまにも泣きだすのではとローズは怯えた。お母様はイライザの腕をつかんでドアのほうに引きずっていった。「まったくどうしようもない子！　今夜の夕食はお預けです」いつもの硬質な声が戻っていた。「これからもずっと夕食は抜きにします。言いつけを守れるようになるまではね。この家を取り仕切るわたくしに、きっちりと従ってもらいますから……」

ドアが閉まると、ローズはまたひとり取り残された。まさかこんなことになるとは、意外な展開に茫然とした。イライザの話に興奮した。背筋が寒くなるような怖い話なのに、なぜか心が躍った。もうひとり、頭のおかしな従妹がいるだなんて、怖ろしいけれどわくわくした。いや、それより何より興味をそそられたのは、いつもはびくともしないお母様の冷静な態度に亀裂が生じたことだった。その瞬間、ローズの世界を取り囲む頑丈な壁がぐらりと揺れたような気がした。

何もかも、これまでとは違うのだ。そこに気づくとローズの胸がどきんと高鳴った——鼓動は力強かった——すると突然、言い知れぬ喜びが全身を貫いた。

29　ブラックハースト・ホテル　二〇〇五年

　ここでは色彩のありようがまるで違った。オーストラリアの強烈な日射しを見慣れたカサンドラの目には、コーンウォールを包む柔和な光が新鮮に映った。さてこの景色を水彩でどう表現しようか、ふと気がつけばそんなことを考えていた。これには自分でも驚いた。バタートーストを一口かじり、物思わしげに口を動かしながら、崖沿いに並ぶ木々の連なりに目をやる。それから片目を閉じた状態で、木立の稜線を人差し指でなぞっていく。

テーブルの上に影がさし、耳元で声がした。「カサンドラさん？　カサンドラ・ライアンさんですね？」見れば、六十そこそこといった感じの女性がすぐ横に立っていた。銀色を帯びたブロンドを形よくまとめ、目元を手持ちのアイシャドウを総動員したかのように塗り固めている。「ジュリア・ベネット、当ホテルのオーナーです」

　カサンドラは指先のバターをナフキンでぬぐい、握手に応じた。「はじめまして」

　ジュリアが空いている椅子を指さす。「ここ、よろしいかしら……？」

「もちろんです、どうぞ」

　ジュリアが席に着く。これもパンフレットにあったお客様サービスの一環なのだろうかと、ぼんやり頭をめぐらす。

「ご滞在を楽しんでいただけてますかしら」

「ええ、素敵なところですね」

ジュリアはカサンドラを見て、にっこり微笑んだ。両頰にえくぼが浮かぶ。「やっぱり、お祖母様の面影がありますね。よくそう言われますでしょ」

社交辞令の笑みを返しはしたものの、カサンドラの頭のなかは疑問符だらけになった。顔を合わせるのはこれがはじめてなのに、どうしてそんなことがわかるのか？　ネルとはどういう関係なのか？　ネルとわたしをどこでどう結びつけたのか？

ジュリアは軽やかな笑い声をたてると、秘密めかして身を乗り出した。「種を明かせば、コテージを相続したオーストラリア人女性がこっちにいらしてるって、一羽の小鳥さんが教えてくれたんですの。なにせトレゲンナは狭い土地でしょ、すぐそこのシャープストーン・クリフでくしゃみをしても、港のほうまで筒抜けですからね」

小鳥の正体はすぐにわかった。「ロビン・ジェイミソンですね」

「昨日ここに来ましてね。あの人、地元のフェスティバル運営委員会にわたしを引っ張りこもうと企んでいるんですの。で、そっちの用件をこなしながらも、やれあの人がどうした、やれこの人がこうだったとか、もう止まらなくて。それで話の断片をつなげていくうちに、三十年ほど前にここを訪ねていらした女性とあなたが結びついたというわけ。わたしどもがいまこうしていられるのは、あの時お祖母様がコテージを買ってくださったお蔭なんですよ。いつこちらに移られるのかとずっと気になっていたんです。はじめのうちはコテージを覗きに行ったりもして。わたし好きだわ、ああいう方。一本気というか何というか」

　あまりにも的を射た表現に、コテージを手に入れる際にネルは何を言い、何をしたのかと考えずにはいられなかった。

「はじめてお会いした時、なんとお祖母様ったら、ここの正門横のかなり太い藤の木にぶら下がっていらしたんですよ」

「ほんとに？」カサンドラは目を丸くした。

「どうやら塀をよじ登って、敷地内にはいろうと悪戦苦闘してらしたのね。ちょうどこっちは、主人のリチャードとその日九十七回目の口論をしたあとで、頭を冷やそうと外をぶらついているところだったの。そうでなかったら、あのままいつまでぶら下がっていらしたことか、考えただけでもぞっとしちゃう」

「そこまでして家を見たかったのかしら？」

　ジュリアはうなずいた。「自分はヴィクトリア朝のものに興味がある古美術品のディーラーで、中をちょっと覗いてみたかったんだって言ってらしたわ」

　ネルが必死で塀をよじ登り、もっともらしい話を作ってまで許可を取りつけようとする姿を思い浮かべながら、カサンドラは愛おしさに胸が熱くなった。

「だから言ってさしあげたの、そんなところにぶら下がるのはさっさと切り上げて、ぜひご覧になってくださいなって！」ジュリアは笑い声をあげた。「といっても、中は惨憺たる有様で。当時は何十年もほったらかしになっていた上に、主人とわたしとであちこち解体作業を始めていたものだから、それはもうとんでもないことになっていたのだけど、お祖母様はまるで気にならなかったみたい。あちこち歩きまわっては、部屋の前でいちいち立ち止まり、まるでひとつひとつを記憶に留めようとしていらっしゃるみたいだった」

というより、むしろ記憶を甦らせようとしていたのだろう。そこまで熱心に見てまわる理由をどの程度ジュリアに打ち明けたのか、カサンドラは気になった。「コテージも見に行ったのかしら?」

「いいえ。コテージのことはむしろわたしから話題にしましたの。当時は藁にもすがりたいほど切羽詰まっていたものだから」ジュリアが笑う。「あそこの買い手を何としても見つけなくちゃって! こっちは破産寸前、なにしろこの屋敷に全財産を注ぎこんでしまったんですもの。不動産広告もずいぶん出したんですのよ。休暇用の別荘を検討中のロンドン在住の人とかもいて、あと一押しというところまで漕ぎ着けたことが二度ほどあったけれど、どっちも契約寸前で駄目になってしまって。あれには参ったわ。結局値を下げてみたけれど、このあたりに買い手なんかいるわけないし。あそこを買い取るほどの愛着なんてないだろうし、そもそもお金ってないでしょうしね。いくら眺望が素晴らしいといっても、いわくつきの物件ではね」

「ロビンから聞きました」

「言わせてもらえば、コーンウォールじゃお化けが出ないような家があったら、それこそ欠陥品だわ」ジュリアはからりと言ってのけた。「このホテルだって幽霊が出るんですのよ。それはもう体験ずみでしたわね、聞きましたよ」

カサンドラに怪訝な表情が浮かんだのだろう、ジュリアはすぐさま補足した。「フロント係のサマンサにお尋ねになったでしょ、客室のキーのことで」

「ああ、あれ。そうなんです。てっきりほかの部屋の泊まり客かと思って。でも、あれは風のいたずらだったんでしょうね。べつにことを荒立てるつもりじゃ――」

「それそれ、それが当ホテルに出没する女性の幽霊」ジュリアは当惑するカサンドラに気づき、朗《ほが》らかな笑い声をあげた。「あら、そんなに怖がらないで、何も悪さはしませんわ。恨みつらみのある幽霊なんかじゃないの。非友好的な幽霊ならこっちもお断わり」

ジュリアにからかわれているような気分だった。それにしてもコーンウォールに来てから、ずいぶんいろいろと怪談話を聞かされたものだ。十二歳ではじめて体験した夜更かしパーティでも、ここまで盛りだくさんではなかった。「旧家にはつきものですものね」カサンドラは冷静を装った。

「おっしゃるとおり。みな、そういうのを期待していらっしゃるんだと思うわ。ここにはじめからいないとなれば、わざわざ捏造《ねつぞう》したりしてね。こういう由緒ある建物のホテルでは……要するに、幽霊さんがここを定宿にしているという評判もまた、清潔なタオルをお出しするのと同じくらい大事なサービスというわけね」ここでジュリアが身を乗り出す。「うちの幽霊さんにはローズ・マウントラチェットという、れっきとした名前だってあるんですよ。彼女は、二十世紀初頭に家族とここに暮らしていましたの。一族の家系は数百年前まで遡れるんです。玄関ロビーの本棚の横に、彼女の肖像画が掛かってましたでしょ。透き通るような白い肌に黒髪の若い女性。ご覧になった?」

カサンドラはかぶりを振った。

「あら、ぜひご覧になって。画家はジョン・シンガー・サージェント。ウィンダム家の三姉妹を描いた数年後の作品なんですって」

「ほんとに?」カサンドラの肌が粟立った。「信じられないでしょ? 実はこれも当ホテルの秘蔵品。その価値を知ったのはほんの数年前。別の絵を見に来た《クリスティーズ》の人が、たまたま発見したんです。手放す気なんてさらさらないけれど、言ってみればいざという時の頼みの綱ね。それにしても、あれほど美しい女性が、あんな悲劇に見舞われるなんて! 病弱な体をせっかく克服したというのに、悲惨な事故で二十四歳の若さで亡くなってしまって」ここで夢見心地にため息をもらす。「朝食はもうおすみかしら? よかったら絵をご案内しますわ」

ジュリアが笑う。

＊

十八歳のローズ・マウントラチェットはたしかに美しかった。白い肌、ゆるくひとつに編んだ黒髪、当世風に盛り上げた胸元。サージェントは描く対象の個性を見抜き、それを再現する才能に恵まれた画家として有名で、ローズのまなざしも情感豊かに表現されていた。赤い唇はおっとりとくつろいだ風情だが、すきのない視線が画家にじっと注がれている。その生真面目な表情は、カサンドラが思い描く、子供時代を病弱に過ごしたという子供のイメージとぴったったり重なった。

カサンドラはさらに顔を近づけた。絵の構図に興味をそそられた。ローズはソファにすわって膝の上に本を広げている。画面に対してソファが斜めに置かれているため、ローズは画布の右寄りに位置し、その背後の緑の壁紙がやや粗いタッチで描かれている。そのせいか壁が青白い羽毛を思わせ、サージェントに特徴的なリアリズムの手法とは異なる、印象派的な画風になっている。サージェントがこういう技法を用いるのを知らないわけではなかったが、それにしてもこの絵はほかの作品に比べると、どことなく浅薄で、おざなりな印象を受けた。

「ね、素敵でしょ?」ジュリアが受付カウンターのほうから滑るようにやって来た。

カサンドラは気もそぞろにうなずいた。制作は一九〇七年、サージェントが肖像画からきっぱり足を洗う直前の作品だ。おそらくこの時期すでに、金持ち連中の顔を描くのに辟易《へきえき》しはじめていたのかもしれない。

「どうやらあなたもローズの魔力に取り憑かれたみたいね。これでわかっていただけたでしょ、彼女を当ホテルの看板幽霊にしたいという、わたしの熱い思いが」ジュリアが笑って見せるも、カサンドラからの反応はまるでなかった。「大丈夫? ちょっと顔色が悪いわ。お水、持ってきましょうか?」

カサンドラはかぶりを振った。「いえ、大丈夫、ありがとう。実は、この絵の……」ここで口をつぐんだつもりだったが、口が勝手に動いていた。「ローズ・マウントラチェットは、わたしの曾祖母なんです」

ジュリアの眉毛が大きく持ち上がった。

「つい最近知ったんです」カサンドラはジュリアに向かって、はにかむような笑みを浮かべた。べつに嘘をついているわけではないのに、なぜかメロドラマの役者がせりふをしゃべってでもいるような気分だった。「ごめんなさい。彼女の肖像を見るのははじめてなもので。なんだか胸がきゅんとなってしまって」

「あらら、困ったわ。こんなこと、わたしの口から言うのは心苦しいのだけれど、何か勘違いなさってらっしゃるようね。ローズがあなたの曾《ひい》お祖母様というのは、まずあり得ませんわ。あなたじゃなくってもね。だって彼女の一人娘は、まだほんの幼いころに亡くなっているんですもの」

「猩紅熱で、ですよね」

「たった四歳で、さぞ天使のような——」と言いかけ、ジュリアはカサンドラに不審の目を向けた。「猩紅熱のことをご存じなら、その子が亡くなったことだってご存じのはずよね」

「世間でそう思われているのは承知しています。でも、実際は違うということも知っているんです。それはあり得ません」

「だって地所内には墓石だってあるし」ジュリアがやんわりと言う。「それは素敵な、とても切ない詩の一節が彫りこまれているんですよ。よかったらご案内しましょうか」

カサンドラは自分の頰にかっと血が上るのがわかった。一歩も譲れない状況に追いこまれると、決まってそうなった。「墓石はあっても、そこにその子はいないはずです。少なくともアイヴォリー・ウォーカーは」

ジュリアの表情が好奇心と懸念の狭間《はざま》で揺れた。「もう少し聞かせてくださいな」

「わたしの祖母は二十一歳の時、両親が実の親でないことを知ったんです」

「養女だったということ？」

「そのようなものですね。四歳の時、子供用のトランクひとつだけを持って、オーストラリアの埠頭にいるところを拾われたんです。で、六十五歳になってようやく、そのトランクを養父から渡され、祖母は自分の過去をたどりはじめました。イギリスに来て、いろいろな人々から話を聞き、あちこち調べて歩き、その間ずっと日誌をつけていたんです」

ジュリアが得心の笑みを浮かべる。「それがあなたの手に渡った」

「そうなんです。それを読んで、ローズの娘は死んでいないという事実を祖母が突き止めたことを知ったんです」

見ればジュリアの青い瞳がカサンドラの表情を探っていた。その顔に朱が差す。「でも、そんなことがあったなら捜索願が出ていたはずでしょ？　国中の新聞が騒ぎ立てたはずだわ。リンドバーグの子供の誘拐事件だってそうだったでしょ？」

「家族がひた隠しにしたのなら、話は別ですよね」

「どうして隠す必要があるの？　世間に知ってほしいと思うのが人情でしょうに」

カサンドラは首を横に振った。「スキャンダルを怖れたとしたらどうでしょうか。子供をさらっていったのは、マウントラチェット卿夫妻が後見役をしていた、ローズの従姉なんですすから」

ジュリアが息を呑んだ。「まさか、あのイライザがローズの子を？」

今度はカサンドラが驚きの表情を浮かべる番だった。「イライザをご存じなんですか？」

「ご存じも何も、このあたりじゃちょっとした有名人ですもの」ジュリアがごくりと唾を呑む。

「ちょっと話を整理させて。あなたのお考えでは、イライザがローズの子供をオーストラリアに連れ去ったということね」

「ただ、オーストラリア行きの船に子供を乗せはしたけれど、当人は同行していないんです。イライザはロンドンとメアリーバラのあいだのどこかで、忽然と姿を消してしまった。で、わたしの曾祖父にあたる人が、波止場にひとりでいる少女を見つけ、家に連れ帰ったんです。幼い子供をひとりにしておけなかったんでしょうね」

ジュリアはちっちっと舌を鳴らした。「幼女がそんなふうに置き去りにされていたなんて。お気の毒なお祖母様、自分の生まれ育ちがわからないなんて、こんな辛いことありませんとも。だからあんなに熱心に、この屋敷を見たがってらしたのね」

「ネルがコテージを買ったのも、そんな思いからなんでしょう。自分の素姓を知った以上、せめて過去の一部でも自分のものにしたかった」

「なるほど」ジュリアはさっと両手を上げて伸びをすると、すぐさま腕を下ろした。「それは納得するとして、あとの部分が釈然としませんね」

「どういうことですか？」

「つまり、あなたのおっしゃったことが正しいとして、ローズの娘は実は生きていて、誘拐されてオーストラリアに行ったんだとしても、イライザがそれに関わっていたという点が、どうも納得できないの。ローズとイライザはそれはもう仲がよかったのよ。従姉妹と言うより姉妹同然だったし、唯一無二の親友同士だったんですもの」ここでジュリアは言葉を切ると、いま一度話を整理しているようだったが、それから意を決したように大きく息を吐き出した。「そうよ、間違いない。イライザにそんな裏切りができるものですか」

イライザが無実だというジュリアの確信は、過去を検証する際に不可欠な客観性に欠けていはしまいか、カサンドラにはそう思えた。「なぜそこまで言い切れるんですか？」

ジュリアは張り出し窓にしつらえた籐椅子のほうを手で示した。「まあ、ちょっとすわりましょうよ。サマンサにお茶を用意させますわ」

カサンドラは腕時計にちらりと目をやった。庭師との約束の時間が迫っていたが、ジュリアの強引とも言える主張に、イライザとローズをまるで自分の親友のように話すその口ぶりに、興味をそそられていた。勧められた椅子に腰をおろすと、ジュリアは仕切りガラスの向こうにいるサマンサに向かって「お茶をお願い」と口だけ動かした。

サマンサが持ち場を離れたのを見届けると、ジュリアは話の続きにとりかかった。「わたしどもがブラックハーストを買い取った当時、それはもうとんでもない有様でしたのよ。こういう場所で事業をするのが長年の夢だったけれど、現実は悪夢そのもの。軌道に乗せるまでに丸三年もかかってしまった。休む間もなく働きづめに働いて、途中、結婚生活が危機に瀕したりもした。湿気との闘い、屋根にできた数えきれないほどの穴、それだけで夫婦の絆なんてあっさり壊れてしまうんだもの」

カサンドラはふっと口元をほころばせた。「わかる気がします」

「本当に悲惨よ。長年ひとつの家族がここに暮らし、愛されてきた家なのに、二十世紀にはいって、とりわけ第一次大戦からこっちは空き家同然だったでしょ。どの部屋の暖炉も板でふさがれ、おまけに四〇年代はここに駐留していた軍がさんざん荒らしてくれましたしね。

「とにかく、わたしたち夫婦はこの家の修復に最後の一ペニーまで注ぎこんだ。六〇年代当時、実はわたし、ロマンス小説を書いてましたの。ジャッキー・コリンズとまでは行かないけれど、そこそこ売れっ子でした。主人は銀行業だったし、ここを買い取って事業を成功させてみせるぞって、ふたりとも、そりゃもう大張り切りでしてね」ジュリアがうふっと笑う。「それがとんだ見込み違い、大誤算もいいところ。こっちに移り住んで三度目のクリスマスを迎えるころには資金もすっかり底を尽き、なのに成果らしい成果はまるで上がらない。残っているのは結婚生活をかろうじてつなぎとめている糸がわずか数本のみ。すでに地所内の半端な土地はあらかた処分し尽くしていたし、一九七四年のクリスマス・イヴには、こうなったら潔く降参してロンドンに引き揚げようって話になっていたんです」

サマンサがいかにも重そうにトレイを運んできた。それをテーブルの上にがしゃんと置くと、しばし迷ってから、ティーポットの持ち手におずおずと手を伸ばした。

「あとはやるからいいわ、サム」ジュリアが笑いながら手で追い払う。「わたしは女王様じゃないのよ。今のところはね」そう言ってカサンドラに片目をつむって見せる。「お砂糖は？」

「お願いします」

ジュリアはカップをカサンドラに渡すと、自分のカップに口をつけ、先を続けた。

「あの年のクリスマス・イヴは凍えるような寒さだった。海からの突風が、そこの岬に猛然と襲いかかってきましてね。わたしたちはすっかり戦意喪失、七面鳥は電気の止まった冷蔵庫で腐りかけているし、キャンドルをどこにしまったかも思い出せない始末だった。それでもとにかく探しに行こうと、ふたりして二階の、ある部屋に行ったんです。すると突然、稲妻がぴかっと光って部屋全体が照らし出されたその時、そこの壁にふと目が行った」ジュリアが唇をこすり合わせ、いよいよさわりの部分にさしかかったことを知らせる。「その壁にね、穴があったの」

「ネズミの穴？」

「ううん、四角い穴」

カサンドラは訝しげに眉をひそめた。

「石壁にできたちょっとした空間ね。子供のころ兄さんに日記を盗み読みされるたびに、こういう穴があったらなって思ったものだわ。穴はタペストリーで隠されていたからずっと気づかずにいたのだけれど、その週のはじめにペンキ屋さんがタペストリーをはずしていて、それではじめて気づいたというわけ」ジュリアは紅茶をたっぷり喉に流しこみ、さらに先を続けた。

「馬鹿みたいに聞こえるでしょうけど、この隠し穴を発見したことで道が開けたような気がするの。なんだかこのお屋敷が、『よしよし、長きにわたる七転八倒をよく耐え抜いた。おまえたちが本気なのはよくわかったから、ここに住むのを許可して進ぜよう』と言ってくれたようでね。それが証拠に、あの夜を境に、なぜか運が向いてきたの。それまでは何をやっても失敗ばかりだったのに、トントン拍子にことが運ぶことのほうが多くなっていった。あなたのお祖母様が現われて、クリフ・コテージを買いたいと言ってこられたのもちょうどそのころだし、その後ボビー・ブレイクという人が庭を甦らせてくれたり、二、三の観光バス会社からは、観光客にアフタヌーンティーに立ち寄ってもらうプランが持ちこまれたり」

せっかく思い出にひたって顔をほころばせるジュリアには申し訳ないと思いつつ、カサンドラは話の流れを引き戻した。「で、何か見つけたんですか？　その隠し穴で？」

ジュリアは目をぱちくりさせながら、声の主に目を向けた。

「ローズの持ち物か何かがあったとか？」

「そうなの」ジュリアは楽しげな笑みを呑みこんだ。「お察しのとおりよ。リボンで束ねた何冊ものスクラップ帳が出てきたの。一九〇〇年から一九一三年まで毎年一冊ずつ」

「スクラップ帳？」

「当時の若い令嬢は、たいていこしらえていたんですよ。時の権力者——要するに特権階級ということだけど——が奨励した数少ない趣味。うら若き淑女が悪魔に魂を売り渡すことなく存分に楽しめる、自己表現の手段だったんでしょうね」ジュリアはさも面白そうに微笑んだ。

「ローズのスクラップ帳にしても、国内の博物館とか屋根裏部屋あたりに眠っていそうなものと似たり寄ったりのはずよ――布の端切れが貼りつけてあったり、素描や絵もあれば、招待状がはさんであったり、ちょっとした内緒話も書かれていたり――でもね、これを見つけた時、百年近くも前に生きていた若い女性の夢や希望や落胆ぶりが、まるで自分を見ているようで、すっかりローズに惚れこんでしまったの。いまではわたしたちを見守ってくれている天使だと思っているくらい」

「スクラップ帳はまだここに?」

ジュリアが恥じ入るようにうなずく。「本来なら博物館とか地元の歴史愛好家とかに譲るべきなんでしょうけど、わたしって験《げん》をかつぐほうだから、あっさり手放すのが惜しくなってしまって。しばらくはラウンジの陳列ケースに展示したりもしていたの。でも、それを見るたびに、他人様から奪った品を見せびらかしているみたいで気がとがめてしまって、いまは箱に入れてわたしの部屋にしまってあるの。もっとふさわしい場所が見つかるまで」

「ぜひ見たいわ」

「もちろん喜んで。あなたにはぜひ見ていただきたいわ」ジュリアは晴れ晴れとした笑みを浮かべた。「ただ、あと三十分もすると団体さんが到着するし、それに今週はずっと、ロビンにつき合ってフェスティバルの準備をすることになっていて身動きがとれないの。そうだ、金曜日の夜、わたしの部屋で食事をご一緒にいかが? 主人はロンドンに出張の予定だし、女だけで楽しみましょうよ。ローズのスクラップ帳を眺めながら心ゆくまで涙を流す、というのはいかが?」

「素敵ですね」カサンドラは戸惑いながらも笑みを返した。涙を流しにいらっしゃいと誘われるのは、はじめての経験だった。

30　ブラックハースト荘　一九〇七年

ソファにすわる姿勢をくずさないよう、肖像画家の逆鱗《げきりん》に触れないよう用心しながら、ローズはスクラップ帳の最新ページに視線を落とした。今週はずっと、ミスター・サージェントから休憩のお許しが出るたびに、このページに取り組んできた。誕生日用のドレスを仕立てた時に出た余り布（淡いピンクのサテン地）と、手持ちの髪飾り用リボンを張りつけ、その下にできるだけきれいな書体で、テニソン卿の詩の一節を書きこんだ。「しかれども、誰が見つるや手をうち振る姫の姿を。誰が見つるや姫が立つ窓辺を。さもなくば、その名この国に聞こえしか、かのシャロット姫の名は」

シャロット姫とそっくり同じ境遇のこのわたし！　呪いのせいで自分の部屋でばかり過ごし、絶えず世間と距離を置く暮らしを強いられてきた。これでは人生の大半を地中で過ごしてきたようなものではないのか？

だが、これからは違う。ローズは決心したのだ。マシューズ先生の診断にも、お母様のうっとうしい気遣いにも、もう縛られてなるものか。いまも体は弱いけれど、過保護が虚弱な体質を生むということを学んでいた。来る日も来る日も風通しの悪い部屋に閉じこもっていれば頭がぼーっとするのは当然だ。これからは暑かったら窓を開けよう——最初は風邪をひくかもしれないが、次からは平気になるだろう。そしてこれからは、結婚して子供を持ち、長生きする夢を捨てずに生きていくのだ。だから、もうじきやって来る十八歳の誕生日を機に、キャメロット（シャロット姫が暮らす城）に憧れるのはやめにした。それよりもキャメロットのずっと先まで歩くほうがどんなにいいか。実は、何年も前からせがみつづけてようやく、ママのお許しが出たのだ。今日はじめて、イライザをお供にブラックハーストの入り江まで出かけるのだ。

七年前に屋敷にやって来たイライザは、その後ずっと、入り江で作ったという物語をいろいろ聞かせてくれた。ローズが暖房のきいた暗い部屋に横たわり、黴菌だらけの空気を吸っているところへ、イライザはいつも息せき切って飛びこんできては、ローズの鼻先に潮の香りを振りまいてくれたものだった。それからローズの寝ているベッドにもぐりこむと、手のひらに並べた貝殻やイカの死骸や屋根瓦の欠片《かけら》を見せながら、お話を始めるのである。するとローズの頭のなかに青い海が広がり、暖かい風が髪を吹き抜け、熱い砂を踏みしめる感触が伝わってくるのだった。

お話はイライザの創作もあれば、イライザがどこかで聞きかじったものもあった。そういえばメイドのメアリーには漁師をしている兄弟がいる。どうやらメアリーは仕事中もおしゃべりにかまけているようだ。ローズの前ではあり得ないことだが、イライザといる時は違った。使用人たちは誰もがイライザに気安く接している。あってはならぬことなのに、まるでイライザを友達か何かのように勘違いしているのだ。

ローズの見るところ、このごろイライザは地所の外にまで遠征し、村人のひとりと口を利いてもいるらしい。というのも、物語にこれまでとはひと味違うものが加わりだしたからだ。船の構造や操縦法、人魚や財宝、海で繰り広げられる冒険の数々など、ずいぶん描写が細かくなったのだ。その生彩に富んだ語り口をローズは心密かに楽しんだ。片や語り手のまなざしも、まるで自分が語る邪悪な事物を舌で味わってでもいるように、大胆不敵の色を強めていった。

イライザが村で下々の者たちとつき合っているのが知れたら、お母様はきっとカンカンだろう。イライザが使用人と口を利くだけでもお母様には許しがたいこと――ローズがイライザとメアリーの友情に寛大でいられるのは、それゆえだ。どこに行っていたのかと問いつめてもイライザは正直に言うだろうし、これではお母様もお手上げだろう。この七年間、お母様はお仕置きをあれこれ試しているが、イライザをぎゃふんと言わせるには至っていない。

はしたない振舞いをきつく叱ったところでイライザには馬耳東風。階段下の戸棚に閉じこめても、かえって物語をこしらえる時間と静寂を与えてやるようなもの。ドレスの新調は当分禁止という脅しも――ローズには効果覿面《てきめん》だが――ため息ひとつイライザからは引き出せない。ローズのお下がりを着るほうが何倍もうれしいのだ。イライザというのは、ことお仕置きに関しては、彼女が作ったお話に出てくる、妖精の魔法に守られたヒロインそのものだ。

イライザを躾けようと空しい努力をするお母様を見るたびに、ローズは禁断の快感を味わった。何をどう企もうとイライザから返ってくるのは、しきりにまばたきしてみせるきょとんとした青い目であり、平然と肩をすくめる仕草であり、心のこもらぬ「はい、伯母様」という返事ばかりだ。そういう態度が相手をますます怒らせるということに、まるで気づいていない。とりわけ肩をすくめる仕草はお母様の逆鱗に触れた。いまではお母様も、イライザの淑女教育をローズに任せるのをとうにあきらめてしまい、ローズがどうにか口説き落としてイライザにまともな身なりをさせたというだけで喜んでくれた（お母様のお褒めの言葉はありがたく頂戴し、イライザがボロ着のズボンを脱いだのは単にきつくなっただけのこと、そう囁く心の声は無視しておいた）。お母様は、イライザの心のなかには壊れた部分があると言う。望遠鏡内部の反射鏡が欠けたようなもの、そのため物事をきちんと心に映し出せなくなっているのだそうだ。そのせいで恥という感覚がうまく機能しないのだと……。

ローズの心中を透視したかのように、ソファに並んですわっているイライザが身じろぎした。ポーズをとり続けてかれこれ一時間、イライザの体が抵抗の悲鳴をあげはじめたのだ。ミスター・サージェントは絵に修整を加えながら、イライザに向かってしかめ面はおやめなさいとか、動かないようにとか、何度も何度も繰り返さなくてはならなかった。昨日はお母様をつかまえて、絵はほとんど仕上がったが、赤毛の娘がじっとしていてくれないので表情をうまくつかめないと画家がこぼすのを、ローズは盗み聞いた。

そう言われたお母様は、さも不快そうに身震いした。お母様はローズひとりの肖像画を望んでいらしたが、ローズが譲らなかったのだ。イライザは従姉であり、たったひとりのお友達なのだから、一緒に肖像画におさまるのは当然のこと、そう言って上目遣いに見つめ、ちょっと咳きこんで見せたら、お母様はあっさり折れた。

お母様を困らせてやりたいという意地悪な気持ちがローズになかったわけではないが、イライザと一緒でなければいやだというのは本心だった。イライザの前に、友達と呼べそうな者はひとりもできなかった。そんな機会もなかったし、たとえあったとしても、この先いつまで生きるかわからない少女に、友達など何の役に立つというのか？　病気がちな子供ならたいていそうだが、ローズも同じ年頃の女の子たちとは趣味が合わなかった。輪回し遊びにもドールハウスの飾りつけにも興味が湧かなかったし、好きな色や数や歌などをめぐるどうでもいいおしゃべりが始まると、たちまち退屈した。

だが、イライザはそういう少女たちとはまるで違った。はじめて会ったその日、ローズにはそれがわかった。イライザのものの見方は独特で驚かされることばかりだし、彼女には人がまるで思いつかないようなことをやってのける才覚もある。そのどれもがお母様には我慢ならないのだ。

お母様を怒らせる能力はともかく、それ以上にすごいのは、何といっても物語を語り聞かせる才能だ。ローズが聞いたこともないような不思議な話を、それはたくさん知っていた。それも鳥肌を立たせ、足の裏まで冷や汗をかきそうなほど怖いお話だ。「謎の従妹」の話もそうだが、ロンドンを流れる川の話や、ぎらりと光るナイフを手にした不気味な悪人《バッド・マン》の話などもあった。それから、ブラックハーストの入り江に出没する黒い船の話。これもイライザの作り話だとわかってはいたが、何度聞いても飽きることがなかった。水平線上に現われた幽霊船、イライザはこの目で見たと言い張り、もう一度現われないかと夏のあいだずっと入り江で待ち構えていたと言う。

イライザからどうしても引き出せない話もあった。それは弟サミーのこと。一度だけ、うっかりその名前を口にしたイライザに、ローズは根ほり葉ほり問いつめたのだが、イライザはすぐさま貝のように口を閉ざしてしまった。あとでお母様から教えてもらったが、イライザには何から何までそっくりな双子の弟がいたが、悲劇的な事故に遭って死んだという。

数年前にそのことを知って以来、ローズはひとりベッドの中でこの幼い少年に思いをめぐらせては、お話名人のイライザが語れないほどの少年の死とはどのようなものだったのかと想像をたくましくした。いまでは「ジョージアナの家出」に取って代わり、「サミーの死」がローズのとっておきの空想物語になっていた。サミーが溺れ死ぬ場面を思い描くこともあれば、墜落死したり、あるいは徐々に痩せ衰えていくところを想像したりもした。ローズをさし置き、イライザの愛情を一身に受けていた気の毒な少年のことを。

「じっと動かないで」ミスター・サージェントがイライザに絵筆を突きつけた。「もぞもぞしない。まったく、レディ・アスキスのコーギー犬よりたちが悪い」

ローズは表情を崩さぬよう気をつけながら目をしばたたいた。と、そこへお父様がはいっていらした。お父様はミスター・サージェントの背後に立ち、画家の筆さばきを熱心に見つめている。びっくりした。絵に興味があるなんて知らなかった。趣味といったら写真だけだと思っていたし、それすら楽しんでいるふうには見えなかった。しかも撮るのは人物ではなく、もっぱら昆虫や植物や煉瓦ばかり。なのにこうして娘の肖像画を食い入るように見つめている。ローズはちょっと背筋を伸ばした。

子供時代、ローズが父親を間近で見たのはたった二回だけだった。最初はローズが指ぬきを呑みこみ、マシューズ先生に乞われてお父様が例の写真を撮ることになった時。そして二度目は、あまり楽しいとは言えないものだった。

それはローズが身をひそめている最中に起きた。マシューズ先生が往診に来るというその日、当時九歳だったローズは、先生にどうしても会いたくなかった。お母様に絶対気づかれない隠れ場所はすでに見つけてあった。お父様の暗室だ。

大きなデスクの下が空洞になっているので、気持ちよく過ごせるようそこに枕まで持ちこんだ。これでとりあえず快適にはなったが、部屋にたちこめる鼻がもげそうな臭気には閉口した。まるで春の大掃除で使用人たちが使う洗浄液のようなにおいなのだ。

もぐりこんで十五分ほどが経ったころ、ドアが開いた。デスクの裏板の小さな節穴から細い光の筋がもれてきた。ローズは息を殺し、お母様とマシューズ先生が捜しに来たのではと、おそるおそる節穴に目を当てた。

ドアに手をかけていたのはお母様でも先生でもなく、丈の長い黒マントを羽織ったお父様だった。

喉が縮み上がった。はっきり言われたわけではないが、お父様の暗室は立入禁止という自覚はあった。

外光を背に黒々としたシルエットを浮かび上がらせ、お父様は一瞬その場に立ちつくしていた。それから室内にはいると、マントを安楽椅子に脱ぎ捨てた。そこへトーマスが現われた。苦虫を嚙みつぶしたようなその顔からすっと血の気が引いた。

「あ、旦那様」トーマスはあえぐように言った。「まさかお帰りとは――」

「予定を変更した」

「ちょうど昼食を準備しているところですので」トーマスは壁のガス灯を灯しながら言った。「おふたり分用意をさせて、奥様にはお帰りになられたことをお伝えしてまいります」

「いいんだ」

間髪を容れぬ即答ぶりにローズは息を吞んだ。

トーマスがはっと振り返ったその時、手袋をはめた手に握られたマッチの炎が消えた。冷ややかな声のとばっちりを受けたかのように。

「ノー」お父様はもう一度繰り返した。「今回は長旅だったんでね。少し休まないと」

「でしたら、お部屋にお持ちしましょうか?」

「ついでにシェリーも、デカンタで」

トーマスがうなずきドアの向こうに消えると、やがて足音が廊下を遠ざかっていった。

ローズの耳にどくんどくんという音が聞こえた。デスクに耳を押しあてる。引き出しにしまってある秘密の品か何かが鳴っているのか。だがすぐに、自分の心臓の鼓動だと気がついた。

胸が警告音を打ち鳴らし、いまにも心臓が飛び出さんばかりだった。

逃げようがなかった。お父様の腰かけている安楽椅子が、ドアをふさいでいた。仕方なくローズもすわったままでいた。しっかりと膝を抱え、ローズを売りわたそうと手ぐすね引いている裏切り者の心臓を押さえつけた。

お父様とふたりきりになったのは、記憶する限り、後にも先にもこの時だけだった。お父様の存在が部屋を満たし、それまで何の変哲もなかった空間が、ローズの理解を超えた情念や感情ではち切れんばかりになっているのが、ひしひしと伝わってきた。

絨毯を踏むくぐもった足音に続いて、男性特有の太い吐息が聞こえた瞬間、ローズの腕が総毛立った。

「どこにいる？」お父様はそっとつぶやき、今度は食いしばった歯の隙間から絞り出すようにして同じ言葉を繰り返した。「いったいどこにいるんだ？」

ローズはうっと息を呑み、息がもれないように唇をぎゅっと引き結んだ。息づかいを聞かれてしまったのだろうか？　全知全能の神様のように、いるべきでないところに自分の娘がひそんでいることを、お見通しなんだろうか？

お父様がため息をもらした――悲しみ？　愛情？　疲れ？――続いて「プッペ」と囁く声がした。ごくかすかに、実に静かに、衰弱しきった人がもらすような脈絡のない言葉。ローズはミス・トラントンからフランス語を習っていたので、プッペの意味は知っていた――お人形さん。「プッペ」父がまた呼びかける。「どこにいるんだ、ぼくのジョージアナ」

ローズはふうっと息をもらした。隠れているのがばれたわけではないと知ってひとまず安心したものの、こんな優しい声をかけられたのが自分でないのは不満だった。

ローズはデスクの裏板に頰を押しつけながら、いつか誰かにこんなふうに名前を呼んでもらいたいと……。

「手を下におろしなさい！」いまやミスター・サージェントの怒りは頂点に達していた。「そうやって手をぶらぶらさせるのをやめないなら、手を三本に描いてしまうよ。そんな絵が後世まで残ってもかまわないのかね」

イライザがふうっとため息をつき、両手を背中に回した。

同じ姿勢を続けているせいで、瞼が重くなってきた。そこでローズはまばたきを繰り返した。お父様の姿はすでになかったが、その余韻はいまも室内に漂っていた。お父様の背中にいつも張りついている、あの深い悲愴感が。

ローズはいま一度スクラップ帳に目を落とした。余り布はどれもきれいなピンク色で、黒髪によく映えそうだ。

病を抱えて年を重ねながらローズが胸にあたためてきた望みはただひとつ、それは大人になることだった。愛読書の主人公ミリー・シール（ヘンリー・ジェームズ『鳩の翼』）の見事な表現を借りるなら（といっても、ごく短い断片にすぎないが）、子供時代の制約を逃れて生きる、ということだ。恋愛をして結婚をして子供を持つ、それに憧れた。ブラックハーストを離れ、自分なりの人生をスタートさせたかった。この家を出たかった。お母様の言いつけで、どんなに体調がよくても寝そべっていなくてはならない、あのソファとも訣別したかった。お母様はこれを「ローズのソファ」と呼んだ。「ローズのソファに新しいマットを敷いておくれ。あの子の肌の白さが際立って、髪がいっそう艶やかに映えるようなものを」という具合に。

そしてついに、この家から逃れられる日がそう遠くないことを知った。お母様が、縁談を進められるほど体調が回復したと認めてくれたのだ。この数か月間、お母様は頻繁に昼食会を開いては、結婚相手にふさわしそうな青年たち（さほど若くない人までも！）を次から次へと招待した。ところが全員が全員、頭の悪そうな人たちばかり――彼らが帰ったあとは、きまってイライザが何時間にもわたって、彼らの振舞いを面白おかしく再現したり口真似をしたりしたものだ――でも、これもいい勉強だ。非の打ちどころのない紳士がきっとどこかで、わたしとめぐり逢うのを待っているはず。お父様と違って煉瓦や昆虫などには目もくれない人、できれば美的センスがあって将来性のある芸術家がいい。屈託がなく、考えていることがわかりやすい人、情熱や夢があり、瞳がきらきら輝いている人。そしてわたしを、わたしだけを愛してくれる人。

イライザがじれて、ふんと鼻を鳴らした。「ねえ、ミスター・サージェント。わたしならもっと手早く描けるわよ」

そうだ、イライザのような人を夫にすればいいのだ。そこに気づいて、すまし顔が思わずほころんだ。わたしが探し求めているのは、まさに従姉を男性にしたような紳士なのだ。

ようやくふたりは囚われの身から解放された。テニソンの言うとおり、磨かれざるまま錆びるは愚の骨頂。イライザは、肖像画用にと伯母アデリーンに無理矢理着せられたへんてこなドレスをさっさと脱ぎ捨てた。それは一シーズン前のローズのお下がりだった。レースはちくちくするし、サテンは足にまとわりつくし、赤っぽい色のせいで自分がつぶした苺になった気分だった。どうせどこかの寒々しい壁にぽつんと掛けられて終わるだけの絵だというのに、不平たらたらのおじさんに描かせるために午前中を丸々つぶすなんて、なんという時間の浪費か。

*

イライザは床に四つん這いになってベッドの下を覗きこむと、取りはずせるように細工してある隅の床板を持ち上げた。床下に手を突っこみ、「取り替え子」の原稿を取り出す。黒と白の表紙に手を滑らせると、手書き文字のつくる凹凸が指先に触れた。

自作の物語を紙に書き留めておくよう勧めてくれたのは庭師のデイヴィスだった。薔薇の新しい苗木を植える手伝いをしていた時、縞模様の尾を持つ灰色と白の鳥が飛んできて、そばの低い枝にとまった。

「郭公《かっこう》だ」デイヴィスが教えてくれた。「アフリカで冬を越して、春になるとこっちに戻ってくるんだ」

「鳥になりたいわ。そうしたら崖の上にだってぱっと行けるし、崖の上空を飛びまわったりできるもの。アフリカにだってインドにだって行けるでしょ。それとオーストラリアにだって」

「オーストラリア?」

そこは目下イライザが大いに想像を掻き立てられている国だった。メアリーのいちばん上の兄パトリックが、家族を連れてメアリーバラという町に移住したばかりだったのだ。そこには数年前に移住したエレノア叔母さんが暮らしているという。パトリックがその地に行ったのは身内がいるからにすぎないのだが、メアリーは、兄がそこに行ったのはこの町の名に惹かれたからだと自分に都合よく解釈し、地球の裏側の遙か彼方の大海に浮かぶこの異国の地について、あれこれしきりに教えたがった。それでイライザも、学習室にある地図でオーストラリアを見つけ出した。そこは南極海にある大きな大陸で、とんがった耳と破れた耳がついた変な形をしていた。

「わしの知り合いで、オーストラリアに渡ったやつがいるよ」デイヴィスは仕事の手を休めて言った。「千エーカーの農地を手に入れたが、育てるものが何ひとつ手にはいらんかったんだそうだ」

イライザは下唇を嚙みしめ、興奮にうち震えた。そういう極端な話は、かの国に対して抱く印象とぴったり重なるのだ。「向こうには巨大なウサギがいるって、メアリーが言ってたわ。カンガルーっていうんですって。足の大きさが大人の人間の脚の長さくらいあるんですってよ」

「そんなところで何をするつもりなんだね、イライザ嬢ちゃんは。アフリカやインドにしてもだがね」

イライザにはやりたいことがあった。「お話を蒐集するの。こっちの人が聞いたこともない昔話をたくさん集めるのよ。いつも言っているでしょ、グリム兄弟みたいな人になりたいって」

デイヴィスは顔をしかめた。「なんでまたそんな陰気《グリム》なドイツ人みたいになりたいのか、気が知れないね。他人の話なんか集めるより自分でこさえた話を紙に書きゃいいじゃないか」

これがきっかけだった。手始めにイライザは、ローズの誕生日のお祝いに贈る物語を書いた。魔法をかけられて小鳥になったお姫様が主人公のお伽噺だ。これが紙に書きとめた最初の作品で、自分の思いや発想が具体的な姿をとっていくのが面白かった。書いていると皮膚が敏感になるのか、むき出しの自分が外気に晒されているような不思議な感覚を味わった。風がいつもより冷たく感じられ、日射しはよりいっそう暖かく感じられた。このぞくりとした感覚が気に入ってもらえるのか、それとも嫌われるのか、自信はなかった。

だがイライザの作る物語をローズはいつも愛してくれたし、自分にできる贈り物といったら自作の物語くらいしかないのだし、これが最良の選択に思われた。孤独に暮らしていたロンドンから、この壮大で謎めいたブラックハースト荘に移植されてからすでに数年が経ち、気がつけばローズは無二の親友になっていた。ローズと一緒に笑い転げ、夢を語り合ううちに、それまでサミーが占めていた場所を、片割れを失った双子が必ずや抱えこむ暗く虚ろな穴を、少しずつローズが埋めてくれたのだ。そのお返しに、ローズのためなら何でもしよう、与えよう、お話を書こう、そう思った。

本書は二〇一一年、小社より刊行されたものの文庫化である。

検印
廃止

訳者紹介　1954年東京生まれ。早稲田大学大学院博士課程満期退学。訳書に，M・パヴィチ『風の裏側』，L・ノーフォーク『ジョン・ランプリエールの辞書』，G・アデア『閉じた本』，K・アトキンソン『探偵ブロディの事件ファイル』，他多数。

忘れられた花園 上

2017年5月26日　初版

著者　ケイト・モートン

訳者　青木純子

発行所（株）東京創元社
代表者　長谷川晋一

162-0814/東京都新宿区新小川町1-5
電話　03・3268・8231-営業部
　　　03・3268・8204-編集部
URL　http://www.tsogen.co.jp
振替　00160-9-1565
萩原印刷・本間製本

乱丁・落丁本は，ご面倒ですが小社までご送付ください。送料小社負担にてお取替えいたします。

ISBN978-4-488-20205-7　C0197

2005年CWAゴールドダガー賞受賞作

GRAFARÞÖGN◆Arnaldur Indriðason

緑衣の女

アーナルデュル・インドリダソン

柳沢由実子 訳 創元推理文庫

◆

男の子が住宅建設地で拾ったのは、人間の肋骨の一部だった。レイキャヴィク警察の捜査官エーレンデュルは、通報を受けて現場に駆けつける。だが、その骨はどう見ても最近埋められたものではなさそうだった。

現場近くにはかつてサマーハウスがあり、付近には英米の軍のバラックもあったらしい。サマーハウス関係者のものか。それとも軍の関係か。

付近の住人の証言に現れる緑のコートの女。

封印されていた哀しい事件が長いときを経て明らかに……。

「週刊文春ミステリー・ベスト10」第2位、
CWAゴールドダガー賞・ガラスの鍵賞をダブル受賞。
世界中が戦慄し涙した。究極の北欧ミステリ登場。

オーストラリア推理作家協会最優秀デビュー長編賞受賞作

HADES◆Candice Fox

邂《かい》逅《こう》

シドニー州都警察殺人捜査課

キャンディス・フォックス
冨田ひろみ 訳　創元推理文庫

◆

シドニーのマリーナで、海底に沈められたスチール製の収納ボックスが発見された。

１メートル四方の箱には全身傷だらけの少女の遺体が収められ、周囲から同様の遺体の入ったボックスが20も見つかった。

シドニー州都警察殺人捜査課に異動してきた刑事フランクは、署内一の敏腕女性刑事エデンと共に未曾有の死体遺棄事件を追う。

だが、以前の相棒が犯罪者に撃たれ殉職したばかりだというエデンは、何か秘密を抱えているようで――。

オーストラリア推理作家協会賞を２年連続受賞した、鮮烈な警察小説シリーズ開幕！